EL MANZANO

EL MANZANO

CHRISTIAN BERKEL

Editado por HarperCollins Ibérica, S.A.
Núñez de Balboa, 56
28001 Madrid

El manzano
Título original: Der Apfelbaum

Diseño de cubierta: LookatCia
Imagen de cubierta: Trevillion

ISBN: 978-84-9139-646-8
Depósito legal: M-19489-2021

Este libro es una novela de ficción, aunque algunos de sus personajes sean reconocibles en ejemplos y arquetipos reales de quienes se tomaron prestados algunos detalles biográficos. Sin embargo, se trata de personajes ficticios. Sus descripciones, así como la trama que construyen y, por lo tanto, los incidentes y situaciones que resultan de ellos, son inventados.

Para Andrea, Moritz y Bruno

Cualquier destino, por largo y complicado que sea, consta en realidad de un solo momento: el momento en que el hombre sabe para siempre quién es.

Jorge Luis Borges

Silencio.

Un árbol cayó al suelo con estrépito. Los hombres volvieron a encender sus motosierras. Un grito. El alarido se dilató y se intensificó cuando la sierra le hincó el diente al siguiente pino. No me atrevía a darme la vuelta. Se me encogió el corazón. Oí cómo las raíces de aquel gigante centenario se quebraban, cómo su resistencia cedía con la caída del tronco.

Sentado en un poyete de ladrillo rojo en la entrada de nuestra nueva casa, contemplaba las vallas de madera recién pintadas del lado opuesto de la calle bajo el sol de la mañana y oía los ladridos de los perros en aquella de zona residencial idílica. A mi espalda, entre la hierba crecida de un jardín encantado que parecía salido de la imaginación de un niño, ocho pinos caídos. Ocho. Los había contado. Ahora solo quedaba aquel arbolito descuidado. Ese no iban a talarlo. Mi padre me lo había prometido. Con cuidado, di media vuelta en un silencio sepulcral.

Perdí el equilibrio. Me caí, llevándome un buen susto, a pesar de que intenté sostenerme haciendo fuerza hacia la izquierda. Mientras me precipitaba, o, más bien, quedaba momentáneamente suspendido, antes de que mi cabeza de niño de seis años se golpeara contra los adoquines, lo contemplé en toda su modesta belleza. El sol brillaba entre sus hojas, sus frutos resplandecían. Aún estaba en pie. Solo. Pero no perdido. Desafiante. Mi manzano.

1

—¿Qué, a ver a tu madre otra vez?

¿Y qué le importaba a la florista? Y, además, con aquel tonito de reproche. ¿Qué sabía ella? En Spandau se conocía todo el mundo. Era insoportable. Me apresuré en pagar y salí de la tienda.

Con las flores en la mano doblé la esquina para meterme en el callejón entre los bloques de viviendas. Al menos habían tenido el detalle de disponer aquellas cajas de zapatos alrededor de plazoletas cubiertas de césped. Mis padres habían alquilado ahí un piso después de vender su casa de Frohnau para pasar la mayor parte del año en España, cumpliendo así la promesa que mi padre le hizo a mi madre hacía ya décadas, en los años cincuenta, cuando ella volvió de Argentina y descubrió que ya no se sentía a gusto en Alemania. Ese país ya no era su patria, ya nunca podría volver a serlo.

—Entra, rápido.

Mi madre me recibió en la puerta, ataviada solamente con una bata de andar por casa. Antes de que pudiera ponerle el ramo en la mano, me arrastró al pasillo. Habían transcurrido un par de semanas desde mi última visita. El otoño pasaba entre lluvia y nieve. Había llegado el frío.

—Tengo que contarte algo.

En su pequeño salón, giró sobre los talones y miró hacia arriba.

—Me he casado.

Oímos un avión que sobrevolaba el edificio. Mi padre había fallecido nueve años antes, el 24 de diciembre de 2001.

—¿Por qué no me habías dicho nada? —pregunté.

Ella me escrutó con la mirada.

—No te preocupes, ya se ha muerto.

—Pero... ¿Cómo...?

—Del hígado.

—Ah.

—Sí, igual que tu padre, que también murió del hígado, pero en la guerra. Cayó fulminado. Muerto. Con Carl pasó parecido. Conoció a tu padre en la guerra. Estuvieron juntos en el campo de Rusia.

—¿Cómo? ¿Quién murió en Rusia?

—Pues tu padre.

—No.

—¿No? —Soltó una risotada incrédula—. ¿Qué sabré yo, si era mi marido? Aunque en tiempos de Adolf no pudimos casarnos.

—No, no puede ser que muriera durante la guerra, porque si no, yo no habría nacido... o él no sería mi padre.

—Pues claro que era tu padre. ¡Lo que faltaba! ¿A ti qué te pasa? Hay que ver, parece que estés mal de la azotea.

—Bueno, yo nací en 1957, no pudo haber caído, quiero decir, muerto, en la guerra y luego engendrarme a mí doce años después...

Me miró furibunda.

—A ti te falta una patatita para el kilo. —Me clavó los ojos turbios—. ¡Esto es para mear y no echar gota! A ver, pon bien la oreja: resulta que Carl me dejó mucho dinero porque..., bueno, porque quería asegurarse de que no me faltara de nada, y discutía constantemente con su familia por mí...

—¿Y eso?

—Pues porque venía de la familia Benz. —Hizo una pausa y me lanzó una mirada elocuente.

—¿Benz?

—Sí. Daimler Benz.

El nombre saltó de su lengua con la fuerza de un motor de ocho cilindros.

—¿Y por qué discutía con su familia por ti?

—Mira que llegas a ser duro de mollera. ¿Por qué iba a ser? ¡Tenían miedo de que estuviera con él para quedarme con su dinero! Además, Carl era mucho más joven que yo. Eso tampoco les hacía gracia, claro.

—¿Cuántos años tenía?

—Pues la verdad es que no me acuerdo exactamente. ¿Cuarenta y siete? A veces se me olvidan las cosas, ¿sabes? O cuarenta y seis, bueno, cuarenta y muchos, o cincuenta y... Bueno.

—Pero ¿no acabas de decirme que estuvo en el campo de prisioneros de Rusia con papá?

—Eso he dicho. ¿Es que no me escuchas?

—No, lo que quiero decir es que entonces no podría tener cuarenta y muchos... si estuvo con papá en el campo de Rusia. —Esperaba que ella diera su brazo a torcer, aunque era evidente que no iba a hacerlo. Nunca se había inmutado cuando le llevaban la contraria. Aún así, lo intenté—: Debería tener más o menos tu edad.

—Pues no. Era treinta años más joven. Y punto. Y, atención, me transfirió dos millones de euros a la cuenta. Y como yo no necesito el dinero, os lo quería dar a ti y a tu hermana —replicó, lanzándome una mirada satisfecha.

—Vaya, es todo un detalle, pero ¿seguro que no te lo quieres quedar?

—¿Para qué? Tengo más que suficiente, además, tampoco me queda mucho tiempo de vida. Todo esto ya me lo conozco, no tengo ganas de aburrirme. Ah, y antes de que vayamos al banco a sacar el dinero, quiero que me lleves al Hotel Intercontinental. —Le lancé una mirada interrogativa—. Es que Carl y yo pasamos allí nuestra noche de bodas, y a la mañana siguiente me dejé el vestido de novia. Aún debe de estar colgado en el armario. Me gustaría recuperarlo.

Yo había llegado con un cuaderno lleno de anotaciones para sentarme delante de mi madre y preguntarle por mi padre... Y ella no paraba de hablar de su boda con Carl Benz. Yo era consciente de que la época que me interesaba no había caído en el olvido, sino que empezaba a desdibujársele ante mis ojos. Lo que quedaba eran los fragmentos de su vida. Aparecían variaciones de elementos que se configuraban en nuevas formas, como si se hubiera roto una fotografía en mil pedazos y algunos se hubieran perdido mientras que con el resto se había recompuesto otra imagen. Como si, en el olvido, el alma se cartografiara de nuevo.

Y mi padre, junto a quien había caminado toda la vida —desde que tenía trece años—, había desaparecido, fallecido en la guerra mucho tiempo atrás para ser sustituido por Carl Benz.

Mi padre estuvo en un campo de prisioneros de guerra ruso desde marzo de 1945 hasta finales de 1950. ¿Estaba mi madre transformando el tiempo que había pasado separado de ella en su muerte? Si entonces lo creyó perdido, si había empezado a hacerse a la idea de que había muerto, como tantas mujeres hicieron entonces, aquella muerte se había convertido mucho tiempo atrás en parte de su realidad. ¿Y si ahora su memoria caprichosa había regresado a ese momento?

La sucursal de la caja de ahorros se encontraba a pocos minutos de su casa. Mi madre se acercó resuelta a un cajero y colocó una gran bolsa vacía sobre el mostrador.

—¡Buenos días! ¿Sería tan amable de enseñarme el saldo de mi cuenta? Me llamo Sala Nohl —dijo en un tono firme y casi alegre. Después de la muerte de mi padre volvió a adoptar el apellido de soltera.

—Por supuesto, señora.

El empleado del banco asintió con cortesía y me lanzó una mirada cómplice. Por un momento, perdí la certeza. No era posible. ¿O sí?

—3 766 euros y 88 céntimos, señora.

Ella lo miró.

—No, en la otra cuenta.

El cajero la miró perplejo. Mi madre se giró hacia mí y meneó la cabeza con un suspiro, como disculpándose por la incompetencia de aquel trabajador a quien aún le quedaba mucho por aprender y por el que estaba dispuesta a hacer la vista gorda.

—Lo siento, señora, pero con nosotros solo tiene esta cuenta.

—Vaya, así que solo tengo esta, ¿eh? —dijo, algo insegura, mientras su rostro se vaciaba de color—. Muy bien, pues volveré mañana, cuando esté su jefe.

Aquel pobre hombre me lanzó una mirada interrogativa.

—Por supuesto, señora.

Me la llevé de allí con cautela.

Ya en la calle, mi madre se detuvo después de algunos pasos. Me miró asustada.

—No puede ser que todo esto lo haya soñado.

Hablé con médicos y les describí lo que había observado con tanta fidelidad como me fue posible, intentando no pasar por alto las primeras señales de decadencia, y me confirmaron lo que ya sabía. No me quedaba otra que acompañarla hasta la entrada del túnel por aquel camino sin vuelta atrás, paso a paso hasta soltarle la mano en la oscuridad de la desmemoria. Un psiquiatra me aconsejó visitar a mi madre tanto como pudiera. La conversación regular y el contacto social podían mitigar el proceso. Me costaba ir a verla. Me costaba entrar en su mundo. La mayoría de las veces solo lo conseguía retrospectivamente, cuando volvía a estar solo con mis pensamientos y con el eco de su voz.

Hay quien, al recordar a su madre, piensa en la tarta que ella ponía en la mesa los domingos, en las comidas especiales o su plato favorito, cuyo aroma abre indefectiblemente las puertas de los recuerdos de su infancia. Otros se acuerdan de su perfume, sus abrazos, su solicitud durante una enfermedad, su forma de andar, sus gestos, la silueta de su espalda al apagar la luz antes de salir de la habitación, de los besos que borraban el miedo a dormirse, su risa y sus lágrimas compasivas, o de su presencia silenciosa y constante. Lo que yo recordaba eran sus palabras. Palabras que se transformaban en imágenes que se convertían en las mías propias. En el suelo, las paredes, las ventanas y las puertas de mi mundo. No recuerdo nada más perturbador en mi infancia que su silencio. ¿Y ahora? ¿Se hundiría lentamente en un mundo en el que ya no tendríamos una lengua común?

El psiquiatra me explicó que el delirio conservaba un vínculo con la realidad, aunque no era fácil de reconocer.

—Cuando visitas a un paranoico por la mañana y te explica que uno de los enfermeros ha estado atormentándolo toda la noche con rayos electromagnéticos, podemos deducir que el enfermero no fue muy simpático con él el día anterior.

Sin embargo, a juzgar por lo que yo contaba, la situación de mi madre no parecía tan grave. Pregunté por su diagnóstico y él sonrió encogiéndose de hombros.

—¿De qué le servirá una etiqueta?

Ya no insistí. ¿Para qué quería una palabra cuyo alcance no era capaz de comprender? Al despedirnos, me puso la mano en el hombro. Por un momento, me sentí como si lo conociera de siempre.

—No se desanime.

En casa, me zambullí en los álbumes familiares en busca del rastro de su pasado. Había empezado a grabar nuestras conversaciones. Escuchaba las grabaciones una y otra vez, y mi temor inicial se convirtió en una curiosidad inquieta. A la vez, me sentía como un observador secreto, un intruso. Aquellas grabaciones, que adquirieron un valor incalculable, contenían la esencia de su vida, como una moneda que cae en las profundidades insondables de un oscuro pozo de los deseos. ¿Era posible encontrar algún recuerdo en su olvido? ¿Hasta qué sótano brumoso de su mente me conduciría? ¿Y qué ocultaba la otra cara de esa moneda? ¿Era posible que los acontecimientos que más la habían marcado en su pasado aguardaran en lo más profundo de su mente para reorganizarse en una nueva realidad? ¿Caerían en el olvido las lagunas de nuestra historia familiar? ¿Acaso la versión oficial de nuestra historia no era más que un recuerdo domesticado, una versión llena de tachones y apéndices? ¿No es eso lo que todos hacemos ante la tentación de juntar los retazos dispares de nuestra existencia para formar un todo comprensible, el de nuestra identidad? A cada intento le planteaba preguntas con cautela, tratando de ahondar en mi memoria. Cuanto más lejanos eran los acontecimientos, mejor parecía recordarlos. La historia de mis padres se perfilaba ante mí, como instantáneas mágicas sumergidas en el líquido de revelado de un tiempo perdido.

Esperaba ante su puerta en Spandau. Llamé al timbre y aguardé, inquieto. Un silencio opresivo. Allí todo me parecía gris y sucio, aunque era evidente que las zonas comunes se mantenían con meticulosidad. El aire estaba lleno de humedad, nubes de tormenta se congregaban en el horizonte. ¿Y si no me abría nadie? ¿Y si se había muerto? ¿Y si su cuerpo sin vida yacía en el pasillo? ¿Se habría desplomado como una muñeca de trapo sobre la tarima flotante del salón? Llamé otra vez. A veces se ponía la música muy alta, o desconectaba el timbre porque quería estar tranquila. Estaba a punto de sacar el móvil cuando oí sus pasos acercándose. Mi madre nunca fue particularmente atlética. En las vacaciones de verano de mi infancia se pasaba el día entero en la playa, contemplando el mar desde debajo de la sombrilla. Por aquel entonces, su cuerpo parecía pesado e hinchado. Yo no sabía por qué. Sentía vergüenza al mirarla, deseando tener una madre guapa y deseable, la envidia de todos, una madre que vistiera con elegancia, con una larga melena negra como la de sus fotos de juventud. Pero hacía años que comía dulces sin mesura, que se desvivía por las salsas grasientas y pagó su falta de control, o eso pensé yo más tarde, con unos niveles muy elevados de azúcar en sangre. «Diabetes geriátrica», fue el diagnóstico. Hacía ya varios años que tenía que pincharse insulina tres veces al día. Uno de sus peores hábitos, una excentricidad que siempre me perturbó y que me siguió toda la infancia, era su colección de pelucas, atributo de las mujeres seguras de sí mismas de los años sesenta, como sugería la publicidad de entonces. Una vez, al regresar antes de tiempo de la guardería, me abrió la puerta una mujer extraña con el pelo rojo oscuro como la puerta de casa. Me quedé mirándola aterrorizado. ¿Quién era esa señora y dónde estaba mi madre? ¿Me había equivocado de casa, o era que mis padres ya no vivían allí? Entonces, el sonido de su voz me devolvió a la realidad.

La oí llamarme tras la puerta. Su voz era igual de penetrante que antes. Temerosa y estridente cuando no sabía quién llamaba a la puerta o cuando tenía prisa, sombría y apagada cuando se enfadaba, cristalina y melódica cuando contaba una de sus muchísimas historias. La puerta se abrió de un tirón. La vejez había devuelto la belleza a mi madre. Con sus pantalones oscuros y su conjunto de jersey y rebeca de color malva parecía frágil y vulnerable. Al contrario que antes, volvía a prestar atención a lo que se ponía. La besé en las mejillas a modo de saludo. De repente, sentí el impulso de abrazarla en un gesto protector. Algo inseguro, le puse una mano en el hombro. ¿Se había encogido al notar mi caricia, o se había quedado paralizada? ¿Quería alejarse de mí? ¿Le resultaba desagradable que la tocara?

En el salón, se inclinó sobre la mesita para enderezar el tapete rectangular de ganchillo. Junto a la mesita había un sofá de terciopelo dorado pegado a la pared. Sus patas de caoba curvadas hacia fuera culminaban en unas zarpas también doradas que parecían demasiado pequeñas. «Estilo imperio, antes estaba en un castillo», aclaraba mi madre a todas las visitas en tono de confidencia sin añadir nada más. Mezclaba los recuerdos con lo rocambolesco, lo vivido con lo inventado. A veces se conformaba con hacer insinuaciones, otras cargaba bien las tintas de su fantasía. Lo de que la mesa era una réplica solo lo decía para dejar bien patente lo mucho que entendía del tema. «Pero conjunta a la perfección», añadía con firmeza. Solo un idiota le hubiera llevado la contraria. Todo conjuntaba a la perfección en la estrechez atestada de su pisito de dos habitaciones que se había convertido en su nido después de que ella y mi padre decidieran escapar de Berlín para pasar sus últimos veinte años juntos en una casita blanca en mitad de un remoto paisaje lunar andaluz. En pleno parque natural de Cabo de Gata trataron de huir de sus recuerdos. A la derecha de su terraza, la mirada se perdía en un amplio paisaje vacío mientras el agua susurraba o rugía a sus pies. Un desierto en el mar.

Se acomodó en la butaca junto al sofá. Yo había vuelto a traer la grabadora. Mi propósito de escribir un libro sobre ella, sobre nuestra familia, sobre su relación con mi padre, había ido madurando a lo largo de los últimos años. La idea me llegó como un chucho abandonado: empezó acercándoseme para olisquearme, para marcar su territorio sobre mí antes de alejarse. Sí, al principio me sentí como si se me mearan en la pierna. Amigos y conocidos me animaron a poner la historia por escrito. Cada uno defendía sus razones. Me di cuenta de que cada uno se apropiaba de los episodios que yo contaba adaptándolos a mis oyentes.

Para mí eran historias extrañas y, sin embargo, no lo suficientemente lejanas. Había muchas lagunas y preguntas sin respuesta que no me atrevía a plantear. Cada relato familiar tiene su propia gramática y desarrolla sus propios símbolos, su propia sintaxis, se vuelve casi más ininteligible para los implicados que para los lectores de fuera. Lo más lejano es lo que nos queda más cerca. Igual que el entramado de raíces de un árbol, que refleja la copa en tamaño y diámetro. Hundimos nuestras raíces en lo desconocido, las enterramos a ciegas bajo tierra mientras nos expandimos hacia arriba. Los frutos, la parte visible, maduros o echados a perder, vivos o muertos, se corresponden con aquello que no podemos ver en la naturaleza y no nos está permitido descubrir en nuestra familia. Un tabú que cualquier niño reconoce con la seguridad con la que andan los sonámbulos.

La miré a la cara. Llevaba el ralo cabello blanco recogido en un moño tirante. Los veinte años en España le habían sentado bien. El sol había blanqueado su depresión, había perdido peso y arrojado sus pelucas al mar. Un acto de liberación que me devolvió una madre a quien yo apenas había visto así. De lejos, recordaba a la delicada muchachita de una foto de 1932. A los trece años tenía el cabello castaño oscuro y la mirada triste y seria. Con 91 años, la cara encogida y dominada por una nariz ganchuda y las manos grandes, que seguían queriendo agarrarlo todo con curiosidad. El torso al que la edad había devuelto la esbeltez había conservado la tensión.

El aroma dulzón de la vida anciana me trepó por la nariz. La boina amarilla de mi padre colgaba de un gancho en la entrada. La llevaba puesta en su lecho de muerte. Habían pasado cuatro años. Cada vez que veía aquella boina, percibía su olor en el aire, como si no se hubiera marchado del todo, como si en cualquier momento fuera a descolgarla del gancho y salir a dar uno de sus largos paseos. Mi madre siguió la dirección de mi mirada.

—Tu padre no pegaba nada conmigo.

Me quedé sin palabras. Era una declaración sorprendente acerca de dos personas que, con algunas interrupciones, se habían pasado toda la vida juntos.

—¿Es que había otro?

—Pues no.

—¿Nunca?

—Yo diría que no, la verdad.

Yo había oído otras historias en otras épocas, pero había empezado una nueva era. Ella seguía contemplando la boina amarilla.

—Mi padre se lo encontró un día en el zoo. Y entonces, un domingo soleado, se presentó en nuestra puerta con sus mejores galas. Yo me di cuenta enseguida de que no se sentía nada a gusto. ¡Ay, el traje que llevaba! No, de verdad, para troncharse de risa. —Ahí se detuvo.

—¿Te enamoraste al instante?

—¿Yo?

—Sí.

Ella ladeó cautelosamente la cabeza.

—Hay cosas de las que ya no me acuerdo muy bien, ¿sabes? Pero supongo que sí.

—Y tú tenías…

—Trece años.

—¿Y él?

—Diecisiete.

Inclinó la cabeza hacia delante, como si fuera a echarse un sueñecito. A continuación, siguió hablando con los ojos entrecerrados.

—A ver a qué hora aparece hoy. Qué morro, la verdad, desaparece y no se le ocurre decir adónde va o cuándo volverá. Y así toda la vida. Para mear y no echar gota.

2

En mayo de 1915, en la batalla de Gorlice-Tarnów, el barbero Otto Joos cayó de un disparo en el pecho cuando se disponía a asaltar la línea enemiga con su bayoneta.

Su mujer, Anna, con ayuda de una vecina que acudió a toda prisa, dio a luz a un niño delante de su hija Erna en los bajos de un bloque de viviendas del barrio de Kreuzberg. El bebé era menudo y pesaba tres kilos justos. Sin embargo, anunció su llegada al mundo de una forma sorprendentemente enérgica. El parto había durado veinte minutos.

—Pobre chiquillo, ¡sin padre! —dijo la vecina, meneando la cabeza.

—Deje de rezongar, el bebé se merece oír algo mejor.

Anna se puso el bebé al pecho. Se esforzaba por hablar con tanta claridad y corrección como podía, pero de repente hizo una mueca alarmada.

—¡Ay! Hay que ver, cómo chupa.

—Por Dios, Anna, ¿qué vas a hacer ahora? Una boca más que alimentar.

Anna no la escuchaba. Miraba a su hijo recién nacido.

—Qué lástima lo de Otto. Se te mueren todos. Qué lástima más grande, hay que ver.

—Ya puede irse, señora Kazuppke, Erna me ayudará.

La puerta se cerró. En el rellano, la señora Kazuppke meneó la cabeza un par de veces más y se secó las manos manchadas de sangre en su delantal mugriento. Ya había ayudado a alumbrar a otros niños del vecindario, y a algunos los había mandado con los angelitos. Sabía de qué iba la vida y era consciente de que aquel niño había llegado al mundo con un montón de problemas debajo del brazo.

Erna se acercó con sus piernecitas enclenques. Con cautela, asomó la cara afilada por encima del hombro de su madre.

—Qué mono —dijo en tono seco—. ¿Cómo se va a llamar?

—Otto. Como su papá.

Erna asintió.

Un par de semanas más tarde, Anna conoció a Karl, albañil desempleado, en misa. A sus otros maridos también los había conocido en los bancos de la iglesia. No era el peor lugar para tales menesteres. Todos los que acudían a la iglesia lo hacían buscando hacer examen de conciencia, introspección o consuelo para su alma atormentada. Después de misa, no era difícil entablar conversación. Un rato de charla agradable. O algo más. Quienes acudían a la iglesia dispuestos a escuchar la palabra del Señor, estaban también dispuestos a abrirse. Eso estaba claro. Y también estaba claro que Karl mala persona no era, puesto que creía en algo, y la espiritualidad significaba mucho para Anna.

Karl era un hombre corpulento. La vida lo había tratado mal, de eso Anna se dio cuenta de inmediato. Hombros anchos y un corazón herido dentro de un pecho orgulloso, esos contrastes la atraían. Reconoció en él una vivienda que necesitaba mucho trabajo, pero que, a la vez, tenía un gran potencial. Lo bueno de la gente así era que la competencia no solía percibirlo o, al menos, no tan rápido como Anna. Wilhelm, llamado Willi, su primer marido, habría llegado a ser algo en la vida. No le gustaba trabajar, pero aquello para Anna no contaba. «Sin cuartel contra el enemigo», solía decirle en su tono más engolado, y sabía perfectamente de lo que hablaba. A ella no se le caían los anillos para hacer lo necesario para proteger a su familia, para ofrecer a sus hijos y a su marido un hogar confortable. Una comida caliente al día, aunque en la sopa de guisantes raramente hubiera suficiente grasa, por no hablar de un pedazo de salchicha, y nunca faltaban un par de rebanadas de pan con mantequilla para el trabajo o la hora del recreo. Anna era pobre e ingeniosa. No temía a nada ni a nadie, ni siquiera a las autoridades. Con su ingenio innato, su encanto y su inteligencia, lograba camelarse a la gente adinerada sin ningún esfuerzo. Como mujer de la limpieza era trabajadora, rápida, meticulosa y de fiar. A menudo le pagaban más de la cantidad acordada: alguna joyita, un vestido usado, cubiertos que ya no hacían falta o un mueble que tenía que dejar sitio a uno más nuevo. Sus empleadores estaban contentísimos con aquella joven que tenía tantas ganas de aprender, que se maravillaba ante sus elegantes viviendas sin preguntar por qué no podía ella también vivir así. Anna raramente conservaba aquellos regalos. La mayoría los vendía rápidamente para alimentar sus ahorros para cuando vinieran las vacas flacas. Era una mujer que vivía con la mirada puesta en el futuro.

Willi se sentía abrumado. Se volvió cada vez más retraído, empezó a beber, a pasar noches fuera de casa, hasta que, una noche estrellada, se ahorcó en la rama de un árbol esmirriado en el bosque de Tegeler. El peso de su cuerpo partió la rama, y de la caída se partió el pescuezo. La hija mayor de Anna, Erna, de siete años, era suya. Anna quería a Erna, pero era lo bastante lista como para darse cuenta de que en su interior crecía una pequeña fulana con la que tendría que andarse con cuidado llegado el momento. Desafortunadamente, en el mismo edificio en el que ellas ocupaban el bajo había jovencitas que practicaban el oficio horizontal en los pisos superiores. Cuando Anna volvía a casa tarde del trabajo, los visitantes vespertinos pasaban junto a su ventana apestando a lujuria acumulada y reprimida. Gordos, flacos, viejos, jóvenes, guapos, feos... de buena, de mala y de peor casa. Algunos hasta daban golpecitos en su ventana o llamaban a su timbre, porque Anna no solo era joven y bella, sino que también era lo que muchos hombres describían como «atractiva». Pero Anna no estaba en venta. No juzgaba a aquellas chicas, pero tenía su orgullo y hubiera preferido pasar hambre antes que venderse a uno de esos tipos por un par de marcos. «El orgullo es lo único que le queda a una mujer pobre. Si lo vendes, estás perdido». Pero Willi, el padre de Erna, era débil. Aquello ni el buen Dios podía remediarlo.

Poco después de enterrarlo, Anna conoció a Otto en misa. Visto desde fuera, parecía lo opuesto a Willi. Menudo, más bien enclenque, de hombros estrechos y labios gruesos sobre los que reposaba un bigotito gallardo que cuidaba con esmero. Otto era peluquero. No bebía, no andaba por ahí, disponía de unos ahorrillos decentes, era blando por naturaleza y muy trabajador, aunque no tenía grandes ambiciones. Con aquello había suficiente para empezar. En poco tiempo, Anna plantó en él la semilla del deseo de convertirse en barbero. Como barbero proveería mejor para su familia, sería alguien, podría operar como un médico de verdad, arrancar dientes podridos o sajar abscesos. Uniendo sus fuerzas, pronto podrían marcharse del piso del bajo, tal vez incluso mudarse a una segunda planta, pero, por encima de todo, alejarse de las malas influencias y de las compañías aún peores, en referencia a los clientes más que a las putas. Era de ellos de quien Anna tenía miedo. No por sí misma, que sabía hacerse respetar, sino por la pequeña Erna. Sabía que entre aquellos hombres que circulaban por su bloque todos los días al caer el sol también había pervertidos que en dos o tres años como mucho tendrían prisa por extender sus dedos repugnantes hacia su niña.

Otto escaló posiciones rápidamente. Era habilidoso y, en unas condiciones más favorables, habría llegado a cirujano. Quizá lo hubiera podido conseguir con ayuda de Anna, pero entonces llegó la guerra, cuatro años de horror, y Otto cayó, como tantos otros de su quinta, por su patria, tres meses antes de convertirse en padre. Fue el gran amor de Anna, y por eso le puso su nombre al hijo de los dos.

* * *

Karl, el padrastro de Otto, no veía nada bueno en el niño. Celoso, se fijaba en cada gesto, en cada minúscula muestra de atención que Anna dedicaba a su hijo. Tras el nacimiento de Ingeborg, la hija que tuvieron en común, la cosa empeoró. Ahora que Karl tenía a su propio retoño, aquellos mocosos, como llamaba a Erna y Otto, le molestaban. No entendía por qué tenía que doblar el lomo por la prole de otros. Había sobrevivido a la guerra sin medalla alguna, y lo único que se había llevado de la contienda era un grave trauma en forma de ataques de pánico repentinos que combatía con alcohol con una regularidad creciente. Paso a paso, fue trasladando la guerra del exterior a su interior. El dinero que no se bebía lo apostaba con la esperanza de recuperar lo perdido. Lo echaron de la obra, poniendo fin a su sueño de convertirse en capataz. Aceptaba todo lo que le llegaba y solía encontrar empleo ocasional, sobre todo en la fábrica. Era un trabajador sin cualificación alguna, un mero peón, un don nadie. El orgullo perdido lo buscaba en vano en el fondo de las botellas de licor. Los sábados recibía un sobre con el sueldo, que solía beberse entero la misma noche. Y entonces se iba a casa para atizarles a todos una buena tunda. A todos menos a su pequeña Inge.

Anna no lo aguantaba. Sabía que tenía que poner a Otto y a Erna a salvo. A través de una empleadora descubrió el programa de evacuación de los niños al campo. Otto y Erna ofrecían una imagen tan demacrada y macilenta que consiguió encontrarles plaza rápidamente. Otto se fue con una familia en Alta Silesia, Erna fue a parar a la región del Ruhr.

A Anna le costó separarse de ellos, pero no sabía qué otra cosa hacer. Erna se había escapado varias veces últimamente, y el pequeño Otto empezaba a tartamudear de miedo con solo ver a su padrastro Karl a lo lejos. Los niños estaban a salvo, y sus familias de acogida recibirían unos ingresos adicionales del Estado por su manutención. Pasaron un año escaso separados. Para Erna fue un respiro. Para Otto, que pasó del fuego a las brasas, fue el infierno.

* * *

Cada mañana, a las cinco de la madrugada, Irmgard, aún medio borracha, lo arrancaba del sueño con sus gruesos brazos, lo sacaba de la casa con un frío de espanto y lo zambullía en un barreño de agua helada poniéndole la tapa hasta casi ahogarlo. Y cada mañana se reía ante sus manoteos desesperados. Otto aprendió rápidamente que Irmgard volvía a levantar la tapa en cuanto él dejaba de moverse. También había descubierto que entre la tapa y la superficie del agua quedaba una finísima capa de aire. Con mucho cuidado, asomaba la nariz y boqueaba hasta que Irmgard volvía a quitar la tapa para sacarlo del agua, como decía ella, en el último segundo.

Otto volvió a hacerse pis en la cama y a cagarse en los pantalones. Su padre de acogida lo agarraba por el pescuezo y le obligaba entre maldiciones a comerse «la mierda». Si se negaba, lo zurraba con los pantalones cagados en la cara. Al marcharse, murmuraba en tono amenazante que ya se encargaría de quitarle aquellas tonterías. Otto ya no tartamudeaba; había dejado de hablar. Llegó al punto de dejar de comer. «A quien nada quiere, nada le falta», comentó Irmgard al respecto sin inmutarse.

Once meses más tarde, Anna rescató a su hijo al borde de la inanición. Regresó con sus dos hijos a Berlín, donde empezó a gobernar su hogar con mano de hierro. Si Karl levantaba la mano a alguno de sus hijos, le atizaba con la escoba en los dedos o se negaba a dejarse tocar por la noche.

En la escuela, Otto era el más menudo y enclenque. Sus compañeros ocuparon el vacío de su padrastro y empezaron a pegarle día sí, día también. Al lavarse la cara manchada de sangre y lágrimas sobre el sucio lavamanos del baño del colegio, que apestaba a orina, se miró en el espejo y se dio cuenta de que algo tenía que cambiar. Una noche, robó unos pesados ladrillos de una obra y una barra de hierro que encontró por ahí tirada. Limó los agujeros de los ladrillos para ensancharlos, recortó la barra de hierro y se hizo unas mancuernas. En el patio interior de su edificio había un andamiaje de hierro en cuyas barras las mujeres colgaban sus alfombras baratas para atizarlas con el sacudidor. Anna había delegado ese trabajo en Karl. «Así al menos haces algo». El amor había quedado relegado al olvido. Cuando él la rondaba, ella se abría de piernas y jadeaba fuerte para que él llegara rápido. Karl no tardó en darse cuenta de que el sacudidor de alfombras también podía emplearse sobre las nalgas de su desafortunada familia.

Otto empezó a levantarse dos horas antes por la mañana. Pasaba de puntillas frente a su padrastro, que roncaba en el sofá del salón en un exilio forzado, se echaba un cubo de agua helada sobre el cuerpo desnudo mientras recordaba con rabia a su torturadora Irmgard y, en calzoncillos y camiseta interior, sacaba sus mancuernas de su escondite en el sótano y se ponía a entrenar en el patio. Al principio apenas conseguía levantar las pesas, elevarse sobre la barra de las alfombras o hacer más de tres flexiones. Pero sabía que si se rendía, estaría perdido para siempre. Era una lección clara y simple: los golpes se recibían o se repartían. No tenía muy claro si tenía ganas de repartir, pero sabía que quería dejar de recibir. Un par de semanas más tarde, los ladrillos se volvieron demasiado ligeros para él. Sisó dos cajas de cervezas de debajo de la cama de su padrastro sin que este saliera de su duermevela balbuceante y las ató con una cuerda a la barra de hierro, y progresó rápidamente de tres series de cinco a cuatro series de treinta. Desde la ventana, Anna miraba a su hijo y callaba. Lo había entendido. Cuando había patatas para comer, o apenas pan con mantequilla, guardaba su ración para Otto. Medio año más tarde, Otto seguía siendo igual de menudo, pero toda la ropa se le había quedado pequeña. Forrado de músculo, recorría taciturno el camino a la escuela que durante mucho tiempo fue un calvario.

* * *

Paul Meister, el archienemigo de Otto, al que todos llamaban Paule con voz temerosa, no era el más espabilado de la clase, pero con los puños era más rápido que cualquier empollón recitando las tablas de multiplicar. Molía a palos sin piedad a cualquiera que le tosiera. Y, como tampoco era particularmente elocuente, utilizaba la mirada para dar órdenes a sus tropas.

Era un lunes de diciembre por la mañana. El suelo de gravilla del patio estaba cubierto de escarcha. A la hora del recreo, Paule separó a sus compañeros en dos equipos de fútbol con un par de gestos autoritarios. Otto se quedó en un rincón sin nada que hacer. Con cuidado, sacó el bocadillo que su madre le había dado. El balón de cuero sucio se estampó contra su cara. Otra cosa no, pero Paule tenía puntería. Su claque celebró el tiro entre alaridos.

—Otto, tontorrón, te cagas en el pantalón —chilló un muchacho flaco y granujiento.

—Otto, mariquita, vete con mamaíta —añadió un chico con la cara roja que se escondía detrás de Paule y mantenía los brazos algo separados de su cuerpo fornido, como si anduviera con muletas y alguien acabara de quitárselas.

Seguro de la victoria, Paule se acercó a Otto pavoneándose. Se detuvo ante él. Con una mirada fugaz con el rabillo del ojo indicó a Otto que ocupara su posición en el equipo. A partir de ese momento, todo sucedió muy rápido. Otto le asestó un gancho al hígado con la derecha. Mientras Paule estaba al borde de la asfixia, Otto soltó el brazo izquierdo y le golpeó en la cara, primero con el puño y después con el codo, partiéndole la nariz y el pómulo. Con Otto a horcajadas encima de él sacudiéndole la cara de lado a lado sobre la grava como si fuera un trapo viejo, Paule ya no recordaba si había empezado él diciendo algo y luego tirándole a Otto el bocadillo al suelo o si la cosa había ido al revés.

La claque se retiró, muda de impresión. Paule giró su cara cubierta de sangre hacia ellos en un gesto de socorro, pero nadie se movió. Todos miraban a Otto atemorizados. El nuevo rey. Otto se puso en pie y se alejó con aire indiferente.

Un chico mayor se le acercó desde el otro extremo del patio mientras los demás se desperdigaban con discreción. El chico le tendió la mano.

—Roland.

Otto lo miró en silencio. Conocía de oídas a aquel alumno de bachillerato. Evitaba acercarse a ese tipo de gente, aunque las personas como Roland nunca se fijaban en él. Lo miró a los ojos por primera vez, de un blanco azulado como la leche, pensó. Roland no era mucho más alto que él. Sus manos huesudas colgaban junto a su cuerpo, que despedía una leve tensión, una posición peculiar, con las piernas en una posición relajada pero atenta. Un luchador. Otto lo reconoció enseguida. Le encajó la mano.

3

—Te presento a Otto.

Se encontraban en un viejo gimnasio. Apestaba a sudor. Varios jóvenes, la mayoría mayores y más fuertes que Otto, entrenaban sobre unas colchonetas vestidos con trajes negros y ajustados de pantalón corto. En silencio, se atacaban unos a otros. De vez en cuando, alguno de ellos exhalaba audiblemente para liberarse de una llave de palanca o rodear al contrario con brazos y piernas.

El hombre al que todos llamaban el Jefe tendría unos veintipocos años. Los ojos que asomaban bajo su frente chata se posaron en Otto con una mirada fija y fría, como si pretendiera arrancarle una confesión. Otto le devolvió la mirada sin inmutarse.

—¿Primer día?

Otto asintió. El Jefe señaló una puerta en el lado opuesto de la sala.

—Vete donde Atze y agénciate una malla. —Dicho esto, volvió su atención a los chicos del *ring* sin dignarse a lanzarle otra mirada. Mientras iba donde le habían mandado, Otto observó cómo se dirigía con suavidad y firmeza a los jóvenes que entrenaban para ir corrigiendo agarres o demostrar posiciones.

A lo largo de las semanas que siguieron, Otto empezó a entrenar regularmente con Roland en el Club Deportivo Lurich 02. Al Jefe solo lo veía de lejos, puesto que él no perdía el tiempo con principiantes. De vez en cuando oía su voz queda y áspera, que recordaba a la de un hombre varias décadas mayor. De los más jóvenes se encargaba Atze, un viejo caballo de guerra que, como tantos otros de su generación, había ahogado sus penas en alcohol. Sus ojos entornados en una cara llena de surcos parecían saeteros del revés, y su apariencia general era la de una fortaleza abandonada en un país de fantasmas. En realidad, su maestro era Roland, él le enseñó todos los trucos y fintas. Otto se puso cada vez más fuerte. Volvía a casa después de entrenar y el agotamiento lo sumía en un sueño profundo y feliz. Cada día descubría una nueva zona de su cuerpo. Su potencia crecía día a día, y aprendió a aplicarla con sensibilidad. Aprendió a vencer, a reducir a su oponente con rapidez, a mantenerlo contra la colchoneta con los hombros durante tres segundos. Las reglas eran sencillas: había que lanzar, derribar e imponerse. Había que hacer caer al contrario y darle la vuelta hábilmente. Otto era temido por su agarre de entrepierna. Sujetaba al contrario bajo las piernas y lo levantaba por los aires como un resorte. Pronto demostró ser un excelente fintador, desarrollando una creatividad sorprendente para reconocer los puntos fuertes y débiles de su oponente y aprovechar su fuerza contra él para tumbarlo. Era una sensación embriagadora.

En casa, el padrastro observaba la transformación del muchacho como un jefe de la manada caído en desgracia. Solo en una ocasión le levantó la mano a Otto. Se quedó congelado con la mano en el aire como si lo hubiera atenazado un dolor inesperado. Respirando pesadamente, finalmente se dio media vuelta. Sucedió poco después de cenar. Todos habían presenciado aquella escena fantasmagórica. Karl desapareció, ¿o fue su sombra quien salió de puntillas? Otto fue el único en percibir el leve temblor de sus párpados.

La paz o, mejor dicho, la tregua, no duró mucho. Al llegar Otto a casa una noche, agotado pero feliz después de su entrenamiento, le cayó un golpe en la oscuridad que por poco le parte el cuello. Su cabeza salió disparada hacia delante, y se desplomó sin hacer ruido. Karl enarboló el taburete de la cocina para rematar la faena, pero entonces lo recorrió un dolor indescriptible. Como un animal asustado, se arrastró gimoteando por el pasillo. Anna devolvió el atizador incandescente a la cocina económica con una calma sorprendente y se volvió hacia su hijo. Le curó la herida y lo acompañó a la cama. Le refrescó la frente con agua fría. Mientras le daba leche caliente con miel a cucharadas, él se quedó mirándola un largo rato y la tomó de la mano.

—No tengas miedo de mí, madre. Puedo trabajar hasta caerme muerto. Encontraré algo para ganarme la vida, os sacaré de aquí. Voy a empezar a transportar briquetas por las mañanas, a las cuatro de la madrugada, y tengo muchas otras ideas. Puedes estar tranquila, no tienes que andar siempre partiéndote la espalda por nosotros.

Anna miró a su hijo llena de orgullo. Tenía trece años y se afeitaba todas las mañanas. Veía en él los ojos y el mentón de su padre, su hombre caído en combate.

Qué tiempos tan extraños. Durante la guerra habían pasado hambre. Algunos hijos murieron antes que sus padres, otros nacieron después de que sus padres fallecieran.

—Otto —dijo mientras le agarraba una mano—. No digas tonterías. Tu padre no lo hacía. Era un buen hombre, que afeitaba y operaba a clientela adinerada. Cuando se hace de noche, los niños tienen que estar en la cama. Para sacarnos de aquí tienes que calentar la silla en la escuela, déjate de briquetas.

Otto adoraba las manos de su madre. Ojalá no se hubiera casado con aquel tipo. Su padrastro no valía para nada.

—Lo conseguiré, verás tú.

—Ya lo verás, habla bien —repuso ella sonriente.

—Ya lo verás —repitió él.

—Y lávate el pelo, o te quedarás calvo como tu padre.

—Qué va, madre, si no hago más que partir peines de lo grueso que tengo los pelos.

—El pelo —dijo ella.

—El pelo.

4

—¿Qué se te ha perdido por aquí, chaval?

Un tipo de aspecto tosco miraba a Otto desde arriba.

—Carbón —respondió Otto.

—¿Repartir o empacar? —Aquel hombre no tendría más de veinticinco años, pero aparentaba veinticinco más. Con la cara y las manos tiznadas, de hombros anchos y manos poderosas, tenía la piel áspera y cuarteada como un viejo delantal de cuero. Otto se quedó mirándolo. Le sonaba de algo.

—Las dos cosas —dijo Otto, colocándose ante él con las piernas separadas.

El hombre lo miró a través de las rendijas oscuras que eran sus ojos. Entonces soltó un silbido.

—Baja para acá, pipiolo, a ver si eres tan gallito trabajando como hablando. La mayoría de los que vienen por aquí andan silbando como tipos duros, pero se les caen los anillos con el trabajo duro.

—Yo no silbo al trabajar.

¿Dónde había oído esa voz? Otto estaba demasiado nervioso como para ponerse a darle vueltas.

Bajaron por la escalera en silencio hacia el sótano negro como la pez. El aire cargado de hollín hizo toser a aquel hombre. Otto se quedó boquiabierto, nunca había visto nada parecido. Había toneladas de briquetas apiladas por toda la estancia. El jefe debía de ser multimillonario.

—¿Cuándo empezó a trabajar con el carbón?

—Según mis huesos, hará como cien años.

—¿Y desde cuándo es suyo todo esto?

El hombre le soltó una colleja.

—Aquí las preguntas las hago yo, ¿te enteras? —Otto guardó silencio—. Hay que mover esa tonelada de detrás, a la izquierda, a esta pared de la derecha de aquí delante.

—¿Por qué?

—A ver, ¿has venido a estudiar o a trabajar?

Frente a aquel muro negro que se alzaba ante sus ojos, Otto pensó por primera vez que ponerse a estudiar no sonaba tan mal, y pensó con añoranza en el cómodo pupitre de la escuela en el que se quedaría dormido de agotamiento un par de horas después.

—Tienes media hora. Si lo consigues, ganarás treinta *pfennig*, y si no, habrás aprendido la lección y podrás irte con viento fresco. Venga, que en boca cerrada no entran moscas.

Sin dignarse a dedicarle otra mirada, su cuerpo pesado volvió a enfilar la escalera hacia el piso de arriba. La puerta se cerró con un crujido. Otto buscó a tientas el interruptor de la luz, y entonces oyó un chasquido. Tenso, oteó la oscuridad. Le hubiera gustado ponerse a hablar solo, pero temía que aquel tipo estuviera escuchando detrás de la puerta. Otro chasquido. Algo se movió. Debían de ser ratas. En su casa de Hermannstraße, su padrastro había matado una en el sótano, una bestia de unos treinta centímetros de largo con unos dientes enormes y afilados. Sus ojos se acostumbraron paulatinamente a la oscuridad. Seguía buscando el interruptor en vano cuando oyó aquella voz áspera que venía de arriba:

—Las briquetas rotas se descuentan del sueldo.

¿Quién era? Maldita sea, si lo conocía… ¿o no? Daba igual, no tenía tiempo. Ahí abajo tenía que haber algo que le aligerara el trabajo. ¿Con qué se movían aquellos palés descomunales? ¿Y a qué se refería el jefe con lo de la tonelada de detrás a la izquierda? ¿Cualquier tonelada que estuviera al fondo a la izquierda, o la que estaba más al fondo en el lado izquierdo? Fuera como fuese, primero tenía que despejar las dos filas de delante. Imposible. En media hora no podría trasladar todas las briquetas una a una. Miró a su alrededor, indeciso. Nada. ¿Y si ponía pies en polvorosa? Su madre tenía razón, era demasiado joven para ese trabajo, y la voz de aquel tipo le sonaba porque se parecía a la de su padrastro. No tenía ninguna necesidad de encerrarse en un sótano. Volvió a oír el chasquido. Las briquetas estaban apiladas en hileras junto a la pared, pero si había ratas u otros bichos correteando por allí, debía de haber algún espacio libre, y si había espacio libre, tal vez fuera allí donde se guardara lo que hacía falta para la tarea. ¿Cómo sacaban el carbón a la calle? La escalera era demasiado estrecha, y el piso de arriba no le había parecido especialmente sucio, no había visto ni rastro de hollín. Otto siguió avanzando a tientas.

—Ay. —Otto se chocó con una barra de hierro. Se agachó con cuidado y la palpó con las manos en dirección a los chasquidos. Era posible que allí hubiera un conducto por el que se transportara el carbón hacia arriba. Por allí debía de entrar luz. Tal vez hubiera herramientas. Pronto empezó a disfrutar de la tarea. Pensó en los treinta *pfennig*, en cuánto ganaría a la semana, al mes, en cuántos sueldos de treinta *pfennig* necesitaría para comprarle a su madre algo especial. Una radio nueva, eso sería cosa fina. El regalo de boda de su padrastro sonaba con un eco como de lata, y la recepción era lamentable. En la tienda de electrodomésticos tenían una en el escaparate. Había pegado la nariz al cristal en más de una ocasión para admirarla, tan bonita y sin parangón, y empezó a imaginarla mientras seguía avanzando. Aquellos diales redondos tan elegantes que tenía delante, con una funda a juego de tela de buena calidad. Aquel aparato debía de sonar celestial. Ideal para los conciertos radiados que tanto le gustaban a su madre. La caja debía de ser de caoba por lo menos. «Seguro que cuesta una fortuna», pensó. Su padrastro nunca podría permitírselo. Pero Otto sabía que su madre soñaba con algo así. Se arrodilló frente a un altísimo muro negro. Un rayo de luz casi imperceptible se colaba por las rendijas entre las briquetas. Debía de ser allí. De puntillas, alargó los brazos y retiró la hilera superior. Entró más luz. Un chasquido fuerte. Siguió con la mirada hacia arriba una bajante por la que oía trepar a una rata. A cuatro metros por encima de su cabeza vio un gran enrejado. Ese era el conducto por el que el carbón entraba y salía. Se encaramó al precario muro de briquetas. ¿A qué tipo de imbécil se le había ocurrido bloquear el acceso? ¿Y por qué? Encontró dos plataformas rodantes y un elevador móvil. Conseguido. El resto fue un juego de niños. Antes de que se le hubiera acabado el tiempo volvió a presentarse ante el jefe, que comprobó su reloj de bolsillo.

—Veintitrés minutos y doce segundos.

—El resto se lo regalo.

—Mañana a las cinco en punto. ¿Aún vas a la escuela? —Otto asintió—. ¿A qué se dedica tu padre?

—Cayó en la guerra.

—¿Dónde?

—En Gorlice-Tarnów.

—¿Dónde queda eso?

—En Galitzia.

—Una mierda de guerra. Yo perdí a mis dos hermanos.

—¿Dónde?

—En el ataque con gas en Ypres, en Bélgica. Y bien orgullosos que estaban ellos. «Pronto acabará todo —escribieron—, el gas alemán los liquidará a base de bien». Pero la cosa fue al revés. Se asfixiaron, los pobres desgraciados. Patria de mierda. Nos jodieron pero bien, nos echaron esa basura por encima. ¿Y quién se come la mierda cuando aparece? Los que nos metieron en esto no, desde luego. Fíjate en los acuerdos que han cerrado en Versalles, vas a ver lo que vamos a tener que tragar.

Le puso una moneda en la mano. Otto se quedó mirándola con incredulidad. No eran treinta *pfennig*, era un marco entero. El futuro le sonreía.

—No te lo gastes todo en la botella. A saber cuánto va a durar este trabajo. Y no te despistes en el colegio. Tienes algo en la sesera, no lo desaproveches. —Le tendió una mano encallecida—. Mañana a las cinco. Me llamo Egon.

Otto estaba muy erguido, como si acabaran de nombrarlo caballero. Estrechó aquella mano pesada y se sorprendió al decir con voz firme:

—Otto.

—Ya lo sé.

«Yo también», pensó Otto de repente. Egon no le soltaba la mano. Otto se sintió como si aquellos ojillos fríos en mitad de la cara ennegrecida calentaran de golpe toda la habitación.

—Sigues igual de bajito, pero has estado entrenando. Como púgil tal vez tengas futuro también. Muchos creen que para boxear hace falta fuerza, pero solo los que pelean con la cabeza salen vencedores. No te mezcles con malas compañías. Hay cada pieza en el club... A los chavales como tú se los zampan para desayunar. Y aplica lo que sabes para hacer el bien. El arte del boxeo se aprende para proteger a los débiles y a los oprimidos, no al revés. —Estas últimas palabras las pronunció en un tono culto algo torpe—. ¿Te has coscado? —concluyó rápidamente, volviendo a su tono barriobajero habitual.

Entonces sonrió por primera vez. La sonrisa se ensanchó por aquel rostro de piel curtida. Otto respondió a su apretón de manos. Se lo imaginaba. Egon era el Jefe del Club Deportivo Lurich 02.

En la calle, la luz del sol le cayó encima como un relámpago. Saltó tan alto como pudo.

5

Su padrastro se secó la boca con la mano y soltó un eructo con un suspiro. Se había terminado el estofado.

—Como el del frente, pero mejor.

Karl no había aguantado mucho tiempo en el frente. Una mañana se había pegado un tiro en el pie izquierdo con su arma reglamentaria y lo devolvieron a la patria con un certificado de inaptitud. Sus camaradas lo apoyaron, conscientes de que Karl era demasiado débil para la guerra y demasiado débil para la vida. Ninguno soltó prenda sobre su acto de automutilación para ahorrarle el consejo de guerra. Ya no era más que un peón, un hombre roto y corpulento.

—Lo pagamos bien caro en Versalles —dijo Otto en un tono seco.

—¿El qué? Déjate de tonterías, no te las des de listo, mocoso. Míralo, madre, lleva orejas de burro y se cree que lo sabe todo.

¿Por qué se había casado su madre con aquel zoquete? Otto sintió que lo invadía una ira helada.

—He visto burros con orejas más pequeñas que las mías zamparse a cardos borriqueros más grandes que tú.

Miró a su madre. Sabía que no le gustaba que hablara de esa manera. Se mordió la lengua y se agachó rápidamente para esquivar el plato que le lanzó a la cabeza.

—Ya la tenemos —murmuró Anna mientras recogía los pedazos.

Karl la miró amenazante con los ojos empañados, y entonces retiró el mantel de la mesa de un tirón que lanzó por los aires todo lo que había encima. Señaló el suelo resoplando.

—Hala, a recoger.

Cuando su madre fue a darle un beso de buenas noches, Otto la miró muy serio. Hablaba despacio y reflexivamente.

—Madre, me gustaría hacer el bachillerato.

Anna le puso una mano en la frente. Asintió y apagó la luz. Él permaneció despierto. Le había hablado bien, como a ella le gustaba. La luna iluminaba la habitación. La cruz del parteluz y el travesaño se reflejaban en la pared. Su hermana Erna se le metió bajo el edredón.

—¿Tú ya has follado? —Le sacaba tres años. Otto negó con la cabeza—. ¿Quieres probar? —Le agarró la mano y la puso sobre sus muslos escuálidos.

—Si no paras, te voy a atizar.

—No te preocupes, yo me encargo. —Entre risitas, se giró hacia la pared y frotó su trasero escuchimizado contra él —. Apuesto a que follas mejor que los viejos.

Otto luchó contra la oleada de asco que se apoderó de él. Sabía lo que hacía Erna para suplementar su asignación semanal. No solo iba al burdel del piso de arriba a limpiar. Empezó a echar cuentas de lo que podría ganar en las próximas semanas. Tenía que marcharse de allí. Con números relucientes revoloteando por su cabeza, cayó en un sueño intranquilo con la cadencia de los jadeos rítmicos de su hermana.

Durante los meses siguientes, se dedicó a repartir briquetas por el vecindario todas las mañanas. Por las tardes echaba una mano en el colmado transportando cajas u organizando los productos. Así también conseguía pan duro, verduras, ensalada y todos los productos que ya no estaban lo bastante frescos para la clientela adinerada. Lo llevaba todo a casa. La familia dejó de pasar hambre.

Como púgil consiguió llegar al campeonato regional. Los estatutos del club deportivo incluían el desarrollo de las habilidades intelectuales de sus miembros además del entrenamiento físico. Para que los trabajadores se recuperaran de su ardua labor entre máquinas, se transmitían ideales comunistas y conciencia de clase. Fue la primera vez que Otto oía la palabra «formación».

Y la segunda vez que oía hablar del bachillerato.

—¿Qué se te ha perdido allí? —le preguntó su padrastro.

—No lo entenderías.

Karl lo miró indeciso. Trató de cargar la mirada de determinación atemorizante. Pero dejó transcurrir mucho tiempo y pasó el momento de sacar pecho. Empezó a temblar. De repente sentía frío y calor a la vez, y un hormigueo en el brazo izquierdo. Boqueó sin hacer ruido un par de veces como un pez fuera del agua y entonces se desmayó sobre la mesa. Otto se levantó de un salto, lo bajó al suelo y lo colocó bocarriba rápido y con cuidado para empezar a presionarle con ambas manos rítmicamente sobre el pecho y hacerle el boca a boca. Karl volvió en sí. Con ayuda de su madre, Otto lo llevó a la cama. No se lo había pensado ni un segundo, no había sentido ni pizca de ira, ni de duda, ni ninguna cercanía. Anna se quedó mirando a su hijo. «Mejor que cualquier médico», pensó, aunque no dijo nada. Otto le tomó el pulso a su padrastro.

—Llamaré a una ambulancia.

6

El Jefe había reunido a los miembros del club en el salón de actos. Estaban sentados en círculo en el suelo encerado, y Egon se puso en medio y también se sentó. Hacía algunas semanas que esas reuniones tenían lugar, un encuentro obligatorio al que Otto nunca faltaba. Al contrario de la mayoría de sus compañeros, se sentaba bien derecho y se embebía de las palabras del Jefe con ganas de aprender. Egon paseó la mirada alrededor del círculo, y los murmullos de aburrimiento enmudecieron.

—Hoy voy a hablaros de Karl Marx. ¿Sabéis quién es?

Los jóvenes le devolvieron una mirada vacua.

—No pasa nada, incluso de donde no hay, algo se saca. Roma no se construyó en un día. Paulchen, no pongas esa cara de merluzo, que estamos hablando de tu futuro. —Hizo una pausa deliberada—. Y del de todos vosotros, así que abrid bien las orejas. Si os quedáis aunque sea con media frase, pazguatos, ya habrá valido la pena. Bueno, pues el Karl Marx este se puso a pensar un día, y bien que quemó gasolina en el cerebro, y todo lo que pensó y dijo puso el mundo patas arriba. Y por eso es importante que lo sepáis, ¿os coscáis?

Todos asintieron en silencio.

—¿Y qué pasa? —graznó un chico sudoroso con el pelo revuelto.

—No te pongas nervioso, Brauner.

Egon oyó un rebuzno a su espalda.

—Veo que estamos rodeados de cráneos privilegiados.

Las risas se apagaron.

—Pues bien…

Otto, conmovido, respiraba al ritmo de Egon. Percibía cómo a ese boxeador fuerte y rápido como el rayo, capaz de tumbar a cualquiera, le faltaban las palabras. Cómo se esforzaba por transmitir todo lo que había aprendido en la formación obrera marxista de un modo fácilmente comprensible… y lo mal que se le daba.

Egon hizo otra pausa. Miró a su alrededor.

—Y si las empresas no pueden invertir porque los bancos ya no les prestan más dinero, pues entonces ellos, los bancos quiero decir, también se quedan sin pasta porque ni las empresas ni nadie más llevan lo suyo al banco, y entonces… pues se acabó, pintan bien bastos. Y ya está.

Los púgiles empezaron a charlar entre sí. A excepción de Otto, nadie había entendido una palabra.

De camino a casa, Otto se detuvo frente a la tienda de electrodomésticos. La radio seguía en el escaparate. Acarició con la mirada la caja de caoba. En la esquina inferior izquierda se exhibía con orgullo un logo oscuro que destacaba sobre la finísima tela. «Enigma». Otto imaginó a su madre escuchando conciertos radiados en la cocina. El sonido volaría por la habitación como un águila. A ella nunca se le ocurriría desear algo tan especial. Ahorraba cada céntimo para la familia, y por si venían las vacas flacas. «Pero las vacas flacas nunca se acaban», pensó Otto. Nunca había conocido otra cosa. ¿Por qué esperar? ¿A que las vacas adelgazaran todavía más? ¿De qué servía trabajar, si la vida no mejoraba? ¿Qué era más importante: tener una vida mejor o una más elevada? ¿Y qué diferencia había? ¿No podía alcanzarse una vida mejor si uno tenía ciertas aspiraciones? Las peroratas de Egon resonaban en su cabeza. Sonaba todo muy convincente. Recordó entonces las caras atontadas de sus compañeros del club. Egon no había conseguido apelar a su intelecto. Mientras no tuvieran lo suficiente para mover el bigote, cualquier discurso sería inútil. Así que lo primero era una vida mejor, pensó Otto, y después ya quizá una vida más elevada.

La campanilla de la entrada repicó con alegría cuando Otto entró en la tienda. Percibió un leve olor a humedad. Un viejo le lanzó una mirada taciturna desde la caja. Sin prestarle atención, Otto se giró para examinar la parte trasera de la radio. ¿Qué ocultaba? ¿Cómo era capaz de recibir sonidos tan lejanos? Una orquestra tocaba en una sala de conciertos, y la música podía oírse al mismo tiempo en otro lugar. La gente que no tenía dinero para asistir a esa clase de eventos, para arreglarse ni para ir a comer a algún restaurante al salir podía estar en el mismo sitio simultáneamente. Sin que Otto se diera cuenta, el vendedor encendió la radio. Otto empezó a mover la cabeza al ritmo de la música de vals. El olor a naftalina le hacía cosquillas en la nariz. Lanzó al vendedor una mirada inquisitiva.

—Un aparato de radio inalámbrico para instruirse y entretenerse. Enigma. La mejor del mercado.

El viejo seguía girando los diales, saltando de murmullos de voces a fragmentos musicales. Una voz sonora se hizo oír entre el susurro de las ondas:

—«...el logro sin precedentes de Amelia Earhart, el primer vuelo transatlántico realizado por una mujer, un año después del vuelo sin escalas de Charles Lindbergh con su monoplano de un solo motor, el Spirit of Saint Louis...».

—Treinta y tres horas y treinta y dos minutos de Nueva York hasta París —repitió Otto entre susurros.

—«...millones de personas alrededor del mundo siguieron la noticia en prensa o en radio el año pasado. Lindbergh no pudo dormir en todo el trayecto —prosiguió el locutor en tono apremiante—, voló totalmente solo y consiguió hacer el recorrido sin aparatos de navegación, algo que se creía imposible en el océano. Y ahora,

Amelia Earhart ha demostrado que las mujeres no tienen nada que envidiar a los hombres en lo que a talento aeronáutico se refiere. En tan solo veinte horas y cuarenta minutos, ha conseguido cruzar el Atlántico desde Terranova hasta Gales en un avión trimotor del fabricante Fokker llamado Friendship».

«Terranova». La palabra resonó en la cabeza de Otto.

—¿Cuánto cuesta este aparato? —preguntó, sin rastro de acento berlinés en su voz.

El vendedor dijo una cifra que hizo que Otto se mareara. Tendría que gastar todos sus ahorros. Pues que así fuera. La ocasión bien lo valía. Su madre podría escuchar sus conciertos y él aprendería más sobre el mundo. Podía imaginarse la cara de su madre, sabía que le reprocharía haber hecho ese gasto y, sin embargo, reiría como una niña que niega con la cabeza, radiante de alegría, cuando la sacan a bailar para, poco después, echar a volar por la pista de baile.

—¿Me la reserva? Vendré por la tarde a pagarla.

El vendedor lo miró con suspicacia.

—Tres horas, no más.

—De acuerdo.

Otto le tendió la mano al viejo.

La familia estaba reunida en torno a la mesa de la cocina. Karl hacía girar torpemente los diales de la radio nueva.

—Quita de ahí, que lo vas a romper y ha costado un dineral.

Un temblor recorrió la cara de Karl, y las lágrimas brotaron de sus ojos agotados. Otto se entristeció. «Una vida mejor es una vida lejos de aquí», pensó, mientras se tragaba el nudo que tenía en la garganta.

El director de la escuela observó a la extraña pareja que tenía sentada frente a su mesa. Madre e hijo, seguro, pero el muchacho era lo que en Berlín se conocía como «una buena pieza». Su edad era difícil de determinar. Y quién mandaba de los dos, también. Divertido, se arrellanó en su silla. «Parecen sacados de una caricatura de Heinrich Zille», se dijo. Se quitó los anteojos redondos para limpiar los cristales hasta que finalmente decidió dirigirse al muchacho con un gesto de ánimo.

—¿Y por qué quieres estudiar con nosotros?

—Quiero aprender algo.

—¿El qué?

—Que me aspen si lo sé.

Otto percibió la mirada insistente de su madre y se esforzó en hablar correctamente.

—¿A qué se dedica tu padre? ¿No quieres seguir el mismo camino y aprender un oficio?

—Trabaja en una fábrica.

—Comprendo.

—El padre de Otto cayó en combate poco antes de que él naciera. Era barbero —intervino Anna.

—La guerra. Sí. La guerra… Cuánto lo siento. ¿Y en qué fábrica trabaja tu padrastro?

—En la que puede. Va donde lo necesitan. Y siempre lo necesitan.

Otto fue el primer sorprendido de presentar un retrato tan halagüeño de Karl.

—A ver tus notas.

Otto le tendió una carpeta. El director hojeó pensativamente los boletines de los primeros años de escuela de Otto.

—Ahora voy a hacerlo mejor. Al principio no sabía de qué iba esto, pero ahora sí.

—¿Y?

—Es igual que entrenar: da igual lo mucho que duela, hay que seguir adelante.

—¿Estás en un club deportivo?

—En el Club Deportivo Lurich 02. Boxeo. Ya he participado

en los campeonatos regionales. Y en el club también nos leen a Karl Marx.

El director levantó la mirada sorprendido.

El cambio fue más difícil de lo esperado. Otto dominaba las nuevas materias sin gran esfuerzo, pero se sentía extraño entre sus compañeros de familia burguesa. Sus gestos, su manera de hablar, la forma de comportarse con los demás, todo lo hacían diferente. Pronto sintió los primeros retortijones. Iba corriendo al baño. A veces vomitaba, y otros días lo atormentaba una diarrea persistente que lo dejaba sin fuerzas. Se arrastraba hasta la escuela agotado y se quedaba dormido en clase. Su apariencia fortachona le valía el respeto de sus compañeros, que tendían a dejarlo en paz. Otto descubrió la resistencia pasiva de la burguesía y el poder del ostracismo sibilino. Si nadie lo atacaba abiertamente, ¿cómo iba él a defenderse? Lo toleraban a duras penas, nada más. Era un incómodo cero a la izquierda que en algún momento desaparecería por donde había venido. Cada vez se sentía más ajeno a las clases; empezó a vagar por las calles, por el jardín zoológico, inquieto, siempre en busca de algo que lo eludía.

En el Club Deportivo Lurich 02, las cosas no iban mucho mejor. También allí empezó a sentirse un extraño de repente. La simpleza de quienes habían sido sus amigos pasó a molestarle. Las clases de Egon le parecían ingenuas. En casa, se reía de la forma llana de expresarse de su familia. Anna observó su cambio con preocupación mientras el resto se esforzaba por evitarlo.

Roland era el único con quien todavía se entendía. Un par de semanas antes habían empezado a tomarse una cerveza juntos después de entrenar, que complementaban con un trago de licor de centeno, un vasito de ponche de huevo o una copa de aguardiente casero barato que el camarero les pasaba por encima de la barra.

—¿Otto? —Roland lo miraba de lado con una sonrisa ladeada. Tenían las caras enrojecidas por el alcohol, la piel relumbraba de humedad—. El Lurich 02, Egon, Karl Marx, eso son bobadas. Y está claro que no vamos a convertirnos en boxeadores profesionales. Así que…

Dejó esas últimas palabras suspendidas en el aire, con un eco que llenó el espacio entre los dos. Otto se encendió un cigarrillo que acababa de liarse.

—¡Suéltalo ya!

—Immertreu. ¿Has oído hablar de eso?

—Qué va.

—Es un club.

—¿Boxeo?

Roland asintió.

—¿Y?

—Bueno… Se dedican a otras cosillas.

—¿Cosillas chungas?

—¡Ya sabía que te gustaría el asunto!

—¿He dicho yo eso?

—Nah, pero se te ve en la cara.

7

El club Immertreu reunía a una gran parte del crimen organizado. Controlaban la vida nocturna, defendían a muerte su terreno de bandas rivales, empleaban a chicas, se hacían rayas de cocaína en los cuartos traseros de garitos de mala muerte y sacaban los billetes en partidas de cartas amañadas a insomnes con ganas de marcha que no se enteraban de nada. Si alguien se olía la tostada o protestaba, se llevaba una charlita y acababa de cabeza en el contenedor de basura. Y al que no le bastaba con la charlita se le daba una buena tunda hasta dejarlo inconsciente y acababa hecho pedacitos en un vertedero o enterrado en el cemento de una obra.

—Te presento a Otto, el chico del que te hablé.

Se encontraban ante un enano fornido que los contemplaba con ojos afilados como agujas. Tras una pausa eterna, le tendió la mano a Otto. Se la rodeó con los dedos y apretó con todas sus fuerzas. Sentía un gran placer espachurrándoles los dedos a los novatos en su primer encuentro. «Un buen apretón de manos es clave para saber con quién te las tienes —solía decir a continuación—. Es la mejor manera de separar el trigo de la paja».

Otto resistió el apretón sin que le temblara siquiera el párpado. Roland lo había puesto sobre aviso, así que se aseguró de encajar la mano casi en la muñeca del enano para protegerse los dedos. Por un momento, el torete pareció irritado. Dio una cabezada. Entonces propinó una colleja a Otto y lo agarró fuerte del hombro.

—Chico listo. Tienes buenos reflejos. Puedes empezar en la puerta con Mario.

—¿Y tú cómo te llamas? —Otto no quería marcharse sin haber pronunciado palabra. El pequeño bulldog le dirigió una sonrisa hostil.

—Uschi.

Uschi tenía buen olfato; a Otto se le daba bien estar en la puerta. Tenía el instinto tan incorruptible como el ojo. Sabía a quién dejar pasar y a quién no, cuándo el dinero que se le ofrecía era un pretendido soborno y cuándo un gesto sincero de generosidad que había que aceptar con el mismo aire indiferente con el que se impedía el paso a los listillos esnobs, con cortesía pero con firmeza. Era capaz de reconocer las debilidades que atraían a la gente a la calle por la noche, aprendió rápidamente a distinguir la buena coca de la cortada y sabía a quién podía ofrecérsela y a quién no. Él nunca la tocaba. Sus ingresos se multiplicaron.

Sin embargo, algo lo reconcomía. Ponía a prueba su suerte jugando a las cartas y perdía hasta el último centavo. Le daba igual, lo importante era llegar a sentir algo. La alegría ante la buena fortuna lo animaba tanto como lo enfurecía la inevitable caída en desgracia que seguía. Después de derrotas así, tenía que echar mano de todas sus fuerzas para recomponerse. La vida discurría a ambos lados y, en el medio, el abismo amenazaba con engullirlo.

Otto pronto empezó a necesitar más dinero para financiar su afición por el juego. El subidón de ganar se le pasaba cada vez más rápido. Cuando antes solo se sentaba a la mesa de juego los fines de semana, llegó a pasar allí una noche detrás de otra. Se alejó de su familia, dejó la escuela después de noveno curso y empezó a acompañar a Roland en sus golpes. El botín pasaba siempre por manos de Uschi, que conocía a varios peristas. Otto se fundía su parte antes del amanecer.

* * *

Entonces sucedió algo extraño. Otto se dio cuenta de que la gente a su alrededor andaba despavorida. Ocultos tras esquinas oscuras, algunos hombres se disparaban entre ellos, mientras que otros salían a escape por las ventanas de sus pisos. Los ricos también caían. Un día vio a un hombre muy bien vestido de pie junto a su cochazo en la acera: «Cien marcos. Necesito efectivo. Lo perdí todo en la bolsa». Otros, en quienes el hambre ya había hecho mella, andaban con un letrero colgado del cuello: *Tengo hambre. Busco trabajo. Hago de todo.* Asombrado, Otto constató que había más gente luchando por sobrevivir de la que recordaba haber visto jamás desde que era niño. No sabía qué era lo que había provocado ese cambio, pero el miedo, la desesperación y la indignidad que se expandían a su alrededor lo pillaron por sorpresa. A excepción de su padrastro, nadie de su familia se comportaba así. ¿Era porque nunca se les había ocurrido hacer las cosas de otra manera? ¿Acaso sabía él algo que el resto de la gente aún no había aprendido? Observaba a los demás con la curiosidad de un entomólogo. Era evidente que se tardaba más en medrar que en caer. Algo en su interior empezó a tambalearse. En cada incursión para robar percibía que la riqueza no era más que maquillaje, un barniz miserable que la herrumbre que había debajo empezaba a cuartear.

La banda de Roland supo aprovechar el caos creciente. Sus incursiones se volvieron cada vez más osadas. Por lo general entraban solo de día en viviendas que cada vez se molestaban menos en investigar. Por la noche, la gente tendía a quedarse en casa. La mayoría había perdido las ganas de bailar en el filo del volcán.

8

Se quedó vigilando cuando sus compadres reventaron la pesada puerta de madera de una planta baja en el barrio de Friedenau. Desde la esquina, Otto alcanzaba a ver las dos calles. Consiguieron entrar en cuestión de segundos. Los siguió como si la cosa no fuera con él, pero se detuvo al instante, impresionado. Aquel prometía ser un buen golpe. Tapices en paredes y suelo, cuadros antiguos, candelabros de plata y habitaciones amplias se extendían ante ellos. El aroma mórbido de un reino hundido los llamaba como un canto de sirena. Nadie se movió. Roland fue primero. Indicó por señas al grupo que se separaran, y mandó a cada uno a una estancia diferente con gestos escuetos. Otto se quedó solo. Empezó a recorrer las habitaciones con aire titubeante. Una majestuosa puerta doble de madera de roble claro daba a una sala atestada de libros. Paredes de varios metros de alto en las que relucían las letras doradas impresas en los lomos de los volúmenes. Palpó con cuidado los estantes, se encaramó a una de las escaleras rodantes y se dio impulso en el alféizar de la ventana para navegar rápidamente por ese paisaje extraño. Se detuvo sin hacer ruido. Su mirada se había posado en un título, cuyo tomo sobresalía como si alguien lo hubiera guardado mal sin darse cuenta. Lo agarró con ambas manos y lo abrió con cautela. *Theodor Mommsen*, decía, y debajo, *Historia de Roma*. Se disponía a seguir hojeándolo cuando un ruido hizo que se girara. Había una niña en el quicio de la puerta. Llevaba un vestido negro que le llegaba por la rodilla con un cuello blanco impoluto. Se miraron en silencio.

Una sirena aulló a lo lejos. El sonido de pisadas apresuradas llenó la casa. Varias ventanas se rompieron con estrépito. Gritos.

—¡Alto, policía!

Un disparo. Alaridos. Impasible, Otto seguía mirando la cara menuda de la niña, que le dedicó una sonrisa fugaz con sus ojos oscuros. Otto volvió en sí como si le sobreviniera un escalofrío en un bochornoso día de verano. Más despejado, se bajó de la escalera y siguió la dirección del brazo extendido de la niña, que señalaba una trampilla entreabierta bajo la estantería de la pared izquierda. En silencio, se encogió en el compartimiento secreto que había detrás, donde apenas tenía sitio para hacerse un ovillo, y oyó cómo la trampilla se cerraba. Unos pasos pesados entraron en la habitación. Oyó jadeos y una respiración profunda.

—¿Estás bien, niña?

—Sí.

Su voz grave hizo que Otto moviera la cabeza, sorprendido, y se diera un golpe en la tapa de madera de su escondite.

—¿Qué ha sido eso? —preguntó la áspera voz masculina.

—¿El qué? —replicó ella con firmeza.

—¿Has visto a alguno de esos granujas?

—No.

Otto se acaloró de repente. En su mente empezaron a bullir los recuerdos de los baños helados a los que lo sometían sus maltratadores cuando era niño. Le ardían los pulmones como si se hubiera tragado un hierro candente. Temía estar a punto de ahogarse, cuando volvió a oír aquella voz apacible.

—Estaba cansada de trabajar y me estaba echando una siesta en aquella butaca cuando me han despertado unos gritos. Entonces lo he visto a usted.

—Pues menuda suerte has tenido, pequeña. Si se te ocurre algo más, ven a vernos a comisaría.

Los pasos se alejaron, pero entonces se detuvieron.

—Tú no eres del servicio. —Era a la vez pregunta y afirmación.

—Vivo aquí.

—¿Y cómo se llama usted? —La voz se volvió sorprendentemente formal.

—Sala.

—¿Sala qué más?

—Nohl.

—¿Y dónde están sus padres, señorita?

—Mi padre debe de estar a punto de llegar.

—¿Y su madre?

—Ya no vive...

—Lo siento mucho, señorita Nohl.

—Aquí —añadió ella rápidamente—. Ya no vive aquí.

El gendarme la miró perplejo.

—Ah... Bueno, si tenemos más preguntas, la llamaremos. ¿Ha visto pasar a alguien?

—No.

—¿Y de verdad que aquí no ha entrado nadie?

Otto volvió a notar un nudo en el estómago. Si ella quería, podía destruirlo con una sola palabra. Un simple «Sí», o un «Puede», un titubeo demasiado largo, una mueca delatora bastarían para sellar su destino.

—De verdad.

La respuesta no sonó ni demasiado apresurada ni demasiado lenta.

—Entonces le deseo que se recupere del susto, señorita.

—Muchas gracias, señor agente. Gracias por salvarme.

—Para eso estamos, señorita.

Otto oyó cómo el policía se cuadraba entrechocando los talones. A continuación, sus pasos fuertes y pesados se alejaron. La puerta principal se cerró y volvió a abrirse al instante. La cerradura estaba rota.

Si el compartimento en el que se había escondido fuera lo bastante grande, Otto se hubiera dejado caer de alivio y agotamiento.

Inspiró temblorosamente. La trampilla se abrió. Cubierto de sudor, miró a la niña. Se encontraba mal, y tenía la vejiga a punto de explotar. Ella le devolvió la mirada, seria y confiada.

Puso rumbo al jardín zoológico como si fuera con el piloto automático. Seguía aferrándose al libro robado con la mano izquierda, como si se tratara de un apéndice que le había crecido. Habían pillado a Roland. El dolor por el amigo perdido le asestó una puñalada. Derribado de un balazo por la espalda. Tenía que enmendarse. Pero ¿cómo? Por primera vez en su vida, no sabía qué hacer. ¿Volver a la escuela? Sí. ¿Y qué más?

Los inmensos árboles proyectaban su sombra sobre el camino. Otto inspiró el aire cargado con el aroma del verano que se avecinaba. Se salió del sendero y echó a andar sin rumbo; cruzó un puentecillo, bajó por un terraplén, se quitó los zapatos y sumergió los pies en el agua refrescante. El riachuelo discurría con un alegre borboteo. Otto se dejó caer sobre el césped. El polen le hacía cosquillas en la nariz. Cayó en un sueño profundo.

Al despertar, la bóveda del cielo se había vuelto de un azul oscuro. La naturaleza había soltado el aire. Sintió el libro, aún pegado a su mano, lo levantó y alzó los brazos al cielo para estirarse antes de incorporarse. Hojeó el libro. El olor desconocido a tinta y papel le golpeó la nariz. Volvió a cerrar el libro y emprendió el camino a casa.

Cuando le faltaba poco para llegar al bajo donde vivía su familia, se detuvo. Se había marchado dando portazos, y regresaba a su vida anterior de puntillas con solo un libro en la mano. En la ventana de la cocina, que daba al patio, aún había luz. Su padrastro dormía con la cabeza apoyada sobre la mesa. Su madre estaba pasando una bayeta cuidando de no estorbarle. Otto se sintió invadido por una vergüenza cálida e imparable.

9

A la mañana siguiente volvió al jardín zoológico. Abrió su nuevo libro a la sombra de un roble, con el riachuelo gorgoteando a su espalda. Resultó ser el quinto volumen de una serie. El nombre «César» se mencionaba constantemente. Se describían batallas, legiones que caían en países extranjeros cuyos nombres le resultaban tan poco familiares como los caudillos y políticos que Mommsen hizo cobrar vida ante sus ojos con nada más que palabras.

Le ardía la piel. Un abejorro zumbaba a su alrededor. ¿Se había quedado dormido? El libro reposaba sobre su barriga. Le entró sudor en los ojos, notó un sabor salado en los labios. ¿Cuánto tiempo llevaba ahí tumbado? Se incorporó despacio y, con gesto desafiante, volvió su cara quemada hacia el sol. Maldito calor. Necesitaba refrescarse. Miró a su alrededor. No había nadie. Se desnudó rápidamente y corrió terraplén abajo. Dio un salto y el agua refrescante lo engulló. Contuvo la respiración y se quedó en el lecho del río, pegado al barro, hasta que el ansia de vivir tiró de él hacia la superficie. De un salto impetuoso, regresó a la orilla, donde permaneció tumbado, olisqueando el césped reseco. Entonces se levantó, pero se quedó congelado antes de ponerse totalmente de pie. Allí donde se había quedado dormido leyendo se había sentado tranquilamente un hombre de unos cincuenta años, aunque podría ser más joven. Antes de que pudiera detenerse a observarlo, descubrió su libro en manos del desconocido. ¿Qué estaría leyendo con tanta curiosidad? El hombre levantó la cabeza. Otto se sobresaltó. De repente fue muy consciente de su desnudez. El desconocido le dedicó una sonrisa.

—¿Entiende lo que está leyendo? —Había algo de sorna en su voz.

—Digo yo que sí —respondió él con un murmullo.

—¿Qué edad tiene usted?

—Diecisiete.

—¿Ha estudiado a Theodor Mommsen en clase de Historia? —dijo el desconocido mientras le lanzaba los pantalones.

—Qué va.

Otto se puso los pantalones y se echó la camisa por encima.

—¿Va usted a la escuela?

Aquella pregunta lo irritó. ¿Acaso creía ese ricachón con su traje azul cielo atildado que era mejor que él?

—¿Por qué no iba a ir?

—Aún no es ni mediodía...

—¿Y qué? Estoy haciendo pellas. Igual podría escribirme un justificante en lugar de hacer tantas preguntas.

—¿A qué nombre quiere que lo escriba?

«Este no se da por vencido», pensó Otto.

—Otto.

—¿Otto el Grande? ¿De la estirpe de Liudolfo, Duque de Sajonia, Rey de la Francia Oriental, Emperador del Sacro Imperio Romano Germánico?

—Soy el único Otto de mi clase.

Otto lo observó con detenimiento. Aquel hombre tendría unos cuarenta y muchos años, tal vez algunos más. ¿O menos? Una nariz imponente dominaba un rostro de rasgos delicados. A pesar del calor, llevaba un traje con una camisa blanca y una pajarita aflojada. Otto se dio cuenta de que en realidad el traje no era de color azul cielo, sino más bien de un gris claro, de una tela demasiado gruesa para la época del año. «Pero se nota que es caro», pensó Otto.

—¿Me da el papel para la escuela?

—Antes de asumir esa responsabilidad, necesito conocerlo algo mejor.

Otto lo miró sorprendido.

—¿Qué le parece el próximo domingo por la tarde? Dieckhardtstraße, 17, Friedenau.

—Hecho.

—Disfrute de los últimos rayos del sol —le recomendó el desconocido mientras se ponía de pie.

—¿Y a qué timbre llamo? —Otto se olvidó de hablar educadamente. Aquel hombre tenía algo que lo hacía sentir seguro en su presencia.

Ya andando, el extraño respondió por encima del hombro:

—Johannes Nohl, aunque mis amigos me llaman Jean.

Otto lo siguió con la mirada. ¿Dónde había oído ese nombre?

10

Llamaron al timbre, y Sala fue corriendo a abrir. Al timbrazo lo siguieron unos golpes enérgicos. Qué visitante tan impaciente, ¡si ya iba corriendo a abrir! Abrió la puerta jadeando y se quedó helada del susto. Ante ella estaba el joven a quien había ayudado hacía unos días. Iba trajeado. Sus ojos se encontraron. Las manos de Sala buscaron asidero en el vacío. Lo tenía delante igual que en su primer encuentro en la biblioteca.

Con el sol del mediodía a su espalda, la silueta de Otto se recortaba contra la calle. Ella tensó el cuerpo. Los ojos de él se pasearon por su cara, bajaron por el cuello hasta el pecho, el abdomen, los muslos, las piernas, notó su mirada hasta en las puntas de los pies, y no sintió ninguna vergüenza. Era una mirada que no pretendía evaluarla ni analizarla, sencillamente la tenía delante y la observaba. Ella nunca se había planteado si era lo bastante guapa como para llamar la atención de un hombre. Su cuerpo se abrió, sus caderas cimbrearon, sintió mareo. Jean apareció como de la nada. Llevó al joven cuyo nombre ella aún desconocía a la biblioteca. Antes de que la puerta se cerrara detrás de Otto, sus miradas se cruzaron por tercera vez.

Otto se detuvo y constató asombrado que la puerta ya estaba arreglada. ¿Por qué no había echado a correr al reconocer el lugar del crimen? Jean, que también se había parado, se preguntaba si era el momento de atraer a Otto hacia sí, como había hecho con muchos otros jóvenes antes. Sus ojos se aferraron a los labios de Otto. La excitación le palpitaba por todo el cuerpo. Con una timidez tan repentina como sorprendente para él, contuvo la respiración. Se quedaron en silencio el uno frente al otro. Otto lo miró a la cara.

—Voy a casarme con su hija.

Sala empujó con el codo el picaporte de la biblioteca de su padre. Manteniendo las tazas de té en un equilibrio precario, se adentró en lo más profundo de su casa.

Su padre estaba arrellanado en un sillón orejero inglés de cuero verde oscuro a la derecha del joven, que se puso en pie al instante nada más verla. Entre ellos había una mesita redonda de tres patas sobre la que había apilada una selección de libros. ¿Estaba pensando él en el robo? ¿Y antes, en la puerta? ¿Le resultaba ella extraña o familiar?

—Otto —dijo él.

Ella apartó los libros y dejó el té sobre la mesa sin mirarlo. Aquella mirada tentativa que percibía, ¿era de él, o de su padre? Se enderezó.

—Sala.

Sin darse la vuelta, salió de la estancia tan silenciosamente como había entrado. Cerró la puerta tras de sí y, temblando, se sentó en una silla en el rellano. Decidió que esperaría, aunque tuviera que esperar una eternidad. Escuchó con atención las voces que se oían detrás de la puerta. En su primer encuentro, ella y Otto no habían intercambiado ni una palabra. Se inclinó ligeramente hacia delante y, con la cabeza baja y los ojos cerrados, se concentró en el tono de su voz. El corazón le latía desde la distancia de su niñez.

Se sobresaltó cuando Otto salió de la biblioteca seguido de su padre. Ninguno de los dos advirtió su presencia, sentada en una silla en un rincón. Su padre soltó una risa juvenil. Era como si no hubiera pasado nada; la puerta principal ya estaba arreglada, y los cristales rotos dejaban pasar una corriente de aire fresco. En el recibidor, Otto se enfrentó a Jean.

—Dele recuerdos a su hija de mi parte.

Jean respondió con una risita tímida.

Atardecía. Otto echó a trotar suavemente mientras el nombre de aquella chica le resonaba de un oído a otro. Sala... Sala... Sala. La había reconocido enseguida, tan pronto como su rostro delicado apareció detrás de la puerta. Menudo susto. Ya era la segunda vez que no lo delataba. ¿Y si lo hacía ahora? Apartó ese pensamiento de su mente igual que los caballos ahuyentan a las moscas con un espasmo muscular. Volvió a imaginar su cara. A Otto el amor no le interesaba. Claro que había tonteado con alguna chica, pero el amor, una relación estable... Eran cosas que hasta entonces ni se había planteado. No era inmune a unos pechos grandes y un culo bonito, a cualquier cuerpo que no fuera escuchimizado como el de su hermana Erna. Pero, la verdad, en ese momento no recordaba nada más que los ojos de Sala. Sus ojos y su pelo moreno. Un pelo grueso recogido en una trenza. Se le aceleró el pulso, aunque había aminorado el paso. Con esos ojos lo miraba de una forma muy peculiar. ¿Los tenía azules o marrones? Azules. Su cara tenía forma de almendra. Su piel era de un blanco refulgente. Tenía una nariz con carácter, ligeramente ganchuda. Cuando, al despedirse, respondió brevemente a su sonrisa, se había fijado en el hueco entre sus incisivos superiores. «Las personas con los dientes muy separados viajan mucho», decía siempre su madre. De madrugada, tumbado en la cama, seguía con los ojos bien abiertos. Imaginó el cuello largo y blanco de Sala. Poco después se quedó dormido.

Sala no dijo ni una palabra sobre Otto. No preguntó a su padre acerca de su visita, y se calló su primer encuentro. Al salir de clase, se encerró en su habitación hasta las seis, cuando, como todos los días, se puso a preparar la cena. A Jean no se le escapó que apenas comió. A sus intentos de animarla, ella respondía con educado retraimiento, como si él fuera un desconocido pesado. Entonces enfermó, de una fiebre que le hizo guardar cama. Nunca había sido tan oportuna una enfermedad. Sola en su habitación, sin nadie que la observara, era libre de reproducir todos los momentos de sus encuentros.

Otto no tardó mucho en empezar a frecuentar las reuniones en casa de los Nohl todos los domingos. Cuando los últimos invitados se marchaban, él seguía enfrascado en una conversación con Jean. A Sala era como si la evitara. Sentía crecer en él un cambio que lo incomodaba profundamente. En las horas previas a su visita no podía pensar en otra cosa que no fuera ella, pero cuando finalmente la tenía delante, le entraba el miedo. Hacía días que al pasar frente a la barra de las alfombras del patio no sentía ninguna necesidad de establecer un récord de dominadas. Pensaba en todos los libros que había visto por primera vez en su vida en casa de Sala, en su padre y en sus manos esbeltas que marcaban el ritmo de sus pensamientos al hablar. «Como un director de orquestra», pensaba Otto, aunque nunca había visto un concierto en directo. Se imaginaba los preciosos volúmenes repujados en cuero de la estantería. En el torrente de ideas, de planes de vida y de historias que ocultaban. En el escritorio había la fotografía de una mujer. Parecía bella y distante. ¿Era la madre de Sala?

Cuando Sala lo invitó por primera vez a su habitación, no pasó del umbral del temor que sentía. Todo lo que había en esa habitación respiraba con la obviedad de una vida sin preocupaciones, pero a la vez con algo siniestro que era incapaz de nombrar. Sala lo tomó de la mano con una sonrisa. Era la primera vez que se tocaban. Los dos se asustaron. La nieve del alféizar de la ventana se había derretido. El sol de la tarde aún no calentaba. Aún no era primavera, sino el fin de un largo invierno.

Ese fin de semana fueron juntos a la piscina municipal de Gartenstraße.

—Tenemos el hábito de venir a ducharnos aquí con el club —dijo Otto—. Aunque algunos de mis compañeros la verdad es que no tienen hábito de ducharse.

Se echaron a reír. Sala nunca había estado en una piscina municipal. Con su padre iba a nadar al lago Slachtensee o al Krumme Lanke. Jean siempre se tiraba al agua desnudo, por eso hacía un par de años que Sala había dejado de acompañarlo en sus excursiones. No era una mojigata, pero, de forma natural, había empezado a evitar la franqueza excesiva de su padre en materias sexuales cuando esta amenazó con interponerse entre ellos. La libertad de uno nunca podía afectar a la de los demás, eso era algo que Sala había aprendido de Jean. Se detuvo impresionada ante la imponente fachada de ladrillo del edificio.

—¿Es aquí?

Otto asintió orgulloso, como si él mismo fuera el responsable de aquella esplendorosa instalación, y la condujo con paso seguro a través de la recepción de paredes embaldosadas hasta las taquillas del piso de arriba, donde sacó entradas para los dos y abandonó a Sala, que sonreía algo insegura, a su suerte.

—Hasta ahora.

La sonrisa de Otto la molestó un poco, pero tal vez se equivocara y él estuviera igual de nervioso que ella. Por supuesto que no le había contado que era la primera vez que pisaba un sitio como ese. No quería que la tomara por una niñita burguesa consentida. «Qué ridículo», pensó, mientras se ponía el bañador (¡qué prenda más incómoda!) en un cubículo. Era mucho más cómodo bañarse sin ropa, en eso su padre tenía razón. Y la forma en que las mujeres se examinaban unas a otras era horrenda. Clavaban los ojos en la competencia en busca de defectos, como si se estuvieran mirando al espejo, para destriparlos con una mirada despiadada y luego girarse con una sonrisa, cubrirse los muslos rechonchos con una toalla y salir con los hombros gruesos bien derechos. «Solo me falta resbalarme», pensó Sala. Ya había visto suficiente. De ser por ella, se habría ido a casa. Pero Otto la esperaba dentro.

Al entrar en la piscina, sintió el impacto de la lámina de agua de cincuenta metros, de la luz que entraba por los inmensos ventanales y, sobre todo, del aire impregnado de cloro. Se quedó junto a la puerta hasta que vio a Otto en el lado opuesto. Otto, con sus andares firmes y su cuerpo potente. Con el rabillo del ojo vio cómo un tipo de aspecto tosco arrojaba a una chica a la piscina mientras sus compañeros lo jaleaban. «Ay, no, por favor», pensó mientras imaginaba que Otto la agarraba de la muñeca. Ya lo tenía delante con una pelota en las manos.

—¿Qué me dices? —preguntó mientras lanzaba el balón de una mano a la otra. La pelota salió despedida hasta el medio de la piscina. Ella lo siguió alargando los brazos, salió a la superficie jadeando al lado de Otto, agarró la pelota riendo, y dejó que él la persiguiera. «Parece un delfín o algo así», se dijo Otto. Era como una criatura iridiscente, medio humana, medio animal, una sirena. Ella lo siguió con potentes brazadas hasta el fondo y se echaron una carrera para volver a la superficie inspirando oxígeno con voracidad. Se pasaron un buen rato jugando así de un extremo a otro de la piscina. Sus manos se encontraban y se separaban, sin saber si estaban jugando a seguirse o a cazarse.

En el colegio, o con sus amigas, Sala no dijo ni una palabra de Otto.

Las emociones le llegaban en oleadas. Los chasquidos del pinar, el sol cuyos rayos penetraban entre las densas copas de los árboles, los trinos de los pinzones y los herrerillos. El silencio y el ruido. Acompañada se sentía sola, y cuando Otto no estaba a su lado, experimentaba con ansia el dolor de la espera. Estando cerca lo sentía lejos, en la victoria tenía presente la pérdida. A veces abría la puerta furiosa y lo maldecía en silencio al no verlo allí, o le pedía que se marchara cuando acababa de llegar.

Un domingo, Otto estaba en el despacho de Jean, siguiendo su silueta que iba y venía. La luz otoñal transformaba la estancia de estanterías verdes en un bosque amenazante. El viento hacía volar hojas de papel sueltas por el suelo. Como si fuera un sueño, la voz se separó de la sombra oscura. Recorrió la habitación mientras hablaba del mensajero alsaciano Andreas Egglisperger, que cabalgó sobre la superficie helada del lago Constanza para llegar a Überlingen. De una forma casi imperceptible, sus palabras se convirtieron en versos que contaban cómo el jinete iba en busca de un barco que lo ayudara a cruzar el lago, pero como no vio la orilla cubierta de nieve cruzó el agua creyendo encontrarse en un claro sin árboles. La gente que lo recibió en la otra orilla lo felicitó por su buena suerte y cuando se disponían a invitarlo a comer para celebrar su valerosa travesía sobre el hielo traicionero, el mensajero cayó fulminado al suelo.

Cuando Sala entró en la estancia, descubrió a su padre repasando el cuerpo de Otto con la mirada. Conocía muy bien la admiración en los ojos de Otto, la devoción que todos profesaban a su padre cuando este entonaba sus cantos de sirena con un libro en la mano, impasible como un pescador soltando sus redes. Sala se acercó a Otto y le agarró la mano cuando él estaba a punto de caer en el embrujo. Lo sacó de allí sin decir palabra y sin mirar a su padre.

Esa noche, al acostarse, alguien llamó a su puerta. Jean entró.

—¿Tanto lo amas?

Qué pregunta tan extraña. Su padre ya sabía que quería a Otto. ¿Qué quería decir con eso de «tanto»? ¿Acaso se podía querer mucho o poco?

—Sí.

Clavó la mirada en su padre. ¿Qué era exactamente lo que quería saber?

—Yo también.

Un sonido estridente empezó a aullar en su cabeza. La homosexualidad de su padre nunca la había molestado. Tal vez gracias a la naturalidad con la que él la vivía. «Algunas personas nacen rubias y otras, morenas», le explicó él la primera vez que Sala le hizo notar que era diferente. Por aquel entonces, le daba su cartilla de racionamiento para que Sala fuera a por comida. Sala esperaba pacientemente en la cola que se formaba frente al mostrador, tras el que había un hombrecillo sentado con la nariz moqueante. Se sorbía los mocos a intervalos regulares y hacía gárgaras con ellos con aire pensativo antes de engullirlos satisfecho. Cuando le tocó el turno a Sala, dejó la cartilla de su padre sobre el mostrador y el funcionario se puso a hojearla con una sonrisa.

—Tu padre es un 175. ¡Lo que faltaba! Marica y encima demasiado cobarde como para venir a por sus raciones.

A su espalda, un murmullo se extendió por la cola. Otra vez esa palabra. «Marica». Era la primera vez que la oía, pero a partir de entonces la oiría en todas sus variaciones. Maricón, mariquita, sarasa, bujarra, pederasta, sodomita, pervertido, invertido, desviado. Sala esperó inmóvil, tendiéndole la cartilla al funcionario hasta que su risotada se apagó en una tosecilla envarada y le dio por fin los cupones de racionamiento mientras la gente de la cola seguía murmurando. Entonces, Sala se fue a casa con la cabeza muy alta para preguntarle a su padre qué significaba eso de ser un 175. «Ser un hombre que ama a otros hombres y, en consecuencia, es perseguido y castigado por las autoridades de acuerdo con el párrafo 175 de la ley», fue la respuesta que recibió.

Ya no se volvió a hablar del tema. Sala tampoco preguntó nada más. A menudo venían de visita hombres con los que su padre se encerraba en la biblioteca con una sonrisa. Sala nunca presenció ninguna escena desagradable, nunca se sintió abandonada o maltratada por su padre. Algunas personas nacían rubias y otras, morenas.

Sala descubrió una imperfección en la alfombra que tenía bajo los pies. Señaló la pequeña irregularidad en el tapiz.

—Un error de la tejedora, maravillada por la grandeza de Alá. Si la alfombra fuera perfecta, sería un pecado.

La voz de su padre parecía muy lejana. Sala lo escuchaba sin poder girarse.

—¿Te quiere él a ti?

—No. Te quiere a ti —replicó él—. Lo siento.

Ella lo miró asustada. Su padre nunca le había pedido perdón.

—No lo volveré a hacer.

Sucedió sobre un puentecito en la parte más remota del parque del palacio de Charlottenburg. Por primera vez, él la abrazó con torpeza. Ella se dio media vuelta y sintió cómo su mano se deslizaba por su espalda. Medio asustados, sus labios se tocaron. Corrieron en silencio hasta el rincón más escondido del parque, pasando de largo frente a los palacetes, como si, juntos, pudieran esconderse de ese amor. «Hasta el fin del mundo», pensó Sala cuando tiró de Otto para que cayera junto a ella en el césped.

El otoño pasó volando antes del invierno y, en un abrir y cerrar de ojos, los primeros brotes primaverales rompieron la tierra helada. Pasaron el verano con Jean en la Marca de Brandemburgo y en otoño e invierno fueron a exposiciones y museos. Se adueñaron de la ciudad hasta el rincón más escondido, descubrieron el mundo del otro adoquín a adoquín, iban al teatro siempre que podían, ciegos ante los cambios que hacía su burbuja cada vez más pequeña.

—¿Qué quieres ser?

Al cruzar el puente de Weidendammer en su paseo por Friedrichstraße, se detuvieron frente al relieve del águila imperial, que contemplaba el río Spree con las alas inmóviles. A su izquierda tenían el teatro de Schiffbauerdamm, donde las obras de Max Reinhardt habían sido sustituidas por espectáculos teatrales de poca monta para levantar la moral.

—Médico —dijo él con tanto aplomo que parecía como si ya estuviera desempeñando ese trabajo.

—¿Por qué?

—Por la gente.

Le rodeó la cintura con el brazo. Al principio intentaba siempre rodearle los hombros, pero como ella le sacaba media cabeza, se sentía algo ridículo en esa pose, además de que resultaba incómoda. Prefería sujetarla por las caderas, así la sentía más cerca.

—¿Y tú? ¿Actriz?

—¿Ya lo sabías?

—Desde el principio.

Otto aprobó la prueba de madurez con un solo suficiente en Matemáticas que enturbiara su boletín lleno de excelentes. En 1934, más de un año después de que los médicos judíos hubieran tenido que renunciar a sus licencias, empezó los estudios de Medicina. Para poder permitirse una habitación de alquiler, empezó a trabajar en el hospital Charité en su tiempo libre. Allí ejercía de mensajero, trasladaba cajas, echaba una mano en la cocina... Lo que surgiera.

Contagiada por su afán, Sala también se esmeraba en su trabajo: memorizaba los monólogos más famosos de la dramaturgia y soñaba con los grandes papeles femeninos, convirtiéndose en Lady Milford y Luise Miller, Pentesilea, Gretchen y Marthe Schwerdtlein. Descubrió a las diosas del cine mudo y vio sus primeras películas sonoras. Admiraba a Marlene Dietrich y Henny Porten, pero también a Zarah Leander y Lída Baarová.

Los fines de semana, Otto y ella iban a las matinales del cine, menos concurridas y, por lo tanto, más baratas, y se lo tragaban todo, desde películas románticas hasta revistas y operetas, soñando con aquel inmenso lienzo blanco sobre el que una máquina extraordinaria arrojaba mundos extraños de luces y sombras, con los que Sala se reencontraba cada noche cuando dormía.

Sala hizo oídos sordos a los cambios que se estaban produciendo en la sociedad. Era una joven alemana, criada en la fe en Jesucristo por las monjas católicas. Iba a casarse con un futuro médico alemán tan pronto como tuviera edad suficiente, y quería ser actriz. Su madre era judía, ¿y qué? Sus padres llevaban divorciados desde 1927.

* * *

Los fines de semana, Otto se pasaba por casa de los Nohl casi cada mañana para sumergirse en los brazos de Sala y oler su piel, suave y aún cálida de sueño. Brazos y piernas entrelazados, sus cuerpos se unían hasta que se separaban asustados. Cruzaban una mirada fugaz, un tira y afloja, y volvían a caer en una soledad compartida y cada vez más apasionada.

Más tarde, cuando el cálido sol de la tarde ya entraba por las ventanas, se acomodaban en algún rincón y soñaban con los ojos abiertos, a veces con un libro en la mano o en el regazo, otras veces con la mirada perdida en el otro.

Veían la oscuridad que se cernía sobre ellos, pero no se daban cuenta.

Se había hecho tarde. Al ir a apagar la luz del pasillo, Jean oyó ruido en la habitación de Sala. Se acercó de puntillas. Su hija susurraba con excitación en el silencio. Contuvo la respiración. ¿Estaba sola? Parecía que estaba declamando un diálogo para sí. Jean pegó la oreja a la puerta. El texto le resultaba desconocido. Tal vez fuera una de esas comedias de salón que estaban tan en boga últimamente. Podría llamar a la puerta y preguntar si podía mirarla, pero se dijo que, si lo hacía, no solo perturbaría los primeros ensayos vergonzosos de su hija, sino que también se estaría privando de la emoción de lo secreto.

—Pero ¿por qué me dejaste acompañarte? —oyó que Sala preguntaba. Le pareció que la mezcla de desilusión y reproche no se le daba nada mal, era un tono directo y sincero. ¿Qué habría dicho el joven (imaginaba que se trataba de un amante) que mereciera esa réplica? «Tenía que atender asuntos urgentes que no podían postergarse…», sería la respuesta de cualquier petimetre por el estilo de los que solían prodigarse en esas representaciones.

—Te burlas de mí —siseó Sala. Entonces, la réplica anterior debía de haber sido más cortante. Aquel texto sonaba decididamente a siglo XIX, se dijo Jean. Una chica, mejor dicho, una mujer joven, tal vez una prostituta, quería acompañar a su amante. ¿Dónde? ¿De viaje o a un banquete importante? «No he hecho nada para merecer tu recelo», podría responder el joven indignado para evitarse más preguntas.

—Eres mi madre —oyó que Sala replicaba a media voz. No estaba actuando. Jean escuchó con atención—. ¿Por qué ese hombre significa más para ti que mi padre?

Siguió un largo silencio, como si su interlocutor no quisiera ofrecer una respuesta. «Igual que en la realidad», pensó Jean. Iza nunca daba explicaciones de sus idas y venidas. Si quería hacer algo, lo hacía sin recurrir a razones o excusas, esquivando con frialdad cualquier reproche que viniera después.

—¿Por qué significa más para ti que yo? ¿Cómo te crees con derecho a irte sin más? Sé que no vas a contestar a esta pregunta igual que no has respondido a las otras porque evitas cualquier enfrentamiento, porque crees que estás destinada a algo más que a hacer felices a tu marido y a tu hija. Eres vanidosa y mentirosa. No me queda nada más que seguir escribiendo cartas a las que nunca recibiré una respuesta. Y como ya lo sé, ni siquiera las mando. Mejor para ti. —Jean oyó cómo Sala se levantaba y, al otro lado de la puerta, empezaba a recorrer su habitación. Se levantó con cautela. Tenía que irse. No podía quedarse allí como un detective de tercera husmeando en lo más íntimo del alma de su hija—. ¿Quieres ser una estrella fugaz? No me hagas reír —siguió Sala. Jean se detuvo—. Un meteorito es lo que eres, un pedrusco cósmico que un buen día se sale de su órbita para caer en nuestro planeta y destruye todo lo que toca, pero ni de lejos algo que arroje luz a su paso. No eres más que una bola de fuego que lo quema todo a su paso. —Había levantado la voz—. ¿Y qué me has dado, además de ser judía? ¿Crees que no me doy cuenta de cómo me señalan con el dedo a mis espaldas? Los alemanes ya no me quieren, y entre los judíos no hay sitio para mí. No me criaste como judía.

Jean se quedó fascinado frente a la puerta. Debería entrar a abrazar a su hija. Pero no podía, le daba vergüenza.

11

Sala y Otto salieron a la calle a pasear al día siguiente mientras un viento cálido levantaba remolinos de polen. Cogida del brazo de Otto, Sala se imaginaba la primera visita a su familia. Ebrio de color, el barrio de Kreuzberg se asomaba tímidamente al verano. En las terrazas de los bares, los berlineses buscaban el sol con las caras empalidecidas por el invierno. El bullicio y la actividad eran muy diferentes a los de su barrio. La gente parecía más tosca, pero también mostraba más alegría de vivir. Alegre y excitada, Sala intentaba no perder detalle de cuanto la rodeaba. Otto ignoraba orgulloso los silbidos de admiración que provocaban al pasar junto a las mesas, casi tocándolas, por los callejones estrechos. Sala llevaba un vestido claro hasta la rodilla, y un cinturón verde le ceñía la cintura estrecha. Se había puesto tacones y le sacaba a Otto una cabeza, y él no parecía en absoluto molesto. Llevaba mucho tiempo dándole vueltas a cuándo presentar a Sala a su familia. Sus hermanas no le preocupaban, aunque su futuro cuñado, Günter, el novio de Inge, era un acérrimo miembro del Partido a quien evitaba siempre que podía. Otto se repetía constantemente que Ingeborg tenía dieciocho años y ya no era una niña; merecía algo mejor y lo había encontrado. Pero ¿por qué demonios tenía que ser ese nazi pendenciero que a los veintitrés años ya amenazaba con ponerse como un tonel? A su alrededor, los niños corrían entre gritos sobre los adoquines.

—Nunca me has enseñado fotos de cuando eras pequeño —dijo Sala mirándolo con actitud desafiante.

—Solo tengo una, de bebé tumbado sobre una piel de oso polar. Cada vez que mi madre la saca para presumir, se pasa horas contando lo mucho que le costó al fotógrafo sacarme la foto porque yo no paraba de moverme y el dineral que le costó. El muy bribón debió de cobrarle de más.

Cruzaron la calle entre risas. Otto señaló un portal frente a ellos.

—Es ahí.

Los dos primeros patios interiores se veían muy bien cuidados, pero el tercero parecía dejado de la mano de Dios. El enyesado de la fachada se caía a pedazos y la humedad trepaba por las paredes. Un olor pesado y dulzón dejó a Sala sin aire. Por algunas ventanas se oían gritos; unos pisos más arriba, una pareja gemía a voz en cuello. Otto agarró a Sala del brazo con firmeza. Una puerta estrecha los condujo a una entrada lateral que olía a humedad. Otto se detuvo. Dentro, una voz masculina y acerada cantaba una melodía popular desafinando y en tono sugerente. Otto sacó la llave, pero entonces titubeó y llamó al timbre. El canturreo se detuvo un instante, tras el cual oyeron pasos apresurados que iban y venían acompañados de órdenes pronunciadas medio a gritos, medio entre susurros. La puerta se abrió de repente. Apareció Erna. Aunque habría preferido que abriera su madre, a Otto le habría extrañado encontrarla allí. Debía de estar sentada como una reina en la única butaca del salón. Otto constató satisfecho que su hermana mayor se había puesto sus mejores galas y que, por lo tanto, la familia, siguiendo sus muy precisas instrucciones, se había preparado como era debido para su distinguida visitante. Solo quedaba esperar que sus modales estuvieran a la altura de su ropa de domingo. Emocionada, Erna hizo una reverencia.

—Yo soy Erna, qué bien que vengas a vernos, Sala. Hace meses que le insistimos a Otto que te traiga a casa de una vez. —La mar de orgullosa de sus palabras, le tendió la mano y tiró de Sala hacia el interior de la vivienda—. Ven, pasa al salón bueno. Espero que hayáis traído gas de la risa, Günter no para de joder, ay, con perdón, quiero decir que está dando la lata.

Se retiró con una sonrisa para dejarlos pasar. Otto condujo a Sala por el pasillo estrecho.

—Entra, chavalín —dijo una voz a su espalda.

Aquel atrevimiento tendría consecuencias en algún momento futuro. Otto se había hecho el firme propósito de mostrarse generoso con los defectos de su familia durante la visita.

—¿Has traído a la muñequita?

Otto fue el primero en entrar y aprovechó para hacer un gesto amenazante con disimulo. Günter se cubrió la boca con la mano a modo de disculpa cuando Otto se apartó para dejar entrar a Sala.

—No te quedes ahí como un soldadito de plomo, compañero. Mi futuro cuñado es un piojoso de izquierdas, pero eso ya debes de saberlo. Yo soy Günter. —Le tendió la mano rechoncha sin levantarse—. Perdona que te ofrezca la mano izquierda y que no me levante, me he hecho un esguince en el dedo corazón de la derecha y tengo ciática. Parece que me hayan echado mal de ojo.

Otto lanzó una mirada de advertencia a Inge.

—Compórtate, Günter.

En la semipenumbra, Anna se levantó de su sillón con impulso propio de alguien más joven y se acercó a Sala. Le tendió la mano con una sonrisa forzada.

—Madre, te presento a Sala —dijo Otto, haciendo una inclinación.

—Bienvenida —dijo antes de fulminar a Günter con una mirada fugaz—. No se lo tenga en cuenta, no sabe hacerlo mejor. Se ve que en el Partido hablan todos así.

Sala quedó impresionada con la aparición de Anna. Tenía una belleza orgullosa, cada mirada y cada gesto mostraban un espíritu indómito. Se preguntó qué aspecto tendría su propia madre.

—Muchas gracias por invitarme.

Otto llamó a su hermana pequeña con un gesto. Sala trató de

entender qué le encontraba aquella joven tan guapa, que apenas le sacaría dos años, a un hombre tan tosco como Günter. Al contrario de Erna, que era flaca y enjuta, su cuerpo rezumaba feminidad.

—Y esta es Inge.

Una puerta se cerró en otro lado de la casa. Otto reconoció a su padrastro por el torrente de balbuceos lleno de exabruptos antes de que entrara tambaleándose en el salón.

A pesar de su andar torpe, ofrecía un aspecto imponente. A Sala no se le escapó que Inge sonreía a su padre mientras que Erna encogía las piernas con nerviosismo. Con tan solo verlo, Anna perdió la energía. ¿O acaso eran la desilusión y la amargura las que tiraban hacia abajo de las comisuras de su boca? Sala observó con sorpresa cómo la aparición de una persona era capaz de cambiar el ambiente de la habitación. Ese hombre, que, a pesar de su tamaño y su fuerza, parecía un boceto al carboncillo, era el núcleo de la familia. Otto era como un extranjero en ese mundo, tanto como, a su manera, lo era en el mundo de ella. «Es como si no tuviera patria», pensó Sala mientras se arrimaba a él.

—¡Günni! —Karl alzó los brazos. Günter se levantó con sorprendente agilidad del sillón al que tan solo minutos antes parecía pegado. Se acercó a Karl trastabillando ligeramente para ayudarlo a llegar al sofá. Caminaban abrazados sin que Sala tuviera muy claro quién se aferraba a quién. Parecían padre e hijo, o camaradas de guerra, y susurraban como amigos inseparables. Compañeros de fatigas, unidos por una profunda comprensión mutua sin llegar a interesarse demasiado por el otro. Le llegó un olor a cerveza, aguardiente y sudor. Sala buscó a tientas a Otto y sintió que le ponía la mano en la nuca. Cerró los ojos.

Karl había vuelto a ponerse en pie. Todos lo miraban, tensos.

—Otto, ¿eres tú quien ha traído esta bella flor a mi humilde morada? —Todos sonrieron, y hasta Otto agradeció ese inesperado despliegue de encanto—. Ya ve, señorita, acabo de llegar del trabajo, todo el día doblando el lomo me deja con la cabeza loca, por eso no la he visto al entrar. Fíjate, no os he visto a ninguno, ahora me doy cuenta. Y gracias a esta señorita es como si hubiera entrado el sol en casa. ¡Lo que nos vamos a ahorrar en electricidad! Mis respetos, jovencito.

Sala sonrió. Vio cómo la madre de Otto se echaba a reír meneando la cabeza. Así que esa era la familia de Otto. Las había peores. Esa gente no intentaba ser algo distinto de lo que era, como estaba acostumbrada a que hiciera la gente de su entorno. Tal vez ni siquiera les quedaran fuerzas para ello. Tal vez sus días fueran demasiado duros como para preocuparse por fingir por las noches.

—Madre, ¿qué hay de papeo? Me muero de hambre.

Se acercó a Anna trastabillando, y al pasar pellizcó a Erna en el muslo tan fuerte que ella soltó un grito. Él se detuvo y le lanzó una mirada inquisitiva a la que ella respondió con una risita.

—Anda, ven aquí, escobita mía. Dale un besito a papá —dijo señalándose la mejilla. Obediente, Erna acercó los labios, y entonces él giró la cabeza rápidamente para que lo besara en la boca. Soltó una risotada áspera—. ¡Ja, ja! Siempre cae, la muy furcia. —Avanzó hasta Sala empujando y apartando a los demás y le dijo—: Qué guapa es usted. Guapa de verdad. Ahora entiendo por qué este la tenía tan escondida. Hay que andarse con cuidado, querida. —Entonces se dirigió a Anna—: Un quinto y un chupito. Y rapidito, por favor.

Las últimas palabras las añadió apresuradamente cuando sintió la mirada firme de Anna. Sala se dio cuenta de que su rostro destrozado por el alcohol parecía una caricatura. Era algo en lo que había reparado por el camino. Veía las imágenes con claridad en su mente. Lo que le había parecido pura vida en las calles era algo que había visto en museos, en las ilustraciones de Zille, de Grosz o de Dix, tan duchos en inmortalizar a ese tipo de personajes. Igual que los gordos ricos, las caras como aquella eran una exageración. El cielo o el infierno. Sin embargo, aquel pisito estrecho y oscuro era mucho menos deshonesto que todo cuanto ella conocía. Esa familia tendría sus cosas, pero era una familia, con un padre y una madre.

—Hoy tenemos estofado, el plato preferido de Otto. Espero

que te guste. Ven, te enseñaré cómo se hace. Te hará falta si vas a ser su mujer, y lo serás, por lo que tengo entendido.

Antes de que Otto pudiera intervenir, Anna tomó a Sala de la mano y la arrastró a la cocina. Al salir, Sala oyó la voz aflautada de Inge:

—Comemos estofado para ahorrar para el Führer.

—A mis brazos, nena, tú sí que sabes —dijo Günter con un eructo nada modesto.

Anna colocó los platos soperos sobre la encimera y dio a Sala un gran cucharón.

—Ya puedes empezar a servir. A Otto ponle una ración de carne de más. La necesita, con todo lo que tiene que aprender en la universidad. Cuando preparas un estofado como este, hay que añadir bien de grasa al caldo, si no, no sabe a nada. ¿Qué es lo que quieres de mi hijo?

Sala la miró consternada. No entendía la pregunta.

—¿Por qué lo quieres?

El olor a grasa rancia se le metió por la nariz. Se fijó en el papel que empezaba a despegarse de la pared, en la austera decoración, oyó la escandalera del padre borracho en la habitación de al lado.

—No lo sé —dijo con una voz algo demasiado firme.

—Bueno, al menos eres sincera. —Anna se quedó mirándola en silencio—. Pensadlo bien. Casarse es cosa seria. Hay que tener mucho en común para aguantar y... vosotros dos venís de lugares muy diferentes. No me malinterpretes, no tengo nada contra ti. Pero solo tengo un hijo, y no voy a tener otro. Es lo único que he hecho bien en la vida. Estoy orgullosa de él, y eso nadie me lo puede quitar.

Sala no estaba acostumbrada a tanta franqueza. ¿Era aquello una declaración de guerra, o Anna solo pretendía marcar su territorio?

—¿Sirvo el estofado, pues? —preguntó, detestando la inseguridad y la reticencia que delataba su voz.

—No te deseo mal, Sala. Pero, como te he dicho, es mi único hijo.

—Ya.

La mirada de Anna se suavizó.

—Y, delante de Günter, ni mu sobre tus orígenes. Ese está metido en el Partido y será alguien el día de mañana. ¿Me entiendes?

—Sí. Gracias, pero yo soy alemana igual que vosotros.

—Claro, yo solo lo digo. Y a Inge la tiene atada bien corto. Se presentó para hacer de secretaria en la Gestapo y está esperando respuesta.

—¿Por qué me cuenta todo esto?

Anna le tendió un plato de rebanadas de pan.

—Otto me ha dicho que tu madre es judía. —Sala asintió—. ¿Y tu padre?

—Protestante.

—Bueno, como casi todo el mundo. Entonces, tú eres solo medio judía. —Sala asintió de nuevo sin decir palabra—. ¿Y tus abuelos qué dijeron?

—¿Qué dijeron de qué?

—De que tus padres se casaran.

Sala sabía exactamente qué quería decir Anna, pero prefirió fingir que no entendía la pregunta.

—No lo sé —dijo, evasiva.

—Bueno, un matrimonio así no es muy normal.

Anna sonrió. «Una sonrisa del todo amistosa», se dijo Sala.

12

La madre de Sala, Iza Prussak, procedía de una antigua familia judía de Lodz. Su padre, Leijb Prussak, era fabricante de tejidos y mandó a sus tres hijas a estudiar al extranjero. Lola se convirtió en una diseñadora de moda famosa en París; Cesja emigró a Buenos Aires, e Iza, la mayor, estudió medicina en Berna, donde más tarde se especializó en Dermatología y Psiquiatría. Se sentía muy cercana a los neomaltusianos, que formaban parte de un movimiento reformista que pretendía combatir la pobreza liberando la sexualidad de la obligación de procrear mediante el uso de anticonceptivos. Para Iza, el control de la natalidad devolvía a las mujeres el derecho a decidir sobre su propio cuerpo. Pasaba su tiempo libre en casa de su amiga Margarethe Hardegger, que organizaba un club de debate en una suerte de salón político-literario. Además de literatura, se hablaba de educación, amor libre, el papel de la mujer, la abolición del matrimonio, los conflictos internos de las organizaciones de trabajadores, cuestiones de naturaleza teosófica y ética social. Se mencionaba a menudo un monte en Ascona, sobre el lago Maggiore, que el joven hijo de un empresario belga había comprado para fundar una comunidad desde cero. Seguían una dieta vegetariana estricta. Cuando hacía calor, iban desnudos, y cuando refrescaba, se cubrían con prendas blancas de algodón que ellos mismos habían confeccionado. En verano de 1907, Iza realizó una excursión a Ascona para subir la multitud de escalones que llevaban al monte, cuyos habitantes habían bautizado como Monte Verità, «Monte de la Verdad».

Paseando entre las cabañas de madera bajo los rayos del sol poniente, Iza vio a dos jóvenes tumbados en la hierba que discutían animosamente. Se disponía a marcharse cuando uno de ellos se levantó de un salto y se le acercó corriendo para saludarla con una inclinación cortés.

—Johannes Nohl, y ese de ahí es mi amigo Erich Mühsam. ¿Quiere cenar con nosotros?

—¿Desnudos?

Se echaron a reír.

—Por aquí todo el mundo me llama Jean.

—Yo me llamo Iza —respondió ella tendiéndole la mano.

—Esta noche bajaremos al pueblo. Erich no aguanta tanta comida vegetariana. ¿Le apetece un plato de pasta a la boloñesa y una botella de vino tinto?

—Prefiero un solomillo poco hecho y una cuba de vino tinto.

—Nos pondremos nuestras mejores galas y la estaremos esperando en la cabaña principal con el señor Oedenkoven. Ándese con cuidado, no vaya a verla su novia.

Con su risa alegre y juvenil, él giró sobre sus talones para volver con su amigo, que había contemplado la conversación con suspicacia desde la distancia. Iza le lanzó una mirada desinhibida. Tenía un cuerpo bonito y proporcionado que parecía flotar ligeramente. Se detuvo a oler el césped.

Intenté crearme una imagen de ese monte de la verdad. En Internet encontré bonitos paisajes marinos, varios títulos de libros prometedores y recordé dos vacaciones de mi infancia que pasé solo con mi madre en algún rincón de la Suiza francesa. Si mal no recuerdo, aquel lugar se llamaba L'Auberson. Nunca la había visto tan relajada. Hasta dejó de llevar peluca.

En una librería descubrí, entre las obras de Erich Mühsam, un librito sobre Ascona, aunque gran parte de su contenido ya lo conocía gracias a cosas que me había contado mi madre. Le pregunté si no tenía ganas de visitar conmigo el lugar donde había nacido. Esperaba que el paisaje despertara en ella recuerdos emotivos o relatos que hubieran quedado enterrados en su memoria. Traté de tentarla con un par de fotografías antiguas que mostraban a su padre y a Erich Mühsam junto a otros habitantes de la comunidad junto a una cascada.

—¡Pero si están todos desnudos! Qué risa.

Se quedó un largo rato contemplando la fotografía de su padre.

—¿Reconoces a alguna de estas personas?

—Pues claro.

—¿A quién?

—A todos.

—¿Recuerdas sus nombres?

Se frotó la cara con la mano.

—Pues este de aquí es Mühsam. Y detrás… tiene que ser Fanny zu Reventlow. Ay, Dios, qué guapa era. Una mujer guapísima.

Yo tenía entendido que en aquella época la escritora Franziska zu Reventlow todavía no había realizado su estancia en el Monte Verità, pero no quería confundirla. A su padre y a Erich Mühsam sí los había reconocido. Tal vez aún había esperanza.

—¿Qué dices, quieres que vayamos?

—¿No va a ser muy cansado para mí? El viaje y todo eso…

—¿Te gustaría ir?

—Creo que sí.

Prometí planearlo todo lo antes posible.

El vuelo nos llevó de Berlín a Lugano con escala en Zúrich. Media hora más tarde, nuestro taxista enfiló el camino serpenteante que llevaba al edificio principal de la Fondazione Monte Verità. En plena naturaleza se encontraba un conjunto de una belleza atemporal. El arquitecto de la Bauhaus originario de Aquisgrán Emil

Fahrenkamp añadió una construcción de estilo tesinés a los dos cubos del edificio central. Encima había un restaurante con grandes ventanales en la fachada que conectaba con las luminosas habitaciones con amplios balcones que llegaban hasta el cuarto piso del nuevo hotel. La reforma fue un encargo del nuevo propietario, el banquero, coleccionista de arte y mecenas Eduard von der Heydt en 1927.

Mis abuelos regresaron a Berlín en 1921 o 1922, cuando mi madre tenía dos o tres años. Mi abuelo estaba muy preocupado porque la niña no decía ni una palabra. En silencio, igual que cuando era niña, mi madre subió por la escalera con pasos pesados, esforzándose porque no se notara que le costaba caminar.

Tras realizar todos los trámites y dejar el equipaje en nuestras habitaciones respectivas, dimos un paseo. Un caminito estrecho y bien cuidado llevaba hasta las cabañas de su niñez que aún se conservaban, pasando por la antigua cafetería. En cada una de las cabañas podían alojarse entre dos y cuatro personas. Estaban hechas de madera oscura y tenían un pequeño porche.

Ayudé a mi madre a subir los dos escalones. La puerta estaba abierta. «Igual que entonces», me pareció leer en su mirada. Nos situamos en mitad de la salita. Me pareció muy pequeña. Ella tomó asiento en una silla de madera sencilla que había en un rincón. El sol de mediodía entraba por la ventana, y las paredes de madera suspiraron con el sonido de un tiempo perdido. Sus padres se habían conocido allí, ella había nacido allí, su destino se había forjado allí.

La comunidad que la vio nacer estaba formada por individuos que habían nacido durante los últimos estertores del Romanticismo en un mundo cada vez más industrializado en el que no pudieron ni quisieron encajar. Vinieron de todas partes llenos de pasión, esperanza y voluntad para construir algo nuevo. Tenía que ser una *Lebensreform*, una reforma existencial. Un paraíso. Un mundo alternativo para todos los que no estaban hechos para aguantar lo que había, lo que vendría y lo que nadie podía predecir. Un espacio utópico para artistas y parias, una nueva cultura que hacía la peineta al patriarcado y que despreciaba toda autoridad, las instituciones burguesas y el capitalismo en rápida expansión.

Busqué algún rastro de esa época en el rostro de mi madre.

—Aquí no había camas.

Su voz parecía venir de muy lejos. ¿Tendría recuerdos de su primera infancia? Probablemente no, pero tal vez su padre le hubiera contado cosas.

—Dormíamos aquí en el suelo. Era todo muy espartano. Tampoco llevábamos zapatos. Cuando salíamos al bosque a por setas o seguíamos a mi padre con su caja de herborizar siempre volvíamos con los pies sangrando.

¿Cómo habría vivido una niña entre personas que estaban enfrascadas en exclusiva en su individualización, sin la que para ellos no existía ningún propósito superior? Un poco de Goethe, otro poco de Rousseau, naturaleza, cultura, ciencia, una buena pizca de Freud, todo bien mezclado. Y, por si fuera poco, la matrifocalidad de Bachofen, en la que en las imágenes de la mitología grecorromana de los antiguos relatos sobre matriarcado y patriarcado se veían contrapuestos. No era una mezcla fácil de digerir.

—Me gustaría ir a la cascada —dijo ella, rompiendo el silencio.

La interpretación de los sueños se publicó en 1900.

Durante el recorrido a la cascada, me contó que mi abuelo había devorado toda la obra de Freud.

—Aquí en el Monte Verità se convirtió en un psicoanalista lego —me dijo en una pequeña pausa para recuperar el aliento.

Yo sabía por los diarios de Erich Mühsam que, por aquel entonces, mi abuelo y el joven psiquiatra y psicoanalista austríaco Otto Gross habían formado un grupito muy dinámico. Gross había venido con su mujer para curarse de su adicción a la cocaína. Ya se conocían del Café Stefanie, en el barrio de Schwabinger de Múnich. Cada mañana, todos los interesados se reunían en el prado. Desnudos, se sentaban en círculo y se analizaban los sueños unos a otros.

—Fueron los primeros conejillos de Indias de mi padre. Todos comían de su mano. Sobre todo las mujeres, aunque a él solo le interesaran platónicamente. Le gustaba seducir y tanto le daba si eran de un sexo u otro.

—Pero por aquel entonces ya vivía con Iza. Y tú ya habías nacido. Está claro que gay no podía...

—Sí, peeeeero tenía predilección por los hombres.

—¿Era bisexual?

—Mira que eres listo.

—¿Qué quieres decir?

—No era nada burgués, ¿entiendes? En nuestra casa los chaperos iban y venían, uno detrás de otro, ¿me entiendes? —Clavó la mirada al frente y añadió—: Qué risa.

—No debió de ser nada fácil para ti, que eras su hija, ¿no?

—Ah, ¿y qué hay que sea fácil en esta vida? A mi padre lo echó su padre de casa cuando era joven. Yo creo que nunca lo superó y por eso no soportaba que se metieran en sus asuntos, ¿sabes? El daba mucha libertad a los demás y exigía lo mismo para sí. Nunca me hubiera atrevido a hablar con él de esto —dijo, e inspiró profundamente—. Cuando mi abuelo volvió a Berlín de un viaje educativo por Italia con su segunda mujer, que era más joven, se lo encontraron.

—¿El qué?

—Que tenían unos invitados indeseables esperándolos con la boca abierta. —Se echó a reír—. Y, a la mañana siguiente, tenían el cuerpo llenito de picaduras rojas, de pulga —exclamó, y siguió entre risotadas—: Hileras larguísimas de picaduras de pulga, nada que ver con el renacimiento florentino. Eso no dejó a su hijo en muy buen lugar. —Se tomó un respiro y continuó, en un tono más serio—: Mi abuelo sabía que mi padre no había superado la pérdida de su madre; podía tragar con que fuera un soñador, un visionario melancólico. Que su hijo hubiera repetido curso dos veces en la escuela de la que él era el director seguro que le costaba un poco más. Y tal vez hubiera podido tolerar su preferencia por su propio sexo y achacarla a la confusión juvenil, pero... —levantó la voz, del todo metida en el papel de su abuelo—, pero no con hombres de baja estofa, y mucho menos en su propia casa. Vio en ello un ataque contra su reciente matrimonio y se sintió herido en su hombría.

La contemplé en silencio. Me había contado esa historia varias veces durante los últimos años, con nuevas variaciones en cada ocasión. Sin embargo, cambiara lo que cambiara, el final siempre era el mismo:

—Lo echó de casa con una carta escueta que llevaba por posdata: «Si tu transgresión fuera con hombres de tu misma clase, aún hubiera podido perdonarte, pero has ido a juntarte con gente de la peor calaña».

Poco después, su padre interrumpió sus estudios de Historia del Arte. Fue a Múnich con su amigo Erich Mühsam. De ahí viajaron sin un céntimo en el bolsillo hasta Suiza cruzando Italia. Se unieron a un grupito de artistas e inconformistas. Ida Hofmann y Henri Oedenkoven, una joven pareja que no estaba casada, había fundado una sociedad vegetariana en un monte junto a Ascona.

El humo de pipas, puros y cigarrillos los golpeó en cuanto entraron en el pequeño restaurante de una de las callejuelas secundarias del paseo del puerto de Ascona.

A Jean y a Erich los recibieron con gritos de alegría. Por las miradas curiosas y suspicaces que recibió, Iza dedujo que aquellos dos raramente se dejaban ver por allí con compañía femenina. El camarero los abrazó y tendió una zarpa gruesa a Iza.

—Luca. Es todo un honor. Venid, tengo el mejor sitio para vosotros, *come sempre*.

Hizo una seña a otro camarero, un chico moreno, que preparó

enseguida una mesa junto a la ventana. Mientras lo hacía, Jean le acarició el trasero con naturalidad y le susurró alguna cosa al oído. El camarero se puso como un tomate y se echó a reír, mientras que Jean le pellizcaba la entrepierna con aire provocador. Furioso, Erich agachó la mirada. Iza no dijo nada. Jean parecía tener confianza a espuertas. Además, tenía un aspecto de ensueño: era alto, con una cara de rasgos finos y cincelados, largos cabellos de un color rubio oscuro, una boca sensible y ojos soñadores que parecían verdes o azules según la luz. Pero lo que más impresionó a Iza fueron sus manos. Nunca había visto unas manos tan curiosas y hábiles en un hombre. Su camisa y sus pantalones eran de lino blanco. Con su sombrero de ala ancha y su bufanda, le recordaba a Goethe en el año que pasó pintando en Roma. Percibió que Erich la observaba. Ella nunca había conocido a hombres homosexuales. No encontraba nada repugnante en ellos, le parecían liberados. Jean especialmente transmitía una elegancia cultivada de la que era muy consciente, un aura erotizada, medio masculina, medio femenina. De repente sentó al joven camarero en su regazo, se sacó un librito del bolsillo de la pechera y lo hojeó con una mano mientras con la otra seguía magreando al muchacho, y en un tono cantarín, empezó a leer. Al llegar a la tercera estrofa, acercó los labios al oído del joven y empezó a recitar en voz baja, aunque lo suficientemente fuerte como para que Erich e Iza pudieran oírlo:

> ¡Ven, divino muchacho! Ayuda a este mundo que se rompe
> a no caer en la miseria! ¡El único salvador!
> Florece a tu vera un tiempo más apacible
> que se alza de entre toda esta inquina.
> ¡Que llegue la ansiada paz a nuestra casa
> y los lazos fraternales echen el lazo al amor!
> Lo canta el poeta y lo sabe el visionario
> que solo un nuevo amor traerá la salvación.

* * *

Con las últimas palabras, se volvió hacia Iza y apoyó la cabeza en su pecho.

—Stefan George —susurró con los ojos relucientes. Entonces se levantó inesperadamente, declamó la última estrofa, hizo una pirueta y empezó a hacer reverencias en todas direcciones como un payaso. Un par de comensales de mesas cercanas lo aplaudieron. Hizo caso omiso de la agitación que había causado, de las murmuraciones, de las miradas curiosas. «O, por lo menos, se esfuerza en dar esa impresión», dijo Iza, y no pudo evitar sonreír.

Por fin llegó la comida. Jean pidió una segunda jarra de vino tinto. Luca sirvió la carne en persona. El camarero guapo había sido desterrado a la barra. A Luca no se le habían escapado las miradas celosas de Erich, que no traerían nada bueno para el negocio.

Iza no había conocido a hombres como ellos en Lodz, ni tampoco en Berna. Los estudiantes de Medicina eran todos aburridos gestores de conocimiento desprovistos de toda curiosidad, sin sangre en las venas y del todo cuadrados. Y los comunistas de casa de su amiga Margarethe no eran mucho mejores; algunas de ellas eran incluso insoportablemente autoritarias. Estos dos eran harina de otro costal. ¿Qué pensaría su padre si pudiera verla en ese momento? Ella, la hija de un judío ortodoxo estricto, entre dos hombres homosexuales. La homosexualidad estaba prohibidísima entre los judíos.

—Y le pregunté —contaba ahora Erich indignado—, ¿qué pasaría si todas estas majaderías vegetarianas me matan? ¿Y sabe lo que este papanatas petulante me respondió? Me miró de arriba abajo y, con su vocecilla impostada de perdonavidas, me dijo: «Sería una pérdida inevitable». Y yo me pregunto, querida mía: ¿es el vegetarianismo el que le vuelve a uno impotente, o hay que ser impotente para hacerse vegetariano?

Para cuando sirvieron el café y los licores, los tres ya estaban abrazados. Pocos días después, Iza se mudó a una de las cabañas del monte.

* * *

El día empezaba con la interpretación de los sueños. Jean, Iza, Otto Gross, Erich Mühsam y algunos hombres y mujeres jóvenes se sentaban en círculo en silencio. Todos desnudos. Una brisa suave les acariciaba la piel. Las abejas zumbaban sobre el césped.

—¿Quién quiere empezar?

Los hombres agacharon la mirada y las mujeres miraron a Jean asustadas. Otto Gross se rascó el escroto con fruición. Su miembro se hinchó ligeramente. Johanna, una mujer alta y muy flaca de piel blanca como la nieve y llena de pecas se dio cuenta y apartó la mirada con pudor.

—¿Te incomoda ver un miembro viril, Johanna?

Johanna miró a Otto Gross a los ojos.

—No.

—¿Te excita ver mi excitación?

—Tal vez... —respondió ella, rodeándose sus interminables piernas con los brazos entre risitas.

—Veo que te estás mojando mientras hablamos. ¿Las palabras te excitan?

—A veces...

Otto Gross miró a su alrededor.

—¿Y vosotros qué opináis? ¿Reaccionan las mujeres con más intensidad a las palabras, mientras que los hombres lo hacen a estímulos sexuales más primarios?

—¿Es esta una conversación para oprimirnos? —intervino Iza, mirando a Gross con frialdad.

—Entre hombres y mujeres no hay otra cosa que opresión, Iza.

—Hemos empezado a defendernos.

—¿Ah, sí? ¿Cómo? ¿Cómo piensas defenderte de dos mil años de historia judeocristiana? Aunque quisierais, os hemos robado la fuerza para hacerlo. Se os educa para dar y para agradar. Puede que penséis de otra manera, pero no podéis sentir otra cosa.

—Nos quitasteis el lenguaje, pero lo recuperaremos.

—¿Contra la voluntad patriarcal? Eso me gustaría verlo.

Vuestra emancipación no vale nada, es como parir un feto muerto, si los hombres siguen igual.

—Pero no lo harán. Si no entienden que están esclavizados por el mismo sistema que nos oprime a nosotras, será su destrucción.

Jean seguía con interés el devenir de la conversación. Puso una mano sobre la rodilla de Iza, y ella se la apartó con firmeza. Las otras mujeres jugueteaban nerviosas con su cabello o estiraban sus cuerpos bajo el sol.

—Creía que íbamos a interpretar sueños... —murmuró una de ellas en tono desilusionado.

—Johanna, ¿tú también crees que la resistencia roba a las mujeres de su atractivo erótico?

—A veces...

—¿Quieres acostarte conmigo? —La miró desafiante.

—¿Y tu mujer?

—No nos pertenecemos.

—No. —Una mujer esbelta de hombros anchos le sonrió.

—¿Ni siquiera el uno a la otra? —preguntó Iza sin dignarse a mirarlos.

—Tú compartes a Jean con Erich —observó Gross.

—Erich estaba antes que yo, y yo no quiero quitarle nada a nadie.

—Está claro, es algo muy diferente. —Rio Gross.

—Además, Jean y Erich son el mejor ejemplo de la emancipación masculina.

—En nuestro interior bulle un conflicto, Iza, que amenaza con romper nuestra unidad —empezó Otto Gross en voz baja y penetrante—. Todos, cada persona del planeta, estamos amenazados por esta ruptura anímica. Y por eso —hablaba cada vez más deprisa mientras sus ojos chispeaban, nerviosos, y sus extremidades se estremecían a medida que elevaba la voz—, por eso cada uno de nosotros cree que el sufrimiento individual es inevitable, que es normal vivir así. Eso empieza en el vientre materno. La criatura que aún no ha nacido aprende a adaptarse a la familia en el seno de la que va a llegar al mundo, en la que aprenderá que debe amoldar su forma de amar al código afectivo de esa familia. Tan pronto como es capaz de vivir, descubre que su voluntad choca con las voluntades de los demás, igual que su deseo de amar, que aprende a reformular y, en el caso de las niñas, a subordinar a las expectativas paternas. El deseo de desaparecer, la súplica porque se nos permita ser tal como somos, no tienen respuesta, a excepción de reconocer la propia indefensión, la propia soledad. Y ante el miedo atroz de la criatura ante esa soledad que todo lo abarca, una familia clásica da la respuesta que todos conocemos en forma de orden: quédate solo o sé como nosotros.

Todos miraban al suelo, afectados. La mano de Jean fue en busca de la de Erich mientras le pasaba a Iza el otro brazo por los hombros. Gross les devolvía sin pudor sus miradas críticas. Una mujer menuda que estaba junto a Erich reía a carcajadas, haciendo temblar su voluptuosidad rubenesca. Habían empezado todos a soltar risitas, murmurando entre ellos, cuando la pálida Johanna empezó a sollozar a lágrima viva de golpe y porrazo. Con el cuerpo en tensión, boqueaba en busca de oxígeno con un gesto de pánico. Jean e Iza trataron de abrazarla con cuidado, pero entonces empezó a dar golpes a su alrededor mientras gritaba:

—Cerdos, sois todos unos cerdos opresores. ¡Cerdos! ¡Cerdos miserables!

Gross se levantó de un salto y se situó frente a Johanna, que, tumbada en el suelo, seguía llorando. Clavó la mirada en su cara. Sus sollozos se suavizaron poco a poco, su respiración se tranquilizó. Mientras Jean la acariciaba con suavidad, Gross sacó un polvo blanco de su maletín, que siempre tenía a su alcance. Dejó caer un poco en la boca abierta de Johanna, que hizo una mueca al notar el sabor amargo.

—Tomar conciencia es siempre doloroso, Johanna, cuando descubrimos que nos han construido las voluntades de otros, que estamos encerrados en un ser ajeno.

La morfina se abrió camino por su torrente sanguíneo. Sus

facciones se suavizaron, sus manos recorrieron su propio cuerpo y la piel extraña de los cuerpos de los demás, reunidos a su alrededor, tumbados sobre ella, penetrándola. Su cuerpo se revolvió, un grito profundo salió de su pecho, un alarido alegre al que los otros se sumaron con éxtasis.

—Una histérica adulta —le susurró Gross a Jean—. Cuando empecemos con el análisis del sueño no podemos dejar que nos distraiga de nuestro cometido, se las sabe todas... de manual —añadió con una risita.

Furiosa, Iza se levantó de un salto y echó a correr hacia la cascada. Jean y Erich la siguieron.

Se pusieron a andar junto a ella en silencio. Bajo las copas de los árboles, la temperatura era fresca y agradable, solo algunos rayos de sol conseguían penetrar entre las ramas. A lo lejos se oía el murmullo de la cascada. Jean se puso a trotar. Rápido, cada vez más rápido. Iza y Erich trataron de seguirlo. Él se adentró en el sotobosque como una exhalación, sobrevolando tocones de árboles, tropezando y cayendo, levantándose de un salto, corriendo junto al riachuelo hasta que llegó a la cascada sin aliento. Allí, los tres se dejaron caer al suelo cubierto de musgo, metieron la cabeza en el agua, bebieron como si estuvieran muertos de sed. Observaron sus reflejos en la superficie del agua. Jean se dejó caer de espaldas. Gritó al agua, al bosque, a Otto Gross, a su padre despiadado, a la madre que había perdido, a la destrucción y la violación. Su grito se convirtió en una nota larga y cantarina.

Muy lejos del monte de la verdad, en la ciudad textil emergente de Lodz, Alta, la madre de Iza, se acercó titubeante al despacho de su marido. Mientras la primera vela del candelabro de Janucá no estuviera prendida, aún le estaba permitido trabajar. Los negocios iban bien. Al levantar la vista, Leijb vio a Iza en la puerta.

—¿Sabías que la hija de Zelig se ha casado con un gentil?
—¿Y qué?
—Pues que está fuera de sí.
—Pero quiere mucho a Estherle.
—Eso sí.
—Entonces, todo irá bien.
—¿Eso crees?
—Es su hija —dijo Leijb.
—Pues a ver si tú haces igual.
—¿Cómo? —dijo Leijb, volviendo a su trabajo.
—Nuestra Iza también lo ha hecho.
—¿El qué?
—Casarse con un gentil —dijo Alta.
—¿Cuándo?
—Hace dos semanas.
—¿Dónde?
—En Suiza, en Ascona.
—¿En el monte de la verdad ese?
—Sí.

Leijb se quedó con la vista clavada al frente. Siseó un instante. Alta se estremeció. Había apagado la vela. La sombra corpulenta de Leijb desapareció en la habitación de al lado. Su quejido se convirtió en un canto de los muertos. Alta se quedó paralizada en el quicio de la puerta. Vio a Leijb arrodillarse ante un pequeño altar. Encendió dos velas de muertos.

—¿Por qué cantas la canción de los muertos? Iza no está muerta. Ha empezado una nueva vida. Es tu hija.

Leijb cerró los ojos y se cubrió la cara con un paño blanco con el que, en la tradición judía, se cubre a los muertos.

—Yo ya no tengo hija.

13

La cascada apareció ante nosotros.

—¿Cómo es que te acuerdas tan bien de cómo era la vida aquí? Eras muy pequeña.

—Ya, qué risa, ¿no?

Nos sentamos en una piedra redonda. El agua caía al riachuelo desde una altura de cuatro o cinco metros. Me sorprendía lo bien que oía mi madre. El rugido del agua no parecía molestarla.

—¿Te gustaba vivir aquí?

—Sí.

Mi madre se puso a mover los labios en silencio. ¿O estaba susurrando? Me incliné hacia ella. Permanecía en silencio. Clavaba la mirada en el agua, meneando la cabeza con suavidad. Se dejó caer al suelo, acarició la hierba con las manos.

—Antes, conocía todas las plantas que crecían aquí.

Incluso el agua parecía haber empezado a caer con más suavidad.

Cenamos en el amplio comedor del hotel. Tras el fracaso del movimiento por la reforma existencial, el ensueño arquitectónico de Eduard von der Heydt, con sus ventanas que llegaban hasta el suelo y sus largos pasillos, parecía pensado para las fantasías de sofisticación de los visitantes que vendrían de todo el mundo al lago Maggiore, así como a los inversores que harían caja con ellos.

Persiguiendo el sol poniente desde los ventanales de la fachada frontal, sentí la atracción que el Monte Verità había ejercido durante décadas sobre aquellos que buscaban un significado superior. El clima italiano, el lago situado en un precioso paisaje alpino suizo. Quizá fuera un lugar demasiado bonito como para ser el escenario propicio para encontrarse a uno mismo. En lugar de desierto, era un contemplativo jardín del Edén. Allí, en esas cabañas bien ventiladas, mis abuelos se habían refugiado mientras que la que en ese momento era la guerra más brutal de la historia sacudía el orden mundial a lo largo de cuatro años. Como las plantas moribundas que arrojan sus semillas al viento por última vez, las personas sacudieron sus ideas por última vez contra la destrucción que los atenazaba.

—¿Te contó tu padre alguna vez por qué se marcharon de aquí para volver a Berlín?

—No encuentro nada en la carta de este restaurante.

O no había oído mi pregunta, o no quería responder.

—Compró un viñedo por aquí —dijo, sorbiendo aire entre los dientes—. Costó un dineral, ya te lo digo, un dineral.

—¿Y qué pasó?

—Pues que acabó vendiéndolo. Aquello era un agujero negro de dinero. Siempre vivimos así. Un día era como Luis XIV, al otro lo había perdido todo.

—¿También le gustaba jugar?

Asumí que estaba confundiéndose con mi padre, que volvió a caer en el juego durante algunos años después de la guerra.

—Sí. Y mi madre le dio un ultimátum: o te comportas y das de comer a tu familia, o yo me largo.

En esa disyuntiva se vio mi padre al final de los años cincuenta, cuando corrió el peligro de perder su casa y su familia.

—Tal como se gana, se pierde —siguió ella—. A mí el dinero nunca me ha importado. Qué más da. Los judíos nunca lloramos por lo que fue. Ni siquiera por la fábrica de tu bisabuelo, el mayor fabricante textil de Lodz, que se perdió para siempre.

Después de dejarla en su habitación, decidí pasear un poco por la zona. Volví a pasar junto a las cabañas. Pensé que me gustaría dormir allí. Miré a mi alrededor. No había nadie. Igual que antaño, las cabañas no se cerraban con llave. Entré. El olor a humedad y a madera se me metió en la nariz, un aroma que no había notado por la tarde. Me tumbé en el suelo para respirar el pasado. Me sentía como si fuera en busca de un tiempo perdido. Solo me faltaban una tila y una magdalena. Pero no eran solo mis propios recuerdos los que quería recuperar. ¿O sí? ¿Acaso no estaba allí en busca de mis abuelos? Había recuerdos de los dos. La luna se situó frente a la ventana. Su luz proyectó la cruz de los travesaños en el suelo de la habitación diminuta. El murmullo lejano del riachuelo se mezclaba con el repiqueteo de los botes de madera pintada en el paseo junto al lago de Ascona. Recordé un barquito de vela de color blanco con dos rayas azules. ¿O era una sola raya? Estaba expuesto sobre un pedestal de madera en el escaparate de una juguetería de Weimar. Y el niño que lo admiraba aplastando la nariz contra el cristal era yo.

—¿Es este?

La voz de mi abuelo reverberó, tranquila y paciente, en mis recuerdos.

Antes de salir, mi madre me había llevado aparte para decirme que el abuelo estaba muy cansado y que no me olvidara de que estaba enfermo. Aquello era mucho más importante que encontrar un regalo para mí, propósito sobre el que había intentado hacerle cambiar de opinión sin éxito. Mi abuelo nunca hacía caso a los demás cuando se le metía algo entre ceja y ceja. Mi madre insistió: «¿Te ha quedado claro? Elige el primer barco que veas en la primera tienda en la que entréis y dile que es el que te gusta». Prometió que me compraría otro cuando volviéramos a Berlín. Además, los juguetes en la RDA tampoco eran muy bonitos, no eran más que cachivaches anticuados. Yo aún era muy pequeño y seguro que no entendía lo que aquello significaba, pero el abuelo estaba muy malito y cansado. Malito de morirse. Lo repitió varias veces, alargando las sílabas y taladrándome con una mirada penetrante hasta que yo asentí. Me acarició la cabeza, pero yo me sentía mal. Si lo que me decía era verdad —¿y por qué iba mi madre a contarme algo que no fuera verdad?—, ese paseo prometía ser muy peligroso. Mi abuelo podría desplomarse muerto en cualquier momento. ¿Cómo regresaría yo a casa entonces? No conocía la ciudad. Cogidos de la mano, salimos a pasear por Weimar. Allí se veían muchos menos coches que en Berlín, y los que había eran muy diferentes. Yo sabía mucho de coches. Tenía una colección nada desdeñable de la marca Matchbox. Los que circulaban por las calles de Weimar guardaban algún parecido con nuestras grandes berlinas, pero también tenían un aspecto diferente, como aplastados, como si fueran una versión achaparrada de los mismos coches. Eran cochazos pequeñitos, mientras que, en casa, los coches pequeños eran coches que no solo eran más pequeños que los grandes, sino que también tenían una forma diferente. De repente, dejé de sentirme mal. Con mi abuelo se podía estar muy a gusto sin decir nada. Hacía preguntas peculiares a las que era imposible responder.

En la primera tienda no encontramos lo que buscábamos. El abuelo me preguntó qué quería.

—Un barco de vela.

—Pues no tenemos —respondió el vendedor rápidamente, aunque hablaba bastante despacio—. Solo tenemos uno sin vela —concluyó taciturno.

Pensé en la advertencia de mi madre.

—Da igual.

—Pero entonces no será un barco de vela —dijo mi abuelo con tono pausado.

—No pasa nada —dije yo en voz baja.

—Claro que sí.

Entonces me agarró de la mano y volvimos a salir. Se detuvo tras un par de pasos y se inclinó para ponerse a mi altura.

—Escúchame: no hay que comprar nada solo para dar un gusto a otra persona. Eso es una tontería, porque entonces salimos perdiendo los dos, tú porque no tienes el barco que querías, y yo porque no puedo hacerte el regalo que de verdad te gusta. ¿Lo entiendes?

Asentí y proseguimos nuestro paseo. Mi abuelo no parecía especialmente cansado, se lo veía en los ojos y en su forma de andar. Estaba de buen humor, le divertía pasear conmigo por su ciudad. Cuando alguien lo saludaba al pasar, él respondía con un afable gesto de la cabeza y sacudía su bastón con el pomo de plata antes de seguir caminando con alegría.

En la segunda tienda no tuvimos mejor suerte que en la primera. El dependiente hablaba aún más despacio, hasta el punto de casi no pronunciar palabra. Pero no dejamos que eso nos detuviera. El sol había asomado entre las nubes y parecía que Dios hubiera derramado un cubo de oro sobre las calles de Weimar. Mi abuelo se iba deteniendo de vez en cuando para señalar algún edificio con su bastón y explicarme algo al respecto. Pero nunca sonaba aleccionador, sino como si me estuviera contando un cuento muy emocionante. Me hablaba de personas de otras épocas que habían vivido en esas casas. Describía su ropa, sus peinados, hablaba de carruajes y caballos, de poetas y duques, de mujeres muy ricas e inteligentes y de Italia, donde él había vivido hacía años. Y entonces nos detuvimos ante el escaparate de la tercera tienda y allí lo encontramos: el barquito de vela más bonito que yo hubiera visto jamás.

—¿Es este? —dijo mi abuelo, poniéndome la mano en el hombro. Sí, ese era el barco que yo quería. Dos finas rayas azules paralelas rodeaban el casco blanco, mientras que por dentro la madera se había dejado sin pintar. En medio del barco se alzaba un mástil de madera algo más oscura con una vela articulada de un blanco radiante. Era mi barco.

Cuando volvimos a casa, mi madre estaba dispuesta a echarnos una bronca, pero al vernos las caras no le quedó más remedio que echarse a reír. Su risa era tan bonita y contagiosa que acabamos todos riendo.

—Ay, chicos, que me meo, ¡que me meo!

Hacía mucho tiempo que no reía así. Últimamente solía estar triste. Se lanzó a los brazos de su padre y él le acarició el pelo. Desde la puerta, mi padre sonreía. El abuelo le tendió una mano y se abrazaron los tres. Abrazado a mi barco, yo me fui escaleras arriba. Fue la última vez que estuvimos todos juntos. Pocas semanas después, mi abuelo murió.

—¿Por qué se separaron tus padres?

En silencio, mi madre se peleaba con su huevo duro del desayuno. Ni se le pasaba por la cabeza cortarlo, y se limitaba a darle toquecitos en la punta con la cuchara. Su vista había empeorado, y el huevo no paraba de resbalársele de la mano. Siguió arrancando la cáscara pedacito a pedacito hasta conseguir pelarlo del todo.

A continuación, alisó las arrugas del mantel con la mano.

—¿Qué fue de su amistad con Mühsam?

—Se perdió. Mühsam acabó implicado en un bombardeo en Múnich. Quería pasar a la acción. Aquello fue demasiado para mi padre.

—Y tu madre, ¿por qué se fue a Madrid? ¿Por Hitler?

—No, se fue mucho antes, cuando Himmler acababa de intentar lo del Putsch de la Cervecería y estaba en la cárcel.

—O sea, 1923.

—Algo así, año arriba, año abajo, ya no me acuerdo. Fue por Maloney.

—¿Maloney?

—Tomás Maloney, un pintor húngaro que también era judío. Mi padre creía que tuvo algo que ver.

—¿El que fuera judío?

—Sí. A mi madre la ponía de los nervios. Un matrimonio puede romperse por muchas razones, lo del judaísmo no fue el único motivo, porque mi madre era atea y mi padre también. Tomás era veinte años más joven que ella. Tal vez eso también tuviera que ver. —Se echó a reír—. Y mira que fue mi padre quien lo metió en casa. Él siempre andaba buscando… —dijo con una sonrisa—. Nunca le presentes un amigo a tu mujer. Es una máxima muy antigua. —Se echó a reír de nuevo—. Bueno, lo que pasó es que ella se enamoró de él. Estas cosas van así. Mi padre y ella en realidad no encajaban. Él no era lo bastante ambicioso a ojos de ella. Era un vividor, un dandi y un bohemio, más leído que nadie, pero en el fondo era un niño que no estaba hecho para este mundo, y mucho menos para lo que andaba cociéndose por aquel entonces.

—¿Y de qué vivíais?

—Bueno, de vez en cuando mi padre escribía algún artículo para el *Neue Zürcher Zeitung*, el Nuevo Periódico de Zúrich. Tenía el deseo de publicar sus ideas acerca del psicoanálisis, pero para ser periodista le faltaba aplomo y atrevimiento. Durante un tiempo tuvo una consulta en Berna. Incluso psicoanalizó a Hesse, pero aquello tampoco prosperó.

—¿A Hermann Hesse?

—Sí, sí. Él también se refugió allí una temporada para tratarse el alcoholismo. Su matrimonio era un desastre de cabo a rabo. Cuando volvía a casa con su mujer después de la sesión con mi padre, ella le tenía un infierno preparado. «Ese tal Nohl, ¡menudo cerdo! —le gritaba—. Y tú eres un desgraciado». ¡Ay, madre! No veas cómo gritaba. Luego él se fue al bosque con Gusto Gräser, que consideraba que el monte era demasiado comercial. Se metieron en una cueva a vivir y lo único que hacían era estar en silencio, sin decir una palabra.

—¿Eso quién?

—Hesse, ya te lo he dicho. Y luego escribió *Demian*. Una historia de juventud muy peculiar. Mucha paja, en mi opinión. Y ya había cumplido los cuarenta cuando la escribió. ¡Ja! Bueno, creo que mi padre nunca tuvo muchos pacientes, la mayoría iban más bien a ver a Gross o directamente a Jung. Y Hesse, al final, también. Tal vez fue por eso por lo que nos mudamos a Berlín. Allí la gente vivía de una forma mucho más independiente. Tal vez por aquel entonces mis padres ya se hubieran distanciado y quisieran hacer borrón y cuenta nueva en Berlín. Pero en Berlín mi padre recayó en sus hábitos de antes. Iba de caza al jardín zoológico todos los días.

—¿De caza?

—Bueno, ya sabes…

Claro que sabía, aunque solo en términos muy generales. ¿Acaso mi abuelo no había conocido a mi padre en el jardín zoológico?

—Tampoco teníamos ni un céntimo. Básicamente nos dedicábamos a vivir del aire y a leer. A veces, su hermano le mandaba algo. Lo habían hecho catedrático en la universidad Humboldt y se ganaba bien la vida, además de publicar libros sin parar gracias a las citas que le robaba a mi padre, que, muy ingenuamente, compartía sus escritos con él en las cartas que escribía. Mi padre solo quería demostrar que no estaba ocioso, como su padre no se cansaba de insinuar. A parte de eso, mi abuelo se negaba a mantener ningún contacto con él. El matrimonio con una mujer «de fe israelita» y el nacimiento de una nieta de esa unión contaminada fueron el acabose. ¡Ja! —concluyó con una risotada.

—¿Era un antisemita?

—Un antisemita de manual, un protestante alemán como Dios manda.

—Pero no todos los protestantes alemanes eran antisemitas.

—No, todos no. —Rio de nuevo—. ¿Cómo se puede ser humanista y antisemita al mismo tiempo? ¿Me lo explicas? Además, ¿qué iba a hacerle yo, que solo soy medio judía?

—Tú eres judía.

—No empieces otra vez, ¿vale? Soy medio judía, lo sabré yo mejor que nadie.

—Te refieres a las leyes de Núremberg sobre la raza. Eso de medio judío y un cuarto judío y un octavo judío no existía antes de Hitler.

—¡Yo soy medio judía y no hay más que hablar! Sabré yo por qué se me perseguía mucho mejor que tú, amiguito.

Nos miramos enfadados.

—Eres judía. Naciste de una mujer judía, y por eso, a los ojos del judaísmo, eres judía. Y punto. —Recalqué mis palabras dando un manotazo en la mesa. Mi madre se encogió como si acabara de hacer un juicio irreversible sobre su persona. Cambié de tono por uno más conciliador.

—¿Por qué te molesta tanto?

Mi intento fracasó estrepitosamente. Ella se estremeció.

—A mí no me molesta, eres tú quien está molesto. Y mucho. Y no creas que puedes pagarlo conmigo. Ya lo intentaron otros en el pasado. Resolved vuestras historias y a mí dejadme en paz.

Barrió plato y taza al suelo de un manotazo. Se levantó tambaleándose. Quise acudir en su ayuda y la agarré de la mano, pero ella se zafó enfadada y me fulminó con la mirada. Finalmente desapareció hacia su habitación.

Un camarero joven acudió enseguida. Con la cara muy roja, recogió los platos rotos y me preguntó si quería algo más. Yo volví a sentarme y pedí un café. La niebla matutina que flotaba sobre el lago Maggiore se había disipado. El relieve afilado de las montañas se dibujaba a contraluz. Posé la mirada en el prado mientras escuchaba el repiqueteo de platos y cubiertos. Me llegó un murmullo quedo. Una voz infantil en primer plano. De repente, vi el manzano ante mí. Igual que aquella vez en nuestro jardín, no pude contener las lágrimas. Igual que entonces, no sabía qué me estaba pasando. Igual que entonces, intenté captarlo todo mientras la imagen se desdibujaba ante mis ojos.

Vestido con pantalón corto y sentado bajo el manzano entre mi padre y mi madre. El tío Walter y la tía Kläre venían de visita. Walter y Kläre Blocher. No eran parientes nuestros, pero en aquella época, en los años sesenta del siglo pasado, todos los adultos eran tíos y tías. Brillaba un sol radiante ese día de principios de verano. Cuando llegaron a la cancela del jardín, me acerqué corriendo hasta ellos, los agarré de la mano y los llevé a mi manzano. Era lo que siempre hacía los domingos que recibíamos visitas. Al pie del árbol ya había sillas preparadas para los invitados. Me encaramé a la rama más alta, hice una reverencia a mi público entregado, dibujé un gran círculo con los brazos y exclamé a voz en grito:

—Los americanos tienen el culo gordísimo…

Ese día no se me ocurrió nada más que decir. Con un salto como para haberme partido la crisma, aterricé entre los espectadores, hice otra reverencia fugaz y salí a escape.

Poco después, me encontré sentado frente al americano. El tío Walter hacía ruiditos de satisfacción mientras zampaba *streusel* de manzana a dos carrillos. Repasé con la mirada sus pantalones de verano gris claro, su camisa de manga corta como la de mi padre y, también igual que mi padre, una corbata a rayas rojas y azules. Los dos se estaban quedando sin pelo.

—¡Gafotas! —solían decirse el uno al otro. Sus gafas también eran parecidas. Yo creía que todos los hombres en Alemania eran así. Pero el tío Walter era americano, o eso me habían dicho.

—¿Cómo es que el tío Walter habla alemán como nosotros, si es americano?

La conversación se detuvo. Mi madre se inclinó hacia mí. Me puso una mano en la rodilla con suavidad. Era agradable.

—¿Sabes? Walter es alemán igual que nosotros, pero tuvo que marcharse del país porque es judío.

Lo entendí al instante. Aunque la voz de mi madre sonara extraña y apagada al pronunciar la palabra «judío». Sin necesidad de mirarla, sabía perfectamente la expresión que vería en sus ojos. Conocía muy bien esa mirada sin brillo. Me daba miedo. Normalmente, sus ojos siempre resplandecían al decir esa palabra. ¿Por qué me miraban todos de una forma tan rara, tan falsa? Quería que los ojos de mi madre volvieran a brillar. Ya.

—Entonces, pertenece al pueblo elegido —dije yo.

Volvió la luz a los ojos de mi madre. A los de todos. Todo estaba bien. Habían olvidado mi actuación vergonzante en lo alto del manzano. Volvían a reír. La voz de mi madre cortó suavemente la repentina alegría.

—Tú también eres un poco judío.

Todas las miradas volvieron a posarse sobre mí. Yo me removí en mi asiento.

—¿Un poco?

—Sí.

—¿No del todo?

—No, no del todo.

Sentí un cosquilleo en las piernas. ¿No del todo?

—Entonces, ¿soy alemán del todo?

Todos rieron de nuevo. Esta vez, más fuerte que antes. Y más ruidoso.

—No, no del todo...

Mi madre arrastraba un poco las palabras, como si hubiera bebido. De repente, sentí una rabia impotente bullendo en mi interior. No del todo. Sabía perfectamente lo que quería decir. Si algo no era del todo era porque estaba roto. Como un juguete. Con un juguete roto no se podía hacer nada.

—¡Pero yo quiero ser alemán del todo!

Me sentía como si hubiera vomitado aquellas palabras. ¿Y por qué alemán del todo y no judío del todo? Podría haberlo dicho igual. Pero no lo había hecho. No sabía por qué. Todos me miraban fijamente. El tío Walter tenía la cara blanca como la cera. Le temblaba el labio.

—Se lleva en la sangre... nunca aprenderán... se lleva en la sangre... —tartamudeó.

—Walter —dijo mi madre—, todavía es un niño...

Su voz sonaba muy lejana. Paralizado, yo la oía crepitar, era como el ulular del hielo.

Los días morían lentamente. Después del colegio, corría a mi habitación murmurando una excusa sobre mis deberes y me encerraba allí. Me pasaba la mayor parte del tiempo mirando por la ventana. Había descubierto algo que había puesto mi mundo patas arriba.

Poco tiempo después me cambié a un colegio francés. Movido por un deseo vacuo de escapar de mí mismo, me desembaracé de mi camisa de alemán. Con cautela, empecé a indagar acerca de mi historia familiar. Mi padre callaba y mi madre hablaba. Sus respuestas eran diferentes a las que recibía al hacer otras preguntas. Había cosas que no encajaban. Aparecían lagunas. Al principio no la entendía, y luego se me hizo insoportable. A veces se enredaban dos hilos narrativos distintos, a veces faltaba una transición o surgía algo que parecía improbable. Era como la imagen en un televisor, compuesta de una cierta cantidad de puntos distribuidos en líneas. Los puntos no ofrecen una imagen completa, es el cerebro el que rellena los huecos. Era una percepción que trasladé a todos los aspectos de mi vida. Mi nueva realidad era una alfombra de retales hecha de fragmentos luminosos y oscuros. Estaba convencido de que a todo el mundo le pasaba igual. Cuando había algo que no entendía, o sospechaba de la existencia de una laguna, o preguntaba por algún conector ausente, mi madre se refugiaba en el olvido. Como la mayoría de los niños de mi época, a mí me criaron personas cuyos recuerdos sobre determinadas cosas parecían tan corroídos como el cerebro de un enfermo de alzhéimer. Tal vez, eso me llevó a conectar los acontecimientos de otra forma. La lógica estricta perdió su valor, se abolió la causalidad porque la explicación concluyente necesaria no existía.

Mi madre se reía al contar episodios particularmente perturbadores, como si estuviera recordando una anécdota, algo tan inverosímil, tan absurdo, que era imposible que hubiera pasado y que, por lo tanto, tal vez no había pasado de verdad.

Una vez me habló de un campo.

—¿Un campo como de irse de acampada?

—¡No! —Rio mi madre muy fuerte. Otra vez esa risa adulta que anunciaba siempre que el relato iba a ponerse inquietante. De niño, yo sentía el impulso de taparme los ojos y las orejas, o esconderme en un sótano oscuro, pero también quería saber cómo seguía la historia.

El camarero puso el café cuidadosamente sobre la mesa y volvió a desaparecer.

Mi madre había experimentado la palabra «judía» como una sentencia. No le gustaba hablar de su identidad judía. Como si no tuviera nada que ver con ella. El café estaba ardiendo y sabía amargo. Para mí, para el niño que trepaba al manzano y desaparecía en su mundo, las palabras «medio» y «no del todo» equivalían a algo incompleto, y para mi madre tal vez significara no estar abocada a la destrucción, tener medio derecho a vivir, seguir perteneciendo al grupo, aunque solo a medias.

Acababa de levantarse como una muerta, con una mirada como la que tenía en Berlín cuando yo salí corriendo de mi habitación y bajé las escaleras dando saltos. Abajo, mi madre miraba al infinito. Mi padre la sostenía entre sus brazos como si estuviera a punto de caer desfallecida. Alargó una mano para detenerme. Yo me quedé inmóvil. No podía ir con ella. Me quedé mirándola. Allí estaba mi madre, aunque yo no la reconocía. Mi padre apartó la cara, esperando. Mi madre tenía la mirada vacía. No oía. No veía. No estaba allí. Estaba muerta.

Me quedé congelado como si pretendiera imitarla. ¿Por qué? ¿Solo porque no me miraba? ¿Tenía miedo de que me hubiera olvidado? ¿La imitaba para comprenderla mejor? No lo sé. Ya no sé por qué reaccioné así, solo recuerdo que el mundo se detuvo. Así paralizado, empecé a pensar. Muy lentamente, como el agua que pasa a trompicones por una cañería defectuosa, algo empezó a circular por mi cerebro, a gotear en mi conciencia. «Esto es el infierno —pensé—, un lugar blanco y lleno de un silencio inquietante». Desde el miedo más profundo, sentí una necesidad acuciante de vivir.

14

Jean y Otto estaban sentados en la cocina. La puerta de la vivienda se abrió de golpe. En el recibidor, un objeto pesado chocó con una pared. La voz de Sala canturreaba en voz baja la canción de Horst Wessel. El sol de la tarde entraba desde el patio por la ventana.

—«¡Arriba la bandera! ¡Las filas bien cerradas! Las SA marchan con paso tranquilo y firme. Los camaradas, caídos en el frente rojo y prestos a la acción marchan en espíritu junto a nuestras filas…».

Sala se acercó por el largo pasillo hasta colocarse delante de ellos. Jean la miró apaciblemente.

—¿Qué ha pasado?

—¿Por qué lo dices? Esta canción se oye en todas partes. ¿Por qué no iba a cantarla yo?

—Sala.

Jean suspiró. ¿Qué podía decirle? ¿Que era odioso, que Sala no formaba parte de aquello? ¿Que no la querían? Él mismo tampoco formaba parte de aquello. Su vida se volvía más peligrosa a cada día que pasaba, pero él no sabía vivir de otra manera, y con el tiempo había acabado acostumbrándose. No se le había ocurrido nada mejor que mantener a su hija alejada de ese mundo, llevarla de conciertos, al teatro o a museos. Siempre creyó poder sanar el dolor de la pérdida mediante la belleza, ahorrarle la normalidad pequeñoburguesa y su precipitación hacia la barbarie criándola fuera de esa realidad. La miró a los ojos llenos de obstinación.

—«¡Vía libre para los batallones pardos! ¡Vía libre para los de la sección de asalto!».

—¡Deja de cantar esas idioteces! —dijo Otto, levantándose de un salto y agarrando a Sala por los hombros. Sala se zafó y siguió cantando con los ojos brillantes.

—«Millones de personas miran la cruz gamada con esperanza. Se avecina el día de la libertad y el pan». —Mientras Otto miraba a Jean en busca de apoyo, Sala elevó la voz una octava con aire triunfal—. «¡Llamamos a las armas por última vez! Estamos preparados para luchar. Pronto la bandera de Hitler ondeará sobre todas las calles. ¡Nuestra subyugación pronto terminará!».

Ninguno de los tres se movió. El único sonido era el de su respiración perpleja. Poco a poco, una sonrisa torció la boca de Jean, que empezó a reír en voz baja, quebrando el silencio.

—Esta canción... Ay, de verdad, es que parece que nadie se da cuenta.

Sala miró a su padre con suspicacia. Él empezó a tararear los primeros compases. Otto dio un puñetazo en la mesa.

—¿Tú también vas a cantar esa mierda?

—«Arriba la bandera...» Ta ta ta... —Jean enarboló una bandera imaginaria y repitió las notas—. ¿No lo veis? La bandera sube, pero las notas son descendientes. Ta ta ta...

Repitió el fragmento, moviendo la mano izquierda hacia abajo para acompañar las notas mientras seguía izando una bandera invisible con la derecha. Sus manos subían y bajaban una y otra vez y Jean empezó a troncharse de la risa con lágrimas rodándole por las mejillas.

En silencio, se sentaron a la mesa. Otto se sujetaba la cabeza con las manos, como si temiera que fuera a estallar. En la radio, los Comedian Harmonists entonaban *Wochenend un Sonnenschein*.

—Qué mierda de calabobos —dijo Otto, mirando por la ventana. Sobre la mesa había un sobre, que Jean empujó hacia Sala con cautela.

—De tu madre.

Ella lo agarró sin titubear, lo giró entre sus manos, lo olisqueó, y volvió a arrojarlo sobre la mesa. La última carta de Iza llegó puntual con el ascenso al poder de Hitler. Desde entonces, Sala no había sabido nada más de su madre. Por aquel entonces, aún vivía en Toledo; esa carta venía de Madrid.

—Aún voy a tener que darle las gracias por abandonarme.

La expresión sombría de Otto pareció suavizarse un poco.

—Claro, si se hubiera quedado con nosotros y me hubiera criado en la feeeee judía —dijo, alargando la palabra con sorna por primera vez—, yo ahora sería judía del todo. Judía del todo no suena tan mal. Suena casi tan bien como idiota del todo, ¿no? Es que «medio judía» suena un poco raro, ¿no os parece?

Agarró de nuevo el sobre, se detuvo un instante, lo abrió y sacó la carta. Con aire distante, leyó las líneas que le escribía su madre, para, al terminar, volver a meter las dos breves páginas en el sobre y lanzarlo sobre la mesa.

—Qué amable, cómo se preocupa por nosotros, sobre todo por mí. Pregunta si no me gustaría irme con ella a Madrid. —Se mordió los labios—. Creo que preferiría que me metieran en un campo de trabajo.

Jean miraba la carta.

—Léela —dijo ella.

Jean se inclinó, sacó las finas hojas del sobre y las separó con cuidado. En un tono serio y tranquilo, Iza les advertía de lo que estaba por venir. La misiva era de una objetividad sin parangón. Al final había una invitación, unida a recuerdos para Jean, a quien conminaba a ser razonable. Como de costumbre, no había nada que añadir.

Furiosa, Sala iba y venía, golpeándose los muslos con los puños hasta quedarse sin aliento. Entonces estalló:

—No soy judía. No quiero ser judía. No quiero. No-quie-ro. Ni medio judía ni del todo, no quiero para nada. —Jadeaba con la cara roja e inflamada—. ¿Y qué tengo que ver con ella? La odio. La odio a ella y odio a toda su estirpe. Me da igual lo que les pase. Quiero que me dejen en paz. ¡Que desaparezcan!

Se le quebró la voz. Se había detenido junto a la ventana. Las farolas resplandecían en el exterior mientras el día llegaba a su fin. Aunque su luz no era para ella. Las calles, los bancos, las avenidas flanqueadas de árboles llenos de gente que iba a hacer recados o paseaba tranquilamente, todo le daba la espalda, asqueado. Como si fuera menos que humana. Un objeto.

—Me he criado aquí. Hablo el mismo idioma. Pienso como ellos. Siento como ellos. Este es mi sitio. Yo soy alemana. No soy judía. —Su voz sonaba muy lejana. Ni ella misma la reconocía. ¿Hablaba así una alemana? ¿Acaso había adoptado sin darse cuenta algún rasgo judío?—. ¿Hay algo raro en mi expresión? ¿En mis gestos? ¿En mi forma de hablar? Ayer sor Agatha me llamó la atención al respecto. Dijo que me lo decía por mi bien. Después de clase de Biología me llamó aparte. En clase se me quedó mirando. Estábamos dando ciencias raciales. ¿Y qué? Yo me sabía la lección. Mucho mejor que las demás. Pero se me quedó mirando igual. Antes yo era su alumna preferida, y de repente me mira como si me hubiera convertido en otra persona de la noche a la mañana. «Has cambiado, hija mía» —dijo, imitando a la monja—. ¿Ah, sí? ¿Y en qué me he convertido? ¿En un elefante? —Sala se dirigió a su padre—: Tú eres alemán, tú me engendraste. Eso quiere decir que esta es mi patria. No voy a dejar que me echen. Tengo derecho a estar aquí.

Calló de repente. Derecha como una vela, tenía la mirada perdida. ¿Por qué no hablaban? ¿Estaban de acuerdo? ¿Ellos también habían dejado de quererla?

—Han reescrito la verdad, Sala —dijo Jean en un tono calmado y seco.

—¿De qué verdad me hablas? ¿Es que hay más de una?

—Eso se acabó por ahora.

—Pero… la verdad… es… la verdad —tartamudeó ella.

—No. Nunca lo ha sido.

Sala agachó la cabeza.

—¿Adónde iré? —Jean la miró a los ojos—. ¿Y la prueba de

madurez? ¿Ni siquiera voy a poder terminar el instituto? —dijo Sala con voz temblorosa. Miró a su padre con aire suplicante—. Tal vez cambien de idea. Yo soy como ellos. No soy diferente. Soy como ellos.

—¿De qué te servirá examinarte, si luego no te dejan ir a la universidad? Se están llevando a judíos día sí, día también. A saber cuándo será el turno de los medio judíos. Si se descubre tu relación con Otto, te humillarán públicamente y te encerrarán. No os espera otra cosa que la cárcel.

Otto escuchaba en silencio. Por su hermana Inge sabía que algo se cocía, aunque ella ya no le contaba muchas cosas porque no aprobaba su relación con Sala.

—Entonces, tampoco puedo amar a quien quiera.

—No.

Jean sintió náuseas. ¿A quién le estaba permitido amar a quien quisiera? ¿Quién era capaz? Sentía un doloroso repiqueteo en las sienes. En España bullía la Guerra Civil. Iza era distinta, distinta a él, a Sala y a todos los demás. Ella no dudaría en involucrarse en la lucha armada, si es que no lo había hecho ya. No temía a Dios ni al diablo. Siempre la había admirado en silencio. ¿Y por qué se acordaba ahora de Iza? Clavó la mirada en la cara de Otto. Quizá Otto fuera quien más se le parecía. Él tampoco conocía el miedo.

Cuando Sala abrió la ventana, hacía rato que el sol se había puesto. La golpeó el aroma de la noche y las flores. La lluvia amainaba. ¿Se estaba volviendo loca? ¿A qué estaba esperando? A las lágrimas. Nadie ejercería ningún poder sobre ella, nadie.

Sintió una caricia de su padre.

—¿Qué te pasa?

No supo qué responder.

Al día siguiente, Otto le habló con apremio.

—Tenemos que andarnos con más cuidado.

—¿Ha pasado algo?

—Anoche alguien me dejó el *Observador del Pueblo* sobre la cama. Debió de ser Inge, o ese nazi de mierda de Günter. Abierto por una página con el titular «El instinto innato del judío por el bastardeo».

Sala miró a Otto asustada, pero entonces se echó a reír.

—¿El instinto de qué?

Otto la tomó de la mano para llevarla a un rincón. Susurraba nervioso:

—No es ninguna broma, Sala, lo digo muy en serio. En algunas ciudades han arrestado a hombres y mujeres por cometer crímenes contra la raza y, colgándoles carteles del cuello, los arrastran por las calles como si fueran animales.

—¿Y qué pone en los letreros?

—«Soy una cerda y doy asco porque solo con judíos yazco». —La miró en silencio—. Eso decía el de una mujer. A su lado había un hombre con otro letrero: «El buen judío solo se acuesta con muchachas alemanas».

Sala volvió a echarse a reír.

—Que se note que somos un país de poetas y pensadores.

—Sala, quieren imponer la pena de muerte.

Sala se soltó.

—Nadie te obliga a ir conmigo de la manita.

—Sala.

La cogió de los hombros. Se quedaron mirándose, muy serios, durante un largo rato.

15

Faltaban pocos minutos para llegar a Madrid. ¿La estaría esperando en la estación? ¿Qué aspecto tendría? ¿La reconocería? ¿Y Tomás? ¿Qué clase de hombre sería? Según la descripción de su padre, era menudo y de facciones delicadas, con el pelo moreno y espeso, una nariz ganchuda que dominaba su rostro y una mirada nerviosa, y vestía sobre todo con ropa elegante y extravagante de colores claros. Pantalones muy anchos que le hacían parecer un payaso o un bufón y un fuerte acento austrohúngaro. «Solo unos ojos ultrajados habrían reparado en tantos detalles», se dijo Sala. Tenía más información sobre Tomás que sobre su propia madre.

El tren entró en la estación con un pitido. Sala se despidió calurosamente de sus compañeros de viaje. Con el corazón a mil, arrastró su pesada maleta por el pasillo estrecho hasta la puerta. El tren se detuvo con una sacudida.

Sala presionó la pesada manija y saltó al andén. ¿Por qué no estaba nerviosa? Un día antes no podía imaginar nada peor que ir a Madrid. ¿Qué había pasado? El revisor español le tendió la maleta. A su alrededor, una tromba de viajeros se dirigía a la salida, una corriente de cogotes cimbreantes. Sala estiró el cuello en busca de una mujer menuda y esbelta, tal vez de pelo cano. «¡Mamá! ¡Mamá!», gritaba una vocecilla ansiosa en su interior. Por un momento creyó oír ese grito por los altavoces. El andén se despejó lentamente. Pocos minutos después, solo quedaba ella en la estación. Tal vez su madre estuviera esperándola a la salida. Sala aferró el asa de su maleta.

La estación era más grande de lo que se esperaba. Mientras seguía buscando a su madre, escuchaba retazos de conversaciones a su alrededor. ¿Le bastaría con el escaso español que había aprendido por su cuenta para apañarse? No encontraba a su madre. Tal vez le hubiera surgido algo importante. Durante el viaje había intentado informarse sobre la Guerra Civil, pero los españoles de su tren se habían mostrado reservados con ella por ser alemana. Esperaba que no hubiera pasado nada grave.

—Tú debes de ser Sala. —Una voz clara a su espalda le hizo darse la vuelta. El hombre que tenía delante debía de ser Tomás. Su padre lo había descrito con exactitud.

—Eres igual que tu madre, pero más guapa. ¡No le digas nunca que te he dicho eso! —Su voz hacía pensar en cafés, en Budapest y Viena—. Yo soy Tomás. Bienvenida, niña bonita.

Aquel hombre, que la había llamado «niña» con tanto encanto como desfachatez, no tendría ni treinta años, y ella estaba a punto de cumplir dieciocho. Sin embargo, le cayó bien. Lo miró incrédula. Era veinte años más joven que su madre, y muy guapo.

—Cogeremos la línea 3, así solo tenemos que hacer un transbordo y haremos el trayecto bajo tierra. Ahora mismo, es lo más seguro. —Le ofreció el brazo y la guio hacia la salida.

—¿Es peligroso?

—Conmigo estarás a salvo. Conozco todos los escondites de la ciudad. Desde que vivimos aquí, Iza y yo hemos estado luchando codo con codo con los trabajadores y los campesinos por la revolución. Los años que pasamos en Toledo fueron una fiesta sin fin, pero se volvió demasiado peligroso. Te pondremos al día. Te encantará todo, niña bonita. Vivimos en una época increíble. Lo que está sucediendo ahora cambiará el mundo entero. Berlín está muy bien, pero estas hordas pardas no traerán nada bueno. Mientras, aquí en España está pasando algo grande. En ningún otro lugar tienen tanta fuerza los anarquistas. Con nuestra ayuda, el estado se demolerá a sí mismo. Así podremos llevar una vida libre e independiente con nuestros amigos más queridos. ¿Sabes? Aquí la vida es muy diferente, niña bonita. Es cálida como el sol que brilla en el alma y el corazón de todos los españoles. Nada que ver con la desconfianza alemana, ese estilo de vida gris y pesado de salchichas, patatas, chucrut y cerveza. A los judíos les están haciendo un favor echándolos de allí. Olvídate de ese país, allí ya no puede uno ni reírse escondido en su casa a menos que sea de un chiste contado por el mismo Führer.

A Sala la asombró que Tomás charlara con tanta desenvoltura. Pero entonces recordó que ya no estaba en Alemania, que el resto de los pasajeros probablemente no entendían ni una palabra de lo que decía. El metro recorría túneles oscuros, escondiendo Madrid de sus ojos curiosos. Era como si aún no hubiera llegado.

Al volver a la superficie, sintió la caricia de los primeros rayos de sol. La Gran Vía se extendía ante ella. Sala se quedó muda.

—Ahí delante está la Plaza del Callao. ¿Ves ese edificio? Es el Hotel Florida. Ven, nos tomaremos un cortado y unas tapitas.

—¿Y mi madre?

—A las mujeres siempre hay que hacerlas esperar un poco. Así hay más suspense. Aunque tu madre parece un hombre en muchos aspectos. Cuando algo no le sale como esperaba, lo cambia o se olvida. Además, tiene mucho que hacer, no haríamos más que estorbarla. —Sala lo miró perpleja, y él siguió—: ¿Qué te parece si te enseño la ciudad? Nos daremos un buen paseo por estas calles soleadas y nos reuniremos con tu madre para cenar. Seguro que la taberna estará muy concurrida para entonces. Será muy divertido, ya no querrás volver nunca a Berlín.

Eso Sala no lo tenía tan claro, pero la idea de un paseo por la ciudad le resultaba atractiva.

—¿Y mi maleta?

Tomás se echó a reír. Era una risa limpia, casi infantil, y despreocupada.

El botones del Hotel Florida aceptó sus bultos con deferencia.

—Llegarán a casa antes que nosotros —dijo Tomás con una sonrisa de satisfacción.

Sala conocía ese aire despreocupado de su padre. Al menos en eso se parecían. Aunque también parecían compartir sus opiniones políticas. Y Tomás era pintor, así que algo sabría de arte. Seguro que también era impuntual como su padre, y, por la forma en la que pidió en el café, parecía igual de poco preocupado por el dinero. Pero, por encima de todo, le mostró una nueva faceta de la madre que ella recordaba como una mujer estricta y poco afectuosa. Una persona con principios. No recordaba haberla visto sonreír ni una sola vez. ¿Cómo era posible que compartiera su vida con un compañero tan alegre?

El camarero les trajo un sinfín de platos llenos de delicias. Sala se abalanzó sobre la tortilla entusiasmada.

—Es comida de pobres —le aseguró Tomás con una risita—, aunque hoy está aderezada con marisco.

Sala apenas había dormido en el tren, pero el entusiasmo había arrinconado al cansancio. Tomás era contagioso. Pensó en Otto, que le había contado que, en momentos de excitación y peligro, el cuerpo segregaba endorfinas que bloqueaban el miedo. ¿Tenía miedo de ver a su madre? Obedeciendo a una seña imperceptible, otro camarero les puso delante dos copas esbeltas llenas de champán hasta arriba. Sala rio asombrada.

—Agua de burdel.

—Sí —repuso Tomás con una risita—. A tu padre no le gustaba nada el champán.

Sala vació su copa de un trago.

—Sigue igual.

—En este hotel celebramos algunas de nuestras reuniones. También nos vemos con los compañeros en el Bar Chicote, más tarde también nos pasaremos por allí. Es más divertido, pero allí no hubiéramos podido dejar tu maleta.

Lo que de entrada parecía un plan meticuloso, resultó ser, igual que en casa de su padre, algo improvisado. La cabeza empezó a darle vueltas de una forma muy agradable, Sala se sentía ligera y soñaba con un futuro lleno de emociones. Por primera vez, tenía el mundo a sus pies, libre de la seriedad alemana. Mientras volvían a la calle oyó el tañido de una guitarra y también risas llenas de alegría de vivir. Y su madre vivía en esa ciudad.

—¿Y a qué se dedica mi madre? ¿Trabaja en un hospital o tiene su propia consulta?

Tomás miró a Sala sorprendido.

—Nunca ha ejercido como médico en España. Aquí no reconocen su título. ¿No os lo había contado?

—No.

—Tu madre es una marchante de arte muy popular. Está especializada en los siglos XVIII y XIX, aunque de vez en cuando encuentra obras del Renacimiento o del Barroco español. Hoy tiene varias citas importantes. Se trata de una exposición de arte antiguo. Un viejo amigo ha encontrado un tesoro que quiere mostrarle —dijo con una sonrisa misteriosa.

—¿Tiene una tienda? Quiero decir, una galería.

—Iza no soporta gastar dinero —dijo entre risas—. Todo lo contrario de mí. Lleva el negocio desde casa: allí recibe a los clientes, organiza exposiciones, y de noche... —titubeó un instante—. Bueno, ya lo verás.

Se detuvo ante un pequeño bar. Sobre los generosos ventanales a ambos lados de la puerta giratoria había un letrero de letras grandes y sencillas en el que Sala leyó «Bar Chicote». Era una sala alargada decorada al estilo modernista.

—Pedro Chicote es un buen amigo nuestro, también iremos a verlo. Es el mejor barman del mundo, y tiene una colección increíble de más de veinte mil botellas, entre ellas una de cachaza antigua que le regaló el embajador de Brasil una noche cuando Pedro aún preparaba cócteles en el bar del Hotel Ritz. Pero aún más increíble es su colección de anécdotas grandes y pequeñas. Nadie habla mejor de quienes frecuentan la noche, sin revelar ni la menor indiscreción. A decir verdad, es un narrador nato que, a través de la materia prima de las largas noches y de los personajes luminosos y siniestros que beben en su barra, consigue destilar las alegrías y miserias de soñadores, criminales y estafadores, anarquistas, actores y reyes. Solo tiene un defecto. Hay una cosa que le gusta más que contar historias y es el dinero. Tal vez es por eso por lo que no se hizo poeta. Ven, ahora te enseñaré la plaza de toros, donde se celebran las corridas más importantes. ¿O preferirías ver el Prado primero, querida niña burguesa y culta?

Volvió a reír con su voz aguda. A decir verdad, Sala detestaba las voces atipladas, pero a Tomás una voz grave no le hubiera pegado para nada. Aquel tono tan peculiar y cantarín le daba un aire inesperadamente masculino. Sala no quería ni oír hablar de corridas de toros. El asesinato de un animal por entretenimiento le parecía algo horripilante.

—No entiendo esa pasión por matar. Es como cuando hace siglos la gente acudía en masa a las ejecuciones. Me parece repugnante. He oído en algún sitio que los elefantes se apartan de su manada antes de su muerte. A nadie le gusta que lo vean morir, ¿no crees? O tal vez haya quien quiera hacerlo acompañado de un ser querido, o de sus hijos. ¿A ti te gustaría morir en público?

—Depende del significado que pretenda darle a mi vida.

Sala no entendió lo que quería decir con eso, así que cambió de tema rápidamente.

El aire fresco de las grandes salas del Prado le gustó más. Inspiró profundamente el olor mohoso de los cuadros antiguos. Volvió a los domingos de su niñez, que pasaba pacientemente de pie junto a su padre, tratando de leer en su mirada lo que veía en esas pinturas. En aquella galería del Prado creyó entender por qué su padre no era muy dado a comentar lo que admiraba. Tal vez no quisiera perder la emoción que lo conectaba al cuadro, de la misma manera que solo se comparte una historia de amor cuando su pérdida es inminente o cuando ya ha muerto, para así revivirla de nuevo a través del recuerdo. Al pensar en Otto, sintió dolor. En aquellas estancias silenciosas, en mitad de aquella vida tan organizada, se sintió de repente muy cerca de él. Sorprendida, se giró hacia Tomás, que se había quedado rezagado. Ensimismado, movía el lápiz por un cuaderno. Parecía otro, Sala estuvo a punto de no reconocerlo. Tenía los pies bien enraizados en el suelo, las piernas ligeramente separadas. Al sentirse observado, él la miró. Eran bocetos de ella lo que estaba dibujando apresuradamente en su cuaderno. Cuando Sala hizo ademán de acercarse, guardó los dibujos apresuradamente.

Cuando salieron a la calle, un camión cargado de sacos de arena pasó de largo a toda velocidad. Tomás lo miró con atención.

—Están construyendo barricadas para defender Madrid de los fascistas.

Se oyeron disparos a lo lejos. Sala se encogió y él la tomó del brazo.

—¡Ven!

Subiendo por la escalera del antiguo bloque de viviendas, Sala se vio invadida por un cansancio abrumador. En ese momento daría cualquier cosa por aplazar el reencuentro que llevaba años imaginando de mil maneras distintas. ¿Qué tenía que hacer cuando la tuviera delante? ¿Cómo reaccionaría su madre, cuáles serían sus primeras palabras? ¿O acaso guardaría silencio? ¿Era preciso darle un abrazo? Se sentiría muy ridícula. Estaba planteándose volver por donde había venido cuando la puerta se abrió silenciosamente y se encontró frente a frente con Iza.

—¿Dónde estabais? Entrad.

Tomó a Sala de la mano y la hizo pasar a un recibidor imponentemente grande y vacío entre risas. Más tarde, Sala recordaría que en lo primero en lo que se había fijado era en las bombillas desnudas que colgaban del techo, de un color amarillo parduzco. Insegura, se encogió ante el escrutinio al que su madre la sometió con la mirada, en franco contraste con el tono alegre de su voz.

—¿Habéis comido? He preparado alguna cosilla, no he tenido tiempo de cocinar y, además, a Tomás se le da mucho mejor que a mí. ¿Qué tal el viaje? ¿Qué habéis visitado hoy? Antes que nada, cuéntame: ¿qué hay de nuevo? Tu padre es terrible describiendo la vida cotidiana en sus cartas.

Sala volvió a sentir esa mirada apacible y penetrante como una quemazón de la que quería escapar. Se sentía como si tuviera que aprobar un examen. Tomás se encargó de poner la mesa. Del techo del comedor también colgaban bombillas desnudas. A diferencia de la casa de su padre, no había mantel; platos y cubiertos estaban dispuestos sobre una larga mesa antigua de madera a la cabeza de la cual Iza tomó asiento. Era más menuda y delicada que su hija, y se dispuso a comer a dos carrillos de inmediato mientras con el rabillo del ojo observaba a Sala, que engulló un par de bocados apresuradamente.

—Hay que masticar treinta y ocho veces cada bocado. Así llegarás a vieja y te mantendrás joven —dijo dando un sorbo de vino blanco—. Va bien para la circulación. Tener la tensión baja es bueno para el corazón, pero malo para la azotea —apuntó señalándose la cabeza.

Mientras Sala le describía las impresiones del día bajo la mirada atenta de su madre, se sentía como si las palabras salieran de una boca ajena. «No te despistes», se dijo, aunque las frases salían sin ton ni son de entre sus labios. Al darse cuenta de que de haberse cruzado con su madre por la calle no la hubiera reconocido, estuvo a punto de perder el hilo de sus palabras.

A medida que hablaba, la distancia entre su madre y ella crecía. Al otro lado de la mesa tenía a una desconocida, una mujer hermosa. Su madre. En más de una ocasión, Sala creyó ver en ella a un ave rapaz que iba arrancándole pedacitos para masticarlos a conciencia. Cada bocado treinta y ocho veces.

—Creo que me encuentro mal —murmuró Sala. Se estaba mareando.

* * *

Ya oscurecía cuando Sala vio desaparecer la sombra de su madre por la puerta con los ojos entrecerrados. Poco después le llegó un murmullo de voces. Unos pies que pisoteaban el parqué antiguo, el aroma de especias fuertes que se colaba por la rendija de la puerta. Alguien se puso a dar palmas. Oyó una voz suave y extrañamente profunda.

—Gracias a nuestros informadores hace tiempo que sabemos que Hitler apoyará a Franco enviándole armas. Es posible que Mussolini haga lo propio, así que tendremos un frente fascista de tres estados diferentes. A ellos se enfrentan los bolcheviques de Stalin, que es probable que presten apoyo a la República, aunque sea solo por fastidiar a Hitler y Mussolini, dando lugar a una guerra entre el fascismo y el comunismo que a saber cómo acabará. Desde luego, no dará pie al surgimiento de ningún sindicato de trabajadores, como la CNT se figuraba. Tampoco se disolverá el poder del Estado, por lo que nosotros, los brigadistas, queremos luchar junto a la CNT. No son las palabras de Bakunin las que prevalecerán, sino el marxismo de bolsillo de Stalin, que, y no os quepa duda, no traerá otra cosa que una nueva forma de explotación de los trabajadores. El Estado seguirá ejerciendo la violencia, aunque sea un Estado llamado Stalin, y seguirá habiendo grupos de privilegiados que dobleguen la voluntad del Estado y empleen su monopolio de la violencia para someter cualquier intento de resistencia.

Al discurso lo siguió un alboroto salvaje. Sala trató de imaginarse al orador. Visualizó a un hombrecillo orondo de unos treinta años. Imaginó cómo, después de aquel largo discurso que lo había transportado a un pasado glorioso y combativo, se secaría el sudor de la frente y se dejaría caer en su sillón. Venía de una familia de campesinos que, como él repetía constantemente, ya en la segunda mitad del siglo XIX se había unido con otras familias de campesinos y trabajadores del campo, representando de forma instintiva el ideal anarquista basado en las comunidades autogestionadas.

—Ya entonces, mis antepasados formaron grupos de combate

contra los terratenientes de la nobleza para defenderse de sus intentos de explotación. Defendían el colectivismo y la igualdad y luchaban contra la privatización de la tierra, que amenazaba la solidaridad de la comunidad.

Sala oyó cómo el orador volvía a levantarse de un salto. Se preguntó cómo serían sus manos. Probablemente, pequeñas y regordetas. ¿Estaría agitándolas para volver a llamar la atención de la concurrencia? Cerró los ojos para escuchar con atención aquella voz que empezaba a temblar de pasión.

—¡Queridos amigos! ¡Queridos combatientes! No olvidéis que nuestros antepasados ya pusieron en práctica el anarquismo en nuestro país. La llegada de la propiedad capitalista ha destruido nuestros pueblos desde dentro. Podemos ver con nuestros propios ojos cómo el hombre es despojado de poder y convertido en desechable. El capitalismo lo sustituye mediante máquinas que hacen su trabajo de forma más rápida y eficiente. Lo trocean, puesto que ya no lo necesitan como un todo, sino que solo quieren sus brazos, sus manos o lo que se le ocurra. Y al final, y ese es su objetivo, no os dejéis engañar, al final van a abolir a los trabajadores, igual que han destruido todo rastro de humanidad en sí misma.

En la soledad de su habitación, Sala daba vueltas con curiosidad a la imagen que se había formado de ese hombre. «No debe de ser especialmente atractivo», se dijo. Y tampoco un intelectual, dado que parloteaba de forma deliberada en un tono poco culto. Pero su voz vibraba con un entusiasmo que hacía innegable su fe en una causa justa. Qué distintas a las voces alemanas sonaban aquellas voces. Sala comenzaba a entender que el fervor de los nazis se mantenía vivo gracias a un fuego helado.

—Antonio, amigo, eres encantador, pero esta lección de historia sentimental que nos has transmitido con tanta pasión no cambia nada. A tus amigos republicanos, cuyos aplausos pretendes ganarte con tus discursitos baratos, les importan una mierda los campesinitos barrigones, que es lo que tú siempre serás a sus ojos.

«¡Ja!», se dijo Sala. «Bajito y gordo, ¡lo sabía!».

—No necesitamos para nada a artistas de la lisonja, necesitamos armas mejores, no escopetas oxidadas. No nos hacen ninguna falta tus soflamas incendiarias. Los brigadistas internacionales somos valientes, mucho más que las malditas tropas de Franco. No luchamos por un bonito pasado, luchamos por el futuro. Solo hay una cosa que nos frena, y es que nuestras armas de mierda fallan como escopetas de feria. Si tienes una respuesta, somos todo oídos. Si tienes armas, las aceptaremos encantados, pero si no, te recomiendo que te vayas a lloriquear a otra parte.

Sala se sentó en la cama. Aquella voz, que se había expresado de una forma tan vehemente y masculina, había salido del cuerpo menudo y enjuto de su madre. No reconocía a esa mujer decidida. Se hizo el silencio. Sala oyó el chirrido de una silla arrastrada por el suelo. Alguien se puso en pie.

—Querida camarada doña Isabel. —Volvía a ser el hombre bajo y gordito a quien su madre se había dirigido—. Doña Isabel... —No logró decir nada más.

—Ahórrate ese postureo petulante.

—¡Qué atrevimiento, doña Isabel!

—Para atrevimiento, el tuyo, pueblerino hipócrita. —Un murmullo corrió entre los presentes. Ella siguió—: ¿Qué buscas aquí? ¿Quién te ha invitado? ¿No te da vergüenza, después de lo que pasó en Toledo? ¿Cómo te atreves a sentarte a la mesa con nosotros y parlotear de objetivos comunes? Nuestros amigos de Toledo fueron arrasados porque les proporcionaste armas que seguramente sacaste de debajo de los culos de las cabras del establo de una de tus adoradas comunidades rurales. Puedes darte con un canto en los dientes de que te dejemos vivir. Robaste los hombres a sus mujeres, has convertido a niños en huérfanos y tienes el papo de presentarte aquí a soltar zarandajas sobre Bakunin y Marx cuando no has leído ni una sola línea de ninguno de los dos. Ni tú ni tu caterva de palmeros.

—Se equivoca usted, querida mía, se equivoca lo más grande. ¡Ja! Una prueba más de su inquina judía, de su hipocresía. —La voz volvía a temblar—. Pues claro que he leído las obras de juventud completas de Marx y su texto seminal, sí, *El Capital*, amigos míos, ¡ja! Tengo el cerebro rebosante de sus palabras como las ubres de una cabra.

—¡Pero no has entendido nada, ni una palabra! Por más que te esfuerces, tu mente no se parece en nada a las ubres de una cabra.

—Amigos míos, amigos míos… Eh… Eh…

—¡Beeeee, beeee, beeee! —imitó Iza a una cabra entre las risas estrepitosas de sus invitados.

Cuando Sala despertó por la mañana, la habitación seguía a oscuras. Estiró sus extremidades doloridas con cautela. Sentía un regusto rancio en la boca. Se descubrió un hematoma en el brazo. Al parecer, le habían puesto una inyección. Estaba en Madrid. En el piso de su madre. Notaba un olor a medicina. Había un vaso de agua sobre la mesilla de noche, junto a un tubo de pastillas. Le palpitaban las sienes. No recordaba cómo había llegado hasta allí. Apartó el cobertor y puso los pies en el suelo.

Al correr la cortina descubrió una calle soleada llena de gente que iba y venía apresurada. Era de día. Abrió la ventana y sintió la brisa de principios de verano. Escuchó con aire soñador el traqueteo del tranvía por la calzada mientras el olor a alquitrán y asfalto despertaba sus sentidos. Llamaron a la puerta.

—¿Cómo te encuentras? —Su madre se le acercó.

Parecía menos severa que la noche anterior. El miedo de Sala se había disipado, y, de repente, miró a su madre a la cara. Se abalanzó sobre Iza con los brazos abiertos y ya no la soltó.

—¿Qué pasó? —preguntó titubeante al ver que su madre estaba pálida.

—Te desmayaste en la silla —respondió. Sala reconoció en su rostro las ojeras de una noche sin dormir—. ¿Te pasa a menudo?

—No. Nunca me había pasado. Yo… —De repente, Sala se sintió insegura sin saber por qué.

—Primero dejaste de hablar. Y… —Iza calló, como si no

supiera si era el mejor momento para hablar de aquello—. Fue como cuando eras pequeña, en Berlín. Me mirabas con los ojos abiertos de par en par, como si quisieras decir algo, pero de tu boca, tú…

Sorprendida, Sala se dio cuenta de que a su madre le era muy difícil hablar de la época de su mudez infantil.

La cabeza volvía a darle vueltas. Su madre se había quedado mirándola, otra vez con aquel reproche silencioso, esa mirada exigente, esa demanda de explicaciones. ¿Qué quería que le explicara? ¿Por qué todo el mundo quería siempre saberlo todo de ella? ¿Qué sabía ella de sí misma? Nada. Nada de nada. Aquello no era nada bueno, todo iba mal. Percibía mucha ira, propia y de su madre. Hacía un momento las dos estaban apenadas, pero ahora se habían enfadado y Sala no tenía claro cuál de las dos se pondría a gritar primero. ¿Dónde meterse en un momento así? Allí era una extraña, no conocía las calles y las plazas, apenas hablaba el idioma. Necesitaba ayuda. Ella. De repente, Sala agarró a su madre del brazo. Apretó tan fuerte como pudo, hasta que las manos se le pusieron blancas. Su madre no se movió.

—¿Qué haremos hoy? —preguntó con una voz fuerte e impetuosa que llenó la habitación. Iza se soltó con cuidado del agarre de su hija.

—Estás un poco pasada de vueltas, hija mía. Quizá ha ido todo demasiado rápido. Tu carta, el viaje… Son muchas cosas de una vez, y después de tantos años… Ha sido un error. Por más que tuviéramos la mejor de las intenciones.

Sala volvió a agarrar a su madre.

—¿Quién vino anoche?

—Nadie.

Iza se apartó.

—Oí voces. Estuvisteis hablando de política.

—Lo habrás soñado. Alemania todavía te nubla la cabeza.

—No, no, hablabais de Franco y de los anarquistas, lo oí perfectamente.

La voz de Iza había recuperado su firmeza habitual. Se puso de pie y se alisó la falda de tela clara con las manos.

—El desayuno ya se habrá enfriado. Pero la tortilla fría también está buena. Tengo que irme, nos vemos luego.

En el cuarto de baño, Sala se enfrentó a su reflejo en el espejo. ¿Qué impresión causaba en los demás? Otto nunca se lo había dicho. Y su padre tampoco. Se aferró al borde del lavabo con tanta fuerza como si pretendiera romper la porcelana. Observó su cara. La tenía hinchada y enrojecida, pero no lograba reconocer en ella ninguna emoción. ¿Quién era? La hija de una judía polaca que había abandonado a su marido, su padre, un bohemio anarquista y ateo como su mujer, a quien aún parecía amar y que también amaba a hombres y tal vez se hubiera enamorado también de Tomás. Era la hija de un protestante ilustrado a quien todo lo religioso le daba risa, que se había educado en un colegio femenino católico y se había enamorado de un joven obrero comunista sacado del bloque más chungo del barrio de Kreuzberg, y que, además, desde el primer momento, se sentía humillantemente atraída por el amante de su madre, un judío de Budapest veinte años más joven que ella que, al parecer, se hacía pasar por su hermano, cosa que lo convertía, oficialmente, en su tío. En su propio país apenas la consideraban medio humana, por más que ella no supiera lo más mínimo acerca de su condición de judía y su historia. Apenas unos meses antes había estado dispuesta a convertirse en una ferviente nacionalsocialista y se llevó una gran desilusión al comprender que la Liga de Muchachas Alemanas nunca aceptaría a alguien como ella. Dio un puñetazo furioso al espejo y se quedó mirando el reflejo fragmentado. La sangre goteaba de su mano y salpicaba las baldosas blancas. Por fin sintió una sensación triunfal de dolor y se dejó caer al suelo entre sollozos llena de alivio. La puerta de la habitación contigua se abrió en silencio. Entró alguien.

—¿Sala?

Reconoció la voz de Tomás. Se levantó de un salto y corrió a lavarse la sangre de la mano. No sirvió de nada, porque seguía sangrando. Iba a pegar un grito cuando Tomás se reflejó de repente en el espejo roto. Ella giró sobre sus talones apresuradamente, escondiéndose la mano detrás de la espalda.

—Yo… Había una… cucaracha en el espejo… Iba a matarla, y… ¿Dónde se habrá metido ese bicho asqueroso?

Se puso de rodillas y empezó a buscar con afán exagerado bajo el lavabo.

—Sí, hay cucarachas. Suben por las cañerías. Son unas compañeras de piso desagradables y, encima, corren que se las pelan. Llamaré a un exterminador —dijo mirándola con aire desafiante. Ella le dedicó una sonrisa tímida. De repente, se dio cuenta de que ya hacía mucho calor.

—Me gustaría pintarte —dijo él, fijándose en su mano herida.

Ella lo miró. Seguía en la puerta del baño. Dio un paso hacia ella, que no se movió. Tomás vestía un pantalón ancho y oscuro, y llevaba la camisa blanca medio desabrochada. Sala se fijó en su piel. Sus manos parecían demasiado grandes para su cuerpo menudo.

—¿Dónde está mi madre?

—Por ahí. —Se inclinó hacia ella—. Ven.

De la mano, la condujo en silencio por la vivienda vacía. Sala volvió a fijarse en las bombillas desnudas. Tomás abrió la puerta de una habitación alargada y vacía.

—Mi taller.

Le cedió el paso y Sala dio la vuelta a la estancia como si fuera un salón de baile, inspirando el olor a pintura y trementina. De las paredes colgaban varios cuadros a medias. El caballete estaba vacío. Tomás cerró la puerta.

Las pezuñas de un toro inmenso se precipitaron hacia el caballo, cuyo jinete intentaba desesperadamente clavar el rejón en la musculatura del cuello del vigoroso animal. La gente silbaba desde las gradas atestadas. Para Sala, todo cuanto veían sus ojos era horripilante, pero se sentía en su salsa. Disfrutaba del espectáculo al que su madre y Tomás la habían persuadido de acudir.

—El picador intenta herir al toro en el cuello para que luego no embista al matador con la cabeza levantada —aclaró Iza, que se contaba entre los aficionados a la tauromaquia. De repente, agarró la mano herida de Sala.

—¿Y esto?

Antes de que Sala pudiera responder, a su alrededor la gente se levantó de sus asientos. Gritos, murmullos alterados, silbidos y risas.

Sala también se levantó. En el ruedo, el toro había enganchado al caballo por la barriga con su inmensa cornamenta. El equino se vino abajo con su jinete encima. De un salto, el picador consiguió ponerse a salvo tras la barrera de madera mientras los banderilleros salían a toda prisa tratando de alejar al toro del caballo herido gritando y agitando sus capotes. El toro empezó a dar vueltas resoplando y, tras un breve titubeo, se puso a galopar hacia los banderilleros, que lo esquivaron hábilmente y lograron clavarle las banderillas en el cuello. La mirada de Sala saltaba angustiada del toro al caballo herido, que iba cojeando junto a la barrera y apenas se sostenía sobre las patas. De la herida del vientre le colgaban las tripas, que iba arrastrando como una placenta enorme. No quedó nada más que el barullo quejoso de la multitud, un tumulto que Sala era incapaz de entender.

Unos minutos más tarde, la situación se había apaciguado. El caballo había desaparecido, los banderilleros habían hecho su trabajo y todos esperaban con expectación el último tercio, la aparición del matador. Al principio, Sala se llevó un chasco: era un hombre achaparrado, cuyos movimientos toscos parecían indicar indiferencia. Sala no entendía lo que pasaba. El toro también parecía indiferente. Se hizo un silencio tenso.

Sala observó que el toro se colocaba a cierta distancia del

matador. Los dos se quedaron mirándose tranquilamente hasta que el animal se abalanzó sobre el torero. Sala sintió un hormigueo en el abdomen. El matador no se movió ni un pelo, como si sus pies hubieran echado raíces. Con calma, sostenía la muleta frente a su cuerpo y, en el último momento, se hizo a un lado con mucha suavidad. La cabeza del toro pasó a un centímetro de su cuerpo, pero apenas rozó la tela.

—Nadie lo hace tan bien como Enrique, fíjate, ni siquiera ha movido los pies. —dijo Iza, agarrando a Sala de la mano herida y apretándosela con fuerza—. Este lance se llama verónica, como el sudario de Jesús. Si se ejecuta a la perfección, la sangre del toro mancha la camisa blanca del torero. Mira, lo ha hecho otra vez. Así demuestra cómo controla al toro. Y ahora, media verónica para terminar. Fíjate. Una elegancia perfecta.

Al oír la última palabra, Sala se encogió. Con el último pase del matador, el toro se había detenido, como si quisiera evitarlo. La camisa del torero tenía manchas de sangre en la pechera.

Sala ladeó levemente la cabeza.

—Creo que me encuentro mal —susurró.

—Ahora no —replicó Iza.

Su voz obligó a Sala a aguantarse. A un lado, Tomás las observaba.

El toro volvió a prepararse para embestir. Iza miró a su hija.

—Solo aquello que podemos perder merece todo nuestro amor. Todo lo demás no es más que aburrimiento con adornos.

Enrique completó una serie de verónicas que obligaron al toro a hacer giros cada vez más cerrados hasta que se le doblaron las patas delanteras, tras lo cual volvió a alejarse. La multitud bullía de excitación.

—He visto el cuadro que Tomás pintó de ti.

—¿Y?

—Muy bonito —dijo volviéndose hacia Tomás con una sonrisa—. Háblame de tu amiguito de Berlín, ¿cómo has dicho que se llamaba?

—Otto.
—Eso, Otto.
—Te caería bien.
—¿Es necesario?
—Pensé que te alegrarías.
—Eres una blanda, igual que tu padre.
—Hay pocas comparaciones más halagüeñas.
—Si quisiera halagarte, apelaría a sus cualidades más admirables.
—¿Qué he hecho para que me odies así?
—Hay dos cosas que no soporto: la hipocresía y la autocompasión.
—Si quiero compasión de ti, ya puedo esperar sentada.
—La compasión la regalan por las esquinas. La envidia es algo que uno se gana.
—Creía haberlo hecho ya.
Iza se quedó mirándola furiosa.
«Aire —pensó Sala—, necesito aire».
El toro se dirigía hacia Enrique al galope con la cabeza gacha. Con un movimiento de la muleta escarlata, el torero lo obligó a detenerse. Se miraron a los ojos. Con la izquierda, Enrique sujetaba el lado rojo de la muleta frente a su cuerpo mientras enarbolaba el estoque con la derecha. Iza agarró la mano de Sala. El toro se puso en movimiento. Enrique se situó entre sus cuernos, se retiró imperceptiblemente y le clavó el estoque en la cruz hasta la empuñadura.
—Directo al corazón —dijo Iza en un tono seco. Suspiró.
Enrique se apartó en un gesto piadoso. El toro se arrodilló y, a continuación, cayó de lado y rodó hasta quedar bocarriba, con las pezuñas agitándose por los aires. «Como un bebé desamparado agitando los brazos y las piernas», pensó Sala. Miró a su madre de soslayo. Iza estaba llorando.

16

—Y mira que yo sí que tenía razones para llorar. Bueno, da igual. Lo pasado, pasado está.

El sol volvía a ponerse casi tan pronto como salía. Los copos de nieve bailoteaban frente a la ventana bajo el viento de diciembre. Mirándome de reojo, mi madre echó mano, rápida como el rayo, del platito de galletas que acababa de sacar para mí y se metió en la boca una estrella de canela, un mazapán bañado en chocolate y un corazón de cacao. Soltó una risita y se encogió de hombros. Nadie experimentaba con tanta convicción la parte más placentera de la irracionalidad. Tras echarse un puñado de cóctel de frutos secos al coleto, llegó por fin el momento de sacar la tarta de queso que estaba oculta en la estantería más remota de la cocina, a salvo de los de asistencia domiciliaria. Hacía media hora que le habían puesto la última dosis de insulina, y a las seis en punto la enfermera Bárbara pasaría a asegurarse de que todo estaba en orden y se «olvidaría» de administrarle la tercera inyección.

—Sufrir sin quejarse es la única lección que debemos aprender en esta vida. —Mi madre recitaba citas y refranes como si así pudiera protegerse del destino.

Me vinieron a la memoria imágenes de mi primera visita a Madrid. Yo tendría unos cuatro años. Un piso grande y vacío, paredes desnudas sin empapelar de las que colgaban algunos cuadros al óleo oscuros: animales muertos en una mesa rústica de madera, obispos católicos, la nave de una iglesia medieval, Jesucristo en la cruz rodeado de luz divina, caballeros con armadura reluciente, un jinete clavando la lanza en el cuello de un toro, un autorretrato de Velázquez, un perrito. La mayoría de esas pinturas me acompañaron durante mi infancia y adolescencia tras la muerte de mi abuela Izalie, como yo la llamaba. No había nada que dejara intuir su origen judío a excepción de dos candelabros de Janucá muy sencillos que yo todavía conservo. Las bombillas desnudas colgaban del techo. El parqué y el sofá estaban cubiertos de alfombras antiguas y correpasillos. Hoy en día, a una decoración así se la llama «*boho* minimalista» y se cree digna de aparecer en revistas de decoración. Por aquel entonces, mis padres la describieron como «muy austera» con la boca pequeña.

Frente al ventanal del comedor había una larguísima mesa rodeada de un sinfín de sillas de todas las épocas que culminaba en el extremo que quedaba en la penumbra, donde se había sentado siempre mi abuela. Tal y como yo la recordaba, se colocaba allí todos los días puntual a las dos para almorzar, siempre bien peinada y en bata de andar por casa.

—Hay que masticar cada bocado treinta y ocho veces antes de tragar. —La voz regañona de mi madre me sacó de mi ensimismamiento para devolverme a Berlín—. Así llegarás a los cien años. Ese era su lema —añadió—. Aunque nadie sabe a qué edad llegó. Falsificaba su pasaporte cada dos por tres. En su lecho de muerte, el médico le preguntó qué edad tenía y ella lo miró indignada y murmuró: «Unos noventa, pero ¿a quién le importa?».

—¿Por qué fuiste a verla?

—Ay, sí, muy raro. —Mi madre hizo una pausa para apartar el plato, como si los recuerdos le estuvieran quitando el apetito—. Es que no lo sé, ¿sabes? —Empezó a toquetearse la blusa—. No sé por qué fui a Madrid cuando se estaba muriendo. ¿Me lo pidió ella? Ni idea. Bueno, sea como sea, pasé sus últimas cuatro semanas de vida encerrada con ella diciéndole a la enfermera que saliera a tomar el aire o fuera a ocuparse de otros pacientes. Yo tenía experiencia y sabía lo que había que hacer.

—¿Hablasteis del pasado?

—Creo que no. No. Bueno, no me acuerdo, ¿sabes? Ay, Dios —dijo, riendo—. Después de su muerte encontré sus diamantes y brillantes en un frasco de penicilina vacío, estaba lleno de cachitos de cristal. Para troncharse. Qué rácana era. Todo lo contrario de mi padre. —Seguía jugueteando con su blusa—. Siempre me trató como a una desconocida. Cuando fui a verla a Madrid, poco antes de trasladarme a Francia, me presentaba a sus amistades como su sobrina. ¡Su sobrina! Sí, lo has oído bien. Muy fuerte. Su sobrina. —Se puso en pie de repente—. Mi amigo Crohn llama, enseguida vuelvo —dijo antes de desaparecer en el baño.

Paseé la mirada por los cuadros de mi abuela, que ahora colgaban adocenados unos junto a otros al estilo de los museos rusos y me servían el pasado en bandeja. Me vi cabalgando a lomos de una cría de elefante azul por los jardines del Palacio Real de Madrid. Con una coraza dorada, una espada de plástico en la mano izquierda y un yelmo de caballero con un altísimo crestón. Más adelante, mi hermana afirmaría que el elefante nunca existió, y mucho menos azul, y que era ella quien, no en un parque, sino en un circo, había dado vueltas a la pista a lomos de un inmenso elefante mientras yo tenía que quedarme en casa. Nuestra madre se reía de nuestras versiones: era cierto que hubo un elefante, pero no lo vimos ni en un circo ni en los jardines del Palacio Real, sino que, encontrándose ella de camino con nuestro padre e Iza a una corrida de toros, la primera aparición del joven Cordobés como matador, se llevaron una sorpresa tremenda al toparse con un elefante perdido por la calle que causó un gran caos circulatorio y cuya presencia nuestro padre y nuestra abuela ni siquiera advirtieron porque estaban enzarzados en una discusión por alguna nadería.

Posé la mirada en el autorretrato de Velázquez. Encajado junto al armario rústico antiguo de mi abuelo. En la esquina inferior derecha del marco relucía el número 23 escrito con un color claro sobre el fondo marrón. El supuesto original del Museo de Bellas Artes de Valencia, pintado en el mismo formato, tiene el número de inventario 28 en referencia a la colección de la Casa Real española. Mi madre señalaba a menudo pequeñas imperfecciones en el lienzo que parecían indicar que el calor lo había dañado. En esas ocasiones, le gustaba añadir con voz taimada que en el siglo XVIII hubo un incendio en un ala del Palacio Real en el que ardieron sin remedio muchos cuadros de Velázquez, pintor de la corte, pero no todos. Y ese «no todos» mágico había pasado a engrosar la riqueza de nuestra historia familiar. Pasara lo que pasara, en caso de necesidad siempre tendríamos el Velázquez. Al hacerse mayor, mi madre solía decirle a mi padre con bastante frecuencia que, en caso de necesidad, podrían comerse la casa que, ciertamente, recordaba a la casita de chocolate de Hansel y Gretel. «Y si con eso no nos basta...», insistía mi madre. «Sí, sí, el Velázquez», solía replicar mi padre con exasperación.

Mi madre se había pasado la vida preparada para perderlo todo en un abrir y cerrar de ojos. Su gente, su patria, sus posesiones, su identidad. Pensar en planes alternativos se había convertido en algo natural para ella. No tenía miedo de las crisis, el miedo solo la encontraba en la vida cotidiana, le hincaba el diente y la paralizaba sin que tuviera motivo para ello. En esas ocasiones, su piel se volvía macilenta, la mirada, vacua, y su cuerpo parecía extraño, como si todo su ser esperara la llegada de una catástrofe, de una vía de escape. Su sistema motriz solo conocía la parálisis, la lucha o la huida, y su estado de ánimo tampoco tenía punto medio.

—Bueno —dijo al regresar del baño. Se dejó caer sobre su sillón preferido, tapizado en verde, y me hizo una seña para que me sentara en el sofá junto a ella. Sobre mi cabeza colgaba una Anunciación mariana dividida en dos paneles de un tríptico de tapiz cuyo tercer panel había desaparecido. Era una representación bastante convencional de colores desvaídos que mostraba un ángel de edad avanzada en pie frente a María con dos vacas detrás que se habían quedado mirando la paloma rechoncha que estaba posada en el hombro de la Virgen.

—Pues bueno, lo de Madrid acabó como el rosario de la

aurora. Aquella noche después de la corrida de toros empezó a leerme la cartilla o, mejor dicho, a acribillarme con acusaciones de todo tipo, le dije: «No hay peor desprecio que no hacer aprecio» y me di media vuelta para dejarla allí plantada, pero ella me agarró, me giró y me soltó un sopapo en toda la cara con la mano llena de anillos. ¡Y con el dorso! Sí... Nos quedamos mirándonos y resoplando como dos caballos encabritados. Vaya que sí, amiguito. Y entonces me fui a mi cuarto a hacer la maleta. Aquello no fue nada más que un interludio. Nada más. Del todo innecesario. Ya ves. —Hizo una pausa—. Al volver a Berlín, todo me parecía extraño, como si se me escurriera entre los dedos. No podía aferrarme a nada. A nada. Ni a tu padre. Y mira que él hizo todo lo posible por animarme: sacaba entradas para el teatro, me invitaba a conciertos aunque a él la música que no era para bailar no le interesaba mucho. Era un bailarín de ensueño. ¡De ensueño! Pero cuanto más se preocupaba por mí, más lejano lo sentía. Ni yo misma sabía por qué.

Agotada, se recostó en el sillón. Ni siquiera la tarta lograba despertar su interés. Se sumergía taciturna en otro mundo, y lo que allí veía parecía conmoverla profundamente. Se le dilataron las pupilas, tensó los hombros, enarcó las cejas. Su respiración se aceleró, y entonces se relajó, cerrando los ojos con fuerza como si no tuviera muy claro qué era lo que veía en su imaginación. Finalmente, encogió el cuerpo como si algo o alguien le hubiera caído encima.

—Ay, ay, ay.

—¿Qué pasa? —pregunté.

No daba señales de oírme. Me puse en pie y empecé a andar por la habitación, intranquilo. No habría podido decir si en aquel momento sentía algo. Me fijé en el Velázquez. Fuera había dejado de nevar. A mi espalda oía la respiración de mi madre, un pitido ahogado rítmico y áspero. Me quedé clavado en el suelo. «¿Y si se muere ahora, mientras le estoy dando la espalda?». El pensamiento me recorrió como un relámpago. Sus resoplidos aumentaron de volumen. Entonces se detuvieron. Contuve el aliento. Me giré lentamente.

La respiración ahogada volvió a empezar. La vería en un segundo, todavía respiraba, no estaba muerta, aún vivía, mi madre, que me parió con dolor, que me había abandonado más veces de las que quería recordar, que me abandonaba a pesar de estar delante de mí, disfrazada con una de sus pelucas, que me abandonaba en todos aquellos momentos en los que sus ojos se volvían tan vacíos y quietos como la muerte, que me abandonaba cuando yo la buscaba y acababa sintiéndome tan solo como ella. Finalmente, me giré hacia ella. Me sonrió. Por la ventana vi a un hombre apilando la nieve caída con una pala. Mi madre inspiró profundamente mientras el sonido rítmico de los palazos subía de volumen.

—¿Qué miras con esa cara? Me pones nerviosa —dijo con una risita—. ¡Hay que ver!

Tenía razón. Nos poníamos nerviosos el uno al otro a medida que nos zambullíamos en el pasado. ¿Qué esperaba? ¿Qué era lo que me molestaba de su olvido que me empeñaba en plantarle cara con viajes, preguntas e imágenes? Mi reacción era la de alguien que se enfrenta a una oposición que no está dispuesto a aceptar, mejor dicho, que, a decir verdad, no puede soportar. Pero todo el mundo olvida constantemente todo lo malo. Olvidamos lo que no queremos o no podemos saber. El olvido es la junta entre las baldosas, el cemento entre las piedras que sostienen las paredes maestras de nuestro ser. Olvidamos el dolor porque el recuerdo de nuestra fragilidad es demasiado perturbador.

—¿Quieres que escuchemos música? —pregunté.

—Ay, sí, qué bonito.

—¿El qué?

—Quizá *Canciones para niños muertos,* de Mahler, a mi padre le gustaba mucho.

Encontré el disco en el armario. Era una grabación antigua de Fischer-Dieskau. En mi juventud, odiaba aquel tono engolado de barítono. Al arañar los surcos mil veces recorridos, la aguja insuflaba un poco de vida en aquella voz refinada. Mi madre escuchaba con los ojos cerrados.

Al cabo de un rato, dijo:
—Qué bonito.

Al volver a casa saqué los perros a pasear y fuimos hasta el lago. La nieve reciente crujía bajo mis pies. Me acerqué a la orilla. La capa de hielo se había ido haciendo más gruesa durante los últimos días. Ahora ya no nevaba. El cielo despejado estaba salpicado de estrellas. De vez en cuando se oían chasquidos que sonaban como velas de barco rasgándose. Los perros corrieron sobre el hielo, se revolcaron en la nieve. Yo los seguía con cautela. El suelo que pisaba emitía quejidos como un asno cansado de traer el agua de la fuente día tras día. Pensé en los animales a quienes la helada había cogido por sorpresa, paralizados en sus últimos movimientos, que se habían congelado bajo aquella gruesa capa de hielo. Me refugié en mis pensamientos y regresé al pisito de dos habitaciones de mi madre mientras sonaban las *Canciones para niños muertos* y ella empezaba a contar cómo no se apartó del lecho de muerte de su madre, cómo la lavaba mañana y tarde y todas las veces que se lo hacía encima. Comprobaba que el goteo funcionaba, le cambiaba la vía, el depósito, le metía la cuña en la cama, la llevaba en volandas al baño, la lavaba, fregaba el suelo, intentaba darle de comer, le acariciaba la cabeza cuando ella, enfurecida, escupía algo que no le gustaba. Cogió el hábito de fumar para combatir el cansancio, no prestó atención a sus ataques de tos, ignoraba los retortijones que sentía en el vientre, tomaba medicamentos de todo tipo para remediar un estreñimiento que, después de varios días, se volvió terriblemente doloroso. Soportó el hedor a vida que se apaga, la afasia, la frialdad, el odio. ¿Pretendía castigar a Iza con tanta abnegación? ¿Quería abrir de par en par el abismo de una culpa materna que había durado décadas para que su madre, a las puertas de la muerte, se asomara a él con un estremecimiento antes de que la oscuridad la engullera para siempre? ¿Cómo de delgada es la línea entre el amor y el odio?

Mi madre me contó que fue un día especialmente caluroso y bochornoso en Madrid. Una luz deslumbrante llenaba la pequeña habitación, el cabello de Iza se confundía con el blanco de la colcha, de la almohada, del suelo, de las paredes, solo sus enormes ojos daban algo de vida a una cara cada vez más apagada cuando se giró hacia su hija. Le agarró la mano con una fuerza sorprendente, clavándole las uñas en el antebrazo, y su diafragma se esforzó por hacer llegar aire a unas cuerdas vocales que ya apenas vibraban.

—No sé cuánto tiempo más va a durar esto, pero parece que no acabo de morirme.

Sala le dirigió una mirada apacible.

—Es que no te sueltas.

—¿Eso crees?

Iza evaluó a su hija con la mirada. Por un instante, su rostro adoptó una expresión cínica y tierna a la vez. Y entonces se volvió hacia la pared y se murió.

Me había quedado congelado en mitad del lago. La oscuridad se cernía sobre mí cuando por fin conseguí salir de mi parálisis. La luz de la luna proyectaba las sombras de los árboles sobre mí. Volví a casa corriendo tan rápido como pude.

17

Lo primero que notó fue el olor. Estaba en el andén de la Gare de Lyon. París no tenía un olor tan elegante como Sala se había imaginado; olía a trabajo y a asfalto. Pensó en Otto, que tanto se había preocupado por ella aunque no había servido de nada. En Berlín ya no se le había perdido nada. Además, a él le quedaba poco para terminar sus estudios de Medicina. No podía acompañarla. ¿De verdad que no podía? ¿O no quería? Sintió que alguien le clavaba un dedo en el hombro izquierdo.

—Hola, nenita. ¿Qué tal el viaje?

—¿Lola?

La Prusac, como llamaban a su tía en París, vestía un traje amarillo pálido muy elegante de una tela finísima adornada con filigranas de hilo dorado. Las tablillas de la falda, que le llegaba por la rodilla, las solapas que se ensanchaban por arriba, el corte cruzado… era una interpretación ligeramente irónica del traje del hombre de negocios que vestía a una mujer muy segura de sí misma y que hablaba muy en serio incluso cuando bromeaba. En la solapa izquierda llevaba un broche de color verde esmeralda, y bajo la americana vestía un jersey de cachemira que tornasolaba tonos azules. En la cabeza se había puesto una boina, una especie de gorrito con pompón que destacaba su pelo negro hasta la barbilla. Hacía algo más de diez años que trabajaba para Émile-Maurice Hermès por petición expresa de este, que la empleó en el puesto, por aquel entonces nada común, de «administradora del color». En 1929, en un rol posterior como patronista, diseñó la primera colección de señora para la marca, poco después las primeras bufandas de seda para mujeres y, a principios de los años treinta, bolsos con incrustaciones geométricas inspiradas en el pintor neerlandés Piet Mondrian. Dos años antes, en 1936, el año de nacimiento de Yves Saint-Laurent, que crearía el vestido Mondrian, había abierto su propia boutique de moda en la *rue* Faubourg Saint-Honoré.

—¿Tienes hambre? Ven, vamos primero al Deux Magots para hacer acopio de fuerzas. ¿No te sientes... *épuisée*? Ay, ¿cómo se dice? Dios, llevo fatal el alemán, *je cherche mes mots*, no me salen las palabras, *c'est pas possible*. ¿Qué tal hablas francés? *T'en fais pas*, ya lo aprenderás.

Sala habría podido saltar de alegría. Aquella mujer le caía bien. ¡Qué poco se parecía a su madre! Todo le salía con la facilidad del champán recién descorchado.

—Oye, no te rías, ya verás cómo nos entenderemos. Porque tú ahora hablas, ¿verdad? *Mon Dieu*, tu madre estaba patidifusa porque de niña tú no decías ni una palabra. *Pas un mot*, ni siquiera «mamá», me contaba horrorizada por telegrama desde Suiza. ¿Cómo está? Hace una eternidad que no sé nada de ella.

—Muy bien, creo —dijo Sala. No quería hablar de su enfrentamiento en Madrid, se alegraba de haber dejado ese episodio atrás. Ya estaba en otro sitio. En París.

—Ay, suenas igualita que ella. Para troncharse. Es lo que se dice en Berlín, *n'est-ce pas*? Para troncharse.

Sala se estremeció con la comparación, y estuvo a punto de golpear en los dedos al señor con librea que se disponía a agarrarle la maleta para guardarla en el maletero de un opulento vehículo.

—*Merci*, Charles —dijo Lola mientras se metía en el asiento trasero tapizado en cuero de color burdeos. Sala no conocía a nadie en Berlín que tuviera su propio coche, y mucho menos uno con chófer.

—¿Es tuyo?

—Sí —respondió Lola.

—Nunca había visto un coche así. Es precioso —dijo con un temblor de alegría al pensar en lo decadente que le parecería a su madre aquella aparición.

—Vas a vivir muchas más cosas preciosas en París, nenita, te lo prometo. Te convertiremos en una francesa de tomo y lomo, *tu verras.*

El trayecto en coche hasta el Deux Magots ya fue toda una experiencia. Sala pegaba la cara al cristal de la ventanilla, embebiéndose desde el interior del coche de la gente que caminaba por la calle, de los edificios de distintos estilos arquitectónicos, desde la Edad Media hasta el Renacimiento y los amplios bulevares diseñados por Haussmann en el siglo XIX. Aquello no era una ciudad, era todo un mundo. La gente se movía de una forma diferente a la que ella conocía en Alemania, se besaba por la calle, tenía un aire naturalmente elegante, menos teatral que el de los españoles, divertido y serio a la vez. No, no serio, *sérieux.* Esa palabra ya parecía ocultar una sonrisa. Sala intentó decir «serio» en su cabeza y encontrarle la sonrisa, pero era imposible porque la «o» echaba sus labios hacia delante, mientras que el *accent aigu* sobre la «e» francesa ya le ponía una sonrisa en la cara.

—*Arrête ton cinéma, mon p'tit* —dijo Lola cuando entró disparada en el café de la Place Saint-Germain y pasó de largo del muchacho que esperaba con fastidio para meter su abrigo en el guardarropa.

—¿Qué desea, *madame*? —murmuró él por lo bajo mientras Lola, que andaba en busca de una mesa libre, saludaba a un par de comensales, que le devolvieron el saludo con respeto. Se sentaron junto a la ventana. Enfrente tenían dos estatuas muy elaboradas talladas en madera a tamaño real colocadas en un rincón. Lola siguió la mirada sorprendida de su sobrina.

—*Les patrons* —dijo en un tono seco.

Sala la miró con curiosidad.

—¿Son los jefes? ¿De verdad?

Lola rio quedamente.

—Una cosa tienes que saber, *ma chère*, aquí la ingenuidad solo se tolera cuando es sincera. No, estos son los que dieron nombre al local, dos comerciantes chinos. Antes esto era una estación comercial para productos del Lejano Oriente, especialmente arte chino, y estas dos estatuas son de esa época.

—¿Por qué en francés se dice «*arrête ton cinéma*»? Es como decir «déjate de películas», ¿no?

—¿Y por qué no?

—En alemán se dice: «déjate de teatro».

—Aquí siempre hemos ido un poco adelantados. —Rio Lola—. Además, desde que los judíos se están marchando del país, el cine alemán está cayendo en picado de una forma lamentable —añadió.

El camarero al que Lola había ignorado al entrar se acercó a servirles unas ostras. Sala soltó una risita entusiasmada.

—¡Pero si no hemos pedido nada!

El camarero pareció comprender su asombro:

—*Madame* siempre empieza con ostras —replicó mientras descorchaba una botella pequeña de Sancerre.

—El ser humano es un animal de costumbres, y una copa de Sancerre eleva el espíritu. El resto no son más que pecados y excusas —dijo Lola. A continuación, alzó su copa hacia sala, dio un trago considerable y, con ansia elegante, empezó a sorber una ostra detrás de otra—. Este es el afrodisíaco más puro que existe, *ma p'tite*, cuando Robert las come me hace analogías indecentes a cada bocado.

Sala la miró sin comprender.

—¿Tengo que explicártelo o te falta repasar la anatomía femenina?

Ruborizada, Sala vació su copa de Sancerre y, sin decir palabra, echó mano de la primera ostra.

* * *

Tras el *casse croute*, que es como Lola llamaba a un almuerzo generoso —se habían bebido otra media botella de Sancerre para acompañar un besugo al vapor servido sobre un lecho de verduras—, Lola se hizo llevar al número 93 de la *rue* Faubourg St. Honoré, su tienda de moda.

—Anda, *viens*, entra conmigo un momento, que te enseñaré mi nueva colección. Wallis vendrá dentro de media hora y entonces Charles te llevará a casa. Allí Célestine te enseñará tu habitación.

—¿Quién es Wallis? —preguntó Sala. No recibió respuesta. ¿Acaso la campanilla de la puerta había ahogado su pregunta, o es que su tía ignoraba las preguntas indiscretas?

Al entrar, Sala apenas pudo ocultar su desilusión. No sabía qué esperar, pero, desde luego, no era esa salita de color blanco roto. El estilo austero y práctico parecía ser característico en su familia. También allí había una bombilla desnuda colgando del techo. Lola la miró desafiante.

—Cuando tienes algo bueno, no puedes permitirte enseñarlo todo en el escaparate, *ma p'tite*.

En la parte de atrás de la tienda, donde Sala supuso que se encontrarían los probadores, se les acercaron dos dependientas vestidas con modestia para atender a la jefa y a su invitada.

Obedeciendo a una seña de su tía, Sala la siguió a un pasillo estrecho que llevaba a una trastienda apenas algo más espaciosa. En una pared había un espejo sencillo colgado de una estructura metálica con ruedas y la pared opuesta estaba forrada con armarios. En una esquina había un diván de terciopelo verde botella y, al lado, una mesita redonda de madera clara. A Sala no se le escapó que aquel entorno realzaba su silueta suavemente. Iba a decir algo, pero entonces las puertas se abrieron como por arte de magia y Sala se quedó sin aliento. Amarillo, verde, rojo, azul..., pero no el amarillo, azul, verde o rojo a los que estaba acostumbrada, sino unas tonalidades que parecían tener vida propia, como si las manos de Lola hubieran despertado en ellos nuevos matices, o como si los hubiera devuelto a su estado original. Era una frescura que invitaba a acercarse para contemplarla más de cerca, y las telas parecían decir: ¡mírame antes de tocarme! Sala sintió un escalofrío.

—Wallis.

—*Hello, dear.*

Unas voces la sacaron de su silencio ensimismado. Sala miró a su alrededor. Estaba sola en la salita. Los armarios, de nuevo cerrados. Por la puerta entreabierta vio a Lola con una mujer muy derecha y enérgica cuya belleza la hizo estremecer. La puerta se abrió de golpe y aquella mujer morena y esbelta le tendió la mano con garbo.

—*Bonjour, mon petit.* —El acento americano era inconfundible. «*Ma petite*», corrigió Sala para sus adentros, antes de balbucear su nombre y hacer una reverencia por primera vez en la vida. La voz de su tía reverberó en sus oídos como un eco frío:

—*La duchesse de Windsor.*

18

Robert era encantador. Sala se lo había imaginado muy diferente al saber que era catedrático de Biología. Célestine guio a Sala por el imponente recibidor, la *salle à manger*, el *salon* y la *bibliothèque*, a través de un pasillo interminable al que daban distintos dormitorios, cada uno con su propio baño, hasta la opulenta habitación de invitados, su nuevo hogar. Sala estaba pensando que tenía muchas ganas de que llegara la hora de cenar, cuando descubrió maravillada un pañuelo cuadrado que Lola, como Célestine le comunicó con un aire muy reservado y cortés, había dejado especialmente para su sobrina. Sala estaba frente al espejo, poniéndose el pañuelo en el cuello y sobre los hombros para ver cómo le quedaba cuando llamaron a la puerta discretamente.

—¿Sala? —Una voz suave y grave pronunció su nombre con una «S» marcadamente francesa.

«Sala, igual que *le sang*, la sangre», pensó ella. Sonaba mucho más emocionante que en alemán. Y mientras abría la puerta lamentándose porque el alemán era una lengua totalmente desprovista de armonía y preguntándose si su nombre no sonaba más afilado en francés, se encontró sorprendida con el rostro estrecho de un hombre menudo y delicado que tendría unos cincuenta años, o tal vez menos. Vestía pantalones de franela grises con una camisa de color malva bajo un chaleco azul oscuro, ambas prendas de lana de cachemira de doble tejido, y unas pantuflas de terciopelo rojo. Sobre la nariz colgaban unas gafas de montura de carey, tras cuyos cristales permanentemente empañados relucían unos ojos inquisitivos.

—Robert —dijo él tendiéndole una manaza que parecía más apropiada para derribar árboles que para colocar portaobjetos en el microscopio—. ¿Cómo ha ido el viaje?

Sala saltó a sus brazos. Todo lo que había visto desde su llegada le parecía familiar, como los paisajes de la infancia a los que uno regresa tras un largo tiempo. ¿De verdad era la primera vez que pisaba esa ciudad maravillosa? No se lo podía creer.

—Impresionante.

—Habla usted francés casi a la perfección, *ma chère*; esas dotes para los idiomas deben de venirle de los Prusac. A los franceses nos asombra que el resto del mundo no hable el mismo idioma que nosotros. Incluso los judíos de aquí, tan políglotas en cualquier otro lugar, hablan un francés bastante mediocre. Atroz —dijo con una risotada. Su voz también era mucho más profunda de lo que Sala hubiera supuesto al ver su cuerpo esbelto.

—Mi alemán es terrible, *si vous avez besoin de quoique ce soit*, si necesita cualquier cosa, me encontrará en la *bibliothèque* —prosiguió, dándole unas suaves palmaditas en el hombro y besándola en ambas mejillas. Nadie se le había acercado jamás con una distancia tan respetuosa, y esa mezcla de alemán y francés era absolutamente encantadora, como si tomara lo mejor de ambos mundos y lo convirtiera en un nuevo sonido.

—Robert, ¿me alcanza la mantequilla, por favor?

Sala trató de ocultar su sorpresa. ¿Había oído mal, o su tía acababa de tratar de usted a su marido?

—*Voilà, ma chère*. ¿Le han dado algún respiro hoy las clientas?

Era cierto. ¿Acaso el tuteo se reservaba para la familia de origen?

—Me he pasado la tarde entera con Wallis. Está cada vez más pretenciosa y exigente. Pero con dos días al mes con ella, podría renunciar al resto de mi clientela.

—Su amigo Charlus le ha dejado un mensaje…

—Amigo mío, haga el favor de no llamarlo así.

—Ese barón siempre anda buscando…

—Robert, los celos no le sientan nada bien.

Intercambiaron una sonrisa fugaz. «Qué confianza», se dijo Sala. Incluso celoso, Robert dejaba tanto espacio a su mujer que aquel sentimiento indigno parecía más un comentario irónico que un gesto posesivo. Pero ¿quién era Charlus? ¿Y por qué no había que llamarlo así?

Tras una comida frugal, Célestine sirvió una imponente bandeja de fruta.

Sala seguía hambrienta. Un trocito de *foie gras* y algunas lonchas de pescado ahumado eran para ella una exquisitez insignificante, un aperitivo, tal vez, o un primer plato. La Prusac francesa era igual de austera que la Prussak materna de Madrid, más elegante, desde luego, pero la elegancia no le llenaba a una la barriga. Sala se disponía a ponerse otra manzana en el plato, pero Lola la detuvo con suavidad.

—*Non, non*, puedes comer toda la fruta que quieras, pero nunca dos veces la misma, *ma p'tite*, si no, podría parecer que eres egoísta.

Asustada, Sala devolvió la manzana prohibida al plato.

Dedicó los días siguientes a recorrer su nueva patria sin un objetivo claro. Pensando en su padre, se obligaba a pasar dos horas en el Louvre todas las tardes, paseaba por los puestos de libros junto al Sena, recorría el *Marché aux Puces*, y se matriculó como oyente en la licenciatura de *Lettres* y *Histoire de l'Art* en la universidad de la Sorbona.

—¿Por qué os tratáis de usted Robert y tú?

Sala y Lola disfrutaban del sol en la terraza del bistró Chez Laurent. La primera copa de Sancerre la ponía de un humor inmejorable. Hambrienta, Sala repasó la carta. Se diría que allí nunca habían oído hablar del racionamiento. Sala pidió vieiras en salsa de anís y Lola, un *plat de crudités*.

—Sus padres no entenderían que nos tuteáramos. Robert viene de una familia francesa de mucho abolengo. Al principio me costó, *mais on s'y fait très vite*, acabé acostumbrándome. Nos protege de la vulgaridad en la que acaban la mayoría de las parejas. *En plus*, siempre tienes la sensación de que acabáis de conoceros. Y eso es una ventaja nada desdeñable, ya te darás cuenta. Hoy en día las parejas se divorcian porque creen que se conocen demasiado bien. *Et bien*, es todo lo contrario. Un día lo entenderás y entonces te acordarás de mí.

Durante el almuerzo, Sala hizo de tripas corazón y preguntó por Charlus, el hombre por quien Robert había preguntado con retintín en su primera cena.

—Ay, Iza también era muy curiosa. —Rio Lola, meneando un dedo con aire reprobador.

—¿Es un barón de verdad?

Lola negó con la cabeza.

—No, Robert solo bromeaba. El barón de Charlus es un personaje de Marcel Proust en quien el escritor volcó sus rasgos más perversos o libidinosos. Lo hizo de forma tan convincente que ahora en Francia llamamos Charlus a quienes se relacionan con hombres de una forma especialmente amanerada. ¿No es tu padre un Charlus también? —Sala se ruborizó. Su tía siguió—: Lee a Proust, *ma p'tite*, lo entenderás todo mejor. Alain es escultor, también trabaja en la Casa de la Moneda. Lo metí en Hermès hace un par de años para poder verlo con frecuencia. Y todavía nos vemos. Son dos hombres tan diferentes como el fuego y el agua.

—¿Y Robert qué es?

—Agua.

Las dos empezaron a partirse de la risa.

—¿Y Robert no está celoso?

—Por encima de todo, es generoso, aunque un poquito celoso a lo mejor sí que está. —Lola volvía a reír—. ¿Qué sería la vida sin una chispa de celos? El amor necesita sentir alguna puñalada de vez en cuando. Si no, acaba sabiendo a patatas asadas.

¿Qué estaría haciendo Otto? ¿Por qué no se lo había preguntado antes? Era un chico apuesto, aunque algo bajito. Y era capaz de hacer reír a cualquier mujer. En sus brazos, una podía volar por cualquier pista de baile al son de cualquier música, y en la cama era igual. Las mujeres esas cosas las notaban enseguida.

—Yo eso no lo aguantaría a largo plazo.

Lola la miró con sorna.

—Yo tampoco.

19

Los primeros tres meses pasaron volando. «Ya es noviembre», se dijo Sala al despertar de un sueño. Abrió la cortina. El rocío se evaporaba de las calles, como si el verano quisiera hacer un último acto de aparición para volver a sacar a las mujeres de casa vestidas con los nuevos colores de Lola.

Poco después, Herschel Grynszpan, de diecisiete años, se cruzó corriendo con el embajador alemán Johannes von Welczeck, que acababa de salir a dar su ocioso paseo matutino esa mañana del 7 de noviembre, y subió a toda prisa las escaleras del soportal del Palais Beauharnais, donde se encontraba la embajada y, muy nervioso, pidió hablar con el secretario del embajador, tras lo cual la mujer del portero lo dirigió al secretario Ernst vom Rath y el asistente Nagorka lo hizo pasar sin más formalidad al despacho de Rath, donde Grynszpan inmediatamente disparó cinco veces con el revólver que había comprado el día anterior por 235 francos al grito de «*sale boche*», dando a entender que actuaba en nombre de doce mil judíos víctimas de persecución. Una de las balas impactó en el esternón del secretario y otra en el abdomen, mientras Sala, procedente del parlamento francés, pasaba frente a la residencia del embajador en dirección a la Gare d'Orsay, la famosa estación de tren construida e inaugurada en 1900 con motivo de la Exposición Mundial, luciendo el pañuelo de Hermès de Lola sobre los hombros y unas gafas de sol que le parecían fabulosamente extravagantes.

Mientras, sumida en sus recuerdos, contemplaba los trenes que iban y venían, arrestaron a Herschel Grynszpan, que llevaba en el bolsillo del abrigo una postal en la que su hermana le hablaba aterrorizada de la deportación forzosa de miles de judíos polacos del Reich, primero a la tierra de nadie entre Alemania y Polonia, pocos días después a un campo cerca de Zbaszyn, al oeste de Poznan. En unas líneas garabateadas con pánico suplicaba a su hermano que mandara dinero desde París al tío Abraham en Lodz lo antes posible para conseguir ayuda.

A Sala le encantaban las estaciones de tren. Los chirridos de los trenes le traían imágenes del Monte Verità, de Berlín y de Madrid. Iza, Otto, Sala, Jean. «Somos personas extrañas», pensó. Expulsados por sus padres, abandonada por su madre, el padre caído en el corazón. ¿Qué aspecto tendrían sus abuelos en Lodz? Decidió que esa noche le pediría a Lola que le enseñara fotos.

El aullido de una sirena de policía se mezcló con la sinfonía del andén. El joven Herschel Grynszpan fue trasladado a la cárcel juvenil de Fresnes, cerca de París. El juez investigador Tesniere interpuso ese mismo día una demanda por tentativa de asesinato que, dos días después, tras la muerte de Rath, se convirtió en homicidio con premeditación. Adolf Hitler envió a París a su médico personal Karl Brand, así como al cirujano Georg Magnus. Fueron ellos quienes se ocuparon en exclusiva del paciente, que murió con una rapidez sorprendente.

La noche del 10 de noviembre, Célestine estaba sirviendo a Lola y a su marido Robert en la biblioteca su *dry* martini diario, que, por indicación expresa de Lola, contenía siempre cinco centilitros de ginebra de la buena y medio centilitro de vermú, cuando Sala se precipitó en la estancia con las mejillas encarnadas.

—*Une menthe pour mademoiselle?*

Sala asintió. No se le escapaba la consternación en el rostro de los presentes. Célestine desapareció con la cabeza gacha. Solo entonces Sala se fijó en los periódicos que estaban esparcidos por el suelo. Todos los titulares mencionaban a Grynszpan y la Noche de los Cristales Rotos, así como a Hitler, Goebbels, Göring y Himmler.

Sala se arrodilló junto a su tía y empezó a leer. El 8 de noviembre, Josef Goebbels había enviado a París al jurista Friedrich Grimm para representar los intereses del Reich en el proceso contra Grynszpan. Junto con los abogados franceses, Grimm asumió la demanda en nombre de los padres y hermanos de Rath. Con esto, aventuraba un periodista, Goebbels pretendía demostrar que era la conspiración judía mundial la que estaba detrás del asesinato con el objeto de llevar a Alemania a la guerra. La destrucción y profanación de sinagogas, lugares judíos de oración, salas de reunión, negocios, viviendas y cementerios, que alcanzaron su punto álgido la noche del 9 al 10 de noviembre, ya habían empezado el día 7 en Kurhessen y Magdeburg-Anhalt, desde donde se expandieron a todo el Reich. Sala cambió de periódico. En este, el periodista describía indignado la perfidia con la que las SA, las SS y también miembros de la Gestapo y de las Juventudes Hitlerianas, vestidos de paisano, habían logrado propagar el virus de la furia popular a la velocidad de la luz. En otra cabecera se citaba el escrito de un alto funcionario del Ministerio de Propaganda en el *Völkischer Beobachter*, el periódico oficial del partido nacionalsocialista: «Los disparos contra el embajador alemán en París no solo van a significar una nueva postura de Alemania respecto al asunto judío, sino que esperamos que sea también la señal para aquellos extranjeros que hasta ahora no comprendían que lo único que se interpone en la convivencia entre los pueblos es el judío internacional». Otro titular rezaba: «Cientos de judíos asesinados o conducidos al suicidio». Sala empezó a ver las letras borrosas. «Ahora tendría que llorar», pensó, pero no sentía nada. Muda, se quedó contemplando el dibujo de la alfombra *art decó* sobre la que estaba sentada. Poco después se sentaron a cenar. Había lenguado.

—Bravo, Célestine, se nota el sabor a mar —dijo Robert—. Una gran cena —añadió en un tono muy formal. Su voz resonó, solitaria, en el elegante comedor hasta que no se oyó más que el chirriar de los cubiertos sobre los platos. Sala no probó bocado. Después de la cena se fue a la cama sin decir palabra.

Sala seguía despierta. ¿Cuánto rato llevaba mirando el techo? No lo sabía. En la mano izquierda tenía una carta de Otto. Le hablaba de Berlín, de las últimas noticias y de lo mucho que la echaba de menos. ¿Qué había pensado al leer sus palabras? Fuera lo que fuera, había desaparecido, como si nunca hubiera habido nada. De vez en cuando se planteaba la posibilidad de volver. Ya no. A la mañana siguiente empezaría su nueva vida en París. Acababa de perder su patria.

20

En la Sorbona, Sala estudió francés y español. Pronto dominó ambos idiomas sin rastro de acento. Nadie la hubiera tomado por alemana ni por judía. París se había convertido en su nueva patria. Iba con Lola al Français, el teatro de Molière, que era como allí llamaban a la Comédie Française. Iba a exposiciones y a conciertos, echaba una mano en la tienda, y trataba con los amigos artistas de Lola, como Colette, Cocteau y Jean Marais.

Pasaron dos años. El mundo se hizo pedazos, pero al sol le daba igual. Las tropas alemanas marcharon sobre París bajo un cielo azul. El gobierno partió a Vichy, el mariscal Pétain firmó el armisticio. Las cartillas de racionamiento también se apoderaron de Francia, allí la libertad también se convirtió en un bien escaso.

«El acompañante alemán: ¿adónde ir en París?», leyó Sala en la primera página del cuaderno que un soldado se había dejado sobre la mesa de al lado. Empezó a hojearlo con curiosidad. «Para la mayoría de nosotros, París es tierra desconocida. Nos aproximamos a la ciudad con sentimientos encontrados de timidez, curiosidad y una expectación febril. Su mero nombre ya llama la atención. París, la ciudad que vieron nuestros abuelos en la guerra que granjeó a los reyes alemanes la corona imperial. París, una palabra que en boca de ellos sonaba misteriosa y extraordinaria. Y ahora nosotros estamos aquí y podemos explorarla en nuestros ratos libres. La *rue* Royale engulle sin cesar peatones y vehículos y los vuelve a escupir, los Campos Elíseos, el Arco del Triunfo, la plaza de la Concordia, la iglesia de la Madeleine, los grandes bulevares y las preciosas vitrinas de las tiendas de lujo, el parque Monceau, la plaza de la República, el cementerio Père Lachaise. No hay nada imposible para nosotros, los soldados: podemos ir a la ópera, a los teatros de los amplios bulevares o al Folies-Bergère. No nos hace falta ninguna guía de viaje para reconocer la belleza de esta ciudad. Además, la existencia delicada y sencilla de la Ciudad de las Luces despierta en nuestro ser alemán una única divisa: no caer en la trampa de la sentimentalidad. Nos encontramos en la era del acero. Hay que poner la mirada en objetivos claros y seguros y estar preparados para luchar». Mientras Sala meneaba la cabeza con irritación ante aquel montón de tópicos, la puerta se abrió de golpe. Dos soldados alemanes borrachos entraron tambaleándose y recorrieron el bistró con la mirada como si el local ya les perteneciera. Detuvieron la mirada en dos jovencitas a cuya mesa se aproximaron con sonrisas zalameras.

—*La place ici... c'est libre... chez vous, madame?* —preguntó uno con una ligera inclinación que pretendía mostrar una cortesía extrema, mientras aclaraba a su compañero que acababa de preguntar si los asientos junto a las señoritas estaban libres. Las francesas ni se inmutaron. Mientras la más joven de las dos clavaba la mirada en la mesa, la otra los miró a la cara con descaro, cosa que el soldado interpretó como una invitación.

—*Merci.*

Hizo una seña a un camarero y, hombre de mundo que era, describió un círculo con la mano.

—*Champagne, s'il vous plaît* —pidió, dirigiendo una mirada cómplice a las mujeres.

Pocos minutos después, su compañero, un saco de huesos rubio que iba lanzadísimo, consideró que había llegado el momento de pasar a la acción y se puso a repiquetear sobre la mesa con una mirada inocente. Largo, largo, corto, largo; corto, corto, largo; corto...

—Código morse —le susurró a Sala una voz desconocida al oído.

Ella se giró, sintiéndose pillada con las manos en la masa. En la mesa vecina había un hombre atractivo con un elegante traje cruzado de color gris claro que se daba un aire a Cary Grant. Incluso llevaba su abundante cabello peinado hacia atrás con un poco de fijador. Una dentadura blanca relucía en su ancha sonrisa. Antes de que Sala pudiera preguntar, el desconocido se puso a traducir:

—«¿Qué opinas de estas fulanas? ¿Vale la pena atacar?».

Sala no sabía si ponerse furiosa o echarse a reír.

Largo, largo; corto; largo, corto; corto, corto, largo…

—¿Qué? —susurró Sala.

—«Menudo par de zorras, ¿no?».

Sala miró a las chicas y se esforzó en ahogar una risita. El soldado espigado siguió repiqueteando alegremente y Cary Grant tradujo sus palabras como «A por ellas», haciendo que su compañero volviera a probar suerte en francés preguntando si las señoritas deseaban comer algo.

—*Voulez-vous quelque chose manger?* —Por su acento, se diría que venía de Baviera. Era evidente que no se fiaba mucho de su francés aprendido en el colegio porque acompañaba sus palabras con una elaborada gesticulación.

—Resulta difícil hacerse a la idea de que representan a una potencia vencedora —susurró Cary Grant.

Inquieta, Sala se removía en su asiento. Le habían entrado ganas de ir al baño, pero no quería perderse el espectáculo. Las dos pretendidas no daban muestras de estar sucumbiendo al intento de seducción, así que el soldado flaco llenó de aire su pecho esmirriado para pasar al ataque. Pero entonces, para su gran asombro, la mujer más joven, que hasta entonces había sido una tímida espectadora de la escena, también empezó a golpear la mesa: corto, largo, corto, corto; corto, largo; corto; corto, corto, corto…

—La estupidez también es un don de Dios —tradujo Cary Grant con cara de palo mientras las dos jóvenes se levantaban y dejaban a los dos soldados plantados y muertos de vergüenza para dirigirse a la salida.

—Zorras estúpidas —susurró el soldado flaco.

Cary Grant se echó a reír a carcajadas. Los dos soldados se giraron asustados.

—Unos entienden el alfabeto morse, otros, el idioma alemán. El territorio enemigo en el extranjero está lleno de peligros —dijo.

Los soldados compartieron unas palabras entre susurros y, finalmente, decidieron abandonar apresuradamente el lugar de su derrota.

—Disculpe mi intromisión. Me llamo Hannes Reinhard, soy de la Agencia de Prensa Alemana. ¿Me permite invitarla a cenar? —dijo con una leve inclinación.

—¿Y si ya tengo planes, señor de la prensa?

—En ese caso, no se hubiera quedado aquí sentada conmigo.

—Qué desvergüenza —dijo Sala, poniéndose en pie mientras recogía sus cosas para echar a andar hacia la puerta. Hannes la alcanzó en la calle. Llovía a cántaros. Él abrió enseguida un paraguas que había agarrado al salir.

—¿Eso quiere decir «A lo mejor»?

—Quiere decir que no.

—¿Conoce usted el dicho francés?

—Estoy segura de que usted me sacará de mi ignorancia.

—Cuando una mujer dice que no, quiere decir quizá. Cuando dice quizá, quiere decir que sí…

—¿Y si dice que sí?

—Entonces es una fulana.

Sala se quedó mirándolo boquiabierta antes de echarse a reír a carcajadas.

—Podríamos ir al teatro y a comer algo después. ¿Ha visto a Jouvet en *La escuela de las mujeres*? Dicen que está magnífico.

—Me encanta Jouvet.

—Tengo acceso al palco de prensa.

Le ofreció un brazo. Empezaron a pasear apaciblemente por la lluvia como si fuera un día soleado mientras Hannes parloteaba alegremente:

—Anteayer me encontré con mi buen amigo Pierre Renoir, que no soporta a Jouvet, y me contó esta anécdota: Jouvet da clases de Arte Dramático en el Conservatoire, y todos temen sus afiladas críticas. Hace poco, interrumpió la escena de una audición para decir a uno de sus alumnos: «Por el amor de Dios, deténgase, el pobre Molière se revolvería en su tumba si pudiera oír lo que está haciendo con su texto».

Horrorizada, Sala se cubrió la boca con la mano.

—Ay, no, pobrecito.

—El pobrecito no se mordió la lengua. Se acercó al proscenio y replicó: «Bueno, si lo oyó a usted anoche en *La escuela de las mujeres*, ya se quedaría tranquilo».

Siguieron caminando entre risas hasta que se metieron en la *rue* Boudreau del distrito noveno y se encontraron ante el Théâtre de L'Athénée.

Hannes miró a Sala.

—¿Y bien?

—Sí. Y no se atreva usted a llamarme fulana.

Después de la representación, tomaron asiento en un pequeño bistró no muy lejos de la plaza Pigalle. *Le Garde Temps*, se llamaba. Antes de que pudieran pedir nada, el camarero les sirvió dos copas de Kir Royal. De primero les trajo una tartaleta de compota de cebolla roja, a continuación, filetes de bacalao a la plancha con un plato de *carottes oubliés* y patatas asadas, acompañado de una botella de Puligny-Montrachet. Sala no se atrevía a preguntar qué demonios era eso de las «zanahorias olvidadas», pero le supieron a paraíso perdido e infancia nostálgica. La guinda del pastel fue una *chantilly caramel* acompañada de una copa de Sauternes de un dorado profundo. Solo por eso le perdonó a Hannes el largo paseo en el que le contó con todo lujo de detalles la ardua carrera de Jouvet en la Francia de provincias, así como los intentos fracasados de un actor del siglo XVII como intérprete trágico, mientras que su fama como comediante aún perduraba. No dejaba de detenerse para imitar los intentos tartamudeantes de aquel pobre diablo para declamar los versos de Corneille o de Racine hasta que se dio cuenta de que había nacido para hacer reír a la gente.

—Jean Ba-b-b-ba-ptiste Po-po-poquelin —dijo y, tras una profunda reverencia, siguió, sin tartamudear—: O, sencillamente, Molière.

A lo largo de los días que siguieron, le mostró otra cara de París. Los garitos de los trabajadores en los que se bailaba con desenfreno, los puestos en los que se podía desayunar pies de cerdo y chucrut y tomarse un vino blanco al lado de prostitutas y chulos mientras París se desperezaba. Leyeron juntos poemas de Apollinaire y él le habló de Breton, Buñuel y Salvador Dalí, y de cómo los surrealistas habían convertido el nombre de este último en «avida Dollars», aludiendo con sorna a su fama de codicioso. Igual que su padre, podía pasarse horas sentado o de pie frente a un cuadro, charlando y riendo, haciendo unas asociaciones tan inesperadas como brillantes. Le venía una idea, la lanzaba por los aires y observaba su caída pensativamente preguntándose dónde aterrizaría para después volverla a hacer aparecer como un prestidigitador ante la mirada curiosa de su entusiasmada oyente como un polizón que, ansioso e impaciente, esperaba ser descubierto.

Y entonces desapareció.

Sin una sola palabra de despedida, sin ninguna explicación, ninguna carta. Lo echaba tanto de menos que por la mañana le costaba Dios y ayuda levantarse para empezar un día en el que no tendría su sonora risa. Mirara donde mirara, veía gente con la misma cara alargada vagando por la ciudad. El azul del cielo le parecía desvaído, el sol no calentaba, las calles tenían un aspecto desolador. Y, aunque veía la guerra a su alrededor, no sentía nada. ¿Por qué la había abandonado de repente? ¿Qué había hecho mal?

A la tercera semana, se atrevió a llamar tímidamente a su puerta. Él le abrió con una bata de andar por casa raída, ojeroso y cariacontecido. Casi no lo reconoció. Entró en su piso en silencio y él le preparó un té. Se sentaron a una mesita redonda, con una austeridad de gestos y miradas que parecía destinada a proteger el valor incalculable de aquel momento de cualquier exceso. Al mirarlo, Sala se estremeció al ver el desconsuelo de sus ojos, enterró las manos en su pelo, sus cuerpos cayeron uno encima del otro y fueron al suelo, revolcándose como animales en un charco de barro, sin salvación, perdidos. Gritaron, lloraron, se golpearon y dejaron sangre en unos labios cada vez más ajenos que no podían estar juntos ni tampoco separados, siempre buscando sin encontrar jamás, sin asidero, con el final escrito desde el principio, riendo como desesperados. Sala se sentía como si la hubiera alcanzado un rayo. Si aquello era amor, no quería volver a sentirlo en la vida ni tener que vivir sin sentirlo.

Tres semanas después, Célestine llamó a la puerta de su habitación.

—Hay un joven esperándola en el recibidor.

—¿No ha dicho quién era? —¿Qué iba a hacer si se encontraba cara a cara con Hannes? Los dos sabían que su amor era del todo imposible. Si es que lo que habían vivido juntos podía llamarse así. ¿Se podía? No lo sabía. Indecisa, se pasó la mano por el pelo. La invadió un extraño letargo. Nada le hubiera gustado más que volver a meterse en la cama, se sentía exhausta.

—¿No ha dicho cómo se llama, Célestine?

Célestine asintió.

—Otto.

En un gesto inconsciente, Sala se llevó la mano al pecho. Por un momento creyó que el corazón dejaría de latirle, pero un segundo después empezó a latirle tan fuerte en la garganta que temió ahogarse.

—De Berlín. ¿Sabía usted que venía?

Al parecer, a Célestine no le hacían mucha gracia las visitas masculinas por sorpresa. Sala se levantó de un salto.

—Dígale que voy enseguida. No, dígale… dígale que… que tardaré un poco, que voy en un santiamén. Ay, no le diga nada.

Célestine salió meneando la cabeza con desaprobación. Tan pronto como cerró la puerta, Sala corrió a su armario. Sus manos volaban sobre los vestidos. Tenía que ponerse el verde, sí, el verde le gustaría. ¿Cómo era que había venido por sorpresa a París, sin avisar? Se puso el vestido entallado largo hasta la rodilla de la nueva colección de Lola. Al menos podría haber mandado un telegrama; no, debería haberlo hecho. ¿Dónde había estado todo ese tiempo? No sabía nada de él. Nada de nada. Qué estúpida era. Lo había dejado plantado sin contemplaciones, si se paraba a pensarlo. Y en sus cartas no había ni rastro de reproches ni preguntas. ¿Qué pensaría de su aspecto? ¿No había engordado un poco? Echó un vistazo fugaz al espejo. No. ¿O sí? Pero ¿qué podía haberla hecho engordar? Se quedó paralizada del susto. Ay, Dios, el pelo. ¿Cuándo había ido a la peluquería por última vez?

Cruzó el pasillo corriendo. ¿Qué le diría cuando le preguntara por su vida? No, de Hannes no diría nada. En absoluto. ¿Para qué? Solo fue una vez. Además, Otto y ella ya no eran pareja. Él lo sabría, lo sabía todo. Era tan listo, tan generoso, tan imaginativo...

Se detuvo justo antes de pisar el recibidor. ¿Y si ella había cambiado? Se lo vería en la mirada. Se abanicó con las manos. A su alrededor todo se volvió negro, como si estuviera a punto de perder el conocimiento. «No te pongas nerviosa. Acércate a él, sin más. No te precipites». Lo mejor sería tenderle la mano. Arrojarse a sus brazos inmediatamente sería de lo más inapropiado. Temblorosa, empezó a andar poniendo un pie delante del otro.

Lo encontró sentado en la silla Luis XVI junto a la puerta doble que llevaba al comedor. Menos mal que Lola y Robert no estaban. Comprendió por qué Céline había meneado la cabeza con desaprobación. Otto llevaba el uniforme de la Wehrmacht. Un soldado alemán en una casa judía. Se levantó al oírla entrar. Sala se arrojó a sus brazos. Nunca volvería a soltarlo, y le daba igual lo que Dios, Hitler o Célestine tuvieran que decir al respecto.

21

—Se quedó solo un día y una noche. «Un momento de dicha en el paraíso no se paga muy caro con la muerte». Schiller, ¿verdad? La cuestión es que a la mañana siguiente tenía que volver a irse.

—¿Adónde? —pregunté.

—Pues adónde iba a ser, al frente, seguramente, yo ya no me acuerdo, ¿sabes? Se había convertido en médico de la Cruz Roja. No mató a nadie en la guerra. Algo es algo. El caso es que se fue. Y yo pensando que volvería a verlo en un par de días. Pues bueno, me equivocaba. —Guardó silencio—. Y, bueno, bueno, luego vino la orden aquella, ¿sabes? Todos los judíos, y también los alemanes que hubieran escapado de Alemania, tenían que personarse en el Vélodrome d'Hiver. El Vel d'hiv. Ya te digo, amiguito…

En la grabación seguía una pausa interminable.

—Y tú ¿qué hiciste? —Mi propia voz, en un tono extraño que se esforzaba en ser objetivo, rompió el silencio. Mi madre no se dejó liar. Ella seguía su propio camino, iba a su ritmo. Diez minutos de silencio. Aproveché el tiempo para evocar mis propias imágenes.

Recordé a Hannes Reinhard. Solo lo vi en persona una vez. En Frohnau. Yo tendría unos cinco años. Fui a recogerlo en mi bicicleta, pedaleando a toda velocidad al hotelito en el que se alojaba por una noche con su mujer. Yo no sabía nada. Solo «Pasado mañana vendrá Hannes con su mujer. Una heroína». Eso era todo. Nada más, nada menos. Me pareció sospechoso a primera vista. Me llegaron señales microscópicas, aunque yo no fui capaz de interpretarlas. Llegaron a la puerta. Hannes abrió los brazos y pronunció con una fuerte risotada el nombre de mi madre. Entonces la besó en la boca. Yo miré rápidamente a mi padre. No entendía su expresión. Mi madre había exclamado «¡Para!», pero riendo. Su voz me devolvió al presente.

—Lola me aconsejó no ir. Pero tampoco podía quedarme en París. *Grand malheur de Caque*. Pero Lola tenía contactos, así que me consiguió una dirección en Marsella. Allí me ayudarían.

—¿Cómo?

—Hay que ver qué preguntas haces. Papeles para viajar o algo así, ¿qué iba a saber yo? Un visado para irme a Estados Unidos. Libertad y aventura. Así que metí mis cosas en una bolsa de viaje y me planté en la estación. Ah, y conmigo venía Arlette. En realidad no tenía por qué, era francesa, así que no contaba directamente como «*indésirable*», pero era judía, así que tampoco tenía muchos amigos. La verdad es que a los franceses nunca les cayeron bien los judíos, pero los habían tolerado hasta entonces. Total, que Arlette se vino conmigo. ¿Y qué te voy a decir? Pasó que lo de los trenes fue un poco... Y nosotras... Y luego pasó que en la carretera nos... Y nos recogió un camionero. La verdad es que fue muy majo. Quiero decir, que los he visto peores, tú ya me entiendes.

No la entendía, pero decidí no interrumpirla con más preguntas.

—Sí. Lo que pasa es que en algún momento ese tipo se olió la tostada y empezó a comportarse de una forma muy rara. «No, no, no, chaval, a los hombres los elijo yo», y en la siguiente estación le pedí muy amablemente que nos dejara bajar. Eso fue en... en... ay, ya no me acuerdo. Y allí es donde pasó.

—¿El qué?

—¿Qué?

¿Había sido demasiado brusco?

—No, nada.

—¿Cómo que nada? Estás más perdido que el barco del arroz. Te diré lo que pasó. Iba todo bien, ¿sabes? Allá que íbamos, a pie, porque lo del tren no era más que una excusa, y entonces, después de una hora bien buena, va Arlette y dice... Bueno, ¿qué crees que dijo? Va y dice que se ha olvidado la bolsa en la estación. ¿Te lo puedes creer? ¡Que se dejó allí la bolsa con todas sus cosas! ¡En plena guerra! Claro, quería volver pitando, sus joyas, su dinero, una foto de sus padres, qué sé yo. «Pues volvemos», le dije yo. Ya me conoces, no dejaría nunca a nadie tirado. Juntas hasta el final. Sí. Bueno, y ahora viene cuando la matan. Apenas pisamos la estación nos arrestaron, nos interrogaron por separado y..., bueno, que nunca volví a verla. El camionero debió de delatarnos.

Me había arrellanado en el rincón más alejado del sofá, junto a la ventana de arco. Fuera nevaba. Gruesos copos de seis puntas se apilaban sobre el césped helado. Intenté imaginármelos cien veces más grandes, empujados por una corriente ascendente en la atmósfera terrestre, fundiéndose entre sí para construir formas nuevas, menos simétricas y tal vez más complejas. Tenía el teléfono móvil en el regazo. Me zambullí en la grabación, oyendo la voz de mi madre por los auriculares.

—*Allez, vite, vite.*

Su relato desprendía el aroma salvaje de los olivos, la sensación reconfortante de la naturaleza elevándose por encima de todo sufrimiento.

A su espalda quedaban París y sus esperanzas rotas mientras ella y otras mujeres, hacinadas como ganado, eran transportadas en el remolque abierto de un camión a través del valle del Ródano, pasando junto a campos de cultivo, prados y casitas que bostezaban bajo la niebla matutina, hasta llegar a un campo oscuro y desolado de tres kilómetros de largo, con barracones pegados unos a otros, todo tablas de madera claveteadas, ni una sola hoja verde, nada más que lluvia, miedo y las caras inquisitivas de mujeres muertas de hambre tras una reja de alambre de espino que preguntaban a gritos: «¿De dónde venís?».

Tras el bosque lluvioso relucían las cumbres de los Pirineos.

Otros habían decidido el destino de Sala, incluso su nuevo hogar. Una vez más había perdido el dominio de su sino. Mientras un sombrío velo caía sobre ella y el resto de las mujeres, se sintió traicionada, no por los franceses, sino por su nuevo país. *Indésirable.* Indeseable, una palabra en la que se ocultaba el *désir*, que también evocaba la querencia. Una persona tal vez pueda soportar no ser deseable, pero no ser querido significa estar condenado. ¿Cómo podía condenarse al infierno a alguien que no era culpable de ningún crimen?

Las mujeres eran arrancadas del amparo del grupo en el remolque del camión para dirigirse a un futuro incierto. El idioma de las luces y de la libertad sonaba en aquel escenario tan frío como en un cuartel alemán.

—*Suivez-moi.*

Las mujeres recogieron sus bolsas, maletas y sacos para seguir a una mujer enjuta a través del suelo embarrado. Mediante enérgicas órdenes, *madame* Frévet las condujo hasta el barracón 17.

El barracón se encontraba en mitad de un bloque rodeado de alambre de espino, el ilot. Cada barracón alojaba a sesenta mujeres, mil en cada ilot, entre diecinueve y veinte mil en todo el campo, y medía unos veinticinco metros de largo y cinco de ancho. Un tejado a dos aguas cubierto de papel de fieltro avejentado, cada cuatro metros una pequeña apertura con una tapa de madera, sin ventanas.

La puerta se abrió de un empujón. Agotadas, las mujeres entraron tambaleándose. A cada lado había treinta sacos de paja. Ni mantas, ni mesas, ni banquetas, ni sillas, ni platos, ni siquiera un clavo en la pared para colgar sus pertenencias.

Una mujer oronda y corpulenta se les acercó y saludó a *madame* Frévet, que le puso una lista en la mano.

—*Demain matin.*

La vigilante giró sobre sus talones con un leve bamboleo y salió de la barraca.

—*Soyez les bienvenues,* me llamo Sabine.

Era la responsable de la barraca, pero parecía bastante agradable. Señaló a cada una su saco de paja y las mujeres se dejaron caer encima, felices de poder estirar sus cuerpos agotados un instante.

—*Le diner est à six heures.*

Sala se arrebujó en el abrigo de cachemira de Lola. Oyó la voz de su padre. Se le cerraban los ojos.

Las moscas correteaban ansiosas por la cara de Sala. Sus ojos legañosos apenas se entreabrieron. Los primeros rayos de sol marcaban el comienzo de un calor apestoso dentro de la barraca. A los enjambres de moscas había que sumar los mosquitos que iban en busca del desayuno. Las mujeres se movían desganadas, estiraban sus extremidades exangües. Hablaban en susurros para dejar descansar a las recién llegadas. Sala miró por primera vez a su vecina. Tenía una cara bonita, algo desdibujada, pensó, pero no desagradable.

—*Comment tu t'appelles?*

—Sala. *Et toi?*

—Solange. *Mais tout le monde m'appelle* Mimi.

—¿Mimi? —Sala la miró sorprendida.

—Es mi *nom de guerre,* ya te contaré. ¿Tienes hambre?

¡Que si tenía hambre! Su estómago se lo hizo saber con un rugido mientras se preguntaba qué habría querido decir Mimi con lo de «*nom de guerre*» y en lo tranquilizador de su acento del sur de Francia. Mimi venía de Marsella. En París había empezado ganándose la vida en el *corps de ballet* del Folies-Bergère.

—Es un trabajo bonito —dijo con una sonrisa. Pero entonces llegó el amor, y con él, el desastre—: Siempre me enamoro de sinvergüenzas. Cuanto peor me tratan, más los quiero yo.

Su risa era de una franqueza encantadora. En aquella chica

brillaba una inocencia angelical a pesar de todo lo que Sala descubrió sobre ella en los siguientes minutos. Del Folies-Bergère pasó a un club nocturno a través de un tal Antoine. Allí ganaba más dinero, pero tuvo que aprender a satisfacer a todo tipo de clientes que Antoine siempre le presentaba como conocidos de confianza. Al darse cuenta de que él tenía muchas yeguas en el establo, le dio la patada, cerró el petate que le había regalado un marinero en Marsella por su cara bonita, y se echó a la calle a probar suerte.

—Y entonces el cisne bailarín se convirtió en un gato callejero.

Se puso a hacer la calle y lo explicaba con orgullo. Las mujeres decentes de cuyos defectos oía hablar con regularidad nunca sospecharían cuántos matrimonios se habían salvado gracias a su oficio. Dividía las mujeres en dos categorías: las que querían a un hombre bueno que pronto demostraba ser aburrido y baboso, y las que se lanzaban a los brazos del primer canalla que pasaba convencidas de que ellas y solo ellas conseguirían convertir a esos hijos de puta descarriados en maridos abnegados y fieles. Y se ponían a dar besos a diestro y siniestro, pero los sapos les salían rana, las mujeres se transformaban en culebras y los príncipes y princesas seguían existiendo solamente en los cuentos de hadas.

—Los hombres son un desastre —decía con total seriedad, añadiendo un travieso «siempre». Pero, por más que se esforzara, no conseguía entender que las mujeres conscientes de su debilidad por los dramas y las tragedias caían siempre víctimas de su doble moral. Si aceptaran a los hombres con todos sus defectos, la vida sería mucho más fácil.

—Lo que tenga que ser, será.

No había que hacerse ilusiones, que solo servían para adoquinar el camino al infierno. Y con eso estuvo todo dicho. Con un escueto «*viens*» tomó a Sala, que estaba totalmente desconcertada, de la mano. Sí, para colmo de males, además era judía, aclaró a su nueva amiga mientras caminaban sobre una costra de barro secado por el sol, bajo el cual la humedad seguía amenazando con engullirles los pies.

«Del fuego a las brasas», pensó Sala mientras ella y Mimi hacían cola en las letrinas. Mimi consideraba que «primero cagar, después lavar» era un orden de vital importancia. Sala descubriría por qué al primer chubasco.

—¡Al barro! —dijo en un tono indignado, y empezó a hablar entusiasmada del actor Louis Jouvet, homosexual por desgracia, que había pronunciado esa frase en su papel de cura y había pasado a conocerse en todas las casas—. *Dans la boue!* —exclamó, imitando con gran habilidad la voz de Jouvet y sus gestos al meterse en el barro.

Los días de lluvia era mejor evitar cualquier desplazamiento innecesario. Había una mujer mayor que, por vergüenza de desnudarse ante las demás, se colocaba siempre la primera en el lavabo hasta que un día, con todas las idas y venidas entre el lavabo y la letrina, se había quedado atascada en el barro y la diñó sin que nadie se diera cuenta. El suelo empantanado del campo era un círculo del infierno que Dante se había olvidado de mencionar. No, no había leído a Dante, pero un cliente de sus mejores tiempos, que siempre olía a rosas, le había hablado de él con unas palabras muy bonitas. Que mientras él le hablaba de Dante ella tuviera que azotarlo en el trasero con una vara no tenía ninguna importancia. Cuanto más le dolía, más apasionadamente se expresaba. Quien no conocía el dolor nunca comprendería la belleza. Esa y muchas otras perlas de sabiduría tenía que agradecérselas a él.

—Era un papaíto.

Venía de una familia muy antigua y honorable cuyo árbol genealógico se remontaba a la Revolución Francesa. Hasta era posible que alguno de sus antepasados hubiera sido decapitado, explicó con una sonrisa orgullosa. Sala le devolvía la sonrisa. «Así debería interpretarse a la pirata Jenny de la *Ópera de cuatro chavos*», pensó.

«Osito», que es como Mimi llamaba a su cliente, no solo era agradable y rico, sino que se movía por las altas esferas del Gobierno, conocía a todo el mundo, incluso al mariscal Pétain, le contó con reverencia, por eso la había advertido del peligro, pero ella fue demasiado tonta, o demasiado arrogante, tal vez, aunque, en esos tiempos que corrían, tanto daba una cosa como la otra.

—¿Quién tiene papel? —exclamó de repente una voz junto a Sala.

—Mi coño —replicó una voz áspera.

—¡Serás guarra! —respondió la primera, que tenía acento alemán, entre risas.

—¡Eso tú! —replicó Mimi riendo.

Las historias de su nueva amiga ayudaron a Sala a soportar la vergüenza de la letrina comunitaria. Una ruinosa estructura de madera cubría los ocho agujeros solo hasta la mitad. Agujeros redondos en una tabla, a un metro de separación unos de otros, con una cuba debajo. Con el trasero al aire, las mujeres hacían sus necesidades en pie o acuclilladas, sin una pared detrás que las protegiera de las miradas curiosas. Seis escalones conducían a la plataforma del Palacio, que era como Mimi llamaba a la estructura levantada sobre pilones, dos fantasmas zancudos, construidos a las afueras del ilot, que no invitaban a quedarse mucho rato.

—¿Por qué no escapaste?

—No podía dejar a mi Gerd.

El tal Gerd era un tipo decente. No solo le dejaba regalitos detrás del espejo del tocador cuando se marchaba, sino que, además de ser limpio y discreto, acababa rápido. Entraba por la puerta, se desnudaba y se vestía. Entre medias, «flas-flas», un besito en la mejilla izquierda, otro en la derecha y adiós. Todo aquello en lo que se tardaba en fumar un cigarrillo con ansia. Y siempre se lavaba, antes y después. Entre los franceses las cosas solían ser muy diferentes.

—¿Por lo de lavarse? —preguntó Sala.

—Por todo.

Él le había dado su palabra de honor de oficial de que en París no le pasaría nada. Ella era judía, pero además era francesa, y se decía que a los judíos franceses no les pasaría nada. Para aquel entonces ella ya había hecho las maletas y había cancelado su última cita amorosa, y al fin y al cabo un oficial alemán estaría mucho mejor informado que un conde francés. Bueno, al final eran todos de la misma calaña cuando se trataba de lavarse las manos. Tan pronto él salió por la puerta, llamaron al timbre. Mimi abrió la puerta medio desnuda creyendo que se habría olvidado algo, pero en lugar de su Gerd limpio como una patena, se encontró con la Sûreté, que entró en tromba, «*allez hop*». Una puta judía y francesa que andaba liada con un oficial alemán. No cabía duda de que sería también colaboracionista. La pusieron de traidora para arriba. Era una vergüenza para la patria. Ella no conocía a su padre, pero estaba segura de que tenía un rabo en los pantalones igual que ellos, y que le bastaría con una sonrisa para ganarse a esos muchachos. Pero le dieron donde más le dolía: quien la ofendiera en su honor de francesa sería víctima de todo su orgullo. Antes prefería la guillotina. En comisaría fue muchísimo peor.

—Tiene usted origen alemán. —Aquel tipo la trató de boche, de alemana de mierda. Pero ella era francesa, había vivido siempre en Francia, y que hiciera la calle no significaba que pudieran tratarla así. Entonces le puso el pasaporte en las narices.

—Lugar de nacimiento: Aquisgrán. Usted nació en Alemania, en Aquisgrán.

Pues claro que había nacido en Aquisgrán, no hacía falta que le gritara a la cara. No entendía lo que aquel tipo quería de ella. Mimi la miró con tristeza. ¿Cómo iba a saber que Aquisgrán, que en francés se llamaba Aix-la-Chapelle, era en realidad una ciudad alemana llamada Aachen? Era posible que su padre fuera alemán, a saber, en sus documentos ponía «*père inconnu*», padre desconocido. En cualquier caso, ahora los franceses la consideraban una judía alemana.

Bajaron por la escalera de las letrinas con el estómago revuelto. «Igual que yo», pensó Sala. De un día para otro se había convertido en una judía alemana. Le temblaban los labios.

—Gracias a Dios, yo soy solo medio judía —le dijo a Mimi—. O sea que es probable que en un par de días pueda marcharme de aquí.

Mientras tanto, el ilot había despertado. Había mujeres y niños circulando entre las barracas. Algunas tendían ropa empapada en el alambre de espino, otras cosían, hacían calceta y preparaban café —un brebaje que sabía a agua amarga—, en una fogata. Había pajarillos trinando alegremente en sus jaulas, incluso perros y gatos circulando libremente. Sala descubrió que había mujeres que se quitaban comida de la boca para guardarla para sus mascotas. ¿Acaso pretendían conservar el recuerdo de tiempos mejores con sus perros, sus pájaros y sus gatos? La ternura con la que cuidaban de sus animalitos le recordaba a los ancianos que había observado en sus largas tardes en el Jardin de Luxembourg mientras paseaba llevando de la correa de su «*petit chérie*», seguidos de cerca por la muerte. Pero en Gurs había muchas mujeres que apenas eran mayores que Sala. Y cantaban y reían. Se empujaban y se abrazaban. De fondo, el sol se levantaba sobre los picos de los Pirineos como una bola de fuego amarillo. Y, por un momento, Sala se preguntó si no sería mejor que el sol lo quemara todo.

La ducha comunitaria recordaba a un abrevadero de ganado. Solo había espacio para ocho mujeres, y había entre ocho y diez esperando su turno mientras intercambiaban novedades. ¿Qué había pasado la noche anterior? ¿Quién tenía noticias del frente? ¿Qué era el último grito en París? ¿Había llegado alguna carta de un marido desaparecido, algún paquetito de comida o cosas que pudieran intercambiarse en el mercado negro? ¿Y cigarrillos? Servían para sobornar a las *surveillantes*, las supervisoras, y podían arriesgarse a acercarse a los ilots masculinos, donde estaban los españoles. Apenas protegidas por un par de tablones, las mujeres, desnudas, semidesnudas o cubriéndose recatadamente con algún trapo se lavaban a contrarreloj en el «abrevadero». Algunas lucían el pecho descubierto con orgullo, otras encorvaban los hombros para taparse. Todas querían demostrar a las demás que eran más limpias, más elegantes y olían mejor. A Sala no dejaba de asombrarle la lucha encarnizada que se producía en el campo por cada centímetro de feminidad. Por primera vez empezaba a sospechar que había muchas mujeres que no se arreglaban para impresionar a los hombres, sino que parecían empeñadas en desbancar a su propio sexo. La mirada de envidia de otra mujer parecía hacer más por la autoestima que el deseo de cualquier hombre. ¿O acaso no era más que un intento de mantener el recuerdo de tiempos pasados y su dulce esplendor? A ambos lados del alambre de espino, los supervisores franceses disfrutaban del espectáculo.

Había agua corriente tres veces al día: de seis a nueve, de doce a tres y de nuevo de seis a nueve de la tarde. La torre de agua en un extremo del campo no daba para más. En ese intervalo de tiempo, miles de mujeres tenían que lavarse, hacer la colada y fregar los platos. Con el agua sobrante se fregaban las barracas de vez en cuando. Era una tarea ardua que llevaba medio día.

Cada mujer recibía un cuarto de litro de café al día. Quien no había traído vasos o tazas consigo se apañaba con latas de conserva vacías. Para desayunar se servían dos rebanadas de pan; al mediodía, una sopa aguada con un poco de arroz y unos garbanzos indigeribles, y, muy de tarde en tarde, algún cachito de carne que se había puesto gris o verde y estaba incomible. Nada de verdura, y mucho menos fruta. En raras ocasiones caía alguna patata o algún tomate para cenar.

A última hora de la tarde, Sabine tenía que cumplir con sus funciones como supervisora de barracón. Las listas. «Cada día quieren una cosa diferente», decía resoplando con su acento cantarín de la región del Rin. Esta vez había que volver a recoger los datos personales: apellido, nombre de pila, lugar y fecha de nacimiento, estado civil, oficio, última dirección en Francia. La dirección del campo había asignado treinta minutos para las sesenta mujeres del barracón. Y seguirían más listas: se preguntaba por el grupo de edad, por si eran católicas, protestantes o judías. Listas de mujeres que tenían parientes franceses o podían vivir por sus propios medios, listas de mujeres que querían regresar a Alemania, de las que podían trabajar, de las enfermas, de las frágiles, de las que tenían trastornos mentales, de las tuberculosas. Si se perdía alguna lista, había que empezar de nuevo.

Por la noche llegaba la lluvia. Desde que la detuvieron, Sala sufría un estreñimiento galopante. Un dolor sordo y palpitante que irradiaba de sus intestinos y le llegaba hasta el pecho. Abrió la puerta del barracón para respirar el aire fresco y húmedo. De día, las temperaturas llegaban a los cincuenta grados. El suelo de barro agrietado y reseco se había ablandado, y al poner el pie en el quicio de la puerta resbaló y cayó de bruces en el barro.

—*Dans la boue!* —alguien gritó a su espalda. Al reconocer la voz de Mimi, Sala rio—. ¡Cuidado! —exclamó entonces su nueva amiga tapándose la nariz.

Sala intentó incorporarse, pero los brazos se le hundieron hasta los codos en el lodo. «Comiditas», llamaban en Berlín a jugar con el barro cuando era niña. Le vinieron a la mente las boñigas de vaca en los prados suizos de Ascona. Cuando, en los años veinte, volvió con su padre de visita, recordó cómo le encantaba saltar sobre aquellos montoncitos que olían a vaca y a césped y sentir su agradable tibieza. Pero en esos momentos, el viento húmedo no le traía aroma alpino, sino un hedor agresivo. Vómito y orina se mezclaban con el barro a cada paso. Sintió un retortijón. En buena hora le entraban ganas de ir a la letrina. Hizo una mueca, saludó a Mimi alegremente y se adentró en la oscuridad vespertina. Para cuando llegó a medio camino, la cadena montañosa ya había sido engullida por la noche. La colorida actividad del día dejó paso al zumbido de la oscuridad, los barracones se desvanecieron en la negrura. Una ciudad fantasma. Solitaria. Abandonada. Desolada. Las gotas de lluvia empujadas por el viento le fustigaban la cara. Sala trató de recordar el camino. Todo le parecía igual. ¿Iba en la dirección correcta? Se le contrajeron las tripas, tenía miedo de no ser capaz de aguantar la presión. Volvió a salir corriendo. Volvió a caer. ¿Y si se daba por vencida? Ya estaba sucia y empapada, ¿qué más daba ya? Estaba rodeada de heces y suciedad. Sentía un nudo en la garganta de la impotencia, pero era incapaz de llorar. Empezó a jadear y a susurrar.

—Mamá —decía una y otra vez—, mamá, mamá.

Se encogió de dolor en el barro frío y asqueroso. Imaginó a

Otto, abofeteado en la cara por sus padres de acogida por haberse cagado en los pantalones. Un niño pequeño, flaco e indefenso. Notó una oleada de ira en el pecho que la arrancó del lodo de un impulso. Se puso en pie temblando. A lo lejos, una luz débil parpadeaba en la oscuridad. Tal vez fuera el farol del cobertizo de las letrinas.

—¡Venga! ¡Adelante! La dignidad no te la van a quitar.

Al volver al barracón, se dejó caer sobre su saco de paja y se quedó mirando el techo. El agua de lluvia se colaba entre las tejas de fieltro. ¿A qué esperaba? ¿A que llegaran las lágrimas? ¿O su salvación? Al día siguiente lavaría el vestido que hacía cuatro días que no se quitaba.

Los primeros rayos del sol se colaron entre las rendijas de su nuevo hogar. Sala se levantó y abrió el ventanuco que quedaba sobre su saco de paja. ¿Qué hora debía de ser? ¿Las cuatro y media? ¿Las cinco y media? Un par de horas de sueño, las primeras que había dormido en varios días. Le asombraba seguir en pie. «¡A pesar de todo —pensó triunfalmente, con el gorjeo de los pájaros mañaneros de fondo— sigo viva!». Pensó en Otto y lo imaginó en Berlín, hincándole el diente a un panecillo rebosante de mermelada de fresa de la pequeña panadería que quedaba junto al Café Kranzler, guiñándole el ojo a la dependienta mientras ella le alargaba con aire de complicidad una bolsa llena de recortes de pastel por encima del mostrador. En silencio, agarró su vestido, una falda, una blusa y ropa interior limpia para cambiarse, y salió sigilosamente del barracón. Quería ser la primera en llegar al cobertizo de las letrinas, la primera en el lavadero. Lo haría así en adelante, para ahorrarse las escaramuzas con las otras mujeres por el mejor sitio. El parloteo incesante la ponía de los nervios. Lo peor eran las gorronas. No se cansaban de lamentarse con toda su pena hasta conseguir ablandar a alguna para que compartiera con ellas lo poco que tenía.

Una vigilante dobló la esquina. Se dirigió hacia ella por el callejón largo y estrecho entre barracones. Esperaba que no estuviera prohibido pasearse por el campo a esa hora. «Sigue caminando tranquilamente —se dijo Sala—, no bajes la vista, mírala a los ojos». Se acercaba cada vez más. Faltaban un par de metros. Sala sentía que el corazón iba a explotarle en el pecho. Estaba preparada. Que se atreviera a hacerle algo, ella sabría defenderse. Las separaban dos pasos. Era el momento.

—*Bonjour, mademoiselle.*

La vigilante le sonrió. Fue una sonrisa escueta, pero totalmente amistosa, casi animosa. Sala se quedó paralizada. ¿O acaso le había devuelto la sonrisa? Sí, pero lo que pretendía ser una sonrisa se había convertido en una mueca. Era igual de tonta y egoísta que todas las mujeres de allí. En nada y menos había perdido los signos más básicos de la pertenencia a la civilización humana. Se sentía como un tanque alemán avanzando por territorio enemigo. ¿Le había respondido? Seguro que no, en el mejor de los casos le habría hecho un gesto torpe con la cabeza. Sintió deseo de girarse, de correr detrás de la mujer. Era joven y bonita, y su caminar elástico recordaba los andares elegantes de una parisina yendo de tiendas que no se deja impresionar por los llamativos escaparates. Sintió unas ganas locas de abrazarla. Por un instante, en los ojos de aquella joven francesa no había sido ni medio alemana, ni medio judía, ni medio nada, simplemente, una persona.

Al volver, descubrió que, de repente, todas las mujeres que, lentamente, empezaban a llenar el campo de vida le parecían hermosas y amables. Alguien la detenía a cada pocos pasos para compartir una breve conversación con ella. A lo largo de unos metros descubrió todo lo que merecía la pena saber sobre el campo. Un par de barracones más allá se había alojado la autora Thea Sternheim, la esposa del famoso dramaturgo. Algunas actrices famosas también habían pasado por allí, bailarinas, intérpretes musicales, una cantante de ópera..., incluso había un barracón artístico en algún lugar del campo en el que se representaban espectáculos de cabaré, obras de teatro y conciertos y se organizaban exposiciones. Llegó a la conclusión de que sería capaz de resistir un tiempo allí. Y después... Se dijo que ya encontraría algo mejor que la muerte al ver a un maltrecho gallo correteando por el ilot vecino y pasar de largo frente a un vigilante sin mostrarle ningún permiso.

Mimi circulaba libremente entre los ilots sin que nadie se lo impidiera. Un día, Sala observó cómo pasaba junto al guardia del ilot de los hombres con nada más que un gesto amigable de la cabeza y desaparecía en uno de los barracones. Además, a Mimi nunca le faltaba de comer. Una pasta por aquí, un tarrito de mermelada por allí, *baguettes* recién horneadas, queso... Todo lo compartía con Sala con generosidad, mientras que esta trataba de no pensar en cómo su amiga habría conseguido esas viandas.

—La semana que viene darán un concierto en el barracón G —dijo Mimi, comiendo feliz a dos carrillos.

Explicó que varios músicos profesionales tocarían música clásica. Eran todos alemanes, tal vez a Sala le sonaran sus nombres. Le mostró un papelito, una especie de programa. Al parecer, todo aquello era en honor de una delegación alemana que visitaría el campo por la tarde.

Esa tarde, Mimi le presentó a Alfred Nathan. Había conseguido colar a Sala en el ilot masculino sin ningún problema.

—Mi amiga es actriz, ¡pero no es lo que tú piensas! —explicó al guarda, que sonreía como un tonto mientras hacía pasar a Sala a empellones con descaro.

—¿Tienes experiencia como cabaretera? —Nathan la tuteaba sin ceremonia alguna mientras se fumaba un cigarrillo de liar frente a su barracón.

—No —respondió Sala—. Pero quiero ser actriz desde que era niña.

—¿Qué papel te gustaría interpretar?

—Todos. Luise, Eboli, Amalia, Johanna...

—Ay, Dios, ¿solo las mujeres histéricas de Schiller?

—No, Gretchen también.

—¿Ah, sí? ¿Y cómo llevas lo de la religión?

—No te entiendo...

—A ver, ¿judía o no?

—No del todo...

—No del todo ¿qué?

—Ni lo uno ni lo otro...

—Ah, ya veo, estás entre la espada y la pared... Te acompaño en el sentimiento, niña bonita.

Sala no supo qué responder, así que sonrió con timidez.

—Hablaré con Ernst. Se ha propuesto montar todo *Wallenstein*. Igual parece un acto de desesperación, pero es mejor que estar papando moscas.

Sorprendida, Sala le dio un abrazo impulsivo.

—¡Ay, sí! Yo podría interpretar el papel de Thekla —dijo, y añadió entusiasmada—: «El juego de la vida parece divertido cuando llevas un tesoro a buen recaudo en el corazón».

Alfred esbozó una sonrisa triste.

—El lema de la puesta en escena de Ernst es más bien: «Un fantasma sombrío recorre nuestra casa, y el destino quiere acabar raudo con nosotros». Veré lo que puedo hacer, pero creo que ya tenemos todos los papeles cubiertos con profesionales. ¿Estarías dispuesta a hacer otra cosa?

—Lo que sea —respondió Sala sin titubear.

—Pues con eso bastará —concluyó, tendiéndole la mano con una sonrisa.

Alfred no mentía: el papel de Thekla ya estaba asignado, igual que el resto de los roles. Con la condición de echar una mano con los decorados, a Sala le estaba permitido presenciar los ensayos, que se celebraban en el barracón de la cultura. Con los ojos relucientes, los días se le pasaban volando mientras veía a aquellos actores que tanto admiraba desafiar al frío y al hambre, a la enfermedad y a la flaqueza, y poner todas sus energías al servicio de una voluntad creativa incondicional que los ayudaba a sobrevivir, tanto a ellos como a sus espectadores. Igual que los artistas del cabaré organizaban espectáculos con textos de producción propia, otros montaban decorados y atrezo, y los músicos formaban cuartetos de cuerda que amenizaban veladas, a veces conmovedoras y a veces entretenidas. Sala aprendió a hacer disfraces con retales, o a hacer cotas de malla con jerséis agujereados.

La noche siguiente, Alfred Nathan organizó una velada de cabaré. Sala decidió asistir con Mimi para distraerse. Para su sorpresa, entre el público no solo había prisioneros del campo. Además de las voces españolas, también se oía hablar en francés. Habían acudido funcionarios de la administración del campo, y también vecinos de la zona. ¿Serían parientes o amigos de la gente que trabajaba allí? Se diría que el comandante Lavergne había sido generoso con los permisos de admisión. Hubo una cierta laxitud en la separación entre hombres y mujeres por primera vez desde la llegada de Sala. Hasta entonces, los españoles alojados en el ilot vecino solo podían entrar en el campo de las mujeres para hacer reparaciones, a nadie se le hubiera ocurrido pensar en socializar. Mimi estaba muy emocionada.

—Las mujeres somos como las estrellas: no brillamos solas, necesitamos que nos iluminen.

Sala se echó a reír a carcajadas. Mimi la miró algo molesta y advirtió a Sala que más le valía no arrugar la nariz; aquello era lo más importante en la vida, y tonta era la mujer que no lo entendía. Ya vería lo que se arrepentiría si no lo aprovechaba. Le echó en cara a Sala que había recibido demasiada educación. Todo lo que le había contado sobre sus padres demostraba que a los intelectuales les pasaba lo mismo. Si no, ¿por qué había abandonado su madre a su padre por otro hombre? ¿Solo porque era más joven? ¡No! ¡Para nada! Era porque la mirada de su amante la había convertido en una estrella reluciente. Mimi guiñó el ojo a un oficial jovencito que hacía un rato que no les quitaba el ojo de encima. Entonces él miró a Sala, que se ruborizó. Al ver cómo su hipótesis demostraba ser cierta, Mimi sonrió con satisfacción y dio unas palmaditas de ánimo a Sala.

La velada fue muy entretenida. Sala no dejaba de reírse con las mordaces canciones cómicas de Alfred Nathan mientras trataba de traducírselas a Mimi sobre la marcha. A continuación, vino un poema que hizo enmudecer a la concurrencia. Era la historia de un hombre elegante que lo perdía todo en el campo. Al llegar a las últimas estrofas, Sala, temblando, agarró a Mimi de la mano.

Ya solo conozco la necesidad ajena
y las lágrimas de los demás,
uno se encuentra solo y desamparado
y otro se acuesta sin haber comido,
gritando desde los sueños de tiempo atrás.

De repente, tengo un millón de hermanos
en esta campaña militar, marcho con las hordas de la miseria,
que ahora sé que me atañe
y, al fin, este hombre refinado
se ha convertido en humano.

El oficial que las había estado observando antes del espectáculo se les acercó durante el descanso con dos copas de vino.

—¿Me permiten? Me llamo Hans-Peter Ehrenberg —dijo ofreciéndoles las bebidas.

—Sala Nohl. Esta es mi amiga Mimi Lafalaise.

—¿Cuánto tiempo lleva aquí, señorita Nohl?

—El suficiente. —¿Qué se había creído ese fresco? Que estuviera presa en el campo no la convertía en presa fácil. Mimi se sonrió. Con el pretexto de tener que ir al baño, desapareció entre el gentío con una sonrisa de ánimo.

—Por favor, no me malinterprete, y discúlpeme si me he propasado, nada más lejos de mi intención ser descortés, señorita Nohl. Es solo que me ha recordado usted mucho a una mujer cuya fotografía me mostró un superior hace poco. La mujer de la fotografía también se llamaba Sala, así que no puede ser casualidad. Si hace unos tres meses que llegó, permítame que le pregunte si le suena de algo el nombre de Hannes Reinhard.

Sala se quedó mirándolo. Por un instante se sintió como si la sangre hubiera dejado de correr por sus venas.

—¿Hannes?

Ehrenberg asintió.

—Se encuentra en Burdeos y se quedará un par de días. Puedo transmitirle un mensaje, si usted quiere. ¿Sabe él que está aquí?

—No.

Todos los intentos de Sala de comunicarse con Lola, Otto o su padre habían sido rechazados en el barracón de la censura. No se le había ocurrido escribirle a Hannes.

—¿Haría eso por mí?

—Claro, será un placer —respondió él al punto.

—Pues… iré un momento a mi barracón a por lápiz y papel.

—Disfrute tranquilamente del espectáculo, no me escaparé. Le doy mi palabra de honor.

Sala meneó enérgicamente la cabeza. Iba a salir corriendo, cuando Mimi la agarró de repente con una fuerza pasmosa.

—Os están vigilando, *chérie*.

Sala miró a su alrededor con una despreocupación fingida. A pocos metros de distancia descubrió a una *surveillante* que agachó la vista rápidamente cuando sus miradas se cruzaron. Sala abrazó a Mimi con una risotada mientras se giraba hacia Ehrenberg.

Durante el resto de la representación, ni los chistes más agudos hicieron mella en Sala. No dejaba de pensar en que tal vez Hannes podría ayudarla a salir de allí.

Concluido el espectáculo, Sala se escabulló discretamente a su barraca. Escribió a vuelapluma unas palabras para Hannes en un trozo de papel higiénico suplicándole que la ayudara a salir del campo, y estampó un beso de pintalabios rojo robado al final de la hoja.

Siguieron días de espera que le parecieron infinitamente peores a todos los que habían pasado, peor que el hambre y el agotamiento, hasta que Ehrenberg volvió a aparecer por el campo con ocasión de un concierto. En su fugaz encuentro en el intermedio, él respondió a la mirada inquisitiva de Sala meneando la cabeza. Después del espectáculo, Mimi le puso una nota en la mano en la que había escrito: «No logré dar con Hannes».

Había pasado algo, Sala estaba convencida. De lo contrario, él habría acudido, habría intentado escribirle algunas palabras de consuelo, al menos. Conocía bien lo que había visto en sus ojos, una emoción que deformaba la mejor de las caras hasta hacerla irreconocible, era algo frío y despiadado, era lo contrario del amor, la indiferencia. ¿Hablaba Hannes por boca de esa mirada?

La delegación alemana se movía apresuradamente por el campo. Los presos de origen ario debían regresar a la patria que les correspondía por derecho. Los responsables de las barracas habían elaborado las listas correspondientes a petición de la dirección del campo. Las mujeres arias esperaban con impaciencia febril su liberación con las maletas hechas, mientras que en los rostros de sus compañeras judías se dibujaba la duda sobre lo que aquello significaría para su porvenir. A la luz gris del amanecer, Sala había visto a una mujer joven y a su hijo acercarse sigilosamente a la cama de Sabine, a quien habían despertado con susurros. Sala solo consiguió escuchar un par de retazos de la conversación:

—...pero tú puedes poner que somos arios, ¿quién va a comprobarlo?

Sabine murmuró una larga respuesta por la que Sala intuyó que el engaño se descubriría en Alemania, a más tardar. Pero aquella mujer estaba dispuesta a todo. Acercaba a su hijo al saco de paja de Sabine constantemente.

—Tu hijo no se llama Moritz, se llama Moshe, Moshe Silberstein. Eso lo sabe todo el mundo. —Y, con estas palabras pronunciadas en voz alta, Sabine abrió la trampilla que tenía sobre la cabeza, dejando entrar un rayo de luz que sobresaltó a la mujer. Entre lágrimas, se retiró a un rincón con su hijo aterrorizado.

El ruido despertó a varias mujeres que, rezongando, trataron de volver a dormirse. Todas sospechaban que aquel día empezaba un nuevo capítulo de su destino.

Para cuando los camiones se marcharon, los barracones habían quedado vacíos. En muchos no quedaban más de ocho o diez mujeres, y algunos habían quedado ocupados a la mitad. En el barracón de Sala quedaban cuarenta y cinco mujeres. Una anciana comunista se había negado a irse.

—Pero si es usted aria —le dijo el oficial alemán.

—Prefiero morir detrás de alambre de espino francés que alemán —replicó ella en tono seco.

—No sea tonta, señora, en Alemania le irá bien.

—Y un cuerno. Nunca he tenido pelos en la lengua, y eso a mi edad no lo voy a remediar.

A Sala volver al Reich le parecía peligroso. Los rumores que corrían por el campo acerca de la guerra eran tan variopintos como confusos. Un día se corría la voz de que las tropas alemanas se estaban quedando sin munición y al otro se informaba de la conquista de Moscú hasta que volvían a llegar noticias de que el Frente Oriental había fracasado estrepitosamente y que Hitler se encontraba sin duda alguna al borde de rendirse. Nadie conocía el origen de esos rumores ni la vía por la que llegaban. Por absurdo que fuera, en su barracón rodeado de alambre de espino, Sala se sintió a salvo por primera vez desde que llegó.

Durante los días que siguieron, Gurs sufrió una ola de calor. El suelo embarrado y lleno de orina apestaba. En el barracón, varias mujeres sufrían de diarrea con sangre, que solía ir seguida de fiebre y convulsiones y una pérdida de apetito que era objeto de bromas. Disentería.

La bacteria se propagó por todo el ilot. Las mujeres afectadas fueron puestas en cuarentena rápidamente. Una joven que había estado compartiendo fotografías y recuerdos con un preso español murió al cabo de una semana. Igual que la mujer que había suplicado a Sabine que pusiera su nombre y el de su hijo en la lista de arios. Las sacaron del campo junto con los otros muertos, cargados en el remolque de un camión como cadáveres de animales. El pequeño Moshe se pegó al alambre de espino sin dejar de gritar. No dejaban que nadie se acercara a despedirse. Los presos sanos vieron partir el camión desde lejos. Las mujeres se sentaron muy juntas en los barracones. A lo largo de los días que siguieron se recitó incesantemente el *kadish* de los muertos.

22

—Bueeeeno... Y, mientras, mi madre estaba en una cárcel franquista a pensión completa en espera de juicio.

Sentados a la estrecha mesa de comedor del pisito de Spandau, almorzábamos una sopa de pollo.

—¿Y tú lo sabías?

—¿Qué iba a saber? No se podían mandar cartas desde el corredor de la muerte.

En silencio, miró por la ventana. Hacía días que nevaba. En la calle, un grupo de niños correteaba alrededor de un muñeco de nieve, otros se acribillaban con bolas de nieve, otro tiraba de un trineo mientras llamaba a gritos a su madre, lo que le valió una zurra en el trasero, tras lo cual se echó a llorar, se tiró al suelo y empezó a golpetear el hielo con sus pequeños puños hasta que su madre lo agarró en volandas.

—¿La abuela fue sentenciada a muerte?

—Sí.

—¿Por qué?

—Ya no me acuerdo.

—¿Y Tomás?

—Él también, claro. Eran anarquistas, lucharon contra ese tipejo.

—En las Brigadas Internacionales.

—Sí. —Hizo una pausa—. Valiente sí que era, eso no se puede negar.

Yo observaba a mi madre de soslayo. Estaba a punto de ir a grabar un documental en Lodz, siguiendo el rastro de sus y mis antepasados. Dediqué un pensamiento vago a mis bisabuelos.

—¿Qué sabes de tu abuela?

—Nada.

—¿Ni siquiera cómo se llama?

—No.

—¿Seguro? A lo mejor es que no te acuerdas.

—Me acuerdo perfectamente, amiguito. ¿Qué te has creído?

—¿Qué me he creído de qué?

—De nada. —Subrayaba sus palabras con énfasis y me miraba enfadada—. Tú eres un poco duro de mollera, ¿no?

Hizo ademán de levantarse para recoger la mesa.

—Deja, ya lo hago yo.

—Pero no me desordenes la cocina, que no me gusta —dijo echando la cabeza hacia atrás en un gesto autoritario—. Aquí cada uno hace lo que le da la gana. La enfermera de asistencia domiciliaria es un poco cortita. Me lo cambia todo de sitio, imposible encontrar las cosas. No hay derecho, hay que ser sinvergüenza.

En cuanto pisé la cocina, me llamó a gritos para decirme que lo dejara todo como estaba y que ya lo recogería ella más tarde.

Al volver a mi casa hojeé varios libros que hablaban de Gurs. Imágenes de entonces y de la actualidad. Vi un documental sobre dos hermanos que, en 1941, cuando eran niños, fueron deportados a Gurs junto con sus padres desde Hoffenheim, un pueblo cerca de Heidelberg. Junto con sesenta y cuatro niños más, al cabo de pocas semanas acabaron en un orfanato francés. Sobrevivieron. El mayor, Eberhard Mayer, emigró a Estados Unidos, la tierra de las oportunidades, donde se convirtió en Frederic Raymes; Manfred, el pequeño, quiso probar suerte en Palestina, la tierra prometida, donde se cambió el nombre de pila y pasó a llamarse Menachem. Menachem y Fred. Sus padres se separaron de ellos por amor. A la mayoría de los padres en

Gurs les faltaban fuerzas, o visión de futuro, para hacer lo mismo, y acababan en las cámaras de gas de Auschwitz-Birkenau con sus hijos.

Tras pronunciar algunas frases ante la cámara, Fred ya no podía contener las lágrimas. Con voz ahogada, repitió las últimas palabras de su madre:

—¡Cuida de tu hermanito!

Mientras escuchaba sus palabras, veía a dos hombres viejos, casi setenta años más tarde, alejados y alienados, llenos de miedo y dudas, que habían venido de Jerusalén y Florida respectivamente para hacer el viaje a Gurs desde Hoffenheim. Tratando de mantenerse enteros al encontrarse en el campo de concentración, cuyo recuerdo se había borrado sin miramientos después de la guerra plantando un bosque a toda prisa, veía sus lágrimas, que tal vez se debieran tanto a su dolor como a sus fracasos, y lloraba con ellos. Había algo en Fred y Menachem que me recordaba al miedo que sentía en mi niñez ante la distancia que se abría entre mi madre y yo, como un prado cubierto del mismo césped y abonado con la misma mierda del mismo campo de concentración cuyos supervivientes se pasaban la vida tratando de olvidar.

—Esto tiene que acabarse algún día.

No me quitaba de la cabeza el rostro endurecido por las ganas de olvidar el pasado de la agricultora de la granja en la que Menachem y Fred habían vivido en Hoffenheim hasta su deportación y a la que habían regresado en busca del rastro de su pasado.

—¿Qué se les ha perdido aquí?

—Somos judíos. Antes vivíamos aquí.

—Esto tiene que acabarse algún día. A los alemanes también nos echaron y no vamos por ahí dando vueltas y sacando fotos.

«Esto tiene que acabar algún día».

¿Cuántas caras transmitían ese mensaje sin pronunciar palabras? ¿A cuántas personas había dejado huecas, desprovistas de sus posibilidades de futuro?

La incapacidad para el duelo, el rimbombante título del libro de Alexander y Margarete Mitscherlich, que la generación siguiente recibió como agua de mayo, se lamenta no solo por la falta de un duelo en la generación de los culpables, sino que también insta a las generaciones siguientes, es decir, a nosotros, a aventurarnos a recordar para evitar la compulsión de repetir la historia. No pretendía, como muchos de la generación del 68 creyeron, una atribución falsamente virtuosa de culpa tanto individual como histórica hacia los padres. Pretende que cada uno de nosotros se arriesgue a conservar la memoria. El final de ese proceso es algo que cada uno debe decidir por sí mismo. Pero ¿queremos utilizar el recuerdo para liberarnos de algo que no hicimos, o queremos emplearlo para dar más nitidez a una identidad a la que también pertenecen el pasado del siglo XX y el holocausto de los judíos europeos por parte de los alemanes? Solo el recuerdo puede poner cara a nuestra vida. No quiero ser un libro al que se le han arrancado algunos capítulos, haciéndolo incomprensible, tanto para los demás como para mí. Quiero intentar llenar esas páginas en blanco. Por mí. Por mis hijos. Por mi familia. Primero muere una persona y después, su recuerdo. Los responsables de esta segunda muerte somos los que vamos detrás. ¿Pretendemos matar a aquella gente por segunda vez diciendo «Esto tiene que acabarse algún día»? ¿Cuántos nombres pretendemos eliminar de un plumazo?

Decidí ir a Lodz en coche. El GPS decía que tardaría cuatro horas y media. Cuatro horas y media de paisaje cambiante ante mis ojos, de mis pensamientos viajando a un pasado extraño. No dejaba de imaginar la tumba de mis bisabuelos, un inmenso dosel nupcial judío que no era precisamente una muestra de la humildad que la fe judía exigía ante la muerte. Emanuel Rotstein, el director y productor del documental, me lo había enviado por correo electrónico. A diferencia del cementerio judío de Praga, los industriales adinerados de Lodz habían mandado erigir sus propios monumentos. Abraham Prussak y su hermano Dawid formaban parte de los grandes fabricantes de tela de Lodz, también llamada «el Manchester de Polonia». Abraham Prussak no solo fue el primero en traer telares mecánicos de Manchester a Lodz, sino que también fue uno de los fundadores de la sinagoga Ezras Israel, que los nacionalsocialistas quemaron hasta los cimientos la noche del 10 al 11 de noviembre de 1939. Y también era mi bisabuelo. Me lo había contado mi madre. Era un judío ortodoxo que mandó a sus hijas a estudiar a Suiza y a Francia, pero que también repudió a una hija, mi abuela Iza, por casarse con un gentil. La apertura pedagógica, el amor y la modernidad se daban la mano con la rigidez inflexible del Antiguo Testamento.

Llegué sobre las nueve de la noche. El hotel se encontraba en una parte de la antigua fábrica de Izrael Kalmonowicz Poznański, el famoso empresario polaco. Según mi madre, la «fábrica blanca», la fábrica hiladora de algodón de mis antepasados, era igual de impresionante. La Revolución Industrial y las revueltas de los tejedores habían tomado impulso allí. Al ver aquellos muros de un metro de ancho no solo comprendí el anarquismo de base de mi abuela Iza, su lucha a lo largo de toda su vida contra la injusticia y la dictadura, sino que también me hizo sentir orgulloso. En su momento, debió de ver de cerca la explotación de los trabajadores, de ser consciente de que, además de un sueldo muy bajo a cambio de catorce horas de duro trabajo físico, cada hombre recibía solo una hogaza de pan para alimentar a su familia. La expresión «sueldo de miseria» no era ninguna metáfora, sino una realidad despiadada que daba a la gente demasiado poco para vivir y demasiado para morir.

A las siete de la mañana siguiente me dirigí a desayunar al comedor del hotel, donde tenía una cita con Emanuel Rotstein y la historiadora y genealogista Milena Wicepolska.

—Hay un par de incongruencias —dijo Milena tan pronto como Emanuel hubo hecho las presentaciones—. Tu abuela se apellidaba Prussak, pero su padre no era Abraham Prussak. No he podido averiguar su nombre de pila ni si lo unía algún parentesco con Abraham, pero el apellido Prussak estaba bastante extendido por todo Polonia por aquel entonces...

¿Había caído de cuatro patas en la caprichosa imaginación de mi madre? Pero ¿cómo iba ella a saber quién era Abraham Prussak? No sabía nada de Lodz, y entre poco y nada sobre sus antepasados. Nunca había pisado Polonia. Regresé a mi habitación con el pretexto de haber olvidado algo. Quería estar solo. ¿Qué podía esperar a partir de ese momento?

Por un instante, dudé de todo lo que había dado por cierto hasta entonces.

Recordé asustado un documental en el que un hombre afirmaba ser hijo ilegítimo del Ernst Lubitsch y aseguraba encontrarse en posesión de un guion inédito del director judío. La historia de aquel hombre llevó al equipo de la película hasta Polonia, donde interrumpieron el rodaje cuando el «hijo ilegítimo» de Lubitsch resultó ser un colaboracionista polaco que había urdido una historia inverosímil para convertirse en el hijo de uno de los directores de cine judíos más importantes de los años veinte, treinta y cuarenta. Nunca olvidaré su rostro petrificado, su silencio helador, cuando lo pusieron cara a cara con la verdad delante de la cámara. «La realidad no es más que una interpretación de los hechos hallados —se me pasó por la cabeza—, un constructo». ¿Y si la realidad no fuera más que una patraña? La cabeza me daba vueltas. ¿Y si mis antepasados eran unos nacionalsocialistas de tomo y lomo que pretendían blanquear su reputación con una historia inventada? ¿Y qué pasaba con mi necesidad de haber nacido en el lado correcto de la historia? Me temblaban las piernas. ¿Qué me esperaba en las horas siguientes? Recordé la película sobre los hermanos Menachem y Fred. De camino a Gurs les habían entrado dudas. De repente, tenían miedo de enfrentarse al pasado que andaban buscando. Entonces, uno de ellos dijo: «Cuando emprendimos este camino, ya sabíamos que llevaba al infierno».

Fui al baño, me lavé las manos y me salpiqué agua fría en la cara. No me atreví a mirarme al espejo. Me sequé apresuradamente. A lo lejos, oía la voz socarrona de un viejo profesor, cuya cara apenas recordaba, gritarme: «No andes como judío errante».

¿Qué se me había perdido allí? ¿Qué estaba buscando en realidad? Mientras bajaba a pie desde el séptimo piso, la niebla se fue disipando. Al volver a entrar en el comedor, ya lo tenía claro. Yo no era en absoluto mejor o peor, más culpable o inocente que todos los demás, de quienes yo nunca formaría parte. Fueran o no judíos mis antepasados, yo era alemán para bien o para mal, algo que ya había sentido en París, cuando un compañero de clase me gritó en el recreo: «*On reconnait l'allemand à ses tatanes*» («al alemán se lo reconoce por los zapatos»). Yo era alemán, con o sin raíces judías. Un alemán que no había vivido esa época, que no era culpable ni inocente, un alemán sin más, con una historia alemana, la historia de Alemania que hacía sombra a todos los crímenes de la historia de la humanidad. De niño, en aquel patio de colegio parisino, me preguntaban cómo se sentía uno al ser alemán. Más tarde, en Estados Unidos, un amigo me planteó la misma cuestión de otra forma: me dijo que debía de ser muy duro que la industria cinematográfica en la que yo mismo trabajaba solo mostrara a los alemanes como monstruos de la Segunda Guerra Mundial. ¿Cómo afectaba eso a la autoestima? Yo entonces lo negaba, decía que yo no era alemán, o, al menos, un «alemán de esos». Mi madre era judía. A los franceses, por supuesto, no les contaba que mi madre había estado en un campo de concentración en su propio país, construido y dirigido por franceses, del que a partir de 1942 empezaron a salir trenes con destino a Auschwitz. Tampoco les contaba que los franceses pagaron a los alemanes una aportación de unos setecientos marcos del Reich por cada judío del que los invasores alemanes los libraban. No me correspondía a mí hablar de esas cosas, puesto que, por terrible que fuera, no era nada comparado con lo que había hecho el país de mis padres. La respuesta más ingenua, más acertada y que más perplejo me dejó entonces fue la de un amigo del colegio francés, que me dejó destrozado como si fuera un trágico error de la justicia: «Pero tú eres alemán a pesar de todo». Sí, lo soy. A pesar de todo.

Volví a entrar en el comedor apresuradamente. Todo seguía igual. Nadie me miraba raro. Milena había desaparecido. Había vuelto al archivo y se reuniría con nosotros más tarde. Nosotros nos dirigiríamos al Marek Edelmann Dialogue Center para encontrarnos con una historiadora que acababa de comisariar una exposición sobre historia judío-polaca. El título de la exposición me venía que ni pintado: «Batiburrillo».

Por la tarde visitamos el cementerio judío. Me encontré ante la tumba de la familia Prussak. Milena había conseguido averiguar que mi bisabuelo se llamaba Leib o Leijb Prussak, y su mujer, Alta. Así que era cierto que mi madre procedía de una familia judía, pero lo más probable era que no estuvieran emparentados con Abraham Prussak. ¿Desilusión? Un poco, la verdad. Pero, a pesar de mi humillación, la tumba era francamente impresionante. ¿Alivio? ¡Vaya que sí! Yo no era un alemán despreciable, había nacido en el lado de los buenos. El viento se llevó los descubrimientos de las últimas horas. Yo era alemán, cierto, pero también era judío, hijo de una madre judía. Era verdad que había recibido una educación católica, pero me salí de ese «club» a los veinte años. ¿Y mi padre protestante? Bueno, es que había sido ateo toda la vida.

Paseamos por el cementerio, grabamos los imponentes mausoleos de grandes empresarios, Poznanski, Scheibler, Prussak. Ni rastro de Alta y Leijb. En cualquier caso, allí no estaban enterrados. Seguimos adelante en silencio. Bajo cada tumba había enterrada una historia. Toda esa gente había vivido, amado, sufrido y deseado, y la mayoría de ellos habían sido judíos practicantes. Era la historia de una época pasada, la flor de un día de una sociedad en la que a los judíos se les permitió ocupar un sitio junto a los cristianos.

A la mañana siguiente me metí en el archivo de la ciudad de Lodz con la cámara en marcha. Milena salió a mi encuentro y me condujo a la sala principal. Un libro de quinientos años estaba ya abierto y preparado sobre una mesa. Allí estaba todo registrado a mano: quién se había trasladado a dónde y cuándo, cuánto tiempo había vivido allí y con quién. Cada mudanza estaba documentada siempre que se hubiera producido en Lodz.

—Las fechas de nacimiento no son necesariamente exactas —aclaró Milena—. Cuando un bebé nacía en casa y, además, era niña, a la familia le importaba menos que el nacimiento de un heredero, así que solía comunicarlo al rabino o en el registro meses más tarde. Y entonces a menudo pasaba que los padres ya no recordaban muy bien en qué mes habían nacido sus hijos, y mucho menos el día, ya que los padres no estaban presentes en los nacimientos.

A continuación, nos sentamos frente a una pequeña pantalla para visionar algunos microfilmes. Con la mano izquierda, Milena hacía girar una ruedecilla como si fuera la rueda del destino. Apareció el nombre de mi abuela. Milena me dedicó una sonrisa traviesa.

—Y aquí está tu abuela Iza, pero mira, fíjate, en realidad se llamaba Scheindla, o Schejndla, «la bella», o incluso Isa... bella.

Al cabo de poco localizó también a Lola y a Zecha, o Cesja, que emigró a Buenos Aires muy pronto, y de repente apareció un hermano de quien yo nunca había oído hablar porque probablemente mi madre no llegó a conocerlo.

—Mira, Menachem Prussak, hermano de Schejndla, Lola y Cesja.

—¿Hay algún rastro de él? —pregunté.

—No, debe de haberse marchado de Lodz. Por aquel entonces se registraban solamente los cambios de residencia dentro de la ciudad. Pero tuvo dos hijos, Vaclav y Stepan.

—¿Y qué fue de ellos? ¿Y de Leijb y Alta?

Me temblaban las manos. Nunca me hubiera imaginado que la visita a un archivo municipal pudiera ser tan perturbadora.

—Vaclav y Stepan murieron en las cámaras de gas de Chelmno.

La frase detuvo el tiempo en la sala.

—Leijb falleció en 1921.

Mi madre ya había nacido en aquella fecha. Murió sin saber que tenía una nieta.

—¿Y Alta?

—El último rastro de ella se encuentra en 1940 en el gueto de Kutno. Debió de ser la última vez que se mudaba. Tus bisabuelos eran de Kutno, que está a unos cincuenta kilómetros de Lodz.

Echamos cuentas. Alta tenía ochenta años.

—Si en 1941 aún vivía, seguramente la llevaron a Chelmno.

Los nazis habían rebautizado Chelmno con el nombre de Kulmhof, igual que convirtieron Lodz en Litzmannstadt con la intención de hacer de ella una ciudad modelo alemana, con una plaza Hermann Göring y una calle Adolf Hitler. Por eso Lodz no se destruyó durante la guerra.

En Chelmno fue diferente. Chelmno fue el primer campo de la muerte que los alemanes construyeron en Polonia. Un escenario de destrucción no del todo maduro, precursor de lo que vendría. Los nazis lo arrasaron en cuanto la prensa internacional empezó a dar cuenta de lo que allí sucedía.

En los guetos se vivía en condiciones infrahumanas. Se les cortaba el acceso al alcantarillado, con lo que se extendían rápidamente epidemias de enfermedades mortales. No era, pues, de extrañar que los judíos se alegraran ante la llegada de un camión que, se les decía, los llevaría a otro alojamiento. El camión también traía ropa limpia y algo para comer. Tuvieron la consideración de tener a la gente contenta. Que nadie sospechara nada. Tras su llegada, los prisioneros eran conducidos a un patio interior donde se les explicaba que iban a ducharse y desparasitarse para su posterior traslado a Alemania para trabajar. Todo se desarrollaba en un ambiente tranquilo y amistoso para evitar que cundiera el pánico. Al entrar en una habitación a la que se accedía por una rampa, nadie se daba cuenta de que se encontraban en la parte trasera de un camión que se había reformado para convertirse en una ducha colectiva. Cerraban la puerta. El conductor se metía bajo el capó y, con un tubo de goma, conectaba el tubo de escape con el interior del vehículo, tras lo cual encendía el motor. La lucha entre la vida y la muerte duraba entre ocho y diez minutos. Para andar sobre seguro, el motor se dejaba encendido un cuarto de hora. A lo lejos se veía una iglesia católica. El conductor retiraba el tubo de goma y transportaba los cadáveres al bosque. El remolque del camión los volcaba a una fosa común. Como no la habían hecho lo suficientemente profunda, hubo problemas durante el proceso de descomposición. Hubo que desenterrar los cadáveres, tarea para la cual se trajo a judíos de guetos cercanos, que morían de un tiro en la nuca al terminar su trabajo. Los cadáveres pasaron por una trituradora de huesos, cosa que permitió deshacerse más fácilmente de ellos. Sin embargo, pronto se dieron cuenta de que ese proceso era muy complicado y laborioso. Sobre todo porque con los tres camiones de que disponían no conseguían unas cifras nada considerables.

A pesar de todo, entre 1941 y 1945 murieron allí entre 150 000 y 200 000 personas en las cámaras de gas, principalmente judíos, pero también romanís. Solo dos personas sobrevivieron a Kulmhof.

En el granero colindante, que hoy en día forma parte del museo de Chelmno nad Nerem, se exponen las últimas pertenencias halladas después de la guerra. Juguetes, gafas, un mechero. A un par de kilómetros de allí, en el bosque, se encuentra el memorial.

Me encontraba entre fosas comunes, en silencio. Mientras mi bisabuela Alta Prussak pasaba hambre en el gueto y moría en un granero o en una cámara de gas allí mismo, junto a sus sobrinos Vaclav y Stepan, los primos de mi madre, su hija estaba encerrada en el corredor de la muerte en Madrid y su nieta luchaba por sobrevivir en Gurs. Alta, Iza, Sala. Tres generaciones, un mismo destino. Ninguna sabía nada de las demás.

Iza y Sala sobrevivieron. Nunca supieron de la vida de Alta, de su muerte.

¿«Esto tiene que acabarse algún día»?

Un día, durante mi investigación, cayó en mis manos un viejo tebeo. El autor y dibujante Horst Rosenthal estuvo preso en Gurs al mismo tiempo que mi madre. En el cuaderno rojo está dibujado un sencillo barracón con un agujero redondo en medio en el que se ve la cabeza del Mickey Mouse de Walt Disney. Detrás del barracón, una reja abocetada y, debajo, el título: *Mickey en el campo de Gurs. Publicado sin permiso de Walt Disney.* Tras un breve interrogatorio a manos de un policía francés, Mickey es encarcelado en Gurs. Allí lo conducen a un barracón y lo ponen delante de una pila inmensa de papel. Tras unos minutos, una cabeza aparece de entre los papeles.

—¿Papeles?

—¿Papeles? Nunca he tenido de eso.

—¿Nombre?

—Mickey.

—¿El nombre de su padre?

—Walt Disney.

—¿El nombre de su madre?

—¿De mi madre? Yo no tengo madre.

—¿Cómo? ¿Que no tiene madre? ¿Es que me toma el pe…?

—No, de verdad que no tengo madre.

—¡Está usted de broma! He conocido a gente que no tiene padre, pero no tener madre… Bueno, lo que usted diga. ¿Es usted judío?

—¿Qué quiere decir?

—¡¡Digo que si es usted judío!!

Un Mickey avergonzado admitía una ignorancia absoluta sobre este tema.

—¿Ha participado usted en el mercado negro? ¿Ha urdido

usted un complot contra la seguridad del estado? ¿Ha dado usted discursos subversivos?

—¡¡¡!!!¿¿¿???

—¿Nacionalidad?

—Esto... Nací en Estados Unidos, ¡pero soy internacional!

—¡Internacional! ¡¡INTERNACIONAL!! Entonces es usted comu...

Y, con una mueca horrorizada, la cabeza vuelve a desaparecer en la pila de papel.

En las páginas siguientes, Mickey recorre las distintas partes del campo; trata de enviar una carta, que no supera la estricta mirada del censor; de camino a la oficina de correos, se encuentra con un hombre solitario que está regando una planta esmirriada en el barro, muy concentrado; al intentar entrar en el campo de mujeres, el vigilante no lo deja pasar porque no tiene ningún permiso... Consternado, Mickey descubre una ridícula ración de comestibles en la mesa de su barracón. Poco después, su recorrido hacia la letrina lo hace pasar frente a un señor vestido como un prisionero que, al parecer, trabaja para la Sûreté y busca furioso el tabaco que le vendieron un par de días antes a precio de oro. Chupa nervioso un cigarrillo mientras sus ojos de sapo contemplan el campo.

Por el campo circulaban sin cesar nuevas páginas del dibujante que no solo alegraban a los más pequeños. Es un misterio que aquellos tebeos consiguieran correr libremente de mano en mano, cuando su autor se atrevía también con la administración del gobierno de Vichy, al que Mickey daba las gracias amablemente por su lujoso alojamiento y excelente manutención. Las caricaturas de barracones sonrientes o de la alta cocina con la que se pretendía atraer a turistas adinerados a Gurs para someterse a dietas de adelgazamiento arrancaban una carcajada a los prisioneros, suponían una anestesia temporal para sus corazones pisoteados.

Mickey Mouse, cuya fecha de nacimiento se establece con el estreno del cortometraje animado *Steamboat Willie* el 18 de noviembre de 1928 en el New Yorker Colony Theatre, alcanzó rápidamente fama mundial. Al parecer, en 1942 Horst Rosenthal aún albergaba esperanzas de ser liberado algún día, a juzgar por su deseo de no enemistarse con Walt Disney, motivo por el cual añadió a su obra el subtítulo «Publicado sin permiso de Walt Disney».

En el último tebeo que se conserva, Mickey se encuentra a disgusto en su nuevo hogar. Aliviado, recuerda que no es más que un monigote, así que decide borrarse. Con un par de trazos más, cumple su deseo de trasladarse a Estados Unidos, la tierra de las oportunidades, en mitad de los rascacielos de Manhattan. Los gendarmes se disponen a buscarlo, pero no lo encuentran. Sí dan con su dibujante, Horst Rosenthal, que nunca consiguió llegar a América.

Volví a casa de la escuela primaria muy excitado.

—¡Mamá! ¡Papá! Delante del colegio había un hombre con un coche vendiendo tebeos de Mickey Mouse a los niños. ¿Me puedo comprar uno? ¡¡Por favor!!

—¿Tebeos? —preguntó mi padre, algo gruñón—. Para esas tonterías no abro la cartera, lee algo decente, anda.

Mi madre asintió con aire ausente.

—Mira, mamá ha dicho que sí.

Mi padre la miró en silencio. Ella asintió de nuevo. De la incredulidad, el cuerpo de mi padre adoptó la forma de un signo de interrogación.

—¿Mickey Mouse?

—Son para troncharse.

—¿Para troncharse?

—Anda, dale el dinero.

Me lancé a los brazos de mi madre y puse pies en polvorosa antes de que mi padre cambiara de opinión. Monté en mi bici de un salto y, dando gas a los pedales, me alejé a toda velocidad. «Rápido, más rápido, más y más rápido», repetía en mi cabeza. Tenía que recuperar el tiempo perdido, o el hombre de los preciados tebeos ya se habría marchado.

—Media hora —me había dicho—, luego desmonto el tenderete.

Era un hombre alto y corpulento, con el pelo rojo peinado hacia atrás y la piel cubierta de pecas, en las manos, los brazos, incluso en la cara. Yo solo conocía a una persona que tuviera pecas, Sabrina, que un par de días antes había rechazado categóricamente mi propuesta de matrimonio con el ridículo pretexto de que aún éramos muy jóvenes, y eso que hasta hacía nada me había jurado amor y fidelidad. En la gente con pecas más valía no pensar mucho.

Incliné el torso sobre el manillar, ¡rápido, más rápido, más y más rápido! Respiraba entrecortadamente, sentía cómo la sangre borboteaba por mis venas, cómo me palpitaba en los oídos. Llegaría enseguida. A unos metros de mí relucía bajo el sol el Volkswagen escarabajo de color beis, unos pocos metros más solamente, tal vez diez, quince como mucho. Mis piernas temblorosas llegaron a la meta con sus últimas fuerzas, ya casi tenía el tebeo codiciado en las manos y, de nuevo, vi la expresión sorprendida de mi padre al dejarme caer una moneda de quince *pfennig* en la mano. Después de quedarse sin palabras, para mi gran sorpresa, había ido contra todos sus principios al darme permiso. Mi madre me entendía, se había dado cuenta de lo importante que era el tebeo para mí. Eché la cabeza hacia atrás y vi su cara sonriente sobre el asfalto que pasaba a toda velocidad. «Mamá», me dio tiempo de pensar cuando la rueda delantera de mi bicicleta impactó contra el parachoques del escarabajo nuevecito y empezó a resbalar por el capó con una lentitud eterna… hasta que caí al suelo. Era mi segunda conmoción cerebral en un año. Mis padres estaban preocupadísimos.

Me trajeron el tebeo de la discordia a la cama de convaleciente. Noté que algo me acariciaba la cabeza. Eran las manos prodigiosas de mi padre: curaban a todo el que tocaban al instante. Cerré los ojos para no perturbar el proceso de sanación.

—*Mickey au Camp de Gurs* —susurró mi madre—. Los niños se ponían locos de alegría cuando llegaban tebeos nuevos de Horst. Hasta se lavaban las manos para no ensuciarlos. Aquel ratón nos hacía reír a todos.

—¿Qué fue del dibujante? —pregunté.

Mi madre estaba sentada en el sillón de su pisito de Spandau. Fuera seguía nevando. Miró la boina de mi padre colgada del gancho de la puerta, se apartó un mechón de pelo blanco de la cara y se quedó con la mirada perdida. Entonces se encogió de hombros. No me atreví a preguntar por los niños.

Un intenso olor a incienso me trepaba por la nariz. Tenía siete años y estaba arrodillado frente al abeto junto a mi madre mientras la escuchaba contar la historia de Navidad, esperando el momento en el que empezaría a temblarle la voz, el momento en el que se rompería y empezaría a sollozar de una forma seca y terrible, como le pasaba todos los años bajo el árbol, hasta que se echaba a llorar, hasta que su cuerpo entero temblaba y se sacudía, mientras mi padre le acariciaba la espalda en un gesto tranquilizador o dejaba la mano quieta hasta que las lágrimas se apagaban. Ese año, sin embargo, decidí anticiparme. Mientras ella leía con voz aún firme, empecé a temblar desde las rodillas como la había visto hacer a ella año tras año, y a jadear cada vez más rápido, cada vez más fuerte, hasta que percibí las primeras miradas de preocupación, pero... ¿qué pasaba, maldita sea? Las lágrimas no me salían. «Respira —me dije—, respira, respira...». Debería haber visto venir la oscuridad, primero gris y luego negra, que me cubrió como si me hubieran echado una manta por encima antes de que perdiera el conocimiento y cayera redondo.

Un rato después me encontraba con una taza de té azucarado y humeante, medio reclinado frente a mi regalo. El Niño Jesús me había dejado un tren de la marca Märklin debajo del árbol. Era un regalo especialmente grande porque ese año había estado dos veces en el hospital. El tren traqueteaba apaciblemente por las vías sobre una tabla de conglomerado a través de un paisaje verde y frondoso salpicado de cabañas y casitas detrás de una locomotora de un negro reluciente que seguí con los ojos entornados hasta que se detuvo en la pequeña estación envuelta en una nube de vapor.

23

En el letrero de la estación de Gurs ponía «Oloron» en letras desconchadas. El viento helado procedente de los Pirineos azotaba la cara de la gente.

No oyeron el primer camión, que llegó despacio hasta el centro del campo. Los agentes de la policía nacional, con sus uniformes negros, se apearon en silencio. Poco después llegó un segundo camión. Eran cuatro en total. *Madame* Frévet se colocó en el pasadizo central entre los barracones con un silbato. A su señal, todas las presas judías salieron de sus barracones. A las que no eran judías se les ordenaba regresar a su barracón. Algunas se echaron a llorar, otras se dirigieron a los camiones con expresión pétrea. Los hombres de negro las ayudaron a subir al remolque igual que las habían ayudado a apearse al llegar. Sala, que regresaba de las letrinas, se escondió rápidamente detrás de un barracón. La lluvia arreció y el convoy se marchó tan sigilosamente como había llegado.

En silencio, una vigilante contaba las filas. Con un lápiz afilado, iba tachando un nombre tras otro. Sara, Rachel, Deborah, Lana, Bescha, Mindel, Mirjam, Bihri, Dorothea, Nacha, Chawa, Jezabel, Rebekka, Tikvah, Ursula, Ruth, Judith, Nachme, Hannah, Jedidja, Mimi, Baschewa, Daniela, Doris, Heinke, Margalit, Nurit, Schoschanah, Dina, Jyttel, Pesse, Inge, Telze, Simche, Tal,

Maria, Milkele. Arrastraron los sacos de paja huérfanos hasta la entrada. En el barracón de Sala quedaban solo veintitrés mujeres.

El miedo tuvo en vela a Sala tres días con sus noches. Aún quedaban judíos en el campo. Hombres, mujeres, niños. Los hombres de negro volverían una y otra vez hasta que el último judío desapareciera. Nadie sabía qué hacían con ellos. Corrían rumores de que los llevaban de vuelta a Alemania. Otros hablaban en susurros de campos polacos en los que se estaba aún peor que allí. Sala pensó en toda la gente del campo a la que quería. Escribió muchas cartas. A su padre, a Lola, a Hannes y, la última, a Otto. Las destruyó todas. Ninguna llegaría a su destinatario. Sala sabía que la censura era implacable.

A la gente del campo le había pasado algo. Se había producido un proceso imperceptible igual que había sucedido en Alemania. Sus rostros se habían fundido en una masa desalmada. Era una emoción que permeaba calles y plazas, montañas y valles, una emoción que parecía estar agotándose, de la que apenas quedaban restos de miedo y una sobriedad deshilachada.

Al cuarto día se vino abajo. La llevaron al barracón de enfermería, donde sobrevivió, debilitada por la diarrea y los vómitos, al siguiente transporte. Oyó el silbato de *madame* Frévet, los gritos, los jadeos, los lamentos. Amortajada con un miedo sordo, olió el hedor de la muerte.

De pie junto a su saco de paja, Sala paseó la mirada sobre los pocos objetos que le recordarían su estancia en el campo. No sabía lo que debía llevarse, o si quería llevarse alguna cosa. La noche anterior, la noticia la alcanzó como un relámpago.

—Mañana te podrás ir.

Sin más explicación. Apenas esas cuatro palabras. Como si la echaran. ¿Expulsada a la libertad? Sala se encaramó al remolque del camión junto a las otras mujeres.

—*Vous prendrez le train pour Leipzig et Berlin.*

¿La mandaban de vuelta a Alemania? ¿Por qué? ¿Y por qué a Leipzig y a Berlín? No tuvo tiempo de hacer preguntas; el camión abandonó el campo. La luna se elevó sobre Gurs. El sol se escondió tras los picos teñidos de un rojo incandescente de los Pirineos.

¿Adónde?

Nadie pronunció palabra en el trayecto a la estación. Acuclilladas junto a sus pertenencias, todas tenían la mirada puesta en un futuro incierto. Sala enseguida se dio cuenta de una cosa: no podía sentarse con ninguna de esas mujeres en un compartimiento de tren. Nadie debía enterarse de su pasado, no podía permitir que nadie en Alemania supiera que era medio judía. Les habían dicho que, a su llegada, dieran parte en una comisaría. Sala no tenía documentación, apenas un papelito con un sello que daba fe de su paso por Gurs. Con manos firmes hizo trizas esas credenciales letales. Los fragmentos de papel revolotearon en la noche oscura. Después de un año, ocho meses, diecinueve horas, treinta y siete minutos y algunos segundos, era libre. Qué cosa tan confusa. Y dolorosa.

Subió al tren y recorrió los vagones como si supiera perfectamente adónde iba. Cuando sintió que ya no tenía a nadie detrás, se detuvo, sin aliento. El aire pegajoso le cubría la frente de sudor. Se encerró en el inodoro. Un hedor acre se le metió en la nariz. ¿Así olía la libertad? Por primera vez en muchos días, se atrevió a mirarse al espejo. Un temblor violento la sacudió. Tenía la cara crispada; su boca se abría como una herida, la cabeza le colgaba inerte sobre el pecho. No se había imaginado que sería tan terrible. Sabía que había adelgazado. Noche tras noche, gesto a gesto, tumbada en su saco de paja había notado cómo su piel traslúcida se amoldaba cada vez más al contorno de sus huesos en un dolor prolongado. Pero eso no era lo peor. Ni la mirada vacua, los ojos desprovistos de esperanza, los rasgos desdibujados o su envejecimiento precoz la preocupaban. Todo eso ya se lo esperaba. Se palpó la cabeza con desesperación. Los mechones húmedos se le pegaron a los dedos.

Las lágrimas empezaron a rodar por sus mejillas. Su pelo. Su preciosa melena gruesa y negra se le caía a puñados.

Se puso derecha y se obligó a mirarse al espejo. Ató un pañuelo azul cielo alrededor de aquella cabeza tan ajena y salió del baño. En el siguiente vagón abrió la puerta de un compartimiento. En los asientos de ventanilla estaban sentados un hombre mayor y su mujer. Sus caras dejaban intuir una profunda complicidad. «Esas caras no son de mala persona», se dijo Sala. Se sentó al lado de la mujer, junto a la puerta.

—*Bonsoir* —murmuró.

—*Bonsoir* —le respondieron al unísono con acento alemán.

—*Vous allez jusqu'où, mademoiselle?* —preguntó la mujer, que llevaba el pelo recogido en un moño. Sobre una falda gris oscuro, llevaba una blusa de un delicado amarillo debajo de su elegante chaqueta azul de lana. Tenía el primer botón de la blusa desabrochado. De la nariz le colgaban unas gafas de media luna. El hombre se peinaba el pelo ralo hacia atrás. Tras sus gruesas gafas de concha relucían unos ojillos azules traviesos y curiosos. Sala se preguntó si debía hacerse pasar por francesa. La farsa duraría como mucho hasta la frontera, puesto que no podría mostrar documento alguno.

—Voy a Leipzig —dijo finalmente.

La pareja le sonrió.

—¿Le apetece un poco de chocolate? —Con un gesto torpe, la mujer le alcanzó una cajita. Al levantar la tapa, Sala se quedó mirando con deleite los bombones de relucientes tonalidades marrones.

—Son de Montellimar —aclaró el hombre.

—*Au nougat* —añadió su mujer, lanzándole una sonrisa por encima de sus gafitas.

—Nosotros también vivimos en Leipzig.

Sala se atrevió a meter la mano en la cajita. Creyó que lo más aconsejable era hablar lo menos posible. Al dar un primer bocado cauteloso al bombón, la embargó una sensación de seguridad que no recordaba desde la niñez, cuando sus padres la llevaban de la mano correteando por los prados del Monte Verità y por la noche, antes de acostarse, su padre le traía una taza de chocolate caliente. Por aquel entonces, Sala tampoco hablaba. Fue la época más feliz de su vida.

El tren atravesó la noche con un agradable traqueteo. Al principio, Sala saltaba cada vez que una sombra pasaba frente a la puerta del compartimiento. El matrimonio estaba sumido en la lectura. Ninguno de los dos parecía prestarle ninguna atención. El bamboleo monótono del tren meció a Sala hasta que se durmió. Cuando despertó, había perdido la noción del tiempo. Aturdida, le pareció reconocer a su madre en el asiento de la ventana. Clavándole unos ojos de un azul gélido desde su cara afilada. Sala quería incorporarse y acercarse a ella, pero tenía las piernas clavadas al asiento y los tres metros que las separaban eran una distancia insalvable. Quiso decir algo. Tenía la boca seca, la lengua inflamada, sentía que se ahogaba. Era el otro silencio de su infancia, aquel silencio lleno de malos presagios antes de que su mundo se hundiera en la oscuridad. Ahuyentó de mala gana aquellas viejas sombras y continuó durmiendo intranquila.

Un chirrido estridente interrumpió su sueño. El tren se detuvo en mitad de la nada. La locomotora resopló. Unos pasos pesados rompieron el silencio, acercándose. El matrimonio había desaparecido. A Sala se le encogió el estómago. ¿Dónde se había metido la pareja de su compartimiento? ¿Por qué se habían ido? Seguía en Francia, pero se encontraba en territorio ocupado. Una palabra en falso y acabaría en la cárcel, o en Polonia, adonde llevaban a los otros judíos. ¿Por qué demonios había roto el papelito de Gurs? Era el único documento que tenía. No podía permitirse esa clase de tonterías.

Se abrió la puerta de un compartimiento y unas voces altas le llegaron al oído. ¿Hablaban en alemán? Sala se tensó, contuvo la respiración. Los latidos de su corazón sonaban más fuerte que las voces. Se acercó todo lo que pudo a la ventana del pasillo y divisó soldados alemanes un par de compartimientos más allá. Dos de ellos estaban en el pasillo. El tercero estaba inclinado entre los asientos. Se dirigieron al siguiente compartimiento. ¿Acaso el tren ya había llegado a la frontera? Era imposible que hubiera dormido tanto rato.

El matrimonio apareció al fondo del pasillo. Se pegaron a la pared para pasar junto a los soldados. Sin dignarse ni a mirar a Sala, se metieron en el compartimiento y ocuparon sus asientos. ¿La habían delatado? Sala se disponía a girarse hacia ellos cuando se abrió de nuevo la puerta.

—Pasaportes.

Sala se encogió al oír aquel ladrido. Alcanzó dubitativamente su mochila. Tenía que ganar tiempo, por más que no supiera para qué. El soldado le pegó un grito.

—¡No tenemos todo el día!

A Sala empezaron a temblarle las manos.

—Un moment, s'il vous plaît.

—¿Qué se les ha perdido en el Reich a todos estos franchutes?

—Pardon, monsieur?

—Papeles, ¡y rapidito!

La mujer se enderezó en su asiento.

—Hagan el favor de calmarse. Mi marido sufre del corazón y tanta agitación no es buena para él.

El soldado se enfrentó a ella. Sus compañeros se habían acercado y miraban a su superior sin saber qué hacer. Él dio un respingo mientras el cuello se le ponía púrpura.

—Esto es un control fronterizo. Y usted hablará solo cuando se lo digamos, ¿entendido? —dijo con voz atronadora.

La mujer se levantó de un salto.

—¿Qué se ha creído? No toleraré ese tono tan grosero.

La calma invadió a Sala. Sentía el cuerpo entero muy frío. Por un momento fue como si saliera de sí misma para observar mejor la situación. Vio cómo el soldado corpulento agitaba los brazos. Sus compañeros se habían pegado tanto a él que era imposible saber si estaban defendiendo su posición o se disponían a atacar. La cara del marido de repente se había puesto muy pálida detrás de sus gafas redondas. Se llevó una mano temblorosa al cuello de la camisa. Soltó un débil resuello mientras luchaba por respirar.

La mujer se puso a chillar.

—¡Ernst! ¡Ernst! Por el amor de Dios, las pastillas, rápido. ¡Un médico! Mi marido necesita un médico. ¡Hagan el favor de ayudarme, maldita sea!

Los soldados se habían quedado paralizados.

—¿Qué hacen ahí parados? —La voz de la mujer era sorprendentemente cortante y penetrante.

Los tres verracos se pusieron muy nerviosos.

—*Je suis médecin* —dijo Sala, que se había levantado con calma. Hizo una seña al cabecilla—. *Aidez-moi.*

Los soldados la miraron inmóviles. Sala temía que si pronunciaba una sola palabra en alemán, la arrestarían.

—Esta señorita es médico —intervino la mujer—. Ayúdenla.

Mudo, el soldado corpulento obedeció. Juntos, tumbaron al hombre bocarriba. Sala le desabrochó la camisa hasta el pecho y empezó a ejecutar un masaje cardíaco muy profesional. Cada cinco compresiones indicaba a la mujer que le hiciera el boca a boca a su marido. Finalmente, el soldado que mandaba terminó de debatirse y dio un paso adelante con timidez.

—Le ruego que disculpe mi poca educación, señora. Esta guerra nos está destrozando los nervios a todos. ¿Podemos hacer algo por ustedes?

Ella ni se dignó a mirarlos. El marido abrió lentamente los ojos. Al ver al soldado, empezó a jadear con agitación, y este se retiró por acto reflejo.

—Perdone, señora, no quisiéramos molestar más a su marido. Si no necesitan nada más, proseguiremos con el cumplimiento de nuestro deber.

Los soldados emprendieron una cautelosa retirada. Al oír otro jadeo del hombre, salieron desordenadamente del compartimiento. La mujer levantó la cabeza y los llamó:

—¡Nombre y rango! Me quejaré a sus superiores en cuanto lleguemos.

La mujer se levantó y asomó la cabeza al pasillo. Los soldados se apresuraron en poner pies en polvorosa. Esperó un instante antes de volver a meterse en el compartimiento y dedicar una sonrisa a su marido. Ernst se incorporó y se sacudió el polvo de la ropa. Tendieron la mano a Sala.

—Ingrid Kerber. Este es mi marido, Ernst.

—Sala Nohl. Gracias. —No sabía qué más decir.

—Habla usted un francés perfecto. ¿Ya tiene alojamiento en Leipzig?

Sala negó con la cabeza.

—¿Es usted médico de verdad, o aún está estudiando Medicina?

—Ni lo uno ni lo otro. Acabo de salir del campo de Gurs.

—Nos lo imaginábamos. ¿Qué va a hacer ahora?

—No lo sé. Tengo que presentarme en una comisaría al llegar.

—Tome. —La mujer ofreció a Sala una tarjeta de visita—. Si necesita ayuda, no dude en llamarnos.

Con manos temblorosas, como si de repente le faltara el valor, Sala aceptó la tarjeta. Tenía un nudo en la garganta y a duras penas consiguió leer: *Ingrid Kerber, Rosenstraße 5, Leipzig*. Las lágrimas hacían que viera las letras borrosas. Muda, se lanzó a los brazos de la mujer.

24

Sola en el andén. Otoño de nuevo. Estaciones. Destinos que se cruzaban y se perdían a lo lejos. Berlín, Madrid, París, Gurs y, finalmente, Leipzig. Una luz turbia entraba por el techo de cristal, tan gris como las caras que circulaban a su alrededor, caras de gente que andaba con la vista clavada en el suelo, sin mirarse unos a otros. Sala recordó los barracones de los que acababa de salir. De un campo de concentración a otro. De estar bajo un techo de papel de fieltro a uno de cristal. Allí las caras parecían teñidas de miedo, preocupación o añoranza, mientras que en Leipzig todo parecía distorsionado e inerte. En Gurs también se reía. ¡Y cómo! ¿Dónde estaba la gente?

Hacía frío. Francia había quedado muy lejos, Gurs apenas era más que un dolor latente. ¿Era verdad que a los judíos se les veía en la cara que lo eran? Miró a su alrededor, se fijó en el caminar de la gente, en sus voces. Apagadas y vacuas, como si estuvieran desafinadas. Sus movimientos parecían igual de medidos. Todo seguía un plan. No había ni libertad para hundirse. ¿Y aquella había sido su gente? ¿No había llorado cuando se subió al tren que se la llevó de Berlín? ¿Qué había sido de ese país? ¿Qué demonios le había pasado a aquella gente? Clong, clong, clong, clong, clong, clong, clong. Se alejaban con pasos pesados. Camaradas de cartón. Calcomanías. Víctimas del desaliento. Lamebotas. Farisaicos y cobardes. Tacaños. Mezquinos. Pusilánimes. Falsos. Ridiculizados y maltratados.

Traidores, almas en pena, asesinos. Silenciosos, inodoros, insensibles. Familiares.

Sus pies echaron a andar hacia la salida. Un niño pequeño pasó corriendo junto a ella con los ojos muy abiertos, chocó con una señora oronda y cayó al suelo. A Sala no se le escapó la estrella amarilla en el lado izquierdo de la pechera de su chaqueta. El niño se dio un buen golpe en la rodilla, pero se levantó de un salto entre risas y desapareció entre la multitud.

—Chusma judía —farfulló la mujer entre unos labios finos y afilados. Sus ojos relampaguearon un instante, pero enseguida volvió a ponerse la máscara y siguió andando maquinalmente como todo el mundo.

Sala se detuvo frente a la estación. Tenía el corazón desbocado. «¡Tranquilízate, maldita sea! No puede ser que hayas dado cuatro pasos solamente y ya te estés moviendo igual que ellos. Protégete. Sigue tu camino. Tú marcas el ritmo, no ellos». Las doce campanadas del reloj de la estación sacaron a Sala de su parálisis. Se mareó. No oyó el golpe de su cabeza contra el suelo.

—¿Entiende lo que le digo?

¿De dónde venía esa voz? ¿Qué pasaba con sus ojos? ¿Por qué no podía mantenerlos abiertos? Notaba una presión interna en el cráneo. Tenía los labios pegados. Al separarlos sintió cómo se arrancaba la piel. Todo le ardía.

—¿Dónde estoy?

—En la clínica de mujeres, en Leipzig. Soy el doctor Wolffhardt. Esta tarde la han ingresado de urgencia por una pérdida de conocimiento por causas desconocidas.

¿Ingresada de urgencia? ¿Qué había pasado?

—¿Recuerda algo? ¿Se cayó?

Si respondía que sí, le pediría documentación. Así que dijo que no.

—¿Le duele?

¿Qué tenía que responder? Necesitaba salir de ahí cuanto antes.

Al menear la cabeza, creyó notar que su cerebro se meneaba de un lado a otro. Cerró los ojos.

—¿Vive usted en Leipzig? No llevaba usted documentación encima.

De repente recordó la tarjeta de visita que le había dado la mujer del tren.

—Kerber.

—¿Es su apellido?

Asintió.

—¿Está segura?

Asintió.

Era su única oportunidad, tenía que intentarlo. ¿A qué venía aquella mirada penetrante?

—Señorita Kerber, tiene usted una conmoción cerebral. La tendremos un par de días en observación y después podrá irse a casa.

—Gracias —respondió con una sonrisa. Había algo que no encajaba. Lo notaba.

—Nos gustaría dar parte a su familia. ¿Sus padres también viven en Leipzig?

Tal vez conociera personalmente a los Kerber. Tal vez supiera que no podía ser su hija. ¿Y si no tenían hijos? ¿La ayudarían? ¿Se arriesgarían por ella de nuevo? ¿Por qué iban a hacerlo? ¿Creía o quería creer en su bondad solo porque estaba desesperada? ¿Y si se equivocaba? ¿Y si esperaba demasiado de ellos?

—Sí.

El médico le dio la mano. Era cálida. Le hubiera gustado aferrarse a ella, pero se limitó a lanzarle una sonrisa tímida. A la mañana siguiente, Ingrid y Ernst Kerber estaban sentados junto a su cama.

Aunque seguía sintiéndose débil al recibir el alta, le pareció detectar una cierta familiaridad entre el doctor Wolffhardt y los Kerber al despedirse.

* * *

Al entrar en el piso de los Kerber sintió un escalofrío de placer. La vivienda, orientada al sur, era luminosa y estaba muy bien ordenada. Todo estaba en su sitio. Nada parecía superfluo o fuera de lugar. Un reloj de cuco cloqueaba en el recibidor. Sala se llevó un susto y después se echó a reír. Algo así hubiera sido impensable en casa de sus padres, tanto en Berlín como en Madrid. Ese orden era tranquilizador. El matrimonio Kerber no tenía hijos.

A lo largo de los días que siguieron, Sala empezó a hablar. En un monólogo que fluía de sus labios, interrumpido solo ocasionalmente por breves preguntas llenas de empatía, relató el camino que la había llevado del Monte Verità a Madrid pasando por Berlín, habló de su padre, de su madre, de Tomás, de su encuentro con Otto, de París, de Lola y Robert, sin omitir a Hannes, habló de su fuga y del campo de Gurs, de Mimi, de *madame* Frévet y de Mickey Mouse, de los anarquistas españoles, de sus sueños de ser actriz, de los judíos que se marchaban del campo en el remolque de un camión, de las puestas de sol tras los Pirineos. Sin darse cuenta, desplegó su vida delante de ellos, como si por fin hubiera regresado a casa tras un largo viaje. La mirada de los Kerber era un ancla que ni siquiera había encontrado en Otto. Alemania también era eso. Sabía que esa era su patria. Nunca volvería a irse. Las primeras semanas pasaron a la velocidad de un día en una retahíla de años.

—¿Sala?

Miró a Ingrid a los ojos. Llevaba el cabello gris ondulado suelto sobre los hombros.

—¿Sí?

—¿Te has planteado alguna vez ir a Palestina?

Pues no, no se lo había planteado. ¿Para qué? No era judía. No comprendía esa identidad. Le había caído encima un buen día como una maldición, la había despojado de todos sus derechos. No podía vivir donde quisiera, no podía estudiar, no podía amar a quien o como quisiera. La herencia de su madre la había apartado de todo lo que le importaba. ¿Qué más daba si el judaísmo no tenía ninguna culpa? ¿Qué culpa tenía ella?

Al llegar a la estación de tren, el país que la había rechazado igual que sus abuelos rechazaron a su padre y a su madre le había soltado un bofetón tan duro e inesperado que había caído fulminada al suelo pocos metros después. ¿Y quién la había ayudado a levantarse? ¿Quién la había acogido y salvado? Esa pareja alemana. De forma altruista, sin miedo. «La gente de este país también es capaz de actuar así», se dijo. Amaba ese país. A pesar de todo. Alemania no podía remediar verse afectada por una extraña enfermedad. Ella nunca podría irse a Palestina, nunca podría sentirse judía, nunca sería como su madre.

—No.

—¿Por qué no?

Palestina. ¿Cómo se le había ocurrido esa idea? ¿Era una trampa? ¿Se la habían llevado del hospital para cebarla? ¿Y a qué venía aquella complicidad con el doctor Wolffhardt?

—¿Tienes frío?

—No. ¿Por qué?

—Estás temblando.

Sí, estaba temblando. ¿Y qué?

—Estoy cansada.

Tenía miedo. Quería marcharse.

La lluvia que repiqueteaba contra la ventana despertó a Sala de madrugada. Al ir a levantarse, se dio cuenta de que no sentía las piernas. Se dejó caer de nuevo sobre la cama y se aferró al colchón. Tenía el corazón acelerado. Respiró lentamente. Con mucha calma. Escuchó atenta los sonidos de la noche. Estaba todo inmóvil. Hizo otra tentativa de levantarse, esta vez con más éxito. Se acercó a la ventana. No había ni un alma en la calle. En casa de los Kerber no podía quedarse. Los alemanes no eran de fiar. Tal vez estuviera siendo injusta con ellos, pero quedarse a averiguar si tenía razón o no era demasiado peligroso. Antes se enorgullecía de saber calar bien a la gente. Pero eso era antes. Todo había cambiado. Hizo su mochila en silencio. ¿Adónde ir? Si huía, sería una forajida. Podía escribir una carta. ¿A su padre, tal vez? ¿O sería demasiado peligroso? ¿A Otto? Ni siquiera sabía dónde encontrarlo. Anna. Le escribiría a Anna, su madre. Podía preguntarle por su hijo. ¿Y si Inge se enteraba y mandaba a Günter y a sus amigotes nazis a por ella? Le escribiría a Anna haciéndose pasar por una compañera de clase de su hijo Otto del instituto. Sí, y entonces, ¿qué pasaría? Sola con Otto en Leipzig. O lejos de allí. ¿Y si Otto estaba muerto? ¿Y si había caído en algún frente, en el Oriental o donde fuera? Otto. Lo recordó encaramado a la escalera de la biblioteca de su padre. No la había oído entrar. Ensimismado, examinaba los libros, sacaba uno de la estantería, lo olisqueaba, enterraba los dedos entre las páginas como si estuviera metiendo la mano bajo una falda. Se enamoró de él al instante. Había tomado su vida por asalto. Cuando lo conoció, deseaba con gran intensidad que él la secuestrara. Nunca se lo había dicho. ¿Y si había llegado el momento? ¿Y si le escribía: «Por favor, llévame lejos de aquí»? Solo eso. Pero ¿cómo iba él a responder? ¿A qué dirección? El correo… No, eso también era demasiado peligroso. ¿Y si le escribía que lo esperaría todos los días frente a correos a las doce en punto? Y lo haría. Dos líneas garabateadas rápidamente sobre una hoja. Bajo la luz gris del amanecer llevaría su carta al correo, dirigida a Otto. Anna no se atrevería a abrir una carta de su hijo. La correspondencia era secreta. Eso lo respetaría. Y sus hermanas también. Dejó la mochila en el suelo y se sentó al escritorio. Sus anfitriones eran buena gente. ¿Por qué desconfiaba así de ellos? Antes de que los Kerber despertaran, salió sigilosamente del piso.

Se detuvo en un callejón. ¿Cuánto tiempo llevaba caminando? Le dolían los pies. Tenía frío. Se rodeó el cuerpo con los brazos y se paró a pensar.

Un rato más tarde llegó a Augustusplatz. Tenía delante la oficina de correos, que parecía un castillo del siglo pasado. «Megalómanos desde siempre», se dijo. ¿Qué podía pasar? No tenía más que entrar, acercarse al primer mostrador, entregar su carta y volver a salir. La gente pasaba por delante de ella sin que nadie pareciera prestarle la menor atención. El funcionario del mostrador aceptó su carta sin parpadear. Ella le pasó varias monedas por encima del mármol claro, y entonces se giró para marcharse. Muy tranquila. Sin llamar la atención. Se dirigió a la salida despacio y con andares mecánicos igual que los demás.

—Señorita.

La voz resonó por la estancia. Sala se detuvo. Todas las miradas se posaron en ella.

—Señorita.

Era una voz cortante y socarrona. A su alrededor, las caras se difuminaron en una masa de sonrisas estúpidas que esperaban a que diera comienzo el espectáculo. ¿Qué quería ese hombre? ¿Qué había hecho mal? ¿Y si salía corriendo sin mirar atrás? Miró al funcionario a la cara. ¿Qué distancia la separaba de la salida? ¿Y después? La plaza era enorme, cruzarla era demasiado arriesgado, no lo lograría, tendría que girar inmediatamente a derecha o izquierda. ¿Por qué no lo había pensado antes de entrar? Antes de encaramarse a un árbol hay que tener claro cómo bajar. Lo había aprendido de niña.

—Falta el remitente.

El funcionario la miraba con sus fríos ojos de serpiente, dispuesto a aplastarla al siguiente error. Debía actuar con naturalidad. Aceptar el sobre que él le tendía, escribir cualquier nombre inventado, una dirección, sonreír y marcharse.

—Disculpe.

—No hay de qué.

Fue tranquilamente hacia la salida. Un par de metros más. ¿Y esas miradas? ¿Qué miradas? Nadie le hacía ni caso. ¿Por qué iban a hacerlo? Eran todo imaginaciones suyas. Estaban en guerra. La gente tenía bastante con sus propios problemas.

La carta para Otto ya estaba en el correo. ¿Y si en la calle la tomaban por judía? ¿En qué tenía que fijarse? Tras cada esquina podía esconderse un chivato, cualquier titubeo podía significar el fin de aquel viaje a ninguna parte. Siguió deambulando sin rumbo por la ciudad.

Cuando, al resguardo de la oscuridad vespertina, dobló la esquina de Rosenstraße, a los pocos metros reparó en un hombre con un abrigo de cuero delante del portal de los Kerber. Le daba la espalda y no le veía la cara. Llevaba sombrero. Resguardada en el portal de la acera de enfrente, Sala siguió la mirada de aquel hombre hasta las ventanas del tercer piso. En la vivienda de Ingrid y Ernst estaban todas las luces encendidas. Ingrid se acercó a la ventana. Parecía agitada. Sus miradas se cruzaron. Ingrid posó una mano en el cristal de la ventana, como si quisiera tranquilizar a Sala. Sala conocía esa mirada. ¿Cuántas veces la había visto en Gurs a la llegada de los hombres de negro y sus camiones? ¿Tres veces? Sí, y todas las noches que siguieron, cuando la veía en sueños, o de día, incluso cuando la sujetaba una mano amiga. Ingrid le indicó con una seña que se acercara. No, que se alejara. Que desapareciera. Quizá aquel hombre acabara de llamar al timbre. Un coche negro dobló la esquina. Los faros se apagaron, el motor enmudeció. Poco después, Ingrid y Ernst salieron del edificio seguidos por aquel hombre. Sala dio unos pasos atrás. El conductor se había apeado para ayudar a meter a Ingrid y a Ernst a empujones en el coche. De repente vio sus caras a la luz de una farola. Sala empezó a temblar. Sintió que se mareaba. ¡No podía perder el conocimiento! ¡Tenía que recomponerse! ¿Por qué no corría hacia ellos? ¿Por qué no los ayudaba? Había abandonado a las únicas personas que se habían portado bien con ella. El conductor encendió el motor y, con los faros apagados, el coche desapareció en la oscuridad de la noche. Igual que en Gurs, todo había pasado muy deprisa. Sin hacer casi ruido. Las luces de toda la calle se habían apagado en cuanto el coche se detuvo frente al número 5. La casa se hacía la muerta.

La habían ayudado. Su cerebro se lo repetía en bucle. Y ella ¿qué había hecho? Ver cómo se los llevaban desde su escondite. Igual que cuando se llevaron a los primeros judíos de Gurs.

La calle volvía a estar vacía. Sala cruzó sigilosamente. En el portal de los Kerber descubrió un frasco de pastillas. Miró a su alrededor rápidamente y se agachó a recogerlo. En la etiqueta había escrita una letra, una gran W. Eran las píldoras para el dolor de cabeza de Sala. ¿Las había dejado ahí Ingrid al salir? Sala entró en el edificio. Subió la escalera con cautela. La puerta del tercer piso estaba abierta. Le llegaban susurros excitados, en el interior del piso se entreveían sombras correteando de una habitación a otra. Una pareja, los vecinos del piso de arriba. Seguramente habían avisado ellos a la Gestapo. ¿De qué se acusaba a los Kerber? ¿De haber ocultado a una judía en su casa? ¿Y cómo se habían enterado? Mientras los vecinos se embolsaban todo lo que podían, Sala se quedó mirando el frasco de pastillas que tenía en la mano. ¿W?

Sala echó a andar por la calle. La ciudad se convirtió en un laberinto. Cuando el agotamiento le trababa los pies, buscaba refugio en algún portal y se encogía en el escalón, con el miedo atenazándole la garganta. Así echó varias cabezadas de las que despertaba asustada en cuanto empezaba a soñar. Entonces echaba a correr, a correr sin parar, hacia la luz tenue del final de la noche contra la que se recortaban las primeras siluetas de la mañana.

25

Sala estaba sentada frente al doctor Wolffhardt en su consulta. Antes de que pudiera abrir la boca, él se llevó el índice a los labios y señaló las paredes y, a continuación, sus orejas. Sala comprendió el mensaje. Entonces él empezó a hablar con normalidad como si le estuviera haciendo una entrevista de trabajo.

—¿Por qué tiene interés en formarse como enfermera con nosotros?

Mientras hablaba, garabateó unas palabras en un trozo de papel que le pasó por encima de la mesa:

¿Cómo están Ingrid y Ernst?

Sala se encogió de hombros.

—Mi novio es médico y está cuidando de nuestros soldados en el frente —respondió, mientras escribía:

La Gestapo se los llevó a los dos.

El doctor Wolffhardt la miró horrorizado.

—¿Cuántos años tiene?

—Veinticuatro.

Él asintió con aire pensativo.

—¿Y no le llama la atención a usted también estudiar Medicina?

—No, tengo prisa por ser útil para la patria.

—¿Qué ha estado haciendo hasta ahora?

—Cuidar de mis padres. Están los dos muy enfermos.

—¿Cuál es su diagnóstico?

—Una inmunodeficiencia congénita que les impide luchar contra una infección bacteriana.

El doctor Wolffhardt inspiró profundamente. Sala se dio cuenta de que tenía lágrimas en los ojos. Hizo unas cuantas respiraciones y se recompuso.

—Mi mujer es la directora de la escuela de Enfermería. Su dedicación y entusiasmo nos vendrán muy bien. Llévele su documentación.

Sala se encogió. Él respondió con una sonrisa y un gesto, como diciéndole que no se preocupara.

Esa misma tarde, Sala estaba sentada en la cama de una habitación en la residencia de enfermeras. Mopp Heinecke, una joven vigorosa de cara sonriente, le explicó el orden del día.

—Por la mañana, los médicos pasan visita. Antes tenemos que lavar a los pacientes, cambiarles los vendajes si hace falta y todas esas cosas. Es todo una locura, ya lo verás. —Mientras hablaba, ayudaba a Sala a guardar sus escasas pertenencias en el armario—. Van a toda prisa de habitación en habitación con las batas ondeando a sus espaldas. El doctor Wolffhardt habla y los demás asienten creyéndose muy importantes mientras nosotras tomamos nota de lo que hay que hacer. Habla solo cuando te pregunten, pero tranquila que al principio nadie te dirá nada. Y tú no preguntes a nadie. No vayas nunca donde el jefe sin que te llamen. —Al reír, todo su cuerpo se bamboleaba—. No te dejes impresionar, pero finge estar siempre muy impresionada. Eso les gusta mucho. La verdad es que aquí manejamos nosotras el cotarro y eso los doctores, al menos los que ya llevan un par de años por aquí, lo saben perfectamente. Otro consejo: si alguno te pone ojitos, y, a juzgar por tu tipín, eso pasará más pronto que tarde, no te vendas. La que se levanta rápido para bailar pronto se queda sin pretendientes. ¡Y ni se te ocurra acercarte a los casados! Eso no trae más que problemas.

Sala apenas pudo ocultar la sonrisa. Mopp era lo que Otto hubiera llamado «una buena pieza». Además de su alegría de vivir, transmitía una afabilidad que dejaba a Sala totalmente perpleja.

—¿Ya tienes un amorcito?

Sala asintió.

—¿Y está en el frente o por aquí?

—No lo sé.

—Bueno, al menos eres sincera. Ni te imaginas la de cuentos que he oído por ahí…, los hermanos Grimm se quedarían muertos. ¿Cuándo lo viste por última vez?

—Hace tres años.

—¡Eso fue ayer!

Las dos se echaron a reír.

—¿Y a qué se dedica tu chico cuando no es carne de cañón?

—Es médico en la Cruz Roja.

—¡Vaya por Dios! Y yo aquí burlándome de los médicos. Entonces ya lo tienes todo resuelto. Pero no sois de aquí, ¿verdad?

Sala negó con la cabeza y preguntó:

—¿Y tú?

—Pues claro, yo soy de Sajonia de toda la vida, de donde las chicas guapas crecen en los árboles. Aunque árboles ya casi no quedan, y chicas ya somos demasiadas —respondió mientras las dos se partían de risa.

—Seguro que a ti tampoco te faltan pretendientes —dijo Sala.

Mopp volvió a echarse a reír.

—Pongámoslo así: si hubiera aceptado todas las ofertas que he recibido, la continuidad del Reich estaría asegurada. Pero yo sé controlarme. Vamos, que me reservo para tiempos mejores. A saber cuándo llegarán, pero digo yo que tarde o temprano vendrán. Es la ley de la naturaleza.

Sala soltó una carcajada.

—Parece que el Führer está dejando sin fuerzas a la misma naturaleza.

Mopp se interrumpió a media risotada.

—Cuidadito con quién te oye decir eso. Hasta en la clínica las paredes tienen oídos. Aquí todo el mundo se las da de ser ario al cien por cien. Sé amable con todos y no te fíes de nadie.

Sala agachó la mirada asustada. ¿Por qué se había dejado llevar por el buen humor de Mopp? Seguía indocumentada.

—Estás bajo la protección de la Wolffhardt, la Virgen María, como la llamamos por aquí, pero precisamente por eso tienes que andarte con cuidado. —A la mirada interrogativa de Sala, respondió—: Aquí todos saben que Maria va a su bola. Es todo lo que voy a decir. No hay más que saber. Y será mejor que te guardes para ti ese trato de favor. Mejor no menear el avispero.

Horas después, Sala, tumbada en la cama con los ojos abiertos de par en par clavados en la oscuridad de la noche, dio gracias a Dios y a su destino. Era la primera vez que rezaba desde que abandonara la escuela Santa Úrsula. La fe la había perdido hacía tiempo, pero seguro que no haría ningún mal. Los ronquidos acompasados de Mopp la sumieron suavemente en el sueño. Con los ojos entreabiertos, echó un vistazo a su nueva amiga. Incluso dormida parecía estar riendo.

En su segundo fin de semana le tocó hacer su primera guardia nocturna. Cuando regresó a la residencia de enfermeras a primera hora de la mañana, agotada y satisfecha, la jefa la vio pasar por la rendija abierta de la puerta de su despacho. La enfermera Maria Wolffhardt. Se diría que trabajaba día y noche; siempre que Sala pasaba frente a su despacho, a cualquier hora, estaba allí. Era alta y esbelta, de piel translúcida y facciones eslavas rodeadas de un cabello rojo reluciente. Al hablar, parecía estar siempre pensando en otras cosas más importantes.

—¿Sala?

Maria la había visto venir. Sala se acercó.

—¿Sí?

María le tendió un sobre y le indicó que lo abriera.

—Me temo que hemos tenido que cambiarle su bonito nombre por algo más convincente.

Ruborizada, Sala abrió su nuevo pasaporte y descubrió que

Christa Meyerlein era su nuevo nombre. «Con Meyer hubiera bastado», pensó. Por primera vez en la vida sintió aprecio por su nombre real.

—Hay nombres peores —dijo Maria con una sonrisa. Sala se lanzó a sus brazos.

Sala aprendía deprisa. Obtenía satisfacción hasta de las tareas más sencillas. Al cambiar las cuñas y los orinales, renovar vendajes o preparar inyecciones veía la necesidad de sus pacientes y se regocijaba en su agradecimiento.

Cuando terminara la guerra —y, tarde o temprano, terminaría—, podría trabajar junto a Otto en un hospital, ayudarlo en sus investigaciones. Pues ese era su objetivo último, o eso era lo que Sala imaginaba. Otto quería cambiar las cosas, quería dejar huella. Sala le había escrito usando su nuevo nombre. Al final no se había convertido en actriz, pero estaba interpretando un papel en su doble vida. De día, por los pasillos de la clínica y bajo la mirada de los médicos, las enfermeras y los pacientes, era Christa Meyerlein, incansable, eficiente y responsable. De noche, en su habitación, cuando se apagaban las luces y su compañera de habitación Mopp se abandonaba entre ronquidos a los brazos de Morfeo, volvía a convertirse en Sala, viajaba por el mundo entero de la mano de Otto, soñaba con su vida en común y, a veces, al principio con timidez y luego cada vez más decidida, con una familia. Por primera vez en muchos meses sentía algo distinto al miedo. Se abrían ante ella territorios desconocidos que esperaban ser conquistados. Entonces oscurecía y la puerta se cerraba de nuevo y ella se quedaba una vez más sola y repudiada.

26

Esa noche, Mopp tenía guardia, y aunque a Sala no le tocaba, había decidido en un pronto ir a ayudarla. Apuraron las últimas gotas de la vieja cafetera. El turno se estaba desarrollando sin incidentes, era una noche tranquila. Frieda, la vieja de la habitación 12, se lamentaba de un dolor de cabeza y amenazaba con quejarse al doctor si no le daban una píldora de inmediato. Pero los analgésicos escaseaban y, además, tampoco le hacían efecto. Después de su última ronda, se habían retirado a la sala de enfermeras. El médico de guardia dormía el sueño de los justos en la habitación de al lado, y Mopp se había puesto a desgranar anécdotas de su accidentada vida. Sala tenía que morderse la mano para no estallar en carcajadas mientras Mopp narraba con todo lujo de detalles sus experiencias sexuales con caballeros dotados y, sobre todo, poco dotados.

—¡Un libro, tienes que escribir un libro! —susurró entre risas meneando la cabeza y poniéndole una mano en la rodilla a su amiga.

—¿Qué quieres que te diga? A veces son demasiado largas; las más, demasiado cortas, pero raramente son como una necesita. Un drama, como ves, pero no hay que perder el sentido del humor. Eso sí, una cosa te diré: lo peor, y no te lo creerás, lo peor son los que no acaban nunca. Por el amor de Dios, mira que yo soy paciente, pero a veces no me ha quedado más remedio que meterles el dedo por la trastienda para que terminen de una vez.

—¡No! —Sala miró a su amiga escandalizada.

—Ya te digo yo que sí.

—Pero ¿eran maricas?

Mopp se sacudía de la risa. Entre jadeos, le soltó en su mejor acento sajón:

—Ay, nena, mira que eres mona.

La sirena de alarma empezó a aullar. Cinco minutos después cayeron las primeras bombas. Todo fue tan rápido que apenas tuvieron tiempo de asustarse.

El joven médico de guardia salió al pasillo con el pelo rubio alborotado y peleando por subirse los pantalones cuando Sala y Mopp ya estaban llevando a los primeros pacientes al sótano. Las bombas llovían a su alrededor. Las oían golpear el suelo instantes antes de la explosión. A más de uno le reventó el tímpano. En las habitaciones de los pacientes, y también en el sótano, las ventanas saltaban por los aires de la presión. Las calles y el patio se tiñeron de un amarillo verdoso.

—Esto es incluso peor que en octubre —dijo Mopp una vez hubieron puesto a salvo a la última paciente—. Ojo con la nueva de la habitación 5, es una histérica y le va a dar algo. Ponte delante para que las demás no la vean, lo último que queremos es que cunda el pánico. Toma, agua, dale un poco, pero sin pasarte.

El médico rubio estaba de pie en un rincón. Con sus ojos azules miraba confuso las caras atemorizadas.

—Estese tranquilo, señor doctor, nosotras nos encargamos —le dijo Mopp.

Sala miraba a su amiga con el rabillo del ojo, admirando la frialdad y decisión con la que actuaba. Todos sus gestos estaban calculados al milímetro, ni un solo movimiento superfluo. Llegaba a todo a un ritmo brioso y tranquilo a la vez.

El tejado empezó a arder. Maria Wolffhardt se precipitó en el sótano y pasó frente a la habitación en la que Sala estaba colocando una cama. Sala se detuvo un instante. A continuación, tapó bien a la paciente, que temblaba de miedo, y siguió a la enfermera jefe, a quien vio desaparecer en un laberinto de pasillos oscuros. Sala echó a correr. El polvo lo llenaba todo, las detonaciones se sucedían a intervalos cada vez más cortos. La luz, ya de por sí tenue, se fue del todo. Sala siguió avanzando a tientas. Una luz débil salía de un cuartito. Reconoció la silueta de Maria Wolffhardt. Estaba manoseando algo en una pared a la luz de una vela que ardía en el suelo a sus pies, haciendo refulgir su pelo rojo. Parecía estar ocultando algo en un saliente, delante del cual colocó un mueble archivador a empellones. Cuando se giró, Sala se ocultó tras una esquina. Vio a Maria salir de la habitación y desaparecer en una densa nube de humo que bajaba por la escalera del sótano e inundaba todo el pasillo. Sala persiguió a Maria escaleras arriba. Atravesó el humo entre toses, la perdió de vista, tropezó con los escombros que bloqueaban el pasillo y consiguió llegar al aire libre bajo un diluvio de chispas. Maria cruzó el patio hasta la entrada del lado contrario.

Parecía que el ataque había terminado. De entre los escombros se elevaban fachadas en llamas. Los camiones de bomberos y las ambulancias aullaban por las calles. En la acera de enfrente, unas llamas inmensas salían por las ventanas de un edificio. Un niño fue arrojado por la ventana de un piso a la red de los bomberos, y un hombre con un bebé en brazos saltó detrás. Se oyeron disparos procedentes de la clínica. Sala se encogió. Oyó gritos y chillidos de pánico.

El doctor Wolffhardt salió corriendo del ala izquierda de la clínica. Sala reconoció su rostro tenso por el miedo. Llevaba una carpeta bajo el brazo y se detuvo frente a su mujer, a quien agarró por los hombros. Intercambiaron algunas palabras apresuradamente. Parecía que no estaban de acuerdo en algo. Maria estaba meneando la cabeza cuando una bomba alcanzó la fachada que tenían justo detrás y los dos fueron engullidos por los escombros.

Paralizada, Sala se puso a gritar y, acto seguido, saltó a toda prisa por encima de los escombros, directa hacia la siguiente fachada en desmoronarse sobre la multitud que correteaba aterrorizada. Una viga de acero le salvó la vida. Cayó por encima de su cabeza y quedó encajada en un muro, impidiendo que otra viga la aplastara. «No estoy muerta —se repetía una y otra vez—, no estoy muerta».

En la residencia de las enfermeras apenas quedaron unas pocas habitaciones aprovechables. La calefacción de gas había quedado destruida, muchas estancias habían perdido las ventanas y medio tejado se había quemado. Las máquinas, así como el quirófano de la clínica, habían sobrevivido. La extinción del incendio se alargó hasta por la mañana. A pesar de las gélidas temperaturas, todos se pusieron manos a la obra enseguida. Se condenaron ventanas con cartón, se hicieron apaños para arreglar la calefacción. A las ocho de la mañana ya se sirvió la primera comida. Sala observaba impresionada el celo inquebrantable con el que todo el mundo se comportaba. Todos intentaban ayudar donde podían procurando conservar el buen humor. Apenas se les notaba la conmoción. Eran todos inocentes, «víctimas del terror asesino y sin escrúpulos de los Aliados», se quejaban. Nadie parecía recordar que era el Reich alemán quien había declarado la guerra al resto del mundo. A las diez, los médicos se despidieron para acudir a una reunión en el ayuntamiento para debatir el estado de la situación.

Los obreros llegaron al día siguiente. Carpinteros, cristaleros, ebanistas, techadores. Vinieron ingenieros del ejército a dirigir el despeje de los escombros. Pronto volvieron a tener luz eléctrica.

Las comidas de todo el personal de la clínica se servían en el único comedor que se había salvado en la cantina. Se sentaban todos juntos, médicos y enfermeras mezclados. Cuando Sala intentaba cautelosamente hablar de las bajas o simplemente mencionaba el nombre Wolffhardt, percibía en el intercambio de miradas que seguía que había algunos sabían cosas de las que no se atrevían a hablar. Antes de que terminara el descanso del mediodía, Sala se coló en el sótano. Allí aún no habían empezado a desescombrar. Los cascotes y la ceniza le dificultaban el paso. Tras perderse un par de veces por los pasadizos, logró llegar al cuartito en el que había visto a

Maria escondiendo algo poco antes de su muerte. Apartó el archivador metálico. Tras el saliente de la pared encontró tres carpetas.

Una vez la residencia de las enfermeras volvió a estar habitable, Sala y Mopp regresaron a su habitación. Sala abrió las carpetas por primera vez sobre la cama. Las manos le temblaban un poco. De entrada no vio nada que le llamara la atención. Eran expedientes de pacientes, niños arios en su mayoría, casi ningún judío, pese a lo que Sala había sospechado al principio. Todos tenían nombres alemanes normales y corrientes. El niño de más edad se llamaba Paul, tenía catorce años y estaba clasificado como deficiente mental. Igual que en la mayoría de los casos, el diagnóstico era cretinismo. Sala leyó la correspondencia de los padres, de pocos recursos, con la clínica. Tras diversas estancias en otras instituciones, los niños eran trasladados allí, donde morían por lo general a las pocas semanas, o días, de su llegada. Sala constató sorprendida que todos los historiales y desarrollos de los cuadros clínicos eran parecidos. Al final, la clínica notificaba a los padres el fallecimiento inesperado, en un caso de difteria nasal, en otro de gastroenteritis... Haciendo siempre referencia a la deficiencia mental. No encontró ningún informe de pruebas o exámenes que confirmaran la causa de la muerte.

—¿Mopp? —dijo tendiéndole una carpeta a su amiga—. Creo que Maria estaba tratando de aclarar un crimen.

Mopp se inclinó para inspeccionar las carpetas. Pasaron un rato en un silencio inquietante. En la segunda carpeta, los indicios sombríos se multiplicaban. Mopp señaló con el dedo una carta preparada para rellenar con los datos correspondientes. En la esquina superior izquierda estaba el membrete del Departamento IV de la Consejería de Sanidad del Ayuntamiento de la ciudad de Leipzig:

Según la circular publicada por el ministro de interior, los niños con enfermedades congénitas graves deben ser tratados con todos los medios que la ciencia médica pone a nuestro alcance para proteger a la infancia de un sufrimiento prolongado en la medida de lo posible.

Su hijo ...., que sufre de graves problemas de salud desde su nacimiento, va a someterse a un tratamiento que permitirá paliar de forma total o parcial sus deficiencias. Incluso en los casos que hasta ahora se consideraban incurables, actualmente pueden obtenerse ciertas mejorías en determinadas circunstancias.

El departamento infantil del sanatorio Leipzig-Dösen se encargará de llevar a cabo el tratamiento. La institución les comunicará la fecha del ingreso. Les pedimos que se preparen para trasladar a su hijo al hospital en cuanto reciban la notificación.

El aspecto pecuniario no debe ser impedimento para que su hijo reciba este tratamiento. Si no se encuentra en situación de sufragar los costes aun contando con ayuda de la Seguridad Social u otros subsidios, le ruego que se acerque a visitarnos en los próximos días para que podamos asesorarle. Cuando la Seguridad Social del Estado se ve obligada a subvencionar un tratamiento en el ámbito de la asistencia familiar, debe hacerse el trámite antes del ingreso en la institución para la transferencia de costes y presentar la garantía de pago o el certificado de denegación en el momento del ingreso.

En representación de.....................

—Mopp. —Sala se arrodilló junto a su amiga y le pasó una carpeta—. Mira lo que pone en el historial clínico. Ahí: ingreso en el sanatorio Leipzig-Dösen, 3 de marzo de 1941. Diagnóstico, cretinismo. Fallecido el 17 de marzo del mismo año. Aquí. —Las dos se inclinaron sobre el historial—. Otros fueron trasladados a Großschweidnitz y fallecieron allí pocos días después. ¿A qué viene un traslado de última hora? No tiene sentido. Además, en Großschweidnitz no hay ningún hospital pediátrico.

Mopp siguió pasando hojas.

—La mayoría de los pacientes que fueron trasladados allí eran adultos. —Leyó los diagnósticos entre susurros—: Psicosis reactiva, fallecido a los diez días de ingresar a la edad de 22 años. Y mira aquí: ingresado el 3 de octubre de 1943, locura maníaco-depresiva, fallecido el 7 de octubre de 1943, solo cuatro días más tarde. Ni una mención a la supuesta pulmonía que se lo llevó por delante. Psicosis aguda, ingresado el 17 de noviembre de 1943, fallecido el 28 de noviembre... Es todo así, página tras página...

—¿Qué hacemos, Mopp?

Se miraron fijamente.

—¿Qué quieres decir?

—Algo tenemos que hacer.

—¿Qué te propones?

—Pediré el traslado a Leipzig-Dösen. Seguro que andan faltos de enfermeras.

—Pero tú eres estudiante, Christa.

—No harán ascos a una estudiante. Cuanto menos sepa la gente que trabaja allí, mejor para ellos, ¿no?

—Sala...

Sala la miró asustada. ¿Cómo sabía Mopp su verdadero nombre?

—Yo...

—¿Por qué crees que te pusieron a compartir habitación conmigo? Maria me lo contó todo. Quería que te protegiera. Para sobrevivir a esta mierda sin ensuciarse las manos o sin tener que estar mirando para otro lado de sol a sol hacen falta aliados. Maria y Rainer eran mis amigos más cercanos.

Sala la tomó de la mano. Por un instante, Mopp se mostró abatida.

—Yo apenas conocía sus nombres de pila —dijo Sala, apretando los labios—. Al principio pensé que él quería algo de mí. Ya sabes, los hombres solo pueden pensar en una cosa, y con la guerra eso no ha hecho más que empeorar —explicó apartando la mirada. Sintió que se le encogía el corazón de vergüenza y de una sensación de profundo afecto—. Si no fuera por él, hubiera acabado muerta de hambre o en las manos de la Gestapo.

Mopp meneó la cabeza.

—Rainer era diferente —dijo—. Y Maria también. Hacían la pareja más bonita que he visto en la vida. Y mira que eran como el agua y el aceite. En circunstancias normales, no les hubiera dado ni seis meses. Maria se ocupaba de todo. Nunca quedaba nada sin hacer. La mayoría pensaba que se daba aires de superioridad o algo así, pero ella siempre andaba con la cabeza en otra parte. Y Rainer… era un idealista, lleno de ideas, demasiado soñador para ponerlas en práctica por sí solo. Pero tenía una mirada que te llegaba al fondo del alma.

En silencio, Sala acarició la mano de Mopp. Su amiga, que hasta en sueños parecía reír, se había quedado mirando las carpetas del suelo con un aire tan sombrío que daba miedo.

—Mi padre era capataz de obra. Se largó cuando mi madre se quedó embarazada. Un cerdo nazi, decía siempre mi madre. Y, sin embargo, lo echaba de menos. Y llegó un día en el que ya no aguantó más. Cuando llegué a casa, me la encontré colgando de la ventana. Cuando regresó mi padre, al muy desgraciado no se le ocurrió nada mejor que hacer que enamorarse a primera vista de mi tía. A ella no le vino mal, hacía un año que se había convertido en viuda de guerra. Y yo me quedé sin razones para reír. Allí empezó todo. Yo empecé a hacer tonterías. Iba de casa en casa por la noche, me juntaba con el primer fresco que me cruzaba. Ya ves. Hasta que, una noche, me crucé con esa maldita panda de nazis. La borrachera les había infundido valor. Muy ufanos, me enseñaron sus bandas con la cruz gamada. Tenían ganas de pasarlo bien. Doce hombres. Uno detrás del otro. Algunos hasta dos y tres veces. Cada vez más enfadados. Y los hombres enfadados aguantan más. Lo aprendí esa noche. Yo me quedé quieta apartando la mirada. Quizá fue un error. Tal vez debería haberles escupido en la cara, pegarles, qué sé yo. Pero es que tenía miedo. No sabes el miedo que pasé. Más que en los bombardeos. A veces creo que, al menos, eso que me llevé. Hace tiempo que ya no tengo miedo. Ya he pasado todo el que me tocaba, más no se puede. Después de algo así, tienes que decidir si vas a vagar por el mundo como un alma en pena o si te echas a reír. Y si te ríes, ya no duele —dijo Mopp, señalándose el corazón. Sala tenía las mejillas anegadas en lágrimas. Seguía acariciando la mano de su amiga—. ¿Sabes por qué me llaman Mopp?

Sala negó con la cabeza, y Mopp se tiró del pelo. Lentamente, se quitó la peluca. Ni una pelusilla debajo. Tenía el cráneo totalmente calvo.

—Cuando acabaron conmigo, se me cayó todo el pelo. De todo el cuerpo. Y cuando llegué a casa con mi peluca recién estrenada, mi tía se me quedó mirando como si yo hubiera salido del infierno. Entonces se echó a reír y me dijo: «Pareces una mopa, valdrías para fregar el suelo».

La habitación quedó en silencio. Sala no oía nada más que la respiración acompasada de Mopp. Por primera vez vio algo parecido a la ira en sus ojos. Y odio. Pero entonces ella esbozó una sonrisa luminosa.

—Y yo me dije que no dejaría que me hicieran eso. Ellos no. Y pedí a todas mis amistades que a partir de entonces me llamaran Mopp. Mi tía se quedó con un palmo de narices. Y entonces conocí a Rainer. Qué gracioso, supe desde el principio que él no era como los demás. Y cuando vi a Maria, tuve claro que era mi salvación.

—¿Por qué no te dijo nada de lo que sospechaba que estaban haciendo con los niños?

La mirada de Mopp se dirigió a la ventana y permaneció allí lo que a Sala le pareció una eternidad. Entonces Mopp volvió a girarse hacia ella.

—Maria no quería poner a nadie en peligro. Sabía que yo haría cualquier cosa por ella sin dudar. Tal vez creyera que yo ya había sufrido demasiado. Pero puede que se equivocara.

La risa regresó a su cara. Su calva resplandecía. Las dos se abrazaron fuerte durante un larguísimo instante.

—No puedes meterte allí. Son más fuertes que nosotros —dijo Mopp.

—Entonces, ¿qué haremos?

—No lo sé.

Sala miró a su amiga.

—Si no hacemos nada, seremos igual que ellos.

—Muertas tampoco servimos para nada.

* * *

Los niños muertos perseguían a Sala hasta en sueños. Despertaba sobresaltada en mitad de la noche y se quedaba mirando el techo, a veces hasta el amanecer, con todos los músculos del cuerpo en tensión. Después de noches así le dolía todo el cuerpo. Los días se le hacían eternos. Su vida parecía discurrir ajena a ella, como una corriente de agua sucia. Hasta que, de repente, se quedó paralizada como si la hubiera alcanzado un rayo.

Fue corriendo a buscar a Mopp.

—Conozco a alguien que puede ayudarnos. Un periodista, lo conocí en París.

—¿Qué te propones?

—Le daré las carpetas. Conoce a gente, él sabrá lo que hay que hacer.

—¿Estás segura? Por culpa de esta guerra se le ha ido la pinza a mucha gente que parecía incapaz de hacer daño a una mosca.

—Segurísima. Le escribiré.

—¿Sabes dónde vive?

Sala la miró sorprendida. Pues claro que no lo sabía.

Esa noche, Sala escribió unas líneas en una hoja de papel, las leyó, hizo trizas el papel y volvió a empezar. No le salían las palabras. Su tono era demasiado envarado. Mientras lo intentaba una y otra vez, comprendió que había proscrito a Hannes de su mente durante los últimos meses.

Trató de recordar su cara y dejó que el lápiz guiara su mano. Con unos pocos trazos se encontró mirando un boceto de su rostro, recordando la noche que habían pasado juntos, sus ojos ojerosos, tan solitarios y desesperanzados mientras ellos se convertían en dos desconocidos. En el dibujo tenía la cabeza inclinada hacia la izquierda y en los labios la sonrisa socarrona que ella recordaba que esbozaba antes de disparar algún pensamiento afilado. Apartó el dibujo y acarició una hoja en blanco como si quisiera empezar un nuevo capítulo. Entonces se puso a escribir.

Tres días después apareció un telegrama en su cama. Mopp había mandado la carta a la Agencia de Prensa Alemana a través del despacho de la clínica.

LLEGO MAÑANA STOP HANNES.

«Quieto —pensó Sala, como si quisiera detener el tiempo—. Quieto», ordenó a su corazón cuando lo vio bajar del tren, elegante y más guapo que nunca.

—Quieto, señor Reinhard —dijo acercándosele por la espalda antes de lanzarse a sus brazos cuando él se dio la vuelta fingiendo sorpresa.

—¡Usted por aquí, señorita Nohl! Qué sorpresa tan agradable.

Lanzó su sombrero por los aires para volver a cazarlo con la cabeza. Enterró los dedos en el cabello crecido de Sala, sus labios esbozaron una sonrisa socarrona. Y entonces, sin que ella pudiera hacer nada por evitarlo, olvidó cuanto la rodeaba cuando, por un instante, sus cuerpos se fundieron en aquel andén, de eternidad a eternidad.

A la mañana siguiente, él había desaparecido. Como si hubiera sido un sueño. Sala cerraba los ojos una y otra vez tratando de aferrarse a su sombra. Había vuelto a escapársele. Tumbada desnuda en la cama, con las manos sobre el vientre, recordaba la breve noche. Entonces entró Mopp:

—Vamos, Sala, están todas esperando abajo, la visita médica empezará enseguida —dijo sentándose junto a ella—. ¿Qué te pasa?

—Soy una imbécil.

—¿Tienes mala conciencia por tu doctorcito? —Sala cerró los ojos—. ¿Y qué pasa con las carpetas? ¿Podrá hacer algo con ellas tu amigo?

—Me lo prometió —respondió Sala. Sintió un dolor frío e impetuoso. Se quedó mirando a Mopp, que le sonrió. «Doce hombres», pensó Sala. «Perder todo el pelo, ¿y yo de qué me quejo?». Y entonces dijo—: Me visto enseguida.

27

Esa tarde llegó una carta de Otto. Su padrastro había fallecido y le habían dado una semana de permiso. Sala recordó cómo había corrido a la puerta del piso de Lola y Robert cuatro años antes cuando Célestine le anunció su llegada. Pocas semanas después de que ella y Hannes hubieran pasado su primera noche juntos. La historia se repetía. Ninguno de los dos conocía la existencia del otro. ¿Qué quería el destino de ella? Otto y Hannes eran totalmente distintos y, a la vez, como caras de la misma moneda. ¿Cara o cruz? Hacía cuatro años que no sabía nada de Otto. ¿Qué aspecto tendría?

En su carta no decía nada de la guerra. Ella tampoco había mencionado Gurs. ¿Qué iba a contarle? Le hubiera gustado mostrarle uno de los cuadernos de Mickey Mouse de Horst Rosenthal. Allí estaba todo muy bien explicado. Era para reírse por no hacer como la madre de Mopp. Sala miró hacia la ventana.

Llegó una hora antes. Mopp le cubrió el turno. Sala ya no podía imaginarse la vida sin ella. Lola, Mimi, Mopp. En Berlín nunca conoció a mujeres como ellas. Fuertes y únicas. Pensó en su madre y tropezó; estuvo a punto de caer.

—Cuidado, pollita —dijo un hombre riendo al pasar junto a ella.

¿Qué se había creído ese imbécil?

No recordaba haberla llamado nunca mamá. Solo una vez, tumbada en el barro en Gurs, pero aquello fue distinto, estaba sola. ¿Qué harían ella y Otto? Apenas conocía la ciudad. Llevaba cuatro años allí y no había pisado ningún museo, ni ido a ningún teatro o concierto. No había visitado exposiciones, no había salido a pasear ni de noche ni de día, no había pegado la nariz al cristal de ningún escaparate. No había leído un solo libro. Había cambiado la vida por la guerra, había sometido sus emociones, pensamientos y actos a sus leyes. Nunca imaginó la cantidad de matices que llegaría a tener el color negro bajo la sombra de la esvástica.

Por fin llegó la hora. Sus pies avanzaron mecánicamente por el andén. Oyó la locomotora, una nube de vapor salió disparada por los aires. Los pasajeros se apearon de los vagones. Echó a correr junto a las ventanillas, observando los cuerpos cansados que bajaban. Él no estaba. ¿Cómo era posible? Se lo había dicho por escrito. El tren venía de Berlín. Buscó con la mirada el reloj de la estación. Era la hora correcta, el tren correcto, el día correcto. El corazón le latía cada vez más deprisa. ¿Qué había pasado? Los últimos pasajeros se dirigían a la salida. A lo lejos quedaban aún algunas siluetas desdibujadas. Un hombre mayor se le acercó. Sala dio un par de pasos adelante, entornó los ojos, no, no era ninguno de ellos. Quería dar media vuelta, la desilusión se le clavó en el alma. Le estaba bien empleado. Le había mentido y lo había engañado, tal vez se hubiera dado cuenta. ¿Y si alguien la había visto con Hannes, en París o hacía un par de días en Leipzig? Algún soldado a quien Otto hubiera mostrado alguna fotografía de ella que le hubiera ido con el cuento para recomendarle que se olvidara de ella. ¿Llevaba todos aquellos años esperando noticias suyas en vano? Si venía, se prometió que cambiaría. Nunca volvería a volver a mirar a otro. Solo lo quería a él, a Otto, por fin lo veía claro. Se lo confesaría todo y él la perdonaría. Y no le pediría explicaciones de su vida durante los últimos años. Aún eran jóvenes, estaban en guerra, el miedo lo dominaba todo.

Oyó unos pies arrastrándose a su espalda. Se giró solo a medias creyendo que se trataba de aquel tipo mayor tan desagradable, deseando que no le dirigiera la palabra. No pensaba dejarse tocar por el primer cerdo que volviera del frente sediento de contacto. Si no hubieran seguido al Führer como corderitos, no tendrían que ir mendigando amor.

—Sala.

Se giró llena de ira y desprecio.

—¿Sala?

¿Cómo sabía su nombre? ¿Qué quería de ella ese calvorota?

—Sala.

No. No podía ser. No era él. No era Otto. ¿Qué le habían hecho?

Anduvieron tambaleándose por las calles ruinosas. Se detuvieron. Se miraron en silencio y siguieron andando. Envarados y vacíos. Ruinas calcinadas se alzaban como agujas. El susto se desvaneció muy lentamente. Sus extremidades se relajaron. Él le agarró la mano, la estrechó entre sus brazos. Ella se dejó caer sollozando sobre su pecho enjuto. Se encontraba fatal. Se sentía libre. Otto, por fin lo sabía, Otto era su destino. Ella no lo había elegido, pero se juró que lo aceptaría.

No hablaron de Gurs ni de Rusia. Llovió sin cesar todo el día y toda la noche. Aquellos cuatro años quedaron borrados, relegados al olvido en un sótano oscuro. Se encontraban en la encrucijada de su vida. Su nombre se esfumó. Nada más. Con eso bastaba. Apenas tenían unos pocos días.

Estaban en la habitación de Sala. Mopp había puesto la mesa primorosamente antes de despedirse para ir a su guardia nocturna. Tenían café de verdad y un pedazo de tarta para cada uno. Sala pensó en el doctor Wolffhardt, en las carpetas de Maria. Tal vez hubiera hecho mejor dándoselas a Otto.

—¿Cómo va todo por casa? —preguntó ella dando un sorbo de café.

—No queda mucho en pie. El pabellón olímpico, la catedral de Santa Hedwig, la Ópera, el teatro del Kurfürstendamm, la mitad del aeropuerto de Tempelhof, el Palacio de la Patria…

Sala lo interrumpió.

—No me refiero a la ciudad, Otto. —Otto guardó silencio—. ¿Has visto a mi padre?

Él inspiró profundamente.

—Va tirando.

—¿Qué quiere decir eso? —preguntó, tratando de que la voz no le temblara.

—Le tendieron una trampa.

—¿Con chicos?

Otto asintió.

—Le cayeron diez años de trabajos forzados. En Berlín. En Spandau, donde Siemens. Puede dormir en casa. Mejor eso que un campo.

—¿Cómo un campo?

—A los del 175 los meten en campos igual que a los judíos y a los gitanos.

—¿Quién te ha dicho eso?

—El doctor Meyer, mi jefe de la Cruz Roja.

—¿Qué aspecto tiene? ¿Tiene para comer? ¿Ropa abrigada para el invierno? ¿Qué dice? ¿Ha preguntado por mí?

Otto asintió de nuevo.

—Le dejé algo de dinero. Está muy preocupado por ti, dice que tendrías que irte de Alemania lo antes posible. —La tomó de la mano—. Tiene razón, Sala, corres peligro estando aquí.

Sala le mostró su pasaporte con orgullo.

—¿Christa? —Se quedó mirándola en silencio, pero no pudo contenerse—: ¡Christa! Tú no tienes cara de Christa, ¿a quién se le ocurrió ese nombre?

Ella le dio una colleja y, acto seguido, le acarició el pelo ralo de la cabeza.

—¿Y tu familia? —Hizo una pausa—. Estás más guapo.

Otto soltó una risotada seca.

—Igual me vuelve a crecer. En Rusia un par de compañeros se pusieron blancos por la noche, uno acababa de cumplir veintidós. De un blanco sucio, como la nieve. De la noche a la mañana. —Dio un bocado a su tarta antes de seguir—: Günter perdió el brazo izquierdo y la pierna derecha en el Frente Oriental. Así ha quedado simétrico. Ahora se pasa el día en casa pegado al hornillo dándoselas de héroe de guerra mientras cuenta batallitas de vientos helados y meados que se congelaban en el saco de dormir. Lamentable. Erna dice que no para de insultar a nuestro padrastro porque lo declararon incapaz en la Primera Guerra Mundial por un disparo en el pie, mientras que él sacrificó una pierna y un brazo por la patria —explicó meneando la cabeza—. Pero de que lo hirieron en su primera misión y que su experiencia de las trincheras viene de las revistas nadie dice nada por solidaridad con Günter, el héroe. Me da ganas de vomitar. Pobre Inge. Esperaba otra cosa de su amado Führer. Ahora su amado es un tullido que se pasa el día jugando a las cartas con sus amigotes mientras presume de conocer los planes del Führer y habla de política mientras se emborracha con cerveza y aguardiente creyéndose en el pabellón de los héroes. Gilipollas —concluyó mientras los ojos se le llenaban de lágrimas—. Lo que probablemente pasó es que mi padrastro se desplomó detrás de la estufa de carbón y nadie se dio cuenta hasta que mi madre llegó a casa. Para entonces ya estaba frío y tieso. —Se secó las lágrimas—. Nos zurraba. Nos hubiéramos muerto de hambre si mi madre y yo no hubiéramos mantenido la familia a flote. Pero no era mala persona, solo era un hombre solitario y débil que se murió de miedo en las trincheras de la Primera Guerra Mundial.

En silencio, Otto recordó a su padrastro arrastrándose en la línea de montaje, un muerto entre dos guerras que nunca terminaron del todo, un mutilado que regresaba borracho a casa todas las noches con una familia que no lo comprendía, una mujer que ya no lo aguantaba, unos hijos que, a excepción de Inge, no eran suyos y se echaban a temblar con tan solo verlo. Un olvidado que buscaba refugio en el lateral caliente de una estufa, aunque no le alcanzaba para pagar el carbón.

—Es curioso, nunca lo había pensado, pero creo que lo quería.

Esa noche hicieron el amor por primera vez en cuatro años. A la mañana siguiente, Otto recogió sus cosas. Tenía que volver al frente.

28

ÚLTIMA ADVERTENCIA

¡Marchaos antes de que sea demasiado tarde!

¡Soldados alemanes!

Lo habéis visto con vuestros propios ojos: tras la catástrofe de Stalingrado, vuestro querido Hitler perdió en verano la batalla decisiva. Y, con ella, la guerra. Seguro que lo habéis notado: es hora de que volváis a casa.

¿Por qué os aferráis a nuestro suelo con tenacidad insensata?

¿Por qué os sacrificáis por nada?

Creéis estar salvando Alemania defendiendo un pedazo de territorio ruso.

OS LO ADVERTIMOS:

No estáis salvando Alemania, sino que la estáis condenando a muerte.

Vuestra Alemania no nos hace ninguna falta, pero sí necesitamos a nuestra Rusia…

hasta el último pueblecito.

Otto retiró cautelosamente la octavilla. Las tropas rusas debían de haberlas arrojado sobre los soldados. Se había quedado pegada a la camisa y la chaqueta empapadas en sangre del soldado.

—Herida de bala en el abdomen.

Tenía que actuar deprisa. Había aprendido el oficio en el frente, en los paisajes despojados de todo de los campos de batalla rusos, en tiendas improvisadas bajo las ramas de pinos y abedules que la unidad médica había levantado sobre el blando suelo negro lo más cerca posible del fragor de la batalla para poder atender rápidamente a los heridos.

Un disparo en el estómago que tardaba horas en atenderse apenas dejaba al paciente posibilidades de sobrevivir. Si no moría durante la operación, no aguantaría el traslado, de eso Otto estaba seguro. Con dedos ágiles, se puso a trabajar. A lo lejos restallaba el fuego de artillería. Al cortarle el uniforme para acceder a la herida, se quedó mirando la medalla. Una cruz de hierro de segunda clase. Él no era soldado. Era médico. Sabía que no era cierto, pero algo ayudaba. Acallaba su conciencia, le permitía conciliar el sueño y encontrar las fuerzas para seguir adelante. Creía que su existencia tenía un propósito, aunque este le pesara más a cada incisión que hacía en un cuerpo medio cadáver. Caras que apenas minutos antes avanzaban con decisión letal por territorio enemigo se venían abajo en décimas de segundo cuando las alcanzaba un disparo. En un abrir y cerrar de ojos, pasaban de héroe a niño herido, desamparado y desconocido.

Una hora después, Otto despertó sobresaltado de una cabezada. La tienda estaba llena de moscas. Lo habían acribillado los mosquitos y le picaba horrores. Se incorporó en su jergón y, apoyando la cabeza en las manos, empezó a pensar. Hannes. Aquel nombre vagaba por sus sueños como un fantasma con una cabeza y un cuerpo extraños. ¿Cómo había podido suceder? Trató de recordar el rostro de Sala. Solo se le había escapado el nombre. Hannes. Nada más. Ni su cara ni una descripción. Esas cosas solo servían para hacerse daño. Eso era más o menos lo que había dicho Sala. No, también sabía que era periodista, tenía un cargo en la Agencia de Prensa Alemana. Parecía poco probable que acabara aterrizando bajo su bisturí durante la guerra para que lo reparara. Pero, por otro lado, si era reportero de guerra... No, entonces no tendría ningún cargo en la Agencia. Seguro que venía de una familia mejor que la suya. Seguro que aquella era la diferencia decisiva. Era importante, sin duda. Sala no dejaba de quejarse de su falta de cultura, bien lo sabía él. Por más libros que leyera, seguiría siendo un extranjero en ese mundo. Periodista. Jean también escribía para el periódico de vez en cuando, aunque le pagaban una miseria. Después de la guerra, él no se ganaría mal la vida como médico. Jean le había dicho en una ocasión que para triunfar en la prensa le faltaba insolencia. Así que su contrario era un triunfador insolente. «Nunca subestimes al enemigo», aquella era la lección más importante que había aprendido en el cuadrilátero, lo primero que le había dicho Egon tras su primera derrota. Y después de esa derrota no hizo otra cosa que ganar. No lo subestimaría, no cometería ese error. ¿Dónde estaría ese tipo? Su ocupación le daba la ventaja de no tener que ir a la guerra. Seguro que le regalaban entradas para espectáculos de todo tipo. Conciertos, representaciones teatrales, óperas..., incluso estando en guerra. A Sala le encantaba ir al teatro. A él se le habían cerrado las puertas de ese mundo. No quería ser espectador de vidas ajenas, le bastaba con la suya. ¿Y qué aspecto tendría? Seguro que tenía una melena bien frondosa. Sala se había quedado mirándole la calva de una forma muy extraña, sus ojos no dejaban de posarse en ella. ¿Por qué le había dicho que estaba más guapo? ¿A quién pretendía convencer? ¿A él o a sí misma? Los celos eran algo indigno. Le parecían algo ridículo, casi infantil. No culpaba a Sala. Él no había estado a su lado. La guerra los había separado. Había oído muchas historias parecidas de sus compañeros, algunas incluso peores porque, al fin y al cabo, Sala aún lo quería. Le parecía haber entendido que lo elegía a él. Otros se habían visto despachados con un par de líneas en una carta que había llegado a su destinatario en el frente con sorprendente celeridad. Algunos se hundían en la desesperación, otros andaban lamentándose, abandonando sus responsabilidades, cosa que podía ser especialmente peligrosa de noche en las trincheras. Almas en pena cuyo mal de amores ponía en peligro a toda su compañía.

No, se negaba en redondo a hacer algo así. Nadie debía tomarse a sí mismo y a sus problemas tan en serio. Decidió que haría de la guerra el origen de su infelicidad, aunque aquello tampoco le trajera ninguna paz.

29

Sala vomitó por tercera vez esa mañana. ¿Qué había comido? Nunca le había sentado nada mal. Mopp la miró con una sonrisa socarrona.

—¿Tienes algún antojo?

—¿Qué quieres decir?

—¿Qué te apetece comer? ¿O no tienes hambre? —Sala se quedó mirándola. ¿Adónde quería llegar su amiga?—. A ver, si no tienes hambre será que estás mal de la barriga o que tienes mal de amores, pero si te apetece comer de todo, dulce, ácido, tarta por la mañana y pepinillos en vinagre por la tarde, es que estás embarazada.

—No.

—No ¿qué?

—No puede ser.

A Sala se le llenaron los ojos de lágrimas. Supo inmediatamente que Mopp había dado en el clavo. Estaba embarazada. Llevaba días sintiéndose muy extraña, llena de júbilo un momento y apesadumbrada al siguiente. Se sentía confundida, con la mente dispersa, no paraba de descuidar sus obligaciones. Al principio creyó que los sucesivos reencuentros inesperados con Hannes y Otto la habían trastocado. Pero después de que Mopp expresara en voz alta aquella verdad incómoda, ya no le cupo ninguna duda. Ir al médico no sería más que una formalidad, sabía perfectamente lo que le diría, peor aún, ya lo sentía. Se le había retirado la regla. Y eso en ella era raro. Sabía que había mujeres a quienes les pasaba a menudo, pero a ella no. Ni Gurs ni los primeros bombardeos la habían dejado sin regla. Pero no había querido admitirlo. ¿Por qué no había confiado en lo que le decía el corazón, que le aconsejaba que se mantuviera alejada de Hannes? Se asustó. ¿Por qué Hannes? ¿Por qué pensaba primero en él? Otto era el padre. No, por Dios, no podía ser, no podía tener un hijo con los tiempos que corrían, en su situación. ¿Y si se descubría que el pasaporte que los Wolffhardt le habían conseguido era falso? Todo había sucedido a una velocidad sorprendente. Sin ningún impedimento. Un hijo. Se registraría el nacimiento, tendría que facilitar el nombre del padre. Y si se descubría su verdadera identidad, la acusarían de traición a la raza. Independientemente de quién fuera el padre del bebé, se lo quitarían, lo meterían en un orfanato o pasaría a manos de una pareja aria sin hijos, eso suponiendo que aceptaran a un «judío bastardo». O los meterían a los dos en un campo de Polonia, donde fuera que se llevaban a los judíos de Gurs. Hasta entonces, nadie había vuelto de esos campos.

—¿Qué voy a hacer ahora? —Miró a Mopp, desesperada.

—¿Quieres tenerlo?

Sollozando, Sala se cubrió la cara con las manos. Todo cuanto le había pasado hasta entonces palidecía ante esa pregunta. ¿Cómo iba a tomar una decisión sobre la vida de otra persona? ¿Qué esperaba a esa criatura en el mundo aparte de hambre, miedo y destrucción? Al fin ya no estaba sola, no; era todo mucho peor, porque decidiera lo que decidiera, estaría mal. No podría estar más sola de lo que ya estaba. Se quedó mirando la cara llena de preguntas de Mopp. Lentamente, negó con la cabeza. Mopp la tomó de la mano.

—Haré correr la voz.

Esa noche, Mopp fue a verla.

—¿Cómo te encuentras?

—Más o menos —respondió Sala, dejando de esbozar una sonrisa.

—¿Sabes la paciente de la habitación 11, en el primer piso? —Sala asintió—. Su marido es catedrático de Ginecología, antes trabajaba aquí. Ni idea de dónde trabaja ahora, pero alguien así podría ayudarte. —Ante la mirada inquisitiva de Sala, añadió—: Es de pura cepa, ¿me entiendes?

—¿Nazi?

—Por el Führer se cortaría el brazo derecho con la mano izquierda para dárselo a su perra Blondi.

—Estás mal de la cabeza.

—Habla con su mujer, es muy maja. Pero tienes que darte prisa, no le queda mucho tiempo. Carcinoma intestinal, ya se le ha extendido por todas partes.

A la mañana siguiente, Sala entró en la habitación número 11 empujando el carrito del desayuno.

—Buenos días, señora del doctor Diebuck, soy su nueva enfermera, me llamo Christa.

Hacía pocas semanas que Erika Diebuck ocupaba una habitación individual. A decir verdad, no existían habitaciones individuales. La guerra no lo permitía. A Sala le costó un gran esfuerzo tragar con aquel trato de favor injusto, pero ¿qué le iba a hacer? Según el informe médico, la mujer que estaba tumbada en la cama tenía treinta y siete años, pero parecía mucho mayor. La enfermedad le había dejado la cara chupada. Los brazos enjutos yacían inertes sobre la colcha. A pesar de ello, intentó incorporarse.

—Déjese de títulos, el doctor es mi marido, a mí esas cosas me dan igual.

Sala le puso una almohada en la espalda, acercó la bandeja y empezó a dar de comer a la paciente.

—¿Cómo se encuentra hoy?

—Bien.

Estaba moribunda, eso lo veía cualquiera, y respondía a la pregunta de cómo se encontraba con un «bien». No se quejaba de la comida, ni del tratamiento que no le estaba haciendo efecto, ni de la guerra o de los ataques despiadados de los Aliados, como hacía el resto de los pacientes. ¿Cómo sería su marido? Su mujer hablaba por él. ¿Cómo era posible que alguien se identificara con ese sistema inhumano sin perder la dignidad? ¿O acaso ella no era así? Pero convivía con un hombre que sí lo era, despertando a su lado día tras día, lo había acompañado en su camino hacia ese infierno oscuro. ¿Y cómo era posible que un médico, ginecólogo además, que, como todos los médicos, había prestado el juramento de preservar la vida, declarara indigna a toda una raza?

—¿Tiene usted hijos, señora Diebuck?

—Por desgracia, no. Cuando mi marido tuvo que aceptar la certeza de que nunca los tendríamos después de someterme a muchas pruebas, temí que fuera a dejarme. Pero no lo hizo. Por extraño que parezca, su amor por mí se reafirmó. Tuvieron que quitármelo todo. El útero y todo lo demás. ¿Sabe? Entonces sentí que mi vida ya no tenía ningún valor. Jürgen me devolvió la dignidad. La dignidad como persona y, sobre todo, como mujer. —Hizo una pausa. Su rostro se iluminó. Sala le ofreció una taza de té—. Qué curioso. Nunca le había contado esto nadie. No nos conocemos, pero es usted una persona muy especial. Lo he notado en cuanto ha abierto la puerta. Es usted muy atenta con los demás.

Nunca nadie había hablado así a Sala. Ni su padre, ni Hannes, ni Otto.

—¿Tiene usted hijos? —preguntó entonces Erika.

—No —respondió Sala, ruborizándose.

—¿Le gustaría tenerlos? —Ante el sobresalto de Sala, Erika Diebuck añadió con una sonrisa—: Qué pregunta más tonta, es el sueño de toda mujer, ¿verdad?

—¿Y si no lo es?

Erika se quedó mirándola un largo rato, como sopesando su respuesta.

—Ay —dijo finalmente.

Sala pasó el resto del día como en un trance. Las náuseas habían desaparecido. Por la noche la llamaron al despacho del jefe de servicio, que le ofreció una silla muy cortésmente.

—Siéntese, Christa, por favor.

En las visitas a los pacientes, el doctor ni se había dignado a mirarla. ¿Qué querría de ella? Lo miró con cauta expectación.

—¿Cómo se encuentra aquí con nosotros?

—Muy bien, señor doctor.

—Me alegra oírlo. Son tiempos difíciles, no todo el mundo lo sobrelleva con la cabeza alta como usted.

¿La cabeza alta? ¿Había hecho algo mal? ¿Qué insinuaba?

El jefe de servicio no había sido amigo del doctor Wolffhardt, precisamente. Era un secreto a voces. No había hecho comentario alguno sobre su muerte, dejando que su frío silencio hablara por él.

—No quiero andarme por las ramas...

Iban a despedirla. O algo peor. Alguien la había descubierto. ¿Erika Diebuck? Esa sonrisa modosita al preguntarle si quería tener hijos podría haber sido una sonrisa de odio. La mujer de un ginecólogo famoso, moribunda y estéril, se había encontrado con una joven, una joven embarazada, y judía, además. Se estremeció solo de pensarlo. Esa vez se había asignado de lleno la etiqueta de judía, había olvidado por completo la mitad de su identidad que la salvaba.

—Mi apreciado colega, el doctor Diebuck, me llamó esta tarde. Mañana vendrá a visitar a su mujer y le gustaría conocerla.

—Será un placer.

El doctor la acompañó a la puerta.

—El doctor Diebuck está llevando a cabo una investigación de vital importancia para la guerra en la clínica de Leipzig-Dösen. Temo que quiera llevársela para allá. Nos hacen falta manos fuertes como las suyas —dijo guiñándole un ojo.

De camino a casa, Sala se detuvo. La luna brillaba sobre su cabeza, como aquella vez en Gurs. Puso los pies rumbo a la calle principal. Necesitaba correr. Necesitaba aire para pensar.

«Allí donde está el peligro, crece también lo que salva». No se sacaba de la cabeza aquel verso de Hölderlin, que la animaba a ir más allá, junto al enemigo si hacía falta.

Cuando Sala llegó a su habitación, Mopp ya dormía. Se sentó a su lado y le acarició la cabeza calva. ¿Qué sería sin esa cabeza? Fuera donde fuera que se encontraba el alma, la de su amiga estaba allí, prisionera de su sonrisa, oculta tras la frente.

Tumbada bocarriba en la cama, miró al cielo. ¿Cuántas veces había estado tumbada en la misma posición, mirando las estrellas por un agujero en el techo? Si existía el diablo, y lo había encontrado en muchas partes, también existía Dios. Solo se podía creer en uno si se creía también en el otro. Se colocó las manos sobre el vientre en un gesto protector. Llamó a Otto en silencio en la oscuridad de la noche. Si era un niño, como ella deseaba, lo llamaría Otto. Lo bautizaría para que nunca tuviera que temer por su vida y creciera para ser tan inteligente y fuerte como su padre.

El doctor Jürgen Diebuck era un hombre de porte imponente, mirada clara y apretón de manos firme. Lo único que causó una cierta inquietud a Sala fue el azul acuoso de sus ojos relucientes, aunque no sabría decir por qué. Tras las presentaciones formales, la acompañó a la habitación de su mujer. Se acercó a la cama y se inclinó para besarla en los labios. Sala se quedó a una distancia prudencial. Solo de pensar que aquel hombre que tenía delante, saludando con tanto cariño a su mujer moribunda, tal vez se dedicara a matar a niños enfermos con inyecciones letales en la clínica infantil de Leipzig-Dösen, se le removía todo. ¿Cómo iba a aceptar la ayuda de ese monstruo? Confundida, contempló los gestos y las miradas que intercambiaba el matrimonio. «Íntimo y personal», pensó Sala. ¿Podía una persona ser capaz de amar y a la vez matar despiadadamente? ¿Cómo se justificaba algo así? No, era del todo inimaginable. Cuando Erika sonrió a Sala por encima del hombro de su marido, este se giró.

El jefe de servicio había puesto su despacho a su disposición. Era la segunda vez en dos días que se encontraba allí. El día anterior, Sala creyó estar metiéndose en la boca del lobo, pero, apenas veinticuatro horas más tarde, el espacio casi le parecía familiar. La secretaria les sirvió té y desapareció. Sala se fijó por primera vez en las estanterías llenas de volúmenes médicos. El nombre de Jürgen

Diebuck aparecía en los lomos de varios libros. Él pareció no darse cuenta, como un hombre acostumbrado a su propia aura.

—Mi mujer la aprecia mucho. Perdone, ¿cómo se llamaba?

—Christa.

Él asintió con aire ausente.

—¿Me permite llamarla por su nombre de pila?

—Por supuesto, doctor.

—Empezó a estudiar enfermería aquí. ¿Con la señora Wolffhardt?

—Así es, señor doctor.

Él empezó a hojear su expediente.

—Qué muerte más trágica, por lo que me cuentan. Su marido también falleció en el bombardeo, ¿verdad?

—Sí.

—¿Y bien?

—Yo era… Me formé como intérprete en España y en Francia.

—¿Y su certificado?

—Tuve que interrumpir mis estudios porque me enamoré de un médico. Un médico alemán —se apresuró a añadir—. Queríamos construir un futuro juntos. Por eso dejé los estudios.

—¿Y por qué vino aquí? ¿Creció usted en Leipzig? ¿Vivió aquí?

Clavó en Sala una mirada fría y precisa.

—En su expediente pone que nació usted en Rusia.

—¿Sí?

—¿Sí? —replicó él con una sonrisa.

—No, quiero decir, ¿por qué me lo pregunta?

—Seré muy franco con usted, así nos ahorraremos el mal trago. Si mandara verificar sus documentos, resultarían ser falsos, ¿verdad? —Sala lo miró en silencio y él continuó—: No hace falta que diga nada. No es un proceder nuevo ni particularmente original. Así los falsificadores se evitan que las autoridades locales puedan investigar directamente, ¿sabe?

Sala no se movía.

—Como le he dicho, quiero que no haya secretos entre nosotros.

Imagino que tenía usted otros motivos para estar en Francia o en España. Si le soy sincero... —Se inclinó hacia Sala, haciéndole llegar una bocanada del olor intenso de su loción de afeitado—. Si le soy sincero... —Hizo una pausa dramática—. Creo que es usted judía.

Sala tenía muy claro que aquella era una batalla que no podría ganar. Era el fin. Por un momento sintió un profundo alivio. Apenas oyó lo que el doctor dijo a continuación:

—¿Tiene alguna otra cosa que ocultar?

¿Si tenía algo más que ocultar? Estuvo a punto de echarse a reír. ¿Acaso podía ocultarse algo más grande que la propia existencia? Entonces se apoderó de ella una furia colosal. Levantó la cabeza mientras sentía el pulso en el cuello y en las sienes y cerraba los puños.

—¡Estoy embarazada! —exclamó a voz en grito.

El doctor se encogió. Asustado, miró de la puerta a la ventana, y de nuevo a la puerta.

«¡A por él! Venga, rómpele el cuello y luego sal tranquilamente. Baja por la escalera, sal del edificio, ve a la calle principal y entonces corre, corre por tu vida y por la de tu hijo».

Pero ¿adónde? Las fuerzas la abandonaron de un plumazo.

—Puedo ayudarla. —Lo oyó decir de repente.

—No quiero tener el niño. —Sus palabras llenaron el silencio con un eco sordo.

—En eso también puedo ayudarla.

Sala lo miró. Él parecía no tenerlas todas consigo. Había súplica en su mirada. ¿Lo había entendido mal?

—Mire, Christa, o como sea que se llame, esto no va a durar mucho.

Sala lo miró sorprendido.

—¿Se refiere a la vida de su esposa?

—Eso, desgraciadamente, tampoco.

—La quiere mucho.

Él asintió.

—Nos conocemos desde niños. Siempre supe que me casaría

con ella. Fueron unos años maravillosos. Y entonces... —dijo mirando por la ventana.

—Es todo un error.

Se quedaron en silencio.

—Ayude a mi mujer, se lo suplico. Le cae usted bien. Asegúrese de que pase un par de horas agradables, o días, o semanas. Y yo la ayudaré a usted. Y, si quiere aceptar un consejo, un consejo del enemigo: tenga ese bebé. El mundo ya está demasiado roto —dijo. Sus últimas palabras sonaban distintas—. Con franqueza: cuando todo esto termine, me hará falta que alguien hable bien de mí. Le estoy proponiendo un intercambio que nos beneficie a los dos.

Sala agachó la cabeza. Respiraba pausadamente.

—¿Me da un tiempo para pensármelo?

—Una hora.

Sala asintió.

El doctor la acompañó a la puerta. Al salir, le dijo:

—No olvide que todavía mandamos nosotros. Aunque me haya visto en un momento de debilidad, ¡no lo olvide!

Necesitaba salir. Una hora. Cruzó el patio, bajó por la calle, siguiendo los raíles del tranvía que ya no circulaba, frente a paisajes en ruinas, aceleró el paso y echó a correr, a correr y nada más hasta que su cabeza encontrara la calma, hasta que encontrara una respuesta entre los escombros. Los pájaros entraban volando por las ventanas que las bombas habían hecho añicos. Tenía veinticinco años y había vivido más que otros con cincuenta. Una vida crecía dentro de ella. Y quería proteger esa vida. Por fin tenía algo por lo que valía la pena luchar. Un hijo. ¿Un niño, tal vez? No tenía ningún sentido, lo tenía todo en contra. No había nada que pudiera suponer más peligro para ella que un recién nacido. Pero ya no estaría sola. Mientras las bombas enemigas llovían sobre Alemania para destruir todo aquel sinsentido, para proteger y liberar a gente como ella, en pocos meses llegaría alguien a pedirle ayuda a gritos. Se prometió que no lo dejaría en la estacada.

30

El campamento de tiendas escondidas en el bosque fue rodeado por la noche, y toda resistencia fue inútil. Sin que hiciera falta disparar un solo tiro, se convirtieron en prisioneros del Ejército Rojo.

Hacía tres días que caminaban por el frío abrasador. Cuando alguno se desplomaba de agotamiento, un soldado rojo pasaba a la acción. Un tiro en la nuca y a seguir. Era mejor que quedarse tirado hasta morir de frío o ser devorado vivo por algún animal. Otto no se cansaba de impedir a sus compañeros que, muertos de sed, arañaran el hielo para beber el agua embarrada del suelo. Cuando no llegaba a tiempo, morían pocas horas después entre espasmos y diarrea. Una vez superada la conmoción inicial, los supervivientes empezaron a maldecir violentamente, dando rienda suelta a la frustración acumulada por la caída inminente del Reich.

Un hijo. Sala le había contado por carta que sería un niño, seguro. Un hijo. Lo llamaría Otto, como su padre. Como su abuelo. Tenía los pies en carne viva. Ya no los sentía. Tampoco tenía ya hambre. Racionaba estrictamente su consumo de agua. Había llegado a beber su propia orina. Pronto se acostumbró al sabor desagradable. Uno acababa por acostumbrarse a todo menos a la idea de ser un prisionero.

Les dijeron que los llevaban a un campo cerca de Rostow, donde tendrían que trabajar en el bosque. Ese invierno morirían más rápido que las moscas que, días antes, les amargaban la vida. Otto trató de imaginarse cómo sería tener a su hijo en brazos.

De noche escuchaba las canciones de los soldados del Ejército Rojo. Cuando no podía conciliar el sueño, trataba de entablar conversación con los guardias. Se entendían moviendo manos y pies. Uno de sus compañeros hablaba algo de ruso. Otto absorbía con ansia cada palabra nueva. Pensó muchas veces en fugarse al amparo de la noche. El problema era que su lengua materna era un impedimento para la huida. Para llegar a Alemania tendría que vestirse como un obrero ruso, o un campesino. Y tendría que dominar el idioma, hablarlo sin acento.

Le gustaba cómo sonaba, aquel tono sombrío y melancólico. Los soldados le daban palmaditas en la espalda entre risas cuando se sentaba con ellos chapurreando el idioma. Los observaba cuando jugaban al durak y pronto aprendió las reglas y se convirtió en un acérrimo contrincante. Al principio fue muchas veces el *durak*, el burro, incapaz de defenderse de los ataques de su vecino. Pero gracias a las miradas taimadas que se cruzaban acabó comprendiendo que hacer trampas formaba parte del juego, que consistía en humillar al contrario. La carta más alta de la partida era un triunfo. Había que ganar al vecino y, para hacerlo, uno podía aliarse con otros para deshacerse de sus cartas lo antes posible. Quien no lo hubiera conseguido al terminar la partida era el *durak*. Por encima de todo, aprendió rápidamente a reconocer los diferentes exabruptos que los soldados entremezclaban una y dos veces a cada frase. Como durante su infancia y adolescencia, volvía a ser el más débil. Pero tenía un objetivo: ya no estaba dispuesto a ser el *durak*.

Hubo que dejar atrás a otro compañero. Apartaron la mirada con apatía cuando cayeron los tiros. Primero se perdía la atención y luego, el interés. Se dejaba de ver la muerte del otro. Las fuerzas flaqueaban. Seguían avanzando, tambaleándose en silencio. El odio se transformaba en indiferencia.

¿Y si el bebé no era suyo? Había dejado de pensar en Hannes. Pero volvía a estar presente. A media partida, se le puso delante de repente a gritarle «¡Durak!». Otto se quedó mirándolo. Frunció el ceño. Quiso abalanzarse sobre él, arrancarle el arma y partirle el cráneo a culatazos. Quiso agarrarlo del gaznate hasta reventarle la laringe. Quiso darle un puñetazo en la mandíbula, arrancarle la lengua, arrastrarlo por el fuego hasta que muriera entre las llamas.

—Durak.

El hombre que se le había agachado delante riendo no podía ser Hannes. Era un soldado ruso. Un enemigo. Pero no era su enemigo. Se reía. Era todo un juego. Otto reprimió su ira. No podía dejarse ir, estaba en peligro. Durante la guerra, había visto muchas veces a hombres que, presa del miedo, se mutilaban a sí mismos. El miedo era el enemigo más peligroso de un soldado, le hacía dirigir sus actos contra sí mismo. Otto miró a su oponente, que sonrió, arrojó sus cartas al centro y empezó a barajar de nuevo.

—Juguemos otra vez, follamadres.

Los soldados rugieron de risa.

—¡Follamadres! ¡Follamadres!

Pronto dejaría de ser el *durak*.

El hambre. Los más débiles murieron los primeros días. Los demás intercambiaban recetas, ansiosos, desarrollaban elaborados menús en largas conversaciones, buscaban consuelo en los banquetes imaginarios que su interlocutor planeaba.

—Los franceses lo llaman *filet*, nosotros, solomillo, aunque en Austria tiene otro nombre, y el del cerdo se llama secreto, es un corte de forma cónica veteado de músculo entre las costillas y el lomo, uno a cada lado. Es una carne de un tierno y jugoso que no creeríais, porque el animal apenas mueve ese músculo.

Hablaba un tipo alto como un árbol. Al mirarlo, parecía capaz de saltar barrancos de una zancada. El resto de los prisioneros no perdían palabra. Ya no hablaban de mujeres, solo se hablaba de comida. Con sus enormes zarpas, Herbert mostraba cómo despiezaba terneros y cerdos en la granja de sus padres en tiempos de paz. El negocio familiar abastecía a todas las carnicerías de la región. No pasaron hambre ni durante la guerra.

—A los terneros los abríamos a lo largo en dos mitades simétricas, que luego se separan en cuartos delanteros y traseros. Espaldilla, lomo, costillar y pierna. Eso es el corte primario.

—Los domingos, mi madre preparaba un asado con puré de patata que todavía humeaba cuando lo ponía en la mesa —dijo un chico que era todo piel y huesos. Tendría unos veinte años, pero parecía un niño envejecido prematuramente.

—¿Y qué salsa le ponía? Tienes que dar detalles de la salsa, si no, no puedo imaginármelo bien —intervino el soldado que tenía al lado.

—Pues la salsa era…, no sé, la preparaba mi madre. Era… pues… marrón, creo.

—¿Se te va la olla? —Al otro soldado se le salían los ojos de las órbitas—. Te pones aquí a hablar de un asado que se te hace la boca agua, ¿y lo dejas ahí? Voy a partirte la boca a ver si te ayuda con la memoria.

El chico no se movió. Se quedó mirando al infinito. Su cara parecía una habitación vacía en la que alguien había apagado la luz.

Un tipo gordo, cuya papada se bamboleaba al hablar como un trapo viejo, acudió en su ayuda.

—Se prepara con la carne de las patas traseras. Hay que condimentarla bien con sal y pimienta, y luego frotarla con mantequilla y pasarla por fuego alto muy rápido por todos los lados para que se cierren los poros y la carne quede jugosa por dentro.

Siguió un coro de jadeos y suspiros. El gordo había encontrado un público atento y siguió hablando con los ojos relucientes.

* * *

Era importante preguntar por cada detalle, se discutían con pasión diferentes versiones de un mismo plato para alargar al máximo el proceso. Nadie quería que aquel banquete común terminara demasiado pronto y volver a quedarse solo, atormentado por el hambre, abandonado, sin familia, sin madre.

—Entonces, lo primero es poner los huesos a hervir en agua fría. Desespumar el caldo y dejar cocer cinco minutos. Luego se añade la carne y las verduras del caldo en juliana. Sal, pimienta, bayas de enebro y hervir a fuego lento unas dos o tres horas. Sin dejar de desespumar todo el rato. Luego se separa la carne, y se corta bien pequeña para devolver a la sopa o se reserva para otras preparaciones...

Una calurosa ovación. En segundo plano, los rusos sacudían la cabeza con incredulidad.

31

Casi sin poder moverse por las contracciones, Sala se arrastró hasta la clínica de Leipzig-Dösen a ver al doctor Diebuck.

Una enfermera tramitó su ingreso en Urgencias, donde la tumbaron sobre una camilla a lomos de la cual atravesó los pasillos vacíos del hospital. Se sentía como en una casa encantada, como si detrás de cada puerta acecharan las almas de los niños asesinados. ¿Y allí iba a dar a luz? El recorrido parecía interminable. Cada vez que llegaban al final de un pasillo, doblaban a derecha o izquierda y encontraban una ramificación más de ese laberinto. Vio en dos ocasiones a un médico correteando por el pasillo medio iluminado. De repente notó una humedad cálida entre las piernas. Había roto aguas.

Temblando de dolor y debilidad, Sala apenas se dio cuenta de que le pinchaban oxitocina. El dolor aumentó lo indecible.

—¿Y si me desmayo?

—Si te necesitamos para algo, no te preocupes, que te despertaremos —respondió la matrona, una berlinesa de pura cepa de brazos fortachones y una complexión sorprendentemente lozana. Le puso una inyección a Sala.

—¿Qué es eso?

—Estricnina, niña, no nos queda nada más —dijo con una risotada—. No, no, no tengas miedo, es solo para calmarte un poco. El doctor llegará enseguida. Debe de andar buscando su caramelito.

—¿El qué?

—Su insignia del Partido, el caramelito. Últimamente lo pierde cada dos por tres —dijo para sí con una risita. Entonces le puso la mano en la frente—: Tienes cara de anémica, cariño mío, ¿has perdido mucha sangre, hoy o hace poco?

Sala asintió débilmente.

—Esta mañana. Un buen chorro.

—Eres del gremio. Esperemos que este chiquitín no nos dé ningún susto. ¿Qué quiere que sea?

—Un niño.

—Un niño hace mucha falta, sí. Lo ideal sería que vinieran dos o tres, creo yo, pero luego a ver cómo alimentas todas esas bocas, ¿no? —dijo con una sonrisa tranquilizadora—. Bueno, no te preocupes, cariño mío. El doctor sabe lo que se hace, y de lo que no sabe ya nos encargamos nosotras. No se me ha muerto nunca ninguna, y eso que ya he traído al mundo a suficientes niños como para llenar un pueblo pequeño.

Sala empezó a perder el conocimiento.

—Bueno, ¿dónde se habrá metido? —dijo la matrona, mirando el reloj—. Voy a ver, vuelvo enseguida, cariño. —Y, dicho esto, salió a toda prisa.

El tiempo se hizo eterno. ¿Cuántas horas tendría que estar allí tumbada, sola en un pasillo helado? Debían de haberse dejado una ventana abierta. Las contracciones la sacudían en intervalos cada vez más cortos. Volvió a sentir algo cálido entre las piernas. Con cuidado, apartó la sábana y se quedó mirando la camilla. Estaba todo lleno de sangre. Sala se incorporó aterrorizada.

—¡Ayuda! —Su voz resonó por el pasillo. Al fondo, dos enfermeras que avanzaban apresuradamente por el pasillo no le hicieron ni caso—. ¡Ayuda! Me estoy desangrando. ¡Que me desangro, maldita sea! ¡Un médico, rápido!

Miedo. Por fin, pasos que se acercaban.

Reconoció la voz del doctor.

Una luz deslumbrante la cegó. Alguien le separó las piernas.

Le metieron una mano dentro. Entre gritos, trató de levantar la cabeza para ver qué pasaba. Estaba totalmente despierta. Tenía que parir a ese bebé. No le quedaba otra.

—Viene con una vuelta de cordón. No consigo girarlo. Está atascado en la pelvis.

Sala no entendía nada. ¿Qué había dicho la matrona? Pero no podía rendirse. Tenía que continuar, seguir adelante. Rápido. Oyó la voz del doctor.

—¿Oxígeno?

—Bajo.

—Fórceps.

Sala notó cómo le introducían un objeto frío. Poco después sintió un tirón, como si quisieran arrancarle un camión del cuerpo. De un golpe, todo el dolor desapareció de su cuerpo. Silencio. Un grito. Algo blando y suave sobre su piel. Vio una cabecita abollada teñida de azul. Unos labios que buscaban su pecho. Un tirón agradable. Las lágrimas rodaban por las mejillas de Sala.

—Señor doctor, hay otra cosa, mire.

Silencio de nuevo. Sala intentó ver qué pasaba, pero los dos le dieron la espalda rápidamente.

—Feto papiráceo —dijo el doctor en un tono de curiosidad.

—Plano como una hoja —añadió la matrona.

Sala se incorporó asustada y vio lo que la matrona pretendía ocultarle. Un bebé. Sala gritó. Era su bebé, su segundo bebé. Parecía un feto totalmente planchado. Sala se echó a gritar. Le quitaron al bebé. Sin dejar de aullar, trató de ponerse en pie. El doctor la devolvió a la cama de un empujón.

—¡Cerdo! ¿Por qué no me lo dijo? Cerdos. Sois unos cerdos. Mi hijo. ¡Devolvedme a mi hijo! Por favor. Yo… Por favor… Por favor… Mi hijo.

Entonces perdió el conocimiento.

Despertó en una habitación pequeña. ¿Y su bebé? ¿Adónde lo habían llevado? ¿Qué había pasado? El miedo se apoderó de ella.

Un tono agudo resonaba en sus oídos. Una sirena. ¿Dónde estaba el timbre de alarma? Miró a su alrededor. Parecía una habitación normal y corriente. Una mesita frente a la ventana. El trino de un mirlo llegó a sus oídos. ¿Había un jardín? En la pared opuesta había una estantería. Las letras en los lomos de los libros eran una mancha borrosa. El papel de pared era verde. Aquello no era una habitación de hospital. ¿Dónde estaba? Le dolía el abdomen. Notaba pinchazos y tirones entre las piernas. Trató de ponerse en pie, pero estaba demasiado débil.

Había alguien de pie a su lado. No podía verle la cara. El roce de su ropa sonaba demasiado fuerte. Su respiración tenía un traqueteo inquietante. Intentó nuevamente levantar la cabeza. Imposible. Sintió el contacto de una mano y abrió los ojos. Tenía delante al doctor Diebuck. Debía de haberse quedado dormida.

—¿Cómo se encuentra?

—¿Dónde está mi hijo?

—Tuvimos que quedarnos al bebé en el hospital. No se preocupe, solo hay que hacerle un par de pruebas rutinarias por su seguridad. No fue un parto nada fácil.

Hizo una pausa y la miró a los ojos, llenos de una esperanza tensa.

—Es una niña.

Sala sintió que se le hacía un nudo en el pecho. Trató de respirar con calma.

—Estaba usted embarazada de gemelos.

Sala lo miró. Oyó de nuevo la voz de la matrona: «Hay algo más», y luego «Plano como una hoja».

Meneó la cabeza con aire suplicante. El doctor le tomó la mano, pero ella se zafó.

—¿Por qué no me dijo que llevaba gemelos?

Jamás debería haber ido a esa clínica ni aceptar la ayuda de ese hombre. Lo miró a los ojos. Tenía la cara inexpresiva. Esa mirada solo podía venir de un monstruo.

—¿Era otra niña?

El profesor negó con la cabeza casi imperceptiblemente. ¿Qué había hecho con su hijo? ¿Se lo había quedado para sus perversos experimentos?

—Probablemente fuera un niño. Aún no lo sabemos. Sospecho que el feto falleció durante el embarazo, y entonces el cuerpo de la madre, es decir, usted, absorbió el agua del feto y este quedó aplastado por la placenta dentro del útero hasta el momento del parto. —Sala se quedó mirándolo fijamente—. Su hija está viva. Eso es lo que importa. Puede estar contenta, es una niña fuerte. ¿Sabía que la mayoría de la gente cree que todos los recién nacidos son iguales? Pues se equivocan. Desde el instante en el que nacen son tan distintos como lo serán al crecer. Yo he traído a muchos niños al mundo. Su hija es única, créame, y ya ha tenido una gran fortuna.

«Soy yo —se dijo Sala—, soy yo quien lo ha matado». Estaba demasiado débil como para replicar. Quería estar sola, y después... después quería ver a su hija. Y a su hijo muerto. Tal vez mañana. En ese momento no. Mañana.

Una vez Sala se hubo recuperado del parto, el doctor instaló a su mujer en su casa. No quería que muriera en el hospital. Y para eso necesitaba a Sala. Lo tenía todo planeado desde el principio. Un juego trucado. Sala y su hija Ada no existían oficialmente. El profesor dijo que era mejor así. Así nadie pensaría nada raro.

32

A su llegada, los mandaron a talar árboles al bosque. Muchos se derrumbaron a los pocos días de puro agotamiento o murieron en el bosque. Al tercer día, Otto se encontró en la cola del baño. En el espejo, desde el final de la fila, vio un rostro extraño, cadavérico, hinchado por el hambre. Vio enseguida que aquel hombre estaba al borde de la distrofia. Tenía el cuerpo tumescente, la piel reseca le envolvía las extremidades como un pellejo de cuero avejentado, los ojos desorbitados resaltaban en la cara demacrada. Cuando Otto se dio la vuelta para examinar con detenimiento a aquel enfermo, vio con el rabillo del ojo que el otro también se giraba. Se detuvo. Se volvió lentamente hacia el espejo y repitió el movimiento. El rostro lo imitó de nuevo. Dio un respingo. Aquel enfermo muerto de hambre era él.

Unos días más tarde, despertó en la enfermería. Por lo menos, seguía vivo. Sintió un alivio cómico. Examinó sus síntomas minuciosamente. Tomó nota de todos los cambios del «paciente». Salir de sí mismo le salvó la vida. Con esfuerzo, recordó que había experimentado un cansancio insoportable unos días antes de llegar al campo. Había olvidado los nombres de sus compañeros, que se habían convertido prácticamente en hermanos durante los últimos años de guerra. Su fecha de nacimiento, el momento de su captura:

lo había olvidado todo. En la oscuridad de su memoria vio a una mujer embarazada a lo lejos. El país y su nombre, también borrados.

Ni un solo pensamiento dedicado al sexo, apenas reaccionaba a su entorno, como si la muerte se le acercara inexorablemente. Su estado de semiinconsciencia se veía interrumpido por picos repentinos de euforia que iban seguidos de un letargo aún mayor. Se puso a contar calorías para tratar de racionalizar su hambre a la vez que combatía una peligrosa indiferencia. La diarrea y un deseo persistente de orinar lo dejaron sin fuerzas. La preparación mental que tenía que hacer para conseguir levantarse de la cama le llevaba una o dos horas cada vez. Cada gesto, incluso girarse de un lado a otro sobre el colchón, requería de una planificación minuciosa. El recorrido hasta las letrinas le exigía una preparación exhaustiva. Apartar la manta para no enredarse en ella al levantarse; incorporarse y esperar sentado a que se le pasara el mareo. Poner los pies en el suelo y encontrar sus zuecos de madera, envolverse con la manta para protegerse de las corrientes de aire, sujetarse los calzoncillos o, mejor aún, estrechar más el cordel, para no perderlos. Tres pasos hasta la puerta del barracón, abrir la puerta, cruzarla, cerrar. El mismo procedimiento en la puerta mosquitera. Y, sin olvidarse del bastón, caminar con cuidado hasta las letrinas. Sin caerse. Sin chocarse con nadie. Cuando conseguía todo aquello, solía necesitar un rato para recordar a qué había venido. Y, durante toda la operación, no se le escapaban las miradas de desprecio de los otros enfermos. Su comunicación se había visto reducida a unos mínimos que los demás percibían como hostiles. Tras tres semanas interminables, acabó adoptando la postura encorvada típica del campo y los andares arrastrados que había visto en los demás. El paso del prisionero. Más tarde anotaría con sarcasmo en su diario que esa perversión del paso militar representaba a la perfección la ironía de la guerra. La guerra conseguía en pocas semanas lo que en circunstancias normales tardaba toda una vida: la paulatina disolución psicofísica. Una prueba más de su eficiencia económica.

* * *

Ella se acercó a su cama. Tenía la cara blanca como la nieve, y el cabello grueso y liso oscuro como sus ojos. Cuando lo ayudaba, lo hacía con manos firmes pero cuidadosas. No diferenciaba entre sus pacientes. Los trataba a todos sin afectación, sin palabras o gestos superfluos. Estaba ella sola con los distróficos. Recibía la ayuda ocasional de un médico mayor que paseaba su cuerpo pesado con apatía entre sus desmejorados pacientes. Allí nadie hablaba de otra cosa que de comer. Monólogos sordos sobre jamón, queso, huevos, asados, tartas. Todos hablaban incesantemente de sus riquezas. En la patria de sus pensamientos, las despensas estaban llenas a rebosar. Cuanto más hablaban de comida, más rápido morían.

Cada noche, la enfermera le frotaba un ungüento en la piel reseca. Tenía un olor insoportable, pero ayudaba. La circulación regresó a los pellejos que colgaban de su cuerpo. Ella le enseñó ejercicios para fortalecer su musculatura flácida. Le traía comida y té caliente. Le hizo creerse una persona. No un enemigo. Era judía. Se llamaba Mascha.

Ninguno de sus compañeros había sido asignado a ese campo. No sabía si la separación había sido deliberada para evitar el espíritu de grupo. Se daba cuenta de que los hermanos de armas habían vuelto a ser compañeros y nada más. La desconfianza se extendió entre los prisioneros alemanes. Cada uno miraba por sí mismo. Otto ya no tenía hambre. Contaba religiosamente cada caloría que ingería. Quería salir de allí.

El campo estaba organizado como un batallón bajo la dirección de Kombat, el prisionero alemán de más edad. Tras la inspección médica, los prisioneros eran divididos en grupos. Los de los grupos 1 o 2 estaban capacitados para trabajar y eran enviados al bosque. Los del grupo 3 podían trabajar con ciertas limitaciones, y los distróficos del OK, el *Osdorowitelnaja Komanda*, el Comando Convaleciente, no podían trabajar en absoluto.

Otto tomaba nota de todo lo que observaba. Los que no trabajaban se encontraban librando un combate a muerte contra un sentimiento creciente de futilidad, mientras que quienes iban al bosque a trabajar antes de tiempo morían rápidamente de frío y hambre. Mientras los demás compartían recetas, Otto escribía para mantener el hambre, el tema que todo lo dominaba, a raya. De noche, incluso oía algunos hablar de comida entre balbuceos.

—Georg, tienes que comer algo.

Otto se inclinó hacia su vecino de cama, un chico enjuto que llevaba días guardándose sus raciones. Georg, apático, tenía la mirada perdida.

—Sé lo que me hago. Quiero comer hasta saciarme, dormirme sin hambre por una vez.

Su voz tenía un repiqueteo monótono. Ni una mirada. Ni un movimiento.

Un par de noches más tarde, Otto lo vio darse un festín bajo la manta. La mayoría de los alimentos ya estaban echados a perder. Sus tripas se amotinaron. Georg vomitó entre grandes convulsiones todo lo que con tanto esfuerzo había estado quitándose de la boca. Otto trató de tranquilizarlo. Arrastró al muchacho moribundo al lazareto. Comer. Hambre. Comer. Hambre. Hambre. Hambre. Hambre. Hambre. Comer. Muerte.

Cuando despertó a la mañana siguiente, Otto se dio cuenta de que Martin, su vecino de cama de la derecha, ya no se movía. Se levantó de un salto y trató de encontrarle el pulso. Tratar de reanimarlo no serviría de nada, el *rigor mortis* ya se había establecido. Agotado, Otto se dejó caer sobre su camastro. Ya no podía pensar con claridad. A su lado había un hombre que había muerto de hambre, en cuyos bolsillos y bajo cuyo colchón las manos ansiosas de los compañeros que habían venido corriendo estaban rebuscando los preciados alimentos que, en su mayor parte, ya estaban estropeados.

La noche siguiente, un jadeo intenso despertó a Otto. En la oscuridad vio cómo el compañero de dos camas más allá se masturbaba con las últimas fuerzas que le quedaban. Otro también empezó a tocarse.

—¡En qué piensas, compañero…? ¡¿En qué piensas?! —dijo casi sin aliento.

—¡Pan…! —respondió el otro.

Dio una bocanada de aire y puso los ojos en blanco mientras su cuerpo se estremecía con un estertor. Muerto. Otto se quedó mirando a la oscuridad. Por primera vez en su vida tenía miedo de volverse loco.

Un soldado ruso perteneciente a la dirección del campo entró de repente en el barracón.

—¡Victoria! Habéis perdido. ¡Se acabó! ¡Se acabó! ¡Se acabó la guerra!

33

Sala saltó al andén con el bebé en brazos. Para cuando el tren se detuvo, ya había descubierto a su padre. Echó a correr con los ojos anegados en lágrimas. Estrechó a su hija entre sus brazos. Cuando Jean se giró hacia ella, parecía haber envejecido veinte años, pero el brillo de su mirada seguía inalterado. «El mismo granuja de siempre», pensó Sala mientras él la miraba, meciéndose lado a lado de la excitación, y esbozaba una sonrisa pícara al ver a su nieta.

—¿Y tú quién eres?

—Me llamo Ada —dijo Sala, agarrando la manita izquierda de su hija para saludar al abuelo.

Jean las abrazó a las dos, y Sala pudo notar lo flaco y frágil que estaba. Le acarició el pelo blanco como la nieve.

—Ven —dijo Jean—. Quiero presentaros a Dorle.

Sala ya había oído hablar del nuevo amor de su padre. Dorle o Dorchen, como a Jean le gustaba llamarla, se llamaba, en realidad, Dora, un nombre que cuadraba más con su aspecto, pensó Sala cuando respondió a su firme apretón de manos. No solo era más alta, sino que, sobre todo, parecía más poderosa que su madre Iza. Una giganta, como escribiría a Otto más tarde, sola en su habitación, sin saber adónde tenía que mandar la carta. Hacía un año que no tenía noticias de él. Ni siquiera sabía que era padre de una niña, una niña adorable. Pero podía llamar a Berlín. Tal vez su madre supiera dónde podía encontrarlo. ¿Cómo habría pasado Anna la guerra? Ahora todos eran familia. Tras un momento de temor, ahuyentó los pensamientos recurrentes acerca de la muerte de Otto. Sabía que estaba vivo, y punto.

La noche siguiente la pasó escuchando las historias de su padre. La cena, algo espartana, la sirvió sonriente una mujer bajita y oronda. Puntito, como Dora la llamaba, no era una empleada doméstica, como Sala creyó de entrada, sino que era la compañera de Dora. Llevaban juntas toda la vida. Un *ménage à trois*. Su padre no había cambiado en nada. Dora parecía igual de dominante que su madre Iza. Al parecer, ni todo lo que sabía acerca del psicoanálisis lo salvaba de caer en patrones de repetición. Y Puntito se llamaba así, aclaró Dora con voz ronca, porque era el punto de la i de su vida amorosa. Todos se echaron a reír. Todos, menos Puntito.

Ada dormía. Era un bebé tranquilo. Cada tres horas pedía pecho y luego volvía a dormirse tranquilamente. Y, sin embargo, Sala tenía miedo. Si la niña no se movía, comprobaba atemorizada que aún respiraba. Se quedaba horas despierta con la oreja pegada al pecho de Ada, escuchando los latidos de su corazón.

Recordó al doctor, el fiel vasallo de Hitler. La había obligado a firmar una carta en la que declaraba que, en el año 1945, corriendo un gran peligro, él la había ayudado a dar a luz a su hija para, a continuación y hasta el final de la guerra, de nuevo poniéndose en riesgo, acogerla en su propia casa proporcionándole no solo un techo, sino también un hogar lleno de amor. Un refugio que ella había abandonado por voluntad propia y muy a pesar de él tras la muy esperada victoria de los Aliados para reunirse con su familia. La imagen del bebé que había perdido parpadeaba en la negrura de su memoria.

Al despertar, Sala notó una humedad pegajosa bajo la espalda. Se giró hacia Ada. Su hija dormía. Otto relumbraba en su carita pálida. ¿Dónde estaba?

El día se extendía ante ella.

34

A las cinco de la mañana tocaban diana. Otto puso el cubo de la letrina delante de la puerta. Se palpó el trasero para inspeccionarse la musculatura. Volvía a estar firme, había superado la distrofia. Mascha llegaría en dos horas y él la ayudaría, como había hecho los últimos días. Ella le estaba enseñando el alfabeto cirílico. Aprender era su forma de supervivencia. Hacía una semana que ella había presentado una solicitud en la dirección del campo para que Otto se quedara en el barracón de OK como médico. Aún no estaba lo bastante fuerte como para pasar a los grupos 1 y 2 y, además, a ella le hacía falta ayuda en el lazareto. Otto esperaba la respuesta cada día. Miró por la ventana. Los barracones OK se encontraban en el margen externo. El estercolero del campo. No quedaba nada más que esperar. Ya no tenía reloj. Los soldados del Ejército Rojo se lo habían quitado al capturarlo. Era un modelo suizo de la casa IWC de Schaffhausen. Elegante, plano, con una correa de cuero negro y una esfera dorada. Se sentía bastante orgulloso del reloj porque lo había ganado jugando. No sabía por qué, pero lo que ganaba en el juego significaba más para él que el dinero que conseguía con el sudor de su frente. Era consciente de su vulnerabilidad, por eso se había impuesto una prohibición estricta de no apostar desde el inicio de la guerra.

Allí no le hacía falta ningún reloj. Cada día se parecía al anterior y servía de modelo para el siguiente. ¿De qué le serviría un reloj? Las horas pasaban a contratiempo. Necesitaba responsabilidades, tareas, un objetivo. Por el momento, había dejado de pensar en escapar. Había sido un ingenuo creyendo que podría superar solo la distancia interminable del paisaje que lo rodeaba. Lo único que encontraría fuera del campo era lo que esperaba a todos los fugados: la muerte.

La victoria de los Aliados había prendido una chispa en su alma marchita. De repente, todo ardía. Se acabó la guerra. Pronto podremos volver a casa. El ruso no lo había dicho con mala intención. La mayoría los trataban con respeto. No dudaba de que les iba mejor que a los prisioneros rusos en campos alemanes. Pero, a pesar de eso, los prisioneros rusos podrían regresar a casa de inmediato, con sus mujeres e hijos, con sus padres y hermanos, tíos y tías. Otto se acordó de su madre, de Inge y Erna, incluso de Günter, aquel nazi de mierda. ¿Seguirían vivos? Los rusos contaban unas historias tremendas de la destrucción absoluta de todas las ciudades. Recordaba Berlín a la perfección. Si allí había pasado lo mismo, en la ciudad no debía de quedar más que escombros y ceniza. ¿Se habría reencontrado Sala con su padre? Esperaba que no les hubiera pasado nada. Pensaba lo mismo día tras día, como una palabra repetida una y otra vez hasta perder todo el sentido y convertirse en un sonido carente de todo significado. En algún momento acabaría por volverse igual que los demás, con la mirada perdida, anotando recetas e intercambiándolas por alimentos, almacenando comida, llenando el cubo de la letrina y vuelta a empezar.

¡Lo que daría por un libro! ¿De qué servía tener la panza llena si el cerebro pasaba hambre? No quería vegetar, antes prefería acabar con todo. Se mantenía alejado de sus compañeros, repugnado por su tono quejumbroso. Se arrastraban encorvados por el peso de la desilusión ante el hundimiento de todos los valores con los que les habían adoctrinado. El pasado había quedado destruido y el futuro era impensable. A los ojos del resto del mundo, su país debía borrarse del mapa. Dos guerras que habían implicado a todo el planeta habían tenido su origen en Alemania. Eso nadie se lo perdonaría. Jamás. ¿Con qué futuro iban a soñar? No, hacía falta algo totalmente nuevo. Pero ¿qué?

Fuera del barracón, el campo despertaba. Otto vio las primeras siluetas cruzar el patio al paso del prisionero. Solo se movían a la hora de comer. Entonces se armaba un barullo entre el tintineo de los cubiertos o de latas de conserva viejas. La marca estadounidense Oscar Maier, cuyas latas estaban galvanizadas, eran especialmente populares. Muchos se ponían a la cola con peculiares balanzas de fabricación casera para asegurarse de no recibir menos comida que el vecino. A veces se llegaba a las manos, aunque los contrincantes se detenían temblando a los pocos golpes para no venirse abajo. Otto no encontró a nadie con quien hablar de algo que no fuera comida. Los demás evitaban cualquier actividad superflua, convertidos en vegetales en tierra de nadie, un lugar entre la Tierra y el infierno. Otto también tenía que ponerse a la cola. No temía al hambre, sino que se avergonzaba de sus compañeros. ¿Quién podía decir que la vida merecía la pena ante aquel cuadro?

Llegó Mascha. La miró. Era guapa. Su brazo esbelto enarbolaba un papel con aire triunfal.

—¡Ha funcionado! El comandante del campo te ha nombrado médico de mi barracón hasta nueva orden.

Otto sintió que la adrenalina le recorría el cuerpo. Se acabó el letargo, por fin. Podría trabajar. ¡Y como médico! Era oficial. Se esforzaría, trabajaría de sol a sol hasta la extenuación. Y si eso acababa con él, al menos se iría habiendo servido para algo. Hubiera querido abalanzarse sobre Mascha para abrazarla, pero se limitó a darle las gracias escuetamente con el exabrupto de recibo.

—Cada vez hablas ruso mejor, Otto. Solo te falta trabajar un poco más las palabrotas para que te salgan más naturales, no tan correctas, ¿me entiendes? Ven aquí, amigo.

Lo estrechó entre sus brazos. Lo había llamado «amigo». ¿Cuándo había oído esa palabra por última vez? En boca de Sala, de Sala. Se alejó asustado de un respingo.

—Ven, empezaremos con las visitas de la mañana —dijo ella con una sonrisa.

Por la tarde, trajeron al lazareto a un hombre que sangraba

profusamente. Le faltaban dos dedos de la mano derecha. Otto se encargó de los primeros auxilios y detuvo el sangrado como pudo después de administrarle la dosis mínima de cloroformo para que se calmara. Mascha lo observaba con satisfacción por encima del hombro.

—Suele pasar. Se toman la justicia por su mano. —Otto la miró sin comprender—. Lo más probable es que se trate de un robo de comida entre compañeros. Un dedo por cada hogaza de pan.

Otto meneó la cabeza.

—¿Y por qué no interviene la dirección?

—Lo que los prisioneros se hagan entre ellos no le interesa a nadie. Pero pobre del que robe en la cocina…

—¿Qué pasaría?

—Diez años por una hogaza de pan, veinte por un pollo.

—Eso contraviene la Convención de Ginebra.

Mascha se echó a reír.

—Sois prisioneros. Habéis perdido la guerra. ¿Sabes cuánta gente ha muerto por vuestra culpa?

—Sí, somos prisioneros de guerra. Pero tenemos derechos igualmente.

Había levantado la voz. Mascha lo miraba con calma. Otto se ruborizó. ¿Había perdido la cabeza? Él, un soldado alemán, ¿pretendía hablarle de derechos en aquella guerra a una médica rusa y judía?

—Sois un pueblo peculiar —dijo Mascha.

—Sí, lo somos —dijo. Hizo una pausa y añadió—: Lo siento.

El bebé no tenía ni un año. Ardía de fiebre, un campesino de uno de los pueblos circundantes lo había traído. La atención médica en las zonas rurales era catastrófica. A menudo la distancia al hospital más cercano era excesiva. El bebé tenía el pulso débil. Era un niño. Yacía inmóvil sobre la mesa. No le quedaba mucho tiempo.

—Otitis —le dijo a Mascha en alemán, señalándose el oído.

Aún no conocía la palabra en ruso. La aprendería en los días siguientes. Ese niño no sería el último.

Mascha se disponía a administrar anestesia local, pero Otto negó con la cabeza. Cada segundo contaba y, además, Otto se temía que el bebé no aguantara el narcótico. Recordó su paso por el hospital pediátrico de Berlín. Una incisión para sacar el pus. Con manos hábiles, realizó un pequeño corte en el cuadrante anterior del tímpano y, con ayuda de un pequeño tubo, vació el pus. En menos de un minuto, el oído medio volvía a estar despejado. Mascha lo observaba impresionada. Sus movimientos eran rápidos y precisos. El niño lo miraba tan fijamente que se olvidó de llorar.

Pronto se corrió la voz acerca de sus habilidades. Otto empezó a realizar de forma habitual operaciones quirúrgicas pequeñas y no tan pequeñas, lo que rápidamente le valió la fama en la región de ser un médico de manos sanadoras. El resto del tiempo lo pasaba atendiendo eccemas, venganzas o automutilaciones.

En una ocasión llegó un paciente que había bebido una gran cantidad de salmuera para provocarse distrofia. Le habían llegado rumores de que a los distróficos los devolvían a sus países respectivos porque ya no servían para trabajar. Otto hacía lo que podía. Aconsejaba, curaba y trabajaba hasta caer rendido en el camastro de su barracón. Y Mascha nunca se apartaba de su lado.

Un par de semanas más tarde, mandaron a Otto de improviso al bosque a cortar leña. Habían asignado un médico ruso al campo y ya no lo necesitaban. Furioso, salió con el resto de la tropa.

En el camino de vuelta tropezó con un cadáver cubierto de nieve. Estaba medio desnudo, y le habían cortado trozos de carne con un cuchillo afilado en varios puntos. En cuanto llegó al campo, Otto entró en tromba en el barracón de comandancia. Abrió la puerta de un tirón y entró sin ceremonias a dar parte de ese caso de canibalismo. Antes de que el comandante pudiera responder, Otto siguió hablando con voz firme:

—Estoy aquí como médico de la Cruz Roja Alemana. Si me mandan al bosque, están ustedes contraviniendo la Convención de Ginebra y tendrán que responder de ello igual que de todo lo demás. —Su tono de voz seguro y cortante en ruso surtía efecto—. Como oficial prisionero, protesto enérgicamente. Espero que mañana me devuelvan a donde soy de utilidad: la enfermería.

Dio un puñetazo en la mesa, giró sobre sus talones y salió del barracón sin mirar atrás.

A la mañana siguiente se presentó puntual en la mesa de quirófano, y repasó con Mascha la lista de pacientes que esperaban una intervención.

Dos días más tarde, se encontró con el comandante de camino al lazareto.

—¿Cómo es que hablas tan bien ruso?

—Me ha enseñado Mascha.

—¿Te ha enseñado también a leerlo?

Otto asintió taimadamente. El comandante sonrió.

—¿Cuál es tu autor preferido?

—Pushkin.

—¿Has leído a Pushkin?

Durante el resto del cautiverio de Otto no hubo más intentos de cambiarlo de puesto. Cuando se cruzaba con el comandante, se saludaban respetuosamente. Un buen día encontró sobre su cama una edición de Pushkin de dos volúmenes. Empezó a memorizar un poema cada día.

—Buen día, Otto.

Heinz era una celebridad en el campo. Miembro de los antifascistas surgidos del Comité Nacional por una Alemania libre, andaba siempre mirando a izquierda y derecha para asegurarse de que nadie lo estaba espiando, una peculiaridad que los prisioneros extranjeros conocían como «la mirada alemana». Heinz era del todo inofensivo. Antes de la guerra, se dedicaba al comercio de productos de mercería. Comunista convencido, nunca se pasó a los nazis. A Otto le caía bien. Tal vez fuera su acento familiar, o tal vez su talante franco y sin dobleces. Heinz le recordaba a algo que no podía definir con precisión. Cuando se detuvo a mirar a izquierda y derecha en mitad del patio totalmente vacío, Otto no pudo evitar echarse a reír. Heinz se tiró del párpado inferior con el índice en un gesto de vigilancia.

—No hay que bajar la guardia. ¡Cuidado con los ojos de madera! Hay alguno entre los nuestros. En tiempos como estos, un hombre honesto se convierte en un chivato por un plato de *kasha*.

Los «ojos de madera» eran los informadores que se ganaban el favor de la dirección delatando robos u otras infracciones. Había algo aún peor, los «carakasha», que harían cualquier cosa por una ración adicional de *kasha*, las gachas que les daban a diario.

—Esta noche hay elecciones. ¿Estás apuntado al partido?

—¿De qué se trata?

—Vamos a elegir al portavoz político del campo. Wolfram, nuestro portavoz más veterano, me ha dicho que te dé recuerdos. Nos darías a todos una alegría si te pasaras a vernos.

—No sé, nunca se me ha dado muy bien lo del asociacionismo.

—Ay, Otto, no seas así. ¡Si eres uno de los nuestros!

—Ni de los vuestros ni de nadie.

—Bueno, la patria...

—No me vengas con esas, Heinz. Estoy hasta las narices de la patria.

—Pero también cantamos. Unas canciones muy bonitas, te lo aseguro.

—Ya me hicieron cantar bastante en los años treinta. Es todo lo que os importa. Ya sé cómo va la cosa, los alemanes nos ponemos a cantar y acabamos partiéndoles la cara a los demás.

—Mentira, Otto, eso es rotundamente mentira. Lo que queremos es construir una Alemania totalmente nueva, ¿entiendes? Desde abajo, no desde arriba. Nuestros compañeros de Berlín, en la zona este, donde están ahora los rusos, bueno, donde mandan los rusos, ya me entiendes, están abonando el terreno para nuestro regreso, pero en la zona occidental pasa todo lo contrario, y los viejos nazis ya vuelven a manejar el cotarro.

—No te lo tomes a mal, Heinz, pero ya veníamos de algo totalmente nuevo, estoy ya hasta las narices de cosas totalmente nuevas.

—Ah, ¿tú quieres que todo vuelva a ser como antes?

—Ya conozco a tus compañeros. Pregúntales a los rusos por los suyos. Mismos perros con distintos collares, no hay más que verlos.

Tumbado en el camastro, pensó en Sala y en su último encuentro en Leipzig. El tal Hannes tenía todas las de ganar, el tiempo corría a su favor. Incluso si lograba volver dentro de seis meses, cosa que ni él mismo creía, podría ser demasiado tarde. Y no era culpa de nadie. Cosas de la guerra. Su cautiverio también formaba parte de la guerra. Pasara lo que pasara, la guerra lo tocaba todo. Los últimos años lo habían cambiado para siempre. Y a Sala también. Ella también había estado en un campo, aunque apenas había hecho una mención escueta de ese periodo. No había nada que contar. ¿De qué iba a hablar? ¿Del silencio? ¿De la pérdida galopante de la propia personalidad que había observado en sus compañeros mientras se preguntaba si a él le estaría pasando lo mismo? Lo había notado en Leipzig al estrecharla entre sus brazos. Era otra. La Sala de antes solo se intuía en contadas ocasiones, como una sombra fugaz. ¿Por qué se hacía ilusiones, ahí tumbado en el barracón?

Sabía quién estaba metido en aquel grupo. Algunos eran gente decente. Viejos socialistas, incluso algún comunista. Iban en serio. Pero callaban acerca del pasado como todos los demás. ¿Cómo iba a construirse algo nuevo de esa manera? Del horror no se hablaba. Como si estuvieran amordazados. Nadie tenía el valor de enfrentarse a ello. Toda ilusión había quedado destruida. Estaba rodeados de cadáveres vivientes que habían perdido hasta la última migaja de amor propio. De ahí no podía crecer nada nuevo. El suelo había quedado contaminado para siempre. Lo mejor sería acabar con todo, borrar todo el Reich alemán de los mapas. Por siempre jamás. Empezar de nuevo era algo reservado a aquellos que ahora se repartían su país. Y aquellos que se habían congraciado con los antifascistas para obtener algún trato de favor eran todos ojos de madera o *carakashas,* que por una cucharada más de comida venderían al vecino o al camarada que osara expresar una opinión disidente. Aquella era la nueva libertad, y a él le importaba un bledo. Libertad de expresión, era para troncharse. Aquello solo servía para sonsacar a los más ingenuos. No había ningún colectivo en aquel campo que estuviera más dividido que los alemanes. Los de otros países hacían un frente común. Cuando racionaron la leña a los japoneses, el coronel nipón ordenó prender fuego al barracón. Juntos, los soldados japoneses se sentaron cerca de las llamas para calentarse entre risas. Unos preferían congelarse juntos a dejarse humillar, mientras que otros preferían delatarse entre ellos y robar el pan a los compañeros para sobrevivir con suerte un par de horas más, por miserable que fuera su existencia.

A pesar de todo, acabó por ir. Cualquier cosa era mejor que quedarse en el barracón, tumbado en su camastro y comiendo techo.

Al entrar en el barracón de los antifascistas vio a un profesor de instituto sentado al piano tocando *La Internacional.* Sirvieron café aguado. Heinz lo saludó con alegría y lo arrastró a la primera fila mientras Wolfram Lutz, veterano del campo, empezaba su discurso:

—Compañeros... —Era un hombre de aspecto afable de rasgos algo toscos, del tipo que Otto había conocido en su niñez—. Compañeros, estamos hoy aquí reunidos para elegir democráticamente al nuevo portavoz. Dice mucho de la dirección del campo que nos den este voto de confianza a nosotros, sus enemigos, que tanto sufrimiento les hemos causado a ellos y a sus familias. Por favor, compañeros, no lo olvidéis, tened presente vuestra responsabilidad.

Wolfram era del tipo de personas que buscaba un debate objetivo libre de cualquier fanatismo. Pero había otros tipos.

A Otto no se le escapaban sus miradas suspicaces. Cuerpos amortajados en hipocresía y avaricia, que denunciarían a cualquiera con tal de endulzarse un poco el cautiverio. Esos también se preparaban con ansia para una transición lo más suave posible a una nueva sociedad en la que las virtudes de siempre, como la mezquindad, el servilismo y la traición volverían a estar muy buscadas.

—Compañeros, antes de pasar a la acción, me gustaría también señalar que la dirección del campo nos ha dado a nosotros, los antifascistas, la honorable tarea de velar por la asistencia ideológica y cultural de todos los prisioneros alemanes. Y esto tampoco hay que tomarlo a la ligera. Algunos de vosotros recordaréis el trato que se dispensaba a los soldados rusos en nuestros campos. Que no nos castiguen a todos por ello es un tanto a favor de los rusos. Para todo lo demás, lo único que cuenta es que hemos perdido la guerra.

Un par de compañeros que se disponían a levantar la mano para pedir el turno de palabra volvieron a bajarla rápidamente al oír la última frase.

—Muy bien, compañeros, ahora fijaos bien en esta lista —dijo mostrando una lista de nombres—. Esta lista se ha hecho con el beneplácito de la dirección del campo. Así que pensad bien dónde marcáis la crucecita.

Las listas circularon entre la concurrencia. Los primeros de la lista eran los simpatizantes comunistas habituales, los preferidos de los rusos. Pero al final Otto descubrió dos nombres que se contaban entre los moderados y, para su gran sorpresa, salieron elegidos. La votación democrática no solo había vencido, sino que había acertado. Brindaron con aguardiente de patata.

A la mañana siguiente, la dirección del campo declaró nulo el resultado. La votación había recibido influencias fascistas, se veía claramente que los alemanes seguían bajo el influjo de la ideología nacionalsocialista. La dirección nombró a los suyos.

35

Estaban en el bajo interior del tercer patio de Kreuzberg. Habían venido todos a admirar a la pequeña Ada. Inge estaba embarazada, Günter había adelgazado y parecía sorprendentemente civilizado, Erna había encontrado la dicha conyugal junto a Paul, un hombre trabajador, y Anna estaba feliz sentada a la cabeza de la mesa con una pañoleta en la cabeza, como si viniera de recoger escombros en la calle. La silla de Karl era la única vacía. Sala recordó la tristeza con la que Otto le contó que su padrastro había muerto cuando se vieron en Leipzig. Agarró la manita de Ada y luchó por reprimir las lágrimas.

—Ay, ay, ay, pero qué cosita más bonita, ¿no crees, Paul? ¿No crees que te roba el corazón?

Los ojos relucientes de Erna fueron de Ada y Sala a la barriga redonda de Inge. Paul asentía de buena gana. Haría cualquier cosa con tal de que su Erna fuera feliz, lo había jurado y no faltaría a su palabra. Un guiso se cocinaba a fuego lento en el fogón. Sobre el aparador sonaba la radio de la marca Enigma que Otto compró a su madre con el primer dinero que ganó:

La carne de cerdo es cara,
la ternera escasea,
vamos al carnicero,

a ver si tiene algún hueso,
Y todos nos verán
en la cola de la carnicería
como entonces, Lili Marlene,
como entonces, Lili Marlene.

Lili Marlene. Sala dio un respingo, pero trató de ocultarlo. Pero al final no pudo aguantarse más y se le escapó una carcajada.

—Ay, no, es para troncharse lo que han hecho con esta canción.

—Sí, cómo pasa el tiempo —intervino Günter en tono seco. Su voz se había vuelto monótona. Parecía que aún no tenía muy claro cómo sentirse a gusto en esa nueva época.

—¿Habéis tenido noticias de Otto?

Todos menearon la cabeza con aire abatido.

—Lo que es seguro es que no ha caído. Si no, nos hubiéramos enterado —dijo Inge, tomando la mano de Günter y poniéndosela en la tripa.

—Ay, qué patadas da, el niño tiene hambre —dijo él.

—¿Cómo sabes que va a ser un niño?

—Porque mi nena está guapísima, y cuando las embarazadas se ponen guapas, es que va a nacer un heredero.

—No estaría mal —intervino Anna—. Desde luego, nos hacen falta hombres, se ha quedado el país un poco escaso.

Dicho esto, sirvió el guiso en platos hondos, en el que Sala no encontró ni una sola gota de grasa.

—Pon la otra emisora, donde dan música de baile —dijo Erna, meneando sus caderas estrechas.

—¡Bah! La música de negros no me dice nada —dijo Günter con un gesto de disgusto. Anna le retiró el plato.

—¿El guiso tampoco te dice nada?

Sala contempló cómo Günter, hambriento, agachaba la mirada. Primero zampar, luego ya la moral. Seguía siendo el nazi de antes, igual que Inge, que miraba furiosa a su madre. Sala se sonrió. Anna seguía teniendo la sartén por el mango, como siempre.

—Adónde hemos llegado, que ahora hasta tenemos música de negros en la radio. Ya verás lo que van a hacer con este país. Bonito nos lo van a dejar, como después de la Primera Guerra Mundial.

—Sí, lo que tú digas —dijo Anna, poniéndole una cucharada en el plato.

Günter empezó a canturrear para sí.

¿Dónde está la patria alemana?
¿En Prusia, en Suabia?
¿En los viñedos del Rin?
¿En las gaviotas del estrecho?
¡No! ¡No! ¡No!
La patria es más grande todavía.

Anna lo miró furiosa. Entonces se giró hacia Sala.

—Mala hierba nunca muere, por desgracia.

—Deja de meterte con mi marido. Siempre estás refunfuñando, siempre creyéndote más lista que nadie. Günter estuvo en la guerra, ¿y qué sabes tú de la guerra?

—Que Günter no duró mucho —murmuró Anna.

Continuó sirviendo el guiso sin levantar la mirada. Todos callaron. A nadie se le escapaba que Günter no había traído ninguna medalla al valor del frente. Sala rompió el silencio para hacer otro intento:

—¿De verdad que no sabéis nada?

Anna meneó la cabeza y le puso delante un plato. Tenía los ojos hundidos en el cráneo. Hacía mucho tiempo que no lloraba.

En Berlín, Sala se alojó en casa de unos amigos de su padre, Erich Blocher y su mujer, Kläre. Kläre había ocultado a Erich en su buhardilla junto con tres judíos más durante casi toda la guerra, y habían acabado enamorándose. Erich, pintor de profesión, sufrió un derrame cerebral grave, después de la guerra, que lo había dejado confinado a una silla de ruedas. Erich no se cansaba de insistir en que el derrame lo había afectado mucho más que la persecución de los judíos. ¿Acaso el hombre necesitaba un sufrimiento propio, por mano de su destino inalienable, para sufrir de verdad?

Ada ya había cumplido dos años. Sala bebía los vientos por sus ojos oscuros, sus rizos negros. Pero, por más que se esforzaba ella, la niña no quería hablar. No conseguía sacarle ni una palabra. Ni mamá, ni no, ni sí.

—¿Y qué quieres? Tiene dos años. ¿Sueñas con que sea una niña prodigio? —le dijo Jean por teléfono, riendo. Sala no le había dicho nada del gemelo fallecido. Ella misma trataba de no pensar mucho en él. Se quedó mirando el teléfono. Aquel aparato novedoso ya no colgaba de la pared como antes, sino que se encontraba sobre una mesita especialmente diseñada para tal fin y era un aparato más pequeño y elegante que su predecesor, con un auricular de baquelita negra y un cordel en el que a Ada le encantaba enredar los deditos.

Erich jugueteaba con la comida del plato con aire contrariado mientras echaba pestes de los americanos.

—Son gente sin alma, sin nada mejor que hacer que pensar en su propia felicidad. Veréis lo pronto que nos contagian con el ritmo de esa música de baile narcisista que tanto les gusta.

—Lo que te pasa es que te dan envidia —decía Kläre, tomándole el pelo.

—¡Qué va! Envidia me dan Jean y Dora. No sé por qué quieres vivir en esta mierda de parte occidental. ¿No te das cuenta de que ya están saliendo todos de sus madrigueras? Millones de judíos murieron en las cámaras de gas, pero hombre, vamos a repasar la orden del día, vamos a remangarnos, vamos a ponernos a construir sin importar lo podridos que estén los cimientos.

—¿Y qué quieres que hagan? No van a arrestar a todo el mundo —dijo Kläre.

—Claro que sí, todos a juicio. Quiero irme de aquí. Por favor, Kläre, piénsatelo, esto no va a acabar bien de ninguna manera.

—Ay, Erich, pero fíjate en los países comunistas, allí no tienen libertad ninguna.

—¿Has ido a alguno? —replicó él, mirándola iracundo—. No. ¿Entonces?

—¿Qué te pasa con los americanos? ¿Quién nos liberó?

—Los rusos.

Kläre puso los ojos en blanco.

—Eres un cabezota incorregible.

Erich se encendió. Dio un puñetazo sobre la mesa.

—¡Son unos simios, siempre mascando chicle! No soporto su charleta desalmada.

—Hacen unas películas estupendas, una música estupenda…

—Música de negros.

—Eres un racista, Erich. ¡Música de negros! ¡Lo que me faltaba por oír! Hace siglos que a los negros los persiguen igual que a los judíos.

—¿Ahora me comparas con un negro? Además, las películas las hacen judíos europeos: Billy Wilder, Robert Siodmak, Ernst Lubitsch, Michael Curtiz…, empiezo y no termino nunca.

—Pues a mí los negros me gustan. Su música es genial, ¡tan triste! Me gusta más que los balidos de la música tradicional judía.

—Shiksa del demonio…

Después de cenar, Sala se metió en la cama. Ada ya dormía. Agotada, se tapó con la manta. Un instante después de apagar la luz se desveló por completo. El sueño no llegaba. Echaba cuentas incesantemente. Todo era muy caro. Los alimentos solo se conseguían con cartilla de racionamiento. En el mercado negro, un huevo costaba quince marcos; una libra de harina, treinta y cinco. El café y las patatas eran prohibitivos. Pasaba más hambre que durante la guerra, aquella escasez solo la había visto en Gurs. Al día siguiente trataría de ofrecer sus servicios de traductora al gobierno militar francés. Ada se despertó. Sintió cómo se le aceleraba el pulso. El miedo volvió a apoderarse de ella. Ada gimoteó. Debía de tener hambre, o dolor de barriga. ¿Por qué no hablaba? No era buena madre. Le faltaba paciencia, estaba siempre cansada, eternamente cansada. Pronto empezaría el dolor de cabeza, la migraña, y, con suerte, conseguiría llegar al baño a vomitar lo poco que había cenado en la taza de porcelana blanca hasta quedarse sin aliento. Hecha un ovillo en el suelo, esperaría a que se le pasara el dolor. Ojalá la niña no se pusiera a llorar. Era lo único que le pedía a Dios, nada más. Tenía que concentrarse en las náuseas, tenía que reprimirlas. Le robaban demasiada energía. A su lado, los gimoteos aumentaron de volumen. ¿Qué tenía que hacer? ¿Qué quería ahora? Le daba todo cuanto tenía, no podía más. La carita que yacía junto a la suya se puso roja. Ada abrió la boca de par en par, la lengua se estremeció. ¿Se ahogaría? Sala trató de tranquilizarla acariciándole la cabeza sudorosa. El llanto se volvió cada vez más fuerte. Presa del pánico, Sala se puso bocabajo y enterró la cara en la almohada. Trataba de no respirar. Sintió el sabor de la bilis. Se levantó de la cama de un salto, tropezó y cayó al suelo, se levantó de nuevo. Al baño, rápido. Entró cubriéndose la boca con ambas manos, subió la tapa del inodoro y vomitó de una sola arcada la cena que tanto le había costado reunir. La habitación había quedado en silencio. Las náuseas habían remitido. Pronto llegaría el hambre, la sed, el miedo, un miedo más grande que en Gurs, más intangible que durante los bombardeos en Leipzig, un miedo que penetraba todas las células de su cuerpo, que la devoraría por dentro sin que ella pudiera impedírselo. Un enemigo al que no podía detenerse a gritos porque volvería en otra encarnación a hincarle el diente vorazmente para acabar con el único retazo de vida que quedaba oculto en un rincón de su ser. La niña. Tenía que volver con su hija. Se agarró del borde del lavabo para levantarse. Apartó la cara para no mirarse al espejo y regresó al dormitorio. Tenían que irse lejos. Lejos de esa ciudad, de ese país, de los restos calcinados de Alemania, por cuyas ruinas se arrastraban verdugos y delatores. Aún no los veían. Permanecían ocultos, esperando al momento adecuado, cuando el viento cambiara de dirección y dejara de soplarles de cara. Entonces volverían, porque, en realidad, nunca se habían ido.

Tras el desayuno que Kläre preparó juntando mágicamente los escasos restos de la cena, Sala se sintió mejor.

—¿Por qué no emigraste a Estados Unidos con tu hermano Walter?

Sentado en su silla de ruedas, Erich se encogió como si acabara de pasarle la corriente.

—Porque ese atajo de capitalistas me da más miedo que los nazis. Walter fue siempre un oportunista. Si los nazis lo hubieran querido, se hubiera lanzado a sus brazos ondeando una bandera con la cruz gamada. Entre los judíos también tenemos gente así —respondió con una sonrisa desvergonzada. Sala sintió que la ira volvía a invadirla.

—Podrías haberte ido a Rusia, si tanto te gusta. Lástima que tampoco les gusten los judíos, ya es mala suerte.

—No digas tonterías. No sabes nada de los rusos, nada de nada. —Tras una breve pausa, añadió—: Si tu Otto ha sobrevivido, ya puedes rezar para que los rusos no maltraten a sus prisioneros como lo hacían los nazis—. Furioso, empezó a llenarse la pipa—. Panda de miserables. Ojalá cayera otro diluvio universal que se llevara a esos criminales de la faz de la Tierra al inframundo, donde merecen estar. Tu soldadito valiente ya no tiene nada que hacer.

—No es soldado, fue a esta guerra maldita como médico.

—¿Maldita? —Erich enarcó las cejas—. Ay, niña, niña.

Sala se levantó de un salto.

—¿Y tú? Tú eres un comunista picajoso y sediento de venganza, un, un… —No sabía cómo seguir, así que dio un puñetazo en la mesa—. Un presuntuoso, eso es lo que eres, un presuntuoso que ya puede dar gracias al cielo por haber encontrado un ángel como Kläre que lo acogiera y lo escondiera. Igual que el doctor Wolffhardt me escondió a mí en Leipzig, además de Ingrid y Ernst, pero… pero tú solo vas por ahí con una sonrisita deseando que los rusos torturen a Otto. ¿Qué tipo de persona eres?

Volvió a sentarse asustada. Un instante más tarde se puso de nuevo en pie y salió corriendo.

En la calle, una lluvia torrencial apagó los últimos rescoldos de su ira. Sabía que Erich lo había pasado mal, pero no sentía ninguna compasión. Ella no lo había pasado mucho mejor. Erich deseaba la muerte a todos los alemanes y ella lo entendía, pero sentía su afecto por Rusia como un ataque personal. Sabía que Otto estaba en peligro de muerte y aun así hacía bromitas al respecto.

Al día siguiente, Kläre la llamó aparte. Había hecho un bizcocho. Nadie sabía cómo se las apañaba para conseguir siempre todo lo que necesitaba.

—En los primeros tiempos, cuando estaba escondido en la buhardilla, era muy diferente.

Sala la miró asombrada. ¿Cómo podía existir alguien con tan buen corazón, tan altruista como Kläre?

—Contaba unos chistes divertidísimos, conseguía que los que estaban escondidos con él no se desanimaran cuando ni se atrevían a respirar por el miedo cuando las SS, las SA, la Gestapo o los delatores patrullaban por las calles en busca de judíos. Y entonces, después de la guerra, tuvo el derrame y toda su alegría de vivir, su afilado ingenio, su risa contagiosa, desaparecieron. Se pasó meses mirando por la ventana en silencio. Creí que ya no volvería a ser el de antes.

Otro día le contó a Sala que era como si, después, él se hubiera encerrado en sí mismo para alejarse de un mundo que nunca había querido a la gente como él. Y cuando por fin pudo ser libre, cuando por fin se lo permitieron, el destino lo alcanzó como un rayo. Paralizado, amarrado a su silla de ruedas, a merced de las oleadas destructivas de sus pensamientos y sus recuerdos. El comunismo era su último refugio, se había convertido en su Arcadia. Solo imaginar que, a un par de kilómetros de distancia, en el Este, la gente trataba de poner una máscara alemana a ese nuevo orden, le daba ganas de seguir viviendo. Solo eso le impedía dirigir su silla de ruedas bajo las ruedas del siguiente tranvía que pasara en un acto de desesperación.

36

Seguramente había sido un error viajar a Madrid, pero no sabía adónde más ir. No había sido fácil salir de Berlín. La zona ocupada operaba según sus propias reglas y salir no era nada sencillo. Tuvo que presentar una solicitud como víctima de persecución de raza. Y aquello le causaba rechazo en todo su ser. Llevaba años manteniendo en secreto su identidad judía para sobrevivir en ese país, pero necesitó recurrir a ella para que le permitieran marcharse.

Iza le abrió la puerta. Se abrazaron. El cautiverio y la edad parecían haberles limado las aristas. Iza se enamoró a primera vista de la pequeña Ada. Muerta de celos, Sala observó la atención con la que su madre cuidó de Ada aquellos días. La embrujó con su afecto, como si quisiera mostrar a su hija lo que no estaba dando a la niña, por qué era perfectamente comprensible que la pequeña todavía no hablara. El silencio era señal de inteligencia, era a través de él que los niños comunicaban su fortaleza de carácter y su independencia. Sala debería entenderlo mejor que nadie, ella había sido igual de pequeña. Además, como ya le había dicho su padre, ese viejo pescador de almas, Ada apenas tenía dos años.

Con una pullita por aquí y un reproche por allá, pronto volvieron a la animadversión de antes. De nuevo insistió Tomás en retratar a Sala, de nuevo acabó la cosa en una pelea en la que la madre hizo trizas el retrato de su hija sin que le temblara la mano. Siguiendo las indicaciones de Tomás, Sala se tumbó en un diván con un vestido largo y un libro en la mano sin hacerle ningún caso. «A decir verdad, es como si yo no hubiera estado allí», afirmó él con una risita, mientras Iza arrojaba el resto del cuadro al fuego de la chimenea.

Por la noche, mientras Ada dormía y Tomás se emborrachaba por los bares de Madrid en busca de nuevas modelos, madre e hija se quedaban sentadas a la mesa en silencio. Ni una palabra sobre Gurs o Leipzig, ni sobre los años en las cárceles de Franco, de donde Iza y Tomás escaparon a la muerte por los pelos.

Masticando cada bocado treinta y ocho veces, Iza miraba fijamente a su hija, y Sala, como siempre, se preguntaba qué querría su madre de ella, qué tenía que hacer para ganarse, tal vez no su afecto, pero por lo menos su simpatía o su compasión.

De madrugada, Tomás irrumpió en su habitación. Encendió la luz y le arrancó la colcha.

—¡Levántate, mierdosa desagradecida! ¡Fuera de aquí! ¡Sal de nuestra casa inmediatamente!

Iza apareció en segundo plano. Era evidente que sabía que su marido estaba borracho, pero no hizo ni un solo gesto para apoyar a su hija. Se quedó indecisa en el quicio de la puerta con los ojos enrojecidos de sueño.

—¿Qué pasa?, ¿qué he hecho?

—Has dañado el Durero. Mi estudio está inundado. Tenías razón, Iza, y yo estaba ciego. Un ciego imbécil que solo ve lo bueno de las personas. Qué razón tenías. No se puede confiar en ella. Es taimada y mentirosa. Una rata.

Sala saltó de la cama. Dio un puñetazo en la cara a Tomás y a continuación agarró a su madre, aunque volvió a soltarla enseguida, asustada.

—¿Eso has dicho?

Ada despertó. Miraba a su madre con los ojos abiertos de par en par, pero Sala estaba demasiado alterada como para darse cuenta.

—Está borracho —dijo Iza.

—¿Has dicho tú eso? Quiero saberlo —insistió Sala.

Iza se apartó encogiéndose de hombros. Muda, Ada miraba a su abuela. Mientras se alejaba, Iza se dirigió a Tomás.

—¿El cuadro tiene arreglo? —Superado por el alcohol, Tomás se tiró al suelo entre sollozos, a lo que ella exclamó—: ¡Basta ya de lloriquear! No bebas si no tienes aguante.

Se ciñó el cinturón de la bata de andar por casa y siguió adelante. Sala fue tras ella corriendo y la alcanzó en el pasillo. Iza se giró hecha un basilisco.

—Ni te atrevas a tocarme. Nos hemos deslomado por ti y por tu hija, y tú nos lo agradeces destruyendo nuestra vida.

—No puede ser, madre. ¿Acaso crees lo que ha dicho? Yo no he hecho nada. No sé ni de qué habla. ¿Tenéis un Durero? No tenía ni idea.

—No me vengas con esa carita inocente. Tienes la misma sonrisa estúpida que ponía tu padre cuando mentía.

—Papá no ha dicho una sola mentira en su vida. Nunca mereciste a un hombre como él. Nunca comprendiste su espíritu.

—Ah, suerte que tú eres una experta en el espíritu humano —replicó Iza, echándose a reír—. A ver cómo sale Otto de su cautiverio. ¿Dices que es un hombre noble y bueno? Pues espera y verás. ¿Crees que Tomás era así antes? Tú misma lo conociste antes de la guerra, entonces te cayó la mar de bien, ¿a que sí? Pásate cinco años en el corredor de la muerte y ya me contarás.

Sala miró aterrorizada sus ojos, que centelleaban mientras los brazos le colgaban del cuerpo inertes e indiferentes. Y entonces se puso a gritar. Sala nunca había oído gritar a su madre, siempre fría y bajo control, incluso cuando se enfadaba. Su cuerpo enjuto permaneció inmóvil mientras vapuleaba a Sala con la voz.

—¿Crees que puedes darme lecciones? Yo caí por abismos a cuyo borde tú ni siquiera te atreverías a asomarte. Aquí hemos luchado, hija mía, nos sentenciaron a muerte, pasamos cinco años esperando a que nos ahorcaran. Por eso Tomás se ha vuelto así, por eso va por ahí y bebe hasta que ya no sabe quién es, porque tiene miedo de morir. Una vez ese miedo te hinca el diente, ya no te suelta. Jamás.

Sala sintió frío de repente. Su pulso se calmó. Miró a su madre a la cara. ¿Le había hecho alguna pregunta sobre su vida durante los últimos años?

—Tan pronto como sepa adónde, nos iremos.

Entonces, oyeron los gritos de Tomás desde la habitación:

—¡La niña! ¡La niña! ¡Rápido! ¡Se está ahogando!

Sala e Iza volvieron corriendo. Ada se había puesto roja. Luchaba por respirar entre jadeos. Sala la incorporó y la abrazó. Iza se pegó a ellas y contempló atentamente la cara de la niña.

—Pseudogarrotillo. Se le pasará. Tranquilizaos y salid a que le dé el aire. —Y, acariciando la cabecita jadeante de Ada, añadió con voz tranquila—: Bueno, pajarillo, no es grave. Todo irá bien hasta que te cases.

Dos días más tarde, Sala recorría las calles de Madrid junto a Ada en busca de un nuevo destino, un lugar, una persona. Francia, Alemania y ahora también España. Fuera a donde fuera, nadie la quería. *Indésirable*. Indeseable.

Hacía meses que Otto no respondía a sus cartas. ¿Le habría pasado algo? No lo sabía. ¿Aún vivía?

Fue corriendo a la oficina de correos. Su madre le había dado la dirección de su hermana Cesja. Durante los años veinte, Cesja había conocido a Max una noche en París. Trabajaba como bibliotecario en Buenos Aires y había ido a Francia de vacaciones. Era un gentil. Cesja regresó con él a Argentina. Pocas semanas más tarde se casaron. Su madre apenas le había hablado de esa hermana. Ni siquiera sabía a qué se dedicaba. Pero le daba igual, solo necesitaba un sitio donde quedarse unas semanas, luego ya se las apañaría. En cualquier lugar estaría mejor que allí. Esperó ansiosamente su respuesta en un hotelucho económico. Contó el dinero que tenía. Jean le había dado algo y su madre, sorprendentemente, también.

Bastaría para el pasaje de barco y las primeras dos semanas, pero pasar la noche en un hotel había sido una locura. Tenía que aprender a ser menos impulsiva. Metió a Ada en la cama. Por la ventana vio cómo el día se apagaba. El aire era húmedo y pegajoso, Madrid exhalaba. Sala se dijo que necesitaba algo más que una retahíla de oportunidades de empezar de nuevo, era responsable de su hija. Necesitaba una realidad, un lugar en el que pudiera quedarse, desde donde pudiera contemplar el mundo con la certeza de que tenía derecho a estar allí. Hacía nueve años que había hecho las maletas en Berlín, el último hogar que había conocido. Hacía nueve años que erraba de acá para allá. ¿Había estado alguna vez en su mano decidir el destino o duración de su viaje? ¿Qué iba a ser de ella? «*Changer la vie, changer la ville*», decían los franceses, vida nueva, ciudad nueva. Con una ciudad ya bastaba. Para terminar su huida, necesitaba otro continente. ¿Y Otto? ¿Y si Otto no volvía? No sería la única viuda de guerra. ¿Viuda? No, ni siquiera eso era.

Ven cuando quieras stop cuándo llegas stop necesitas dinero stop

Sala se dejó caer sobre la cama. Atrajo a la pequeña Ada hacia sí y la lanzó por los aires una y otra vez hasta que cayó en sus brazos gritando de alegría.

—Dice que vayamos cuando queramos, que vayamos, ¿me oyes? Quiere que Ada y mami vayan cuando quieran.

Sería el primer viaje que hacía sin que temiera ser capturada al llegar. Nadie la perseguía. No habría más humillaciones. Libertad.

37

—¿Por qué querías ir a Argentina?

—¿Que yo quería ir a Argentina? —replicó mi madre mientras enderezaba el mantel de brocado de la mesita baja—. Ya no soportaba toda la mierda de Alemania. Además, pasábamos hambre. Era peor que en la guerra. Hoy es inimaginable. Quedó todo destruido. La biblioteca de mi padre había ardido. Todo lo que escribió a lo largo de los años desapareció de un plumazo. Yo estaba deprimida. Todo el mundo estaba deprimido. La gente caminaba por la vida arrastrándose, sorprendida porque el sol siguiera saliendo y poniéndose. ¿Y aún tenía que ponerme a cantar nanas con toda esa tristeza?

«Pero lo peor ya había pasado», quise decir yo, aunque comprendí a tiempo lo equivocado que estaba. No, lo peor aún estaba por venir.

El recuerdo de tiempos felices, el único paraíso inexpugnable, amenazaba con convertirse en un infierno del que nadie podía escapar. Mientras los soldados prisioneros andaban a trompicones por la estepa rusa, empezaba la marcha del olvido entre los escombros de su país.

—¿Sabías que papá estaba en un campo de prisioneros en Rusia?

—¿Qué iba a saber? —dijo con voz estridente—. Yo no sabía nada.

—¿Le perdiste el rastro?

—Seguramente. Sí, debió de ser así. Algunas cosas se me olvidan, ¿sabes?

—¿Y entonces?

—Entonces no se me olvidaba nada. Nada de nada. Pero los demás… —Se echó a reír—. De repente, la gente ya no se acordaba de nada. Aunque todo el mundo tenía historias que contar sobre algún judío muy majo al que había conocido antes de la guerra. Mi padre siempre decía que los alemanes habían matado a sesenta millones de judíos muy majos, porque no había ni un alemán que no se jactara de conocer a uno. De locos. Fue demasiado para mí, ¿entiendes?

—¿Y cómo llegasteis a Argentina?

—¿Cómo íbamos a llegar? En barco, claro. Algo emocionante sí fue, la verdad. Nos hicieron lo del bautismo del Ecuador y toda la pesca. Te untaban con un montón de cosas apestosas y luego te arrastraban por el agua. Algunos hasta se ahogaban.

—¿En serio?

—¿No te he dicho que sí? —Me miró indignada—. Pero a mí no me lo hicieron. Un pasajero muy amable me avisó. Y cuando vino un grumete a preguntarme si era la primera vez que cruzábamos el Ecuador, me limité a responder con una sonrisa cansada —explicó entre risas.

—¿Sabías que algunos peces gordos nazis también se escondieron en Argentina después de la guerra?

—Yo no me encontré con ninguno. Hubiera estado bueno.

—Háblame de Argentina.

—¿Qué te voy a contar? Fue la época más bonita de mi vida, nada más y nada menos. Es un país maravilloso. ¡Y qué gente! Únicos. No se puede entender sin haber estado allí. Únicos.

—¿El qué?

—¡Los argentinos, claro! Una gente maravillosa. Libres. ¿Me entiendes?

Con la cabeza inclinada hacia la izquierda y los ojos entornados, desapareció por un instante. ¿Adónde? ¿Sumergida en sus recuerdos? Hacía tiempo que trataba de averiguar cosas acerca de la época que ella y Ada habían pasado en Argentina. Sus recuerdos idílicos de paisajes, potros salvajes y gauchos aún más salvajes recordaban a los vídeos de las agencias de viajes de tercera clase acompañados de un tango trillado. En la Argentina de su recuerdo no había ni un solo hombre. Una mujer sola, guapa, joven, curiosa, ¿y se había quedado sola con su hija?

—Ah, no, no conocí a ningún hombre. Claro, tenía que trabajar. Tenía un empleo, no me quedaba tiempo para esas cosas.

¿Acaso a los veintiocho años hacía falta tiempo para enamorarse? Contaba unas historias tan herméticas como un acuario con un aireador defectuoso. Los peces se pegaban a las paredes de cristal boqueando en busca de oxígeno como los moralísimos personajes de un relato sin vida.

—¿Quieres que vayamos?

—¿Adónde?

—A Buenos Aires.

Por un momento, creí que iba a dejar de respirar.

—¡Hay que ver qué cosas tienes! ¿Cómo se te ocurre una tontería así?

—¿No te gustaría?

—No.

La miré sorprendido.

—¿No?

—Ni hablar del peluquín —respondió con decisión.

—¿Por qué?

Con cuidado, se balanceó de lado a lado, como si estuviera escuchando una melodía familiar.

—Porque ya no existe.

—¿El qué?

—Mi Buenos Aires. Mi Argentina. Se acabó.

—¿Quieres decir que ha cambiado?

—¿Cambiado? —Se sonrió—. Será eso.

—¿Y cómo? Quiero decir, ¿cómo era?

Un silencio pesado se desplegó por la habitación.

—Tu padre no se portó muy bien.

Se estrechó las manos hasta que los nudillos se le pusieron blancos.

—Creía que estaba en un campo de prisioneros ruso —aventuré yo.

—Y lo estaba.

—¿Y cómo llegó a Argentina?

38

El Juan de Garay llegó al delta del Río de la Plata, que tenía una anchura de 250 kilómetros y era igual de profundo que el Elba. Sala había subido a cubierta con Ada. Al deslizarse sobre el lecho embarrado, la hélice del barco levantaba una mezcla de agua y barro espesa como el chocolate caliente. El cielo azul se extendía sobre sus cabezas. Había encontrado su pedacito de mundo. Era verano. En un par de meses se celebraría la Navidad en Alemania, donde la gente temblaba de miedo preguntándose si la paz sería corta. Ella ya no quería temblar más.

Colocaron la pasarela, aullaron las sirenas del barco, zumbaron los motores, un barullo de voces digno de Babel punteado por relinchos de caballos. Con las piernas temblorosas y los ojos bien abiertos, los pasajeros se apearon del barco y se perdieron entre la multitud. Sala se quedó parada. Miraba a su alrededor, buscando. Una pareja corrió hacia ella agitando los brazos con emoción. Se encontró frente a frente con Cesja y Max.

—Uf, aquí apesta a agua salobre —dijo Cesja, mucho más joven y menos refinada que su hermana Iza. Max vestía un traje gris claro, y se peinaba el grueso cabello moreno hacia atrás con pomada. Al reír, se parecía al famoso cómico francés Fernandel. «Y tiene dientes de caballo», pensó Sala, cuando, justo entonces, oyó relinchar a uno.

—Ahí delante tenemos el Hotel de Inmigrantes, tenemos que

acercarnos para hacer los trámites de inmigración. Max... —dijo Cesja a su marido, indicándole con un gesto de la cabeza que le agarrara las maletas a Sala. En determinación no parecía ir a la zaga a sus hermanas.

—¡Dios mío, esta niña es una monada! Qué bonita eres —dijo plantándole un beso en los labios a Ada, que se apartó asustada. Cesja frunció el ceño—. Igual que su abuela. ¿Cómo te llamas?

Ada la miró sin parpadear.

—Ada —intervino Sala apresuradamente.

—No, si ya lo sé, pero quiero que me lo diga ella. ¿Es que no hablas, Ada?

—Creo que está algo cansada del viaje. Son muchas impresiones, ¿sabes...?

—Sí, claro, ya se le pasará. Ven. Tú también te pasaste muchos años sin hablar, ¿te acuerdas? —Sala asintió veloz—. Uy, la que montó tu madre, Dios mío. De no ser por Jean, se habría pasado el día entero haciendo ejercicios rarísimos contigo. Un drama. Bueno, tu padre era la mejor madre de los dos.

Se echaron a reír. Sala cogió a Ada en brazos.

El apartamento no era grande. Dos dormitorios con sus respectivos cuartos de baño, un salón, una pequeña biblioteca y una cocina en la que olía a especias extrañas. De la mano de su madre, Ada recorrió la estrecha y colorida vivienda. Todo estaba bañado en una luz cálida que en Alemania no habían visto ni en verano. Ni siquiera Madrid se podía comparar.

La noche de su llegada, Cesja y Max dieron una fiesta en honor de la familia. Max era un asador excelente. Cada argentino tenía su propia forma de preparar la carne «al modo mío» con un saber adquirido o transmitido a lo largo de generaciones, algunas recetas especiales de marinados. Cesja había preparado varios entrantes, ensaladas y acompañamientos especiados. Mientras en el fuego se asaba un cuarto trasero de la mejor granja de terneros del país, saborearon chorizos jugosos y picantes, morcillas, criadillas, que Cesja había preparado en ensalada, y riñones en una deliciosa salsa de mostaza. La mesa se combaba bajo el peso de todos los cuencos llenos de maíz, arroz, pasta y patatas. Sala nunca había visto tanta comida en una mesa. Se pasó toda la noche preguntándose qué pasaría con las sobras, pues daba por sentado que incluso la mitad de la comida sería más que suficiente para los invitados. Ada, que en Madrid apenas había querido probar bocado porque Iza solo quería darle pollo reseco y le insistía en que masticara cada bocado treinta y ocho veces, probó de todos los platos hasta que Sala le puso freno temiendo que la niña acabara vomitando o pasando la noche desvelada por comer mucho más de lo que estaba acostumbrada. Todos los invitados saludaron a Sala con curiosidad y respeto. Hablaban en un español que sonaba distinto, más suave, más melodioso. Los españoles le caían muy bien, pero su madre siempre había procurado mantenerla alejada de sus amistades y conocidos. Aquella distancia artificial le había resultado tan desconcertante ya durante su primera visita, antes de la guerra, que, desde entonces, Sala tuvo dificultades para abordar a la gente de forma natural. Con Lola, en París, le fue algo mejor, pero por aquel entonces era muy joven, acababa de cumplir dieciocho, y los franceses eran ya de por sí más reservados. Tal vez fueran sus nombres ilustres lo que la intimidaba, pensó mientras, feliz, apagaba la luz y abrazaba fuerte a Ada. Pero no, se dijo meneando la cabeza y poniendo su frente contra la de su hija, en Berlín también venía mucha gente importante a ver a su padre. Se acordaba de Thomas Mann, Magnus Hirschfeld, Ernst Bloch, que conocía a su padre del Monte Verità, así como Hermann Hesse. ¿Dónde había conocido a Else Lasker-Schüler? ¿En el Monte Verità o en Berlín? Solo se acordaba de los muchos collares que llevaba y de que le gustaba sentar a Sala en su regazo. Se convenció de que la suya había sido una infancia feliz. Lo único que había echado en falta era a su madre. Los primeros años, a diario, y luego cada vez menos. Su rostro se volvió borroso cuando se fue a Madrid en 1937. Mientras caía lentamente en el sueño, Sala se preguntó en qué momento había empezado aquella época tan dura que parecía estar tocando a su fin. ¿Fue al saber que debía abandonar su país porque, como hija de una judía, ya no la querían allí? ¿O al darse cuenta de que su propia madre la había abandonado? Si echaba la vista atrás, creía que la respuesta se encontraba en Madrid, donde su sospecha se había convertido en certeza. No había nada peor que la indiferencia de una madre, ni siquiera la persecución de los judíos. A ese respecto, Erich Blocher tenía razón, se dijo Sala, aunque no fuera ni de lejos tan inteligente como a él le gustaba creer. El destino que afectaba solo a uno era mucho más demoledor que el que se compartía con otros. En su caso, fue el momento en el que creyó entender para siempre quién era: una persona, una hija que no merecía que su madre la quisiera. Pero en Buenos Aires, en casa de una hermana de su madre que no podía ser más distinta a ella, descubrió, mejor dicho, entendió que lo que ella, Sala, era, más que medio judía, judía del todo o alemana, era la hija a la que su madre Iza no quería. Se quedó tumbada en silencio. Sala se sintió triste por primera vez en su vida, y era una sensación más peculiar que cualquier cosa que se hubiera atrevido a imaginar hasta entonces.

A la mañana siguiente, afrontó el día con alegría. Tenía mucho que hacer. Al vestir a Ada, constató que era mucho más agradable no tener que envolverla como un regalo de Navidad y permitir que la luz y el aire acariciaran su cuerpo. Primero fueron a la panadería. Ada seguía sin pronunciar palabra, pero se esforzaba con tanto ahínco en bajar las escaleras con sus piernecitas que daba gusto ver sus pasitos reconcentrados. Dentro de la tienda había un buen revuelo. Las mujeres, mayores, jóvenes y de mediana edad hablaban todas a la vez, contándose sus preocupaciones cotidianas, tomaban nota de los recién llegados con amistosas miradas con el rabillo del ojo, un asentimiento y una sonrisa antes de volver a girarse hacia el mostrador y señalar esto o aquello y comentar la calidad del producto. Ada se quedó boquiabierta. Nunca había visto algo así. ¿Qué era aquella maravilla? «Sí —pensó Sala sonriendo—, míralo todo y luego hazme preguntas, yo te lo explicaré todo, te diré los nombres de todo, te diré a qué sabe, qué ingredientes hacen falta para prepararlo, en qué horno hay que meterlo, a qué temperatura y cuánto tiempo hay que esperar antes de sacarlo. Ahora vivimos en un país en el que todas las preguntas están permitidas. Habla».

—Mira —le susurró a Ada, tomándola en brazos—. ¿Ves qué rico parece todo?

Señaló un panecillo relleno de chocolate y pidió seis, además de una hogaza de pan y cuatro porciones de tarta para la tarde: dos de fruta, manzana y pera, una de queso y otra de chocolate amargo que prometía derretirse en la boca.

En el apartamento puso la mesa para todos, sin haber recuperado el aliento todavía, no del cansancio de subir las escaleras, sino del susto que se había llevado al ver los precios. Al contrario de Alemania, allí había de todo, pero también era mucho más caro. Había querido mostrar su agradecimiento por la bienvenida que les habían dado Cesja y Max, pero le bastó un vistazo a su monedero para darse cuenta de que no podría permitirse algo así muy a menudo.

Cuando Cesja y Max entraron en la cocinita, encontraron café humeante esperándoles.

—¡Dios mío! —exclamó Cesja—. No tienes que gastarte tanto dinero, mi niña. ¿Es que tienes miedo de pasar hambre?

¿Había un reproche oculto en esa pregunta? Sala meneó la cabeza.

—No te preocupes. Pronto ganaré dinero y dejaré de ser una carga para vosotros.

Max sonrió y dio a Cesja una palmada en el trasero.

—¡Las manos quietas, cochino! —replicó ella, apartándolo de un empujón.

Sala estaba encantada. Su vida con Otto también sería así, siempre y cuando él volviera pronto de Rusia.

—Los alemanes, o sea, los judíos alemanes, viven en el norte, en Belgrano, con los británicos. Al sur están los italianos, y al oeste se instalaron los españoles. Al principio, Belgrano me recordaba al barrio de Berlín-Westend, pero ahora me recuerda mucho a Charlottenburg, ¿conoces la Sybelstraße?

Sala asintió. Cesja había abierto un mapa en la mesa de la cocina y le dedicó una sonrisa de ánimo.

—Hasta viví allí un tiempo —dijo mirando al infinito en silencio un instante.

—Bueno, si quieres ponerte en contacto con la comunidad germano-judía, tienes que ir a Belgrano o a El Once, aquello parece el barrio judío, hablan yidis por la calle y todo. Hacen piña entre ellos. Muchos emigraron ya a principios de los treinta. Llegaron unos cuarenta mil procedentes de toda Europa antes de la guerra. Fuimos muy afortunados. Tanto en Belgrano como en El Once, la comunidad ayuda a cualquiera que busque trabajo. Están muy bien organizados.

Sala tenía la mirada perdida. ¿Qué podía decir? No tenía ningún vínculo con el judaísmo, su madre no le había enseñado nada. En Gurs lo había intentado, pero por más que lo deseara, y ni siquiera sabía si lo deseaba de verdad, no le salía, no podía acercarse a la comunidad judía. Solo a Mimi. Y Mimi era una paria, una prostituta a la que nadie quería excepto los hombres que le pagaban por sus servicios.

Cesja la tomó de la mano como si le leyera la mente.

—A veces Iza es fría como un pescado, nunca se sabe qué va a hacer. ¿Conoces el refrán?

—¿Cuál?

—Nadie sabe cómo besan los peces: bajo el agua es imposible de ver, fuera del agua, imposible de hacer.

Se echaron a reír.

—Iza es así.

Sala asintió.

Por la noche, se sentaba en su pequeño escritorio a la luz de las velas. Le había llegado una carta de Jean. Sus ojos volaron sobre sus palabras. Recordó sus dedos finos y largos siguiendo su elegante caligrafía inclinada hacia la derecha. Mientras, Ada hojeaba un cuento que Cesja le había traído.

Plantéate bautizar a Ada. Ahora vivís en un país católico. Sería recomendable que tú también lo hicieras, si no, te va a costar encontrar trabajo. ¿Ya dice algo? Enséñale español, escribía Jean.

Bien que lo intentaba, pero su hija se negaba a hablar. Decidió no mencionar ese aspecto en su respuesta, pero sí le escribió a Jean que lo del bautizo parecía buena idea y que lo pensaría. Le pidió noticias de Otto. Tenía que haber alguna posibilidad de averiguar algo. En Buenos Aires podrían construir una nueva vida de la nada. Con su ingenio y su inteligencia, conseguiría abrirse camino entre esa gente maravillosa en un abrir y cerrar de ojos.

En este paisaje tan especial, bajo un sol cálido, pronto olvidará el tormento de su cautiverio. Para mí, Gurs se ha convertido también en la sombra de un tiempo lejano que vuelve a mí en las largas noches, cuando pienso en Otto o en ti y la soledad se abate sobre mí un instante para mostrarme todo lo que he conseguido. Tengo mucha suerte, siempre lo he sabido.

Siguió con una apasionada descripción de su nueva patria. Para terminar, imploraba de nuevo que no se olvidara de Otto y se interesaba por la salud de Jean, preguntándole si comía suficiente y si tenía ropa de abrigo para el invierno. Pronto encontraría trabajo y podría mandarle dinero o un abrigo nuevo. Ya sabía lo friolero que era. Finalmente, firmó con un beso al lado de su nombre. Entonces se tumbó junto a Ada y le leyó como hacía cada noche. Su padre decía siempre que era importante hacerlo, y nadie sabía mejor que él lo que era importante. Cuando a Ada se le cerraron los ojos, Sala apagó la luz. Pronto empezó a ir de un lado a otro, mirando al techo o levantándose de un salto para abrir la ventana. Fuera aún hacía calor. «Noviembre», pensó meneando la cabeza. ¿Cuánto frío haría en Rusia?

Tres días después, llegó otra carta de Jean. Era un entusiasta del carteo, pero Sala no esperaba volver a tener noticias de él tan pronto. Debía de haber pasado algo. Llena de inquietud, abrió el sobre.

Una carta cayó al suelo. La recogió. No tenía remitente. Se le detuvo el corazón al reconocer la letra. Se puso derecha como una vela. Clavó los ojos en la carta con la mirada perdida. Su primera carta. Otto estaba vivo. No sabía dónde ni cómo. El padre de su hija estaba vivo. El hombre al que amaba estaba en la helada Rusia. ¿Estaría pasando frío? ¿O hambre? ¿Estaba herido? No pudo averiguar nada al respecto en sus breves líneas. Seguramente censuraban el correo. Sala se dejó caer sobre la cama. Notó un temblor en la barriga. Las lágrimas brotaron de sus ojos y cayeron sobre la almohada. Giró la cabeza hacia Ada, que dormía a su lado.

39

1947. Navidad. Correo. Llegaron dos cartas a la vez. Una venía de Berlín, de Jean, y la otra de Sala, desde Argentina. Hacía dos años y medio que era prisionero de guerra. La contienda había terminado. Pero para él no. Si se presentara alguien en la puerta a decirle: «Diez años más, camarada, y podrás volver con tu mujer y tu hijo», se hubiera puesto a pensar cómo pasaría esos diez años. Pero no se presentaba nadie desde hacía dos años y medio. Tal vez no se presentaría nadie nunca. Dos años y medio después, llegaba la primera postal de Sala. ¿Por qué había tardado tanto en escribirle? Había enviado a Alemania un sinfín de cartas. ¿No le había llegado ninguna? ¿Y se lo tenía que creer? ¿O es que estaba con aquel tal Hannes? ¿O quizá la dirección del campo interceptaba sus cartas? Vivía en Argentina. Le contaba que era padre de una niña. Se llamaba Ada y se parecía a él. Ada. En una postal no cabía mucho más. Hubiera agradecido una fotografía, con solo una postal no podía imaginarse nada, o podía imaginárselo todo. Lo más raro era que no conseguía imaginar nada. No le salía. Ni una emoción. No conseguía verse en ese mundo en el que todos vivían. ¿Familia? ¿Un futuro en común? ¿Qué era eso? Era como si le preguntaran si creía en Dios. Pues no, no creía en Dios, ni en la vida eterna. El concepto de eternidad no lo tentaba en absoluto. En los años que se había pasado allí, había aprendido a aprovechar su mortalidad. Así veía él la salvación, si es que tal cosa existía. La muerte era la salvación. La gente que, en su desesperación, fantaseaba con la vida después de la muerte le daba risa. Por fin lo había entendido en el tiempo que llevaba allí, se había liberado de esa ilusión absurda que los hombres arrastraban consigo. ¿Y tenía que alegrarse de que hubiera nacido un bebé? Nacían bebés todos los días. Moría gente todos los días. Era un círculo. ¿Qué tenía aquella idea de que el mundo era cíclico que resultaba tan edificante? De haber tenido antes todo el conocimiento que había adquirido durante su cautiverio, se habría ahorrado muchos errores. Se echó a reír. Y rio otra vez para asegurarse de que esa voz extraña era la suya. En aquel lugar le venían ideas muy extrañas. Le faltaba la guinda de la libertad. No culpaba a la gente que estaba fuera. La libertad seguía siendo la forma más agradable de engañarse. Visto desde fuera, era para mearse de risa y, desde dentro, un veneno insidioso. Era igual que morir de frío o ahogarse: llegaba un momento en el que uno se rendía y encontraba incluso un cierto bienestar. ¿Cuántas veces lo había visto en la nieve? La lucha, la desesperación, siempre al alcance de la mano. La muerte, de la que todo el mundo tenía tanto miedo, era una liberación. El verdadero tormento era la vida. Pues claro que hacía falta engañarse para soportarla, dorar la píldora de toda aquella mierda, salpicarla de significado. Lamentable. Hacía poco, un prisionero se había ahorcado en su barracón. Menudo imbécil. Solo de recordar las muecas descompuestas de todos los que pasaban frente al cadáver le subía la bilis. Uno menos. ¿Y qué? Durante la guerra, aquello había sido el pan de cada día. Habían muerto muchos más. Muchos. ¿A qué venía ese sentimentalismo? ¿Era porque aquel compañero se había quitado la vida con sus propias manos? Estaba igual de muerto. ¿Acaso los últimos meses de guerra no habían sido un suicidio en toda regla? Una canción, dos, tres, cuatro. Se echó a reír. Poco a poco empezó a sentirse mejor. Tal vez se quedaría allí a hacer de médico de toda esa gente. Se había ganado una buena reputación. Hasta ahora no se le había muerto nadie en la mesa de operaciones. ¿Y de qué servía? Sí, ahí estaba otra vez, la madre de todas las preguntas, dictada por la flaqueza y la cobardía.

Quizá sirviera a los campesinos de los pueblos de la zona. Si estaban sanos, podían hacer su trabajo con la esperanza de que sus familias no pasaran hambre mientras el gobierno soviético los escurría como trapos usados. Era, tenía que admitirlo, una perspectiva excelente. Para algo así, sí que merecía la pena esforzarse. Rio. Una hija. Si, cuando lo mandaron con el programa de evacuación de los niños al campo, hubiera muerto de hambre o se hubiera asfixiado en los baños helados que aquella cerda le administraba a diario, sería verdad. Había sobrevivido gracias al instinto de supervivencia, no a la voluntad. No tenía libertad de decisión. Era un instinto para garantizar la pervivencia de la especie, exactamente igual que el deseo sexual. Había vuelto a acudir a una reunión de los antifascistas. Tenía que admitir que en los últimos años habían florecido. No tenía más que respeto por las medidas de formación que organizaban. Un pastor le había hablado de Marx y había hecho un análisis social de lo más convincente, eso sí. Según el pastor, la mayoría de la gente hacía una interpretación errónea, igual de errónea que las conclusiones que el propio Marx había sacado, pero era una perspectiva que, como poco, podía llamarse genial. El problema, le explicó, radicaba sencillamente en la afirmación que sus obras eran científicas cuando de científico no tenían nada. Eso solo lo afirmaría un tontaina que nunca hubiera trabajado científicamente. Y, por otro lado, Otto no creía en Dios, he ahí otra tontada. Todo lo que Marx decía era conocimiento basado en la observación. Un sistema, y no una ciencia. Ese era el truco que los tenía a todos engañados, era evidente. Como *lemmings*, corrían bien juntitos hacia la siguiente catástrofe. «Mismos perros, distintos collares», dijo el pastor. Aquel nuevo estado no era más que una idea de bombero. No comprendía cómo la gente que había vivido la guerra, el cautiverio o ambas cosas había podido caer en la trampa. Una hija. Lo importante era establecer relaciones claras. Tenía que cortar. Como un médico que debe decidir si extirpar la úlcera, arriesgando la vida del paciente, o si, por inseguridad, desconocimiento o miedo, prefiere no tratarla y dejar al pobre diablo a su suerte. ¿En cuál de los dos casos hay una responsabilidad mayor? Había pasado dos años y medio en el campo. Aquella había sido su verdadera formación universitaria. Le faltaba la tesis, pero no iba a rendirse, seguiría hasta el final. ¿Y para qué quería una hija? Una mujer. Todo de golpe. Y entonces, ¿qué? ¿La felicidad total? ¿El amor? ¿Y eso qué era? Una acumulación de ilusiones. ¿Y Mascha? Sí. A Mascha seguramente también la quería, solo que lo suyo había empezado de otra forma. Sabían que no tenían ningún futuro. Lo que había entre ellos tenía un final. Momento a momento. Trabajar codo con codo con Mascha los había acercado. Sus gestos pausados, su mirada despierta, su entrega a sus pacientes, incluso a aquellos que habían oprimido, torturado y aniquilado a los judíos. Era una Rusia diferente. No era una potencia vencedora, sino una cultura llena de alegría de vivir y de tristeza. Gente que pasaba hambre y aún así estaba dispuesta a compartir lo que tenía. Se había enamorado de Mascha. No hablaban de un futuro en común ni comparaban sus pasados respectivos. No tenían un techo sobre sus cabezas, ni paredes que los protegieran o los limitaran. ¿Nació su afecto a pesar de las trincheras que los separaban, o se aferraban el uno a la otra solo para resistir? El ser humano está hecho para sobrevivir, nada más. De fondo se oían voces cantando canciones picantes sin dejar de gruñir y reír. Otto se tapó los oídos. Mentiras y carcajadas para distraerse. Nada más.

Una hija.

40

—¿Sabéis qué es lo primero que voy a hacer hoy? Me presentaré ante el cónsul alemán para tramitar una solicitud de intercambio de Otto por un oficial de las SS.

Los dos la miraron con incredulidad.

—¿Y cómo piensas hacerlo?

—Es muy fácil, ya lo verás. Otto me prometió que se casaría conmigo. Me pidió la mano por primera vez en 1938.

Sentada con Ada en el regazo, esperaba en la antesala del despacho del cónsul, que iba algo retrasado, mientras su representante, que, a decir verdad, era su asistente, el señor doctor Grobeck, la miraba con incredulidad.

—¿Y cuál es exactamente la solicitud que quiere presentar?

—Es muy fácil —dijo Sala, dedicándole una sonrisa radiante—. Como ario, él entonces no podía casarse con una medio judía. Es decir, que se nos negó el derecho a vivir nuestra vida en libertad y a casarnos con la persona de nuestra elección. Y como no aceptamos esa coartación de nuestro derecho, yo me quedé embarazada —señaló a la pequeña Ada—, y ahora me veo soltera y con una hija en un país muy católico donde este tipo de cosas no se ve con buenos ojos.

—No.

—¿No?

—Quiero decir, sí, claro.

—¿Usted también lo ve así?

—Sí, pero...

—Estupendo, entonces póngalo por escrito para que yo lo firme, le pone un par de sellos bien grandes y lo manda lo antes posible a donde sea de Alemania que se encargan de estas cosas.

—Sí, pero...

—Ah, y hágame el favor de añadir que mi marido, quiero decir, mi futuro marido, no fue miembro del partido nazi y nunca simpatizó con esa gente ni con ninguna organización relacionada.

—Eso suena mejor.

—Pues claro que sí. Mi marido fue comunista en su juventud.

—Eso mejor no lo pongo.

—Pero hágame el favor de poner que era un enemigo declarado del nacionalsocialismo. Tampoco fue soldado. —El doctor Grobeck asintió—. Y que yo, como madre soltera que no pudo completar sus estudios porque el Reich me lo impidió, estoy dispuesta a renunciar a una compensación de Alemania si se encargaran del intercambio de mi marido, bueno, mi futuro marido, se entiende, por alguno de las SS. Uno cualquiera, total, ¿qué más da lo que le pase? Gente de las SS sigue habiendo a montones en Alemania, espero que la mayoría estén en la cárcel. Y con el intercambio, el estado se ahorraría además los costes legales de la desnazificación. Y eso sería todo, ¿no?

El joven asistente se quedó mirándola atónito. Finalmente, sacó una hoja de papel de una estantería, la metió en su máquina de escribir y empezó a teclear.

Al terminar firmaron los dos, y entonces condujo a Sala a otro despacho para que ella rellenara todos los documentos necesarios para solicitar un permiso de residencia.

Y, después de una tarde bien empleada, Sala salió a pasear con Ada por Buenos Aires.

Entonces, un claxon. Chirrido de neumáticos. Un coche estuvo a punto de atropellarlas. Asustada, Sala cogió a su hija en volandas mientras contemplaba el coche totalmente confundida. El conductor le guiñó un ojo riendo y siguió su camino.

—Dios mío, Ada, ¿lo has visto? La tía Cesja ya nos avisó y se me había olvidado, tonta de mí: aquí conducen por la izquierda. En casa, en Alemania, los coches van por la derecha. ¡No! —se corrigió entre risas—. En casa, en Argentina, los coches circulan por la izquierda, y en Alemania, ese país tan feo donde hace mucho frío y la gente no se ríe nunca, van por la derecha, y por eso se creen con derecho de tener siempre razón, ¿sabes? —Ada esbozó una sonrisa embobada a modo de respuesta—. Mira cuántos escaparates, cuántas señoras elegantes. Yo pensaba que las mujeres más guapas y elegantes vivían todas en París, pero fíjate, Ada, mira qué bonitas son aquí las mujeres, y cómo se mueven. Las francesas son más serias. Tu tía Lola, la hermana de la abuela Iza y la tía Cesja, que viste a las mujeres más guapas y ricas de Francia, y no solo de Francia, ¡que hasta la duquesa de Windsor solo se compra ropa en su tienda! —Por un momento recordó con nostalgia a Lola y Robert. No había vuelto a tener noticias suyas. ¿Qué habría sido de ellos? Esperaba que estuvieran bien. Su madre no sabía nada. Tenía que acordarse de preguntar por ellos a Cesja.

A izquierda y derecha, las casas se alzaban hacia el cielo por encima de los árboles cargados de limones y naranjas. Suntuosos bulevares llenos de fachadas de estilo clásico se sucedían calle tras calle a idéntica distancia hasta el centro, de donde las calles salían en diagonal a partir de una plaza central. «Igual que en la Place de l'Étoile de París», pensó Sala mientras observaba a la gente meterse bajo tierra por una escalera para llegar al «subte», el tren subterráneo de Buenos Aires.

41

Tras semanas de espera, Sala recibió tres respuestas a sus peticiones de empleo. No estaba mal para empezar. Dejando a Ada al cuidado de Cesja, Sala salió de casa llena de seguridad.

—No digas que eres soltera, no lo olvides —le recordó Cesja al salir.

En el colectivo, imaginó lo maravilloso que sería empezar a ganar su propio dinero e independizarse. Durante los primeros días no había querido admitirlo, pero Cesja no le caía bien. Aunque no podían ser más diferentes, a Sala le recordaba irremediablemente a su madre. ¿Sería tal vez el tono mandón de su voz, la forma en la que terminaba todas las frases de un modo brusco y cortante, como si quisiera arrojar las últimas palabras a un abismo profundo? No, no eran bienvenidas en su casa, Sala lo notaba aunque era incapaz de decir por qué. Y luego estaba Max con sus dientes de caballo. En el humorista Fernandel resultaba un rasgo gracioso, pero Max tenía un aire inquietante cuando su sonrisa de buzón dejaba ver hasta la última muela. Le hacía pensar en un jabalí que aparecía de repente de entre unos matorrales. Se presentaba siempre por sorpresa tras una esquina del apartamento justo cuando a ella le apetecía estar tranquila. Había algo ansioso en su mirada. Le daba mala espina. Era evidente que ese matrimonio no era mejor que el de su madre. Las hermanas se habían buscado a hombres muy particulares, a excepción de su padre, claro. Solo Lola parecía haber corrido mejor suerte, aunque su matrimonio con Robert también fuera algo particular. Una sonrisa ausente pasó por los labios de Sala como una nube. Cesja le había contado que los dos habían sobrevivido y que el negocio de Lola iba mejor que nunca. Después de la guerra, no pasó mucho tiempo hasta que la clientela internacional más pudiente volvió a darse cita en sus austeros salones del número 93 de la *rue* Faubourg Saint-Honoré a tomar una taza de té o una copa de champán. Tal vez hubiera debido regresar a París. Allí sí que había tenido una vida bonita. Al menos, al principio. Gurs había dado al traste con todos sus sueños. Hizo saltar por los aires sus planes y esperanzas. Adiós a estudiar en la Sorbona, a las excursiones al teatro, a bailar la Valse Musette, adiós a sus ratos con Hannes. En su interior, lo bello y lo horrendo se daban la mano.

Al llegar a la puerta, se puso nerviosa. La casa no se veía desde la entrada. Debía de estar retirada, más allá del terreno ajardinado. La mayoría de las villas de esa zona estaban algo escondidas. ¿Sería por miedo a los ladrones? La familia buscaba una institutriz para sus hijos. Parecía preferible a colocarse como mujer de la limpieza. Mucho mejor. Aunque Sala no tuviera muy claro lo que esa gente esperaba de ella. Cesja le había recomendado que tuviera la mente abierta. Y, por encima de todo, que no se pasara de modesta.

—Déjales claro que vienes de buena familia y que tienes estudios. —Haz esto y no hagas lo otro. Su tía la trataba como a una niña tonta.

Un criado uniformado se le acercó por el largo camino de entrada.

La sala de estar recordaba a los salones del Grand Hotel de París. Todo parecía deliberadamente europeo. Grandes cuadros al óleo, pesadas cortinas de terciopelo rojo, muebles taraceados y con relieves esculturales. Todo respiraba una opulencia que Sala nunca había visto en una residencia privada. Se abrió una puerta. La señora de la casa parecía ser de su misma edad. Sala se puso en pie.

—No, siéntese, por favor. ¿Le apetece una taza de té?

—No, gracias, señora.

La señora se giró hacia una empleada que la seguía en silencio como una sombra a una distancia prudencial. Sala no se había dado cuenta.

—María, por favor, té y galletas.

—Será un placer, señora.

—Y basta ya de la tontería esta de «será un placer». Ya sabes que no me gusta el servilismo.

—Sí, señora.

Cuando la muchacha desapareció, esbozó una sonrisa.

—Hace pocos días que María trabaja con nosotros. Aún tiene que acostumbrarse a que aquí todo es un poco distinto. Necesitamos a gente buena, pero no a esclavos. Esto de «señora» también se lo voy a quitar.

Se echó a reír. La suya era una carcajada profunda. Su voz áspera contrastaba con su aspecto delicado y esbelto. Al contrario de la mayoría de las argentinas, era rubia. Llevaba unas gafas de sol a modo de diadema. Una reina con la cara llena de pecas, que también le salpicaban las manos cargadas de anillos. Vestía un traje pantalón de color mostaza, zapatos de salón de cuero verde, y no llevaba medias. «Es única», pensó Sala. Un potente olor almizclado dejaba intuir su perfume de la casa Guerlain. Probablemente se tratara de *Vol de Nuit*. Lola también se lo ponía siempre durante el día.

—Me llamo Mercedes.

—Sala.

—¿De dónde viene? Habla español casi sin acento. ¿Ha vivido en Madrid?

—Mi madre vive allí, yo soy de Berlín.

—Berlín. Me encanta esa ciudad. A Germán también. Mi marido. Su nombre se escribe igual que «alemán» en inglés. —Al ver que Sala no la entendía, añadió—: Germán, se pronuncia igual que Hermann. Es un nombre muy bonito. ¿No hay una batalla con ese nombre?

—Sí, la batalla de Hermann en el Bosque Teutónico. Heinrich von Kleist escribió una obra de teatro al respecto.

—Mis hijos aprenderán mucho de usted. ¿Cuándo puede empezar?

—Cuando usted desee.

—Puede hablarme con normalidad. Al fin y al cabo, va a educar usted a mis hijos. Si se dan cuenta de que me trata usted con tanta deferencia, no va a poder imponerse.

—¿Cuántos años tienen sus hijos?

—Cinco.

Sala sintió un nudo en la garganta.

—Son mellizos. Un niño y una niña. Diego y Juanita. Por mi parte, he cumplido con ellos, en el resto tengo puestas pocas ambiciones. Y mi marido, por suerte, también. Mi padre lo ve de otra forma. Bueno, ya conocerá al resto de la familia a su debido tiempo. ¿Tiene usted hijos?

Sala sintió un fuerte pinchazo.

—Sí, una niña. Se llama Ada.

—¿También habla español?

—Todavía no habla.

—Ah, es un bebé.

—No. Tiene tres años. Creo que la posguerra la ha...

—Bueno, pronto aprenderá de Diego y Juanita. ¿A qué se dedica su marido?

—Mi marido está en un campo de prisioneros en Rusia.

—¿Y usted aquí tan lejos?

—Yo... Es que es algo complicado.

—No tiene que darme explicaciones. ¿Está usted casada?

Sala tragó saliva. Sabía que era una pregunta inevitable. Recordó a Cesja en la cocina advirtiéndole con insistencia que una madre soltera jamás encontraría trabajo en Argentina. Al menos, trabajo con una familia decente. Sintió que se le encogía el corazón. Se mareó. Y entonces oyó su voz. Sonaba tranquila y decidida.

—No, es que...

—Insisto, no tiene que darme explicaciones. Sala, mientras

todo vaya sobre ruedas con los niños, no necesito que me explique nada. ¿Tiene usted experiencia tratando con personal doméstico?

—¿A qué se refiere?

—Viene usted de buena familia, se le nota. ¿Tenían servicio sus padres?

Sala hizo acopio de todo su valor.

—Mis padres son anarquistas, viven separados desde hace mucho tiempo.

Mercedes la observó con interés.

—Vaya, debe de tener muchas cosas interesantes que contar durante las largas tardes de invierno. Me alegro —dijo levantándose—. Nuestro peso se devalúa cada día más, pero le pagaremos lo suficiente. Germán se encarga de las finanzas. Hoy está en una de sus obras. Es arquitecto, para disgusto de mi padre.

—Es un trabajo muy bonito, ¿por qué no le gusta a su padre?

Cegada por un rayo de sol, Mercedes se bajó las gafas.

—Fíjese, esto me gusta. Pregunte. Pregunte lo que quiera. Mi padre es criador de ganado, y yo soy la hija impertinente. —Con una risotada ronca, tendió una mano a Sala—. Usted y yo vamos a ser amigas.

Sala asintió con cautela.

—No sea tímida.

—Me cuesta un poco al principio.

—Me caes bien —dijo Mercedes. Entonces hizo una pausa y pronunció su nombre lenta y pausadamente—: Sala.

Sala salió andando con el sol de frente, cegada por su buena fortuna. Vio su futuro por primera vez. Iba a trabajar, y aún no sabía cómo, pero conseguiría no tener que pedir ayuda a nadie por primera vez en su vida, no ser una carga para nadie, no tener que agradecer a nadie haber podido sobrevivir, poder estar allí. Ya no tendría que pedir perdón por lo que hacía o dejaba de hacer, sus pensamientos serían suyos y de nadie más. Todo había llegado a su fin, como su padre le había dicho: «Donde está el peligro, crece también lo que salva». La frase flotaba en el aire. Estaba salvada, mil veces salvada. Nunca más, nunca más cedería a otra persona ese poder sobre ella. En Madrid su madre la había humillado por última vez. Y las pullas de Cesja también se habían acabado. Mercedes le había ofrecido su amistad, a ella, una madre soltera y sin recursos. Qué bonito era todo. Tal vez pudiera confesarle sus penas. Había dado a luz a mellizos, ella la entendería.

42

Germán era un demonio. Sala lo supo desde el primer momento. Sabía que corría detrás de la primera falda que veía, y que Mercedes también lo sabía. Era solo cuestión de tiempo que surgieran problemas. Hasta entonces, más le valía andarse con pies de plomo.

¿Por qué eran tan complicados todos los matrimonios? El único bueno que recordaba era el de Lola y Robert, y tal vez solo fuera porque los dos eran algo peculiares. ¿Era ese el secreto? Sala solía pensar que no se necesitaban la una al otro, aunque Lola la contradecía, y Cesja se había echado a reír cuando salió el tema.

—Lola es una bestia parda, siempre fue la peor de las tres —dijo durante uno de sus intercambios de cotilleos.

—¿Lola? —preguntó Sala, sorprendida.

A ella le había dado una impresión muy diferente. Pero, si lo pensaba bien, le venía a la mente aquel triángulo amoroso tan curioso y aparentemente sencillo. Aquello no era normal, pero ninguno de los implicados parecía afectado. Al principio, sentía una gran compasión por Robert. No había ningún idioma que tuviera más epítetos para un hombre engañado que el francés. Incluso había obras de teatro dedicadas a ese personaje, los cuplés, comedias musicales de un solo acto. Es decir, o se trataba de un problema de lo más común, o los franceses obtenían un placer perverso de jalear a los cornudos con canciones y poemas. Pero Sala pronto comprendió que Robert no era en absoluto infeliz. Tal vez se alegraba de no tener que llevar la carga él solo, o tal vez tuviera poco interés en el aspecto más físico del amor y compartiera otras cosas con Lola que le estaban reservadas solo a él. Tal vez él también pastara en prados ajenos. Desde luego, las miradas llenas de deseo de sus alumnas y sus silencios cargados de significado cuando él pasaba por delante con aire distraído —aunque, en realidad, se fijaba en cada una de ellas, porque él siempre se fijaba en todo— dejaban intuir todo tipo de posibilidades. En cualquier caso, habían llegado a un acuerdo, no, era algo más que eso, una complicidad, una forma de estar juntos que parecía proporcionarles una alegría traviesa que excluía al resto del mundo. ¿Sería ese el secreto, el compartir algo en exclusiva? ¿O acaso Robert y el amante de Lola compartían una conexión especial porque los dos se habían acostado con ella? ¿Se sentía Robert superior gracias a todo aquello? ¿O tal vez fuera una venganza oculta o tácita? ¿Era por eso por lo que reía con tanta frivolidad cuando Lola dejaba caer casi sin darse cuenta el nombre de su amante? ¿Y si el destino quería que Otto y Hannes se encontraran un buen día? Se asustó solo de pensarlo. ¿Habría algún entendimiento entre los dos? ¿Acaso era algo así ni siquiera imaginable?

Gracias a la influencia de Mercedes entre las autoridades, Sala y Ada no solo fueron bautizadas, sino que obtuvieron la ciudadanía sin más complicaciones. Por primera vez desde que era joven, Sala se sentía una persona plena. Ya no tenía que suplicar asilo, tenía derecho a vivir allí hasta su muerte. Alemania había quedado muy lejos. Nadie podría volver a echarla jamás. El pasado ya no era más que una sombra lejana que cada vez la visitaba con menos frecuencia en la soledad de la noche cuando, tumbada en la cama junto a su hija con los ojos abiertos, rezaba porque la niña hablara algún día. Mercedes le había ofrecido preguntarle a un amigo terapeuta por el contacto de un psicólogo infantil, pero Sala se negaba en redondo a pensar que su hija pudiera tener algún problema. En secreto, sin embargo, se hacía reproches y se devanaba los sesos pensando a qué podía deberse que, de entre todos los niños, fuera precisamente su hija la que no hablaba. ¿Un trastorno del desarrollo?

No, no, no podía ser, imposible. Acariciaba suavemente la cabecita de Ada, le apartaba los rizos morenos de la cara. Su padre ya se lo había dicho: seguro que en cualquier momento Ada empezaría a hablar y ya no se callaría. Sala se imaginaba a su hija ahogándola con un torrente de verborrea. Las palabras salían despedidas de su boca y se convertían en flechas afiladas que la niña disparaba a su madre indefensa. Sentía que la ira le subía por la garganta. Pensó en su madre, recordó a Iza agarrándola de la muñeca como hizo en la plaza de toros durante la corrida en Madrid. ¿Qué le había dicho? Ya no se acordaba. Estaba demasiado ocupada reprimiendo el dolor. ¿Por qué no se había puesto a gritar? ¿Por qué no se había defendido cuando la sangre empezó a brotar del corte? Le hubiera gustado agarrar a Ada y sacudirla y abofetearla hasta que por fin abriera la boca, hasta que por fin dijera algo, lo que fuera. Sacudida por unos intensos retortijones, salió a escape de la habitación. Quizá ella fuera una mala madre, pero la niña… ¿Qué demonios le pasaba a la niña? ¿Y por qué tenía que ocuparse de todo ella sola? ¿Por qué no estaba Otto a su lado para apoyarla? Día tras día tenía que cuidar de los hijos de otros mientras no podía prestar a su hija la ayuda que necesitaba. Estaba sola, no veía a nadie ni hablaba con nadie a excepción del personal y de los mensajeros, gente por otro lado muy agradable, pero sin estudios. No tenía tiempo para leer, para hacer algo para ella misma, para su desarrollo personal. No tenía tiempo de encontrar a gente con sus mismas inquietudes e ideas. La situación de una madre soltera era humillante. Sin honor, sin dignidad, una bestia de carga. ¿Acaso no era igual que un asno o una mula, dando vueltas a la fuente incansablemente para bombear agua para sus dueños? Miraba a Ada. ¿Por qué no pudo retener a su otro hijo?

Juanita y Diego jugaban en su habitación cuando Ada entró en silencio.

—Lárgate —dijo Juanita—. No queremos jugar contigo.

Ada se quedó junto a la puerta con aire sombrío.

—¿No has oído lo que dice mi hermana? ¡Que te largues! ¡Y deja de mirarnos, bruja!

Juanita y Diego se echaron a reír.

—¡Bruja! —le gritaron con júbilo —. ¡Bruja apestosa!

Ada no se movió. Con las manos detrás de la espalda, se apoyó en la pared.

Diego se abalanzó sobre ella y le tiró del pelo. Ada lo miró sin pronunciar palabra.

—¡Hola, bruja! —exclamó a voz en grito, como un niño que teme a la oscuridad—. Eres nuestra esclava, nuestro asno, nuestra mofeta, y tienes que hacer todo lo que digamos, o les diremos a nuestros padres que os echen.

—Sí, que os echen, a ti y a la tonta de tu madre, que siempre nos aburre con sus lecciones —intervino Juanita.

Diego empezó a imitar a Sala:

—¡Bueeeno, niños! ¿Me estáis escuchando con atencióóón? ¿Quién puede repetirme lo que acabo de decir?

—¡No nos mires con esa cara de boba, bruja! ¡Habla! ¿Puedes hacer magia, pero no hablar? ¿Qué clase de bruja eres? Somos más fuertes que tú. Somos dos. Tú no tienes ni hermano ni hermana.

Se echaron a reír con ganas.

—Todos los niños tienen un hermano o una hermana. Todos.

Chillaban de alegría.

—Tooodos, como diría tu mamaíta querida.

Ada empezó a tararear en voz baja. Los mellizos la miraron asustados.

—Para ya, bruja, o te quemaremos viva.

El tarareo se volvió más alto.

—¡Que pares te digo! O iremos a buscar a nuestro padre, que te hará papilla, ¿me entiendes?

Mientras Diego hablaba, el tarareo se volvió más y más alto hasta convertirse en un chillido estremecedor que llegó hasta la médula a los mellizos. Con muecas aterrorizadas, echaron a correr para salir de la habitación, pero para hacerlo tenían que pasar por delante de Ada, que seguía con su canturreo estridente, firmemente plantada en la puerta, cortándoles el paso. Los mellizos acabaron encogidos en el rincón más alejado de la habitación, llorando a lágrima viva.

Cuando Sala abrió la puerta, la habitación estaba en silencio. Los tres niños estaban sentados juntos en el suelo. Ada daba la espalda a su madre. Jugaban juntos pacíficamente. Solo Juanita y Diego veían la mirada amenazante de Ada.

Mercedes venía de una de las familias de ganaderos más importantes de Argentina. Tenían un terreno tan extenso que se tardaba más de una semana en atravesarlo en coche. La riqueza de la familia era incalculable. A pesar de eso, no había nada ostentoso en ellos. El padre de Mercedes era cordial y tosco, y la madre vivía aislada. Sala oyó alguna insinuación que la llevó a pensar que hacía tiempo que había emprendido un viaje a la oscuridad en el que nadie podía acompañarla.

Al verla en la distancia en grandes celebraciones sociales, parecía siempre muy pulcra y asentía cortésmente, pero apenas pronunciaba más que un «Buenas tardes» o «Qué gusto verte» entre susurros. La verdad era que estaba totalmente senil.

Una mañana, cuando se disponían a marcharse para pasar las primeras semanas de vacaciones en la finca de los padres de Mercedes, recibió noticias de Otto. Fue todo el día apresurada, quería que pasara rápido. Mientras se ocupaba de los niños, metió la ropa y los juguetes en grandes baúles de viaje de Louis Vuitton mientras elegía un vestido entre la selección que Mercedes había puesto a su disposición para las veladas en la finca. En su excitación, a Sala le fue imposible encontrar un momento de calma para leer la postal de Otto, que Augusto, el mayordomo, le había traído discretamente metida en un sobre. Llevó todo el día la carta pegada al corazón. No fue hasta que los invitados empezaron a bailar al ritmo del hipnótico tañido melancólico del conjunto de tango que se retiró a un rincón.

Rasgó el sobre y sus ojos volaron sobre las escuetas líneas. Notó que todo su cuerpo se tensaba. Sintió una punzada en la cabeza, como si alguien la hubiera agarrado del cuello y la estuviera zarandeando. Intentó liberarse, soltarse. No podía ser. No era Otto quien le escribía, quien le escribía de aquella manera. Lo que ponía en la postal era cruel y frío. Leyó sus palabras una y otra vez. A cada lectura comprendía menos su significado, como si cada vez que las leía el mensaje se deteriorara más, como si las letras se cambiaran de sitio en busca del verdadero significado de aquellas líneas, porque era imposible que fuera eso lo que realmente querían decir. Aquellas palabras no podían proceder del hombre al que ella amaba más que a nadie. Eran palabras mentirosas, que querían hacerle creer que Otto, el hombre con el que quería casarse, el hombre con quien quería construir una vida en común, no era el hombre que ella creía. Querían que pensara, con todas sus letras, que ese hombre, ese Otto, ya no podía imaginarse una vida a su lado, ni siquiera si algún día recuperaba la libertad, que no quería un hijo de ella, que se había convertido en otro hombre.

Corrió al baño para refrescarse la cara hinchada de llorar. Oculto en un pasillo, Germán la llamó. Reía con una risa estridente, como un chiquillo que había ganado una partida al escondite. Estaba borracho y más temerario que de costumbre. Era evidente que no estaba acostumbrado a encontrar resistencia. No solo se creía rico, talentoso y atractivo, sino que se tenía por irresistible. Su temperamento oscilaba entre la travesura infantil y la insolencia viril. Si perdía el equilibrio en esa cuerda floja, se volvía pueril o brutal. A Sala le costó un gran esfuerzo esquivarlo. Alarmada, se precipitó por la escalinata que daba al parque, tropezó en la terraza, perdió un tacón, se quitó los zapatos y salió corriendo entre sollozos a la noche iluminada con antorchas. Corrió y corrió hasta que la mansión no fue más que un mar de luces a su espalda. Finalmente, se dejó caer al suelo, agotada.

No sabía cuánto tiempo llevaba allí tumbada cuando oyó de repente unos pies desnudos correteando por el césped. Se sobresaltó al oír el roce de un vestido. Mercedes se sentó a su lado. Sorprendida, Sala se incorporó. Sus ojos relumbraban a la luz de la luna, su rostro irradiaba un fuego cortante que se extendía rápidamente. Llevaba una botella en la mano. Mercedes agarró el corcho, lo giró y, de un tirón, dejó que el gas saliera con suavidad. El champán goteó en sendas copas. En silencio, le dio una a Sala. Las hicieron chocar con un tintineo antes de engullir su contenido de un trago.

El aire de la noche aún era cálido. El suelo estaba blando y un poco húmedo. Despacio, empezaron a hablar. Se contaron sus respectivas vidas. Las desilusiones que dieron al traste con esperanzas una y otra vez albergadas, se rieron de lo fácil que era entender a los hombres, y maldijeron y lloraron por la facilidad con la que ellos las herían a pesar de todo.

Hablaron de sus madres, del miedo que sentían en lo más profundo de su ser de parecerse a ellas. Se sorprendieron ante lo parecidos que eran sus padres, los únicos hombres que eran diferentes a los demás. Se preguntaron por qué sus madres se habían comportado de una forma tan hipócrita, tan cruel con sus padres, por qué se habían alejado de todo, cómo hubiera sido ser queridas por aquellas madres huidizas cuando eran niñas y si ellas, las hijas, tenían algo que ver con que el amor se hubiera convertido en un distanciamiento frío, la antesala de su desaparición. No era odio, en eso estaban las dos de acuerdo, lo que habían experimentado en casa de sus padres, sino más bien una alienación creciente que, de niñas, creyeron sofocante. Hablaron de los mellizos y Sala narró el nacimiento de Ada y la pérdida del otro bebé.

Mercedes le alcanzó un cigarrillo encendido. La botella vacía salió rodando colina abajo. Sala sentía una profunda tristeza que se cernía sobre ella lentamente como una nube pesada. Y mientras la nube las cubría a las dos, como una campana que las encerraba, la mano de Mercedes buscó la suya, le tocó el brazo, le acarició los dedos. Sus cabezas chocaron, y Sala notó algo cálido, suave y húmedo que le acariciaba los párpados, los pómulos, los labios, que entraba en su boca y le tocaba la lengua, mientras una mano trepaba desde sus rodillas hasta que Sala se abrió. Una suave llovizna le caía en la cara. Perdió el mundo de vista.

Cuando despertó, estaba sola, tumbada en la hierba. A lo lejos, las avefrías gorjeaban. Los caballos relinchaban en la quietud del amanecer. Al este, el sol naciente tiñó las nubes de un rojo incandescente. El viento traía consigo el croar de las ranas.

43

—¿Cuál era el apellido de la segunda mujer del abuelo? ¿Nohl?

—No, se casaron poco antes de morir, para que a ella no le faltara de nada. Se llamaba Wentscher, Dora Wentscher. ¿Cuándo vendrás a verme? Hace una eternidad que no me llamas.

Farfullé una escueta disculpa sobre las obligaciones familiares y el trabajo y me apresuré en terminar la conversación. Quería poner el nombre de Dora en el buscador lo antes posible. Para mi sorpresa, encontré un libro sobre mi abuelo y su hermano, Hermann Nohl. *Una vida en la sombra.* Se referían a mi abuelo, que en la RDA no consiguió salir de la sombra de su hermano, el gran catedrático de pedagogía de la Universidad de Gotinga, hasta una edad avanzada.

Tomé nota del nombre del autor, Peter Dudek, experto en pedagogía, que hasta hacía poco había estado dando clases como profesor emérito en la Universidad Goethe de Fráncfort. El libro estaba bien documentado. Había muchas cosas que se solapaban con el relato de mi madre. Como era de esperar en una obra de ese estilo, encontré un apéndice con varias fuentes, pero lo más importante que descubrí fue que el legado completo de mi abuelo se encontraba en la Academia de las Artes de Berlín. Me pasé cada minuto libre de los siguientes tres meses en la sala de lectura de la Academia, en la Kochstraße. Descubrí textos antiguos de mi abuelo, el psicoanálisis, sus iniciativas de reforma de la pedagogía social que su hermano Hermann había usado astutamente en su propia obra, y me hice una idea del matrimonio de mis abuelos, que se escribieron con regularidad por Navidad y en sus respectivos cumpleaños hasta la muerte de Jean unas misivas en las que nunca faltaba un saludo cariñoso de y para Tomás. Tomé notas, hice fotocopias, me lo llevé todo a casa para leer y releer hasta que esa gente que encontraba entre líneas tomó forma. Un día encontré un hatillo de cartas que mi madre envió desde Argentina. Mis ojos sobrevolaron inquietos las líneas que parecían haber sido garabateadas con prisa sobre el papel. Allí encontré todo lo que buscaba. Mis dudas sobre la linealidad sin obstáculos del relato materno se vieron confirmadas letra a letra. Leí el demoledor testimonio de una joven que, repudiada una y otra vez, trató de abrirse camino muy lejos de su hogar y fracasó de nuevo. Llena de dudas, de pasión, de miedo. No logró conectar con Cesja y Max y sintió que ella y su hija, con razón o no, no eran bienvenidas. Aquella sensación se vería renovada o agudizada varias veces a lo largo de los años que siguieron. Un desarrollo constante, una alienación que no hizo más que crecer con los años y con todo lo que sucedió, que culminó con la caída de una mujer temperamental a un abismo oscuro, como tantas mujeres de su generación que compartieron un destino similar. Se desplegó ante mí su carrera hacia la depresión, tal vez incluso hacia la desesperación, cuyas últimas etapas yo había presenciado durante mi infancia y mi juventud, hasta que intenté imitarla, del modo en que todos los niños en circunstancias parecidas tratan de descubrir a sus madres silenciosas hasta que el monstruo de negrura se les sienta en el pecho para dejarlos sin aire.

Mirando atrás, tal vez podría decirse que los crímenes de mi madre fueron ser judía y ser mujer. Y el castigo que la sociedad le había aplicado pervivía en sus hijos.

Aquel país, del que mi madre siempre hablaba con exaltación, me resultaba ajeno. Me detuve varias veces ante alguna agencia de viajes, dudando si entrar, hasta que finalmente decidía no hacerlo. ¿Por qué? No lo sabía. Argentina era el continente inexplorado que nublaba la historia familiar. ¿Por qué había escapado allí mi madre? En sus cartas no había ninguna explicación. Ella misma se había negado a hablar de ello hasta donde yo podía recordar. Era una vida dura; se esforzaba en criar a su hija mientras tenía que vérselas con el humor de los hijos de Mercedes. Era joven, quería labrarse un camino, pero ya debía de haberse dado cuenta de que cada paso que daba la llevaba a un callejón sin salida. La falta de autodeterminación en su vida era un tema constante en sus cartas. Se sentía aislada, estigmatizada otra vez, una extraña en su nueva patria, que siempre describía con un color tan resplandeciente que amenazaba con quemar sus propios contornos. Escribía carta tras carta, tratando de entender lo incomprensible, pero cuanto más escribía para no perder la esperanza, más se convencía de que Otto estaba alejándose de ella. No paraba de asegurar que la vida en Buenos Aires era, a pesar de todos los obstáculos, mucho más fácil que en Alemania. «Ada toma cada mañana pan con mantequilla y miel, y tiene cenas y comidas abundantes todos los días. Va bien vestida». Todas aquellas cosas serían más difíciles en Alemania. *Por ahora* —escribió también— *me siento satisfecha con mi destino, por más que sea injusto que tenga que cargar con todo esto yo sola y que las cosas no vayan a cambiar en un futuro. La postal de Otto no dejaba lugar a dudas, rechaza cualquier responsabilidad. Lo que más me cuesta aceptar es que no lo reconozco en sus propias palabras, y no paro de reprocharme haberme enamorado de él como una tonta.*

Por fin se hacía explícito lo que en sus primeras cartas apenas era una verdad entre líneas. La relación con Mercedes se enfrió con rapidez. Su cercanía dio paso a los celos. Germán acosaba a Sala sin esconderse y sin preocuparse por el qué dirán. La convivencia estaba envenenada. El odio que crecía en Sala la ayudó a mantener a raya el fracaso que la acechaba día tras día, la miseria, la humillación de volverse a ver abocada a la caridad y, sobre todo, su inseguridad. Al menos durante un par de horas. Pero siempre volvía y, cuando lo hacía, era peor. En una carta desesperada, Sala contó que Mercedes pretendía obligarla a mandar a Ada a un internado si no quería que las echaran a las dos. Decía que la niña no sería más que una fracasada o una criminal, se le veía en los ojos, tenía una mirada turbia, el párpado inferior tenía un aire malicioso. No era una buena influencia para sus hijos.

Sala encontró una escuela de monjas en el interior del país. Las hermanas eran amables con Ada. Allí estaría a gusto, tal vez incluso aprendería a hablar. Sala la visitaba todos los fines de semana que tenía libres. A su padre le escribió: «No tengo suerte con la gente. Solo leer me ayuda. Ojalá pudiera envolverme en un vestido hecho de letras».

44

Se levantó a las cuatro de la mañana para coger a tiempo el tren que la llevaría a La Falda, adentrándose en el deslumbrante azul profundo de la mañana.

Para cuando salieron del convento, ya eran las nueve. El sol calentaba la parte trasera del edificio, mientras que la delantera aún ofrecía una sombra refrescante. De la mano, madre e hija recorrieron juntas el camino. Ada llevaba un vestidito de un blanco inmaculado que ella misma se había planchado. El vestido de Sala tenía un colorido estampado de flores, el pelo le olía a madera de cedro y de su brazo izquierdo colgaba una cesta de pícnic.

Encontraron un rincón sombreado bajo unos árboles y se dejaron caer sobre la hierba entre risas. La luz del sol, a lo lejos, pronto prendería los campos de rastrojos en una alfombra dorada que llegaba hasta el horizonte. Mientras Sala extendía con alegría el mantel de cuadros sobre el suelo caliente, Ada colocó platos y cubiertos. Con sus manitas, Ada señaló un tercer espacio en la hierba entre ella y su madre. Sala apartó la mirada, no soportaba verlo. El viento levantaba un suave oleaje en el verde infinito.

Por la tarde dieron un paseo por los prados. Un rebaño de bueyes pastaba apaciblemente tras una charca, rodeados de avefrías que trinaban estridentemente. El día pronto llegó a su cénit y empezó el descenso hacia el crepúsculo. Antes de que atardeciera, Ada contempló cómo el trillo de una cosechadora convertía el trigo en una lluvia de chispas doradas. Agarró a su madre de la mano.

—Mamá, ¿por qué papá ya no nos quiere?

Sala levantó la cabeza. ¿Cómo? Asustada y maravillada, acarició la cara de Ada. Su hija había hablado por primera vez. Se quedaron mirándose sin moverse. ¿Por qué no podía abrazarla, loca de contento? Ya. Rápido. Antes de que fuera tarde. Sintió la mirada de Ada, un rayo de sol afilado que le perforaba el alma. Había fracasado. No había podido dar a su hija un padre, ni un hogar del que nadie pudiera echarla, había repetido aquello de lo que había querido huir. La alienación la había alcanzado, su propia sombra se alzaba contra ella. Desde la lejanía se acercaba un gran nubarrón oscuro. «Una tormenta», pensó, aunque la sorprendía no haber oído truenos. El viento pareció contener la respiración. Entonces oyeron un zumbido agudo y el cielo se abrió sobre sus cabezas y desprendió las hojas al panjí, removió los parterres, las hierbas y las plantas, las arrancó de la vida con cólera bíblica. «¡Langostas!», pensó Sala, pero no había ninguna. Lo único que había eran los cadáveres de Gurs en el remolque de un camión. Dio media vuelta.

—¡Corre, Ada! —gritó a su hija—. ¡Corre!

Ada miraba a su madre en silencio. Estalló la tormenta. La lluvia tiñó de negro el suelo blando que pisaban. De vuelta al convento no pronunciaron ni una palabra.

Cuando Sala volvió a casa de madrugada, oyó un chasquido seco. Sintió un dolor que la sacudió como una descarga eléctrica. Asustada, dio un respingo. Tenía ante sí a Germán, desnudo de cintura para arriba, blandiendo un látigo. Fuera, la lluvia seguía rugiendo. Sala no sabía cuánto hacía que llovía.

Después, al mirar por la ventana, lo vio todo envuelto en un gris acuoso. La noche se extendía ante ella. Tenía que recomponerse. En algún momento, un nuevo día rompería aquella oscuridad. En algún momento, el sol volvería a llenar su habitación. En algún momento, el cielo volvería a llenarse de pájaros migratorios. En algún momento.

Pocos meses tras el incidente llegó una carta de Otto. Venía de Berlín. De la Scharperstraße. Era un barrio bueno. Temblando de felicidad, Sala abrió el sobre.

Empezó a leer. Al principio no lo entendió bien. Todo sonaba confuso, complejo y aparatoso, algo nada propio de Otto. Nunca había sido un hombre de muchas palabras, pero estaba leyendo la segunda página de su carta y seguía sin entender adónde quería llegar.

Se sentía como si estuviera en mitad de la selva del Amazonas y un caminito tortuoso la hubiera conducido hasta un río en cuya superficie flotaban apaciblemente algunos troncos. Al agacharse para saciar su sed, sucedió: uno de los troncos se convirtió en un temible cocodrilo en un abrir y cerrar de ojos. Con las fauces abiertas de par en par, la bestia se abalanzó sobre ella.

Otto ya no la amaba. En su vida había aparecido otra mujer. La guerra le había estafado sus mejores años, ya no podía permitirse esperar más. *He experimentado cosas que me han convertido en otra persona* —leyó Sala temblando—, *y lo más probable es que no me reconocieras y que al final te alegraras de volver a ser libre e independiente, unas circunstancias que seguro que tú, con lo que has vivido y sufrido, sabrás apreciar tanto como yo.* Aquella frase se le clavaba en la cabeza como un clavo oxidado. De repente se echó a reír, una risa estridente y sarcástica. ¿Qué sabía él de lo que había sufrido? ¿Qué había visto, qué había compartido? Nada. Nada de nada. Otto continuaba informándola que consideraba su deber ser muy sincero con ella y no ocultarle nada, por más que hubiera preferido ahorrarle el disgusto, pero había conocido a otra mujer. No tenía claro que tuviera madera de marido, pero estaba dispuesto a probar suerte con Waltraud.

Sala escribió dos cartas: una breve para Otto y una más larga para su padre. En la primera, confirmaba a Otto que había recibido su extraña carta. No tenía nada que añadir excepto la constatación de que su inteligencia emocional no iba a la par de la intelectual, cosa que, por otro lado, no era nada sorprendente teniendo en cuenta sus orígenes y la deficiente educación que había recibido en consecuencia. Para ella todo aquello no suponía ningún golpe, pero lo lamentaba por su hija, que se estaba desarrollando magníficamente. En un aspecto más práctico, le recordaba sus obligaciones con la esperanza de que cumpliera con su deber económico para con la niña sin necesidad de insistir. En caso contrario, no dudaría en contar con la intervención de un abogado.

En la carta para su padre desveló su desesperación. Los años de espera incondicional, de no perder la esperanza. De no ser porque otra vida dependía de ella, se hubiera puesto la soga al cuello sin titubear.

La respuesta de Otto fue el golpe de gracia. Dudaba de su paternidad. Conocía la relación de Sala con Hannes, ella misma se lo había contado en Leipzig. Furiosa, le contestó que no quería su dinero aunque, en realidad, necesitaba cada céntimo.

Fue a visitar a su hija a La Falda. Para Sala, la reacción de Ada ante la triste noticia de que su padre no vendría fue aún más difícil de soportar que su propio dolor.

—¿Y por qué no viene papá? —preguntó.

—Es que a veces los mayores cambian de opinión.

Ada agachó la mirada.

—Pero lo había prometido.

45

La Esquina era una taberna lúgubre. En la trastienda se celebraban timbas de cartas ilegales. Un par de máquinas expendedoras colgaban de las paredes pegajosas de sudor y humo. Otto acudía regularmente desde que había regresado a casa de su cautiverio. No había llamado a nadie ni había ido a ver a nadie. Buscó trabajo enseguida en el hospital Charité. Primero como médico residente y luego, al cabo de pocos meses, como adjunto. Su habilidad lo predestinó a intervenciones breves y rápidas. Empezó una especialización en otorrinolaringología. Ni siquiera él mismo sabía por qué. Fue una recomendación del jefe de servicio. Además, en el Charité hacían falta otorrinolaringólogos, así que tenía sentido. Berlín volvía a tener buena cara. La gente ya no pasaba hambre.

Waltraud vivía en la zona rusa y buscaba a un hombre que la sacara de allí. No le gustaba estar con los comunistas. «El tiempo trae la sabiduría», se dijo Otto, y pasó a la acción. ¿Por convicción? ¿Por sentido del deber? ¿Por distraerse? ¿De qué? ¿De la guerra? ¿Del cautiverio? ¿Del acúfeno? Sí, tal vez la voz estridente de Waltraud lo ayudara a no pensar en el pitido que nunca se le iba del oído.

Sus pacientes siempre preguntaban qué podían hacer para librarse de ese pitido infernal. Él intentaba tranquilizarlos diciéndoles que no era un problema del oído. El pitido estaba en su cabeza, él también lo tenía.

—Es por la guerra, señor doctor —le dijo uno.

La guerra, sí, claro, seguro que era por la guerra. Todo lo que les pasaba era por la guerra. Era su pasado, su presente, su futuro. La guerra eran ellos. No valía la pena hablar del tema. Nadie quería hacer preguntas que no tenían respuesta. Todos compartían el mismo destino, de modo que nadie tenía uno. Pasaban por su consulta todos los días, una horda de pacientes que se lamentaban. Querían que los visitara sin saber qué tenían que enseñar. Sus cuerpos enfermaban. ¿Y sus almas? ¿Qué era eso? Conocía la palabra, pero el significado había quedado olvidado en algún lugar. En alguna ciénaga, en las trincheras, en los campos, en el cautiverio, en los compañeros caídos, en los pantalones cagados, en las caras perplejas de los niños que veían a sus padres por primera vez al regresar, en las camas en las que hombres extraños se habían acostado con sus mujeres, en los sueños que las bombas habían hecho saltar por los aires, en el deseo perdido, en los ideales traicionados, en los corazones congelados. Ya no le quedaban emociones para dar, ni era capaz de recibirlas. Habían fallecido, como su padre en la Primera Guerra Mundial, sentenciadas a muerte como sus hijos. Cadáveres putrefactos. Pero eso no podían decirlo, no podían pensarlo, porque si no, no les quedaría más remedio que tirarse por las ventanas de sus casas recién reconstruidas. Porque no eran los Aliados quienes habían bombardeado el país, se decía Otto. «Fuimos nosotros, fuimos nosotros quienes nos quedamos con el culo al aire porque no se nos ocurrió que cambiaría el viento y nos salpicaría la mierda en la cara».

Pues no. Los hombres preferían arrellanarse en sus sofás nuevos junto a las Waltrauds y las Irmgards, las Gerdas y las Juttas, llenos de esperanza de encontrar mesas rebosantes de comida. Cuatro años de cautiverio daban para mucho. Trabajaba. Jugaba. Follaba. Comía, bebía y dormía. Y, al terminar, empezaba otra vez, por el principio o por el final, le daba lo mismo. Por eso se había casado.

Y vio confirmadas sus dudas: no tenía madera de marido. Daba igual. Lo importante era no dejar de moverse. Cuando tenía dinero, bajaba corriendo a la taberna, se emborrachaba y lo perdía todo jugando, cuando tenía más dinero, le compraba a Waltraud alguna bagatela y el resto lo perdía en el casino como un caballero. Había vuelto al principio. Era para morirse de risa. Pero era médico. Y tenía un coche.

Terminó la especialización en el Charité. No era un buen subordinado. Mirara donde mirara, veía la misma conciencia de grupo de antes, las mismas palabras y aires de grandeza, las mismas muecas, los mismos fulanos y menganos de antes de la guerra. Quería irse. Quería ser su propio jefe, que nadie le diera órdenes. Nadie. Tal vez fuera un cabezota, como insistía su jefe. Pero desde que en el campo había visto cómo de los mismos estercoleros volvían a surgir las mismas camarillas apestosas, había decidido de una vez por todas renunciar a la opinión ajena.

La noche antes de su liberación del campo de prisioneros la pasó bebiendo con el comandante del campo, cantando canciones rusas y leyendo a Pushkin. Mascha había abandonado el campo meses atrás para ir a trabajar como enfermera en Rostow. A veces se acordaba de ella. Mascha vivía. Mascha reía. Mascha amaba. Mascha era una insensatez. Mascha no le preguntaba por su pasado. Mascha no existía. Mascha era la guerra. Mascha era él. Era aquello que en Alemania nunca había tenido ni perdido y que en Rusia había encontrado. Era su padre caído, su madre maldita, era el paisaje de abedules de Berlín, el paisaje de abedules de Rusia. Era Alta Silesia y Pomerania. Olía a *borscht* y a pino. Tenía las manos esbeltas y la cara blanca, la piel tostada y preciosa. Su pelo moreno. Los labios. Los pezones. La espalda. Su sonrisa. Todavía sentía su mirada. Se lavó con sus lágrimas. Mascha era un sueño del que nunca quería despertar, el dolor que acallaba su deseo. Era la libertad que no tenía, la verdad que buscaba, la batalla que había perdido. Mascha no existía. Cuatro años y medio preso. ¿A quién podría explicarle que amaba ese país, a esa gente? Compartieron su último mendrugo con él, nunca lo delataron, se portaron bien con él. ¿Cómo iba a entenderlo nadie? No había nada que entender.

Durante los últimos meses, además de en el hospital, había empezado a trabajar en una consulta de Tegel en sustitución de un anciano otorrinolaringólogo. Ganaba un buen dinero, más que en el hospital, pero suponía renunciar a la investigación científica, que era algo con lo que siempre había soñado cuando estaba en el campo. Pero ¿volver a cuadrarse ante otros? No. El doctor Lechlein tenía intención de jubilarse pronto. Otto le caía bien. A sus pacientes también les caía bien el joven doctor taciturno. Era un trabajador, igual que ellos. El doctor Lechlein prometió traspasarle la consulta a un precio asequible. Tampoco era difícil obtener un crédito. A su primo el banco le había concedido un préstamo para 150 viviendas sociales con una inversión de un solo marco. ¿Cuánto dinero era necesario para una consulta?

La hora de comer la pasaba siempre sentado junto a la ventana del mismo café, contemplando el sol, la lluvia o la primera nevada. La gente pasaba de largo apresuradamente, de tienda en tienda. Sus brazos se volvían más y más largos bajo el peso de las bolsas auspiciadas por el milagro económico que les golpeaba las rodillas al andar. Comprar, usar, tirar, comprar. Día sí y día también pasaban junto a su ventana. Sus barrigas aumentaban de tamaño y en sus caras inflamadas, los ojillos que volaban de acá para allá se convertían en alfileres que no dejaban pasar ni una ganga. Su deseo era profundo y su respiración, superficial. Habían surgido negocios como setas del suelo bombardeado, tiendas de ropa, de dulces, de electrónica, de charcuterías, colmados, cafeterías, pastelerías, lavanderías, zapaterías. Se podía ganar dinero con cualquier cosa. Y con el dinero se podía comer, beber, fumar, construir casas, habitarlas, venderlas y construir más casas.

* * *

—¡Ooooottooooo! —La voz de Waltraud resonó por la pequeña vivienda de la Scharperstraße. Otto se preguntó por qué demonios le habían puesto ese nombre sus padres. Si no se hubiera casado con Waltraud, no lo llamaría a gritos de esa manera.

—¿Cómo te llamas? ¿Otto? ¡Qué mono! ¿Otto?

Hubiera tenido que levantarse y marcharse mientras esperaban en el registro civil. Pero había sido demasiado cobarde, había pasado demasiada hambre. No sabía cómo regresar a aquella vida después de su cautiverio. Waltraud era igual de decidida que su madre. Al principio, eso le gustó, pero había llegado a un punto en el que se avergonzaba solo de pensarlo.

—¡A comeeeeeeer!

La mesa estaba puesta con un orden caótico, como el resto del piso. Al sentarse, Otto pensó que Waltraud pertenecía al tipo de personas para quienes no hay diferencia entre interior y exterior. Estaba hecha de vías de sentido único y callejones sin salida que podían tener un aspecto muy variopinto, a veces con mesas y sillas en la puerta, como en las fotografías de las ciudades de países septentrionales, y otras veces sombrío y vacío, como un pueblo ruso asolado por los soldados alemanes. En esas ocasiones, en la vivienda olía a muerte.

—¿Qué me dices, Ottito bonito? ¿Cómo te va en el hospital? ¿Te van a ascender pronto?

Sus intentos de expresarse de forma refinada le recordaban a sus orígenes, a su padrastro y a sus hermanas. Waltraud no paraba de preguntarle cuándo llegaría a jefe de servicio o a director médico, cuándo podrían permitirse un coche nuevo, un piso más grande o una casa con jardín o, ¿por qué no?, con un parque.

—Otto, cariño mío, resulta que a Hilde su marido Dieter, ¿sabes quién es?, le ha regalado un brillante de verdad. ¿Te lo puedes creer? Y se ha comprado un Opel Kapitän. Así, sin más. Imagínate. A eso lo llamo yo ser generoso.

—Qué memez.

—¿Cómo?

—Es una fanfarronada y una memez.

—Típico de ti. Típico, te digo. Lo que te pasa es que tienes envidia.

Otto callaba.

Waltraud se puso delante de él con los brazos en jarras.

—Mira que te pones petardo, Otto, mira que llegas a ser tontaina, Ottito mío.

Qué idiota había sido. De una idiotez imperdonable. Ya había tenido suficiente. Apartó su plato de un manotazo.

—¡Pero bueno! ¿Y ahora qué pasa?

Otto se levantó.

—Tengo que irme.

—¿Ah, sí? ¿Y adónde tienes que ir?

—Al hospital.

—¿Al hospital?

—Tengo que ir a ver a un paciente.

—¿A un paciente o a una paciente, señor doctor?

Salió dando un portazo.

A un hombre en su situación no le hubieran faltado candidatas. ¿Por qué había elegido a Waltraud? ¿Por qué había cometido ese error imperdonable? No lo sabía. Una mujer como Sala no volvería a encontrarla. No se podía hacer nada al respecto. Pero ¿Argentina? No. ¿Una hija? No. Quería vivir. Waltraud sabía cómo tratar a los hombres. A los hombres como él. Hombres hambrientos, despojados de su juventud. Diez años perdidos en esa guerra, al servicio de un demente, rodeado de lamebotas que cumplían cualquier orden por absurda que fuera, de hombres liberados que podían pasarse dos o tres horas mirando por la ventana sin pensar. Tenía que ir rápidamente a La Esquina. Allí lo aguardaba la suerte. Allí eran todos iguales. Como en el campo, como en Rusia. Allí podía soltarse.

Al volver a casa, tendría que trajinarse a Waltraud para hacer las paces. Tampoco estaba tan mal. Hasta acababa pasándolo bien.

Jean le escribía de vez en cuando. Por lo general, le respondía tarde, si es que llegaba a responder. El traslado a Suramérica le resultaba del todo impensable. No hablaba el idioma, no conocía el país ni sus costumbres y, además, en Argentina no reconocerían su título. Tendría que empezar de cero. Incluso si le convalidaban una parte de la carrera, cosa que no era segura, volvería a perder años de su vida. Sala no lo reconocería. Era mejor así. ¿Y la niña? ¿De verdad era suya?

En casa de su madre encontró una fotografía de Sala en un cajón de la cocina. La sacó y estuvo a punto de echarse a llorar. En la cocina de su madre, la misma cocina de siempre, en el mismo piso de siempre, en el que se había criado. Tercer patio a la izquierda, el bajo. Recordaba cómo se había colado en casa por las noches después de salir a robar. Su padrastro, borracho y dormido en la mesa. Su madre limpiando sin molestarlo y pasando vergüenza. Recordó cómo salía al patio a primera hora de la mañana, pasando junto a su padre dormido en el sofá cama porque su madre había vuelto a echarlo del dormitorio por zurrarla a ella o a los niños, cómo hacía sus dominadas en la barra de las alfombras hasta que le ardían los codos y entonces se obligaba a hacer diez más hasta que le entraban calambres en las manos y no le quedaba más remedio que soltarse. Roland. Las excursiones para robar. Y entonces vio la casa de ella. La escalera de la biblioteca. La pared forrada de libros. Y ella apareció detrás de él. Esbelta, su piel clara, translúcida como el papel. Su mirada despierta. Nunca nadie lo había mirado así. La melena morena le caía con tristeza sobre los hombros. Él nunca lloraba, maldita sea. No servía de nada.

46

Los nuevos jefes de Sala eran unos jóvenes extravagantes. Antonio era fiscal y su mujer, Isabella, una pintora con tendencias histéricas en plena crisis creativa. Pero Sala pudo volver a tener a Ada consigo. Se había convertido en una niña muy guapa. Cuando la miraba a los ojos, Sala sentía felicidad. Eso le contó a Jean. Lo que no le contó a su padre fue la frecuencia con la que pensaba en Otto.

Hacía casi ocho años que vivían en Argentina. Había ahorrado dinero para comprar un terreno en las afueras de Buenos Aires. Allí le hubiera gustado construir una vida con Otto. Ese había sido el plan.

Probablemente, él tuviera razón. Eran demasiado diferentes. ¿O había sido la guerra? Que se hubiera enamorado de otra era algo que podía perdonar, al fin y al cabo, ella había estado con Hannes, pero aquel nombre era horrible. Waltraud. No podía ser más alemán. Hacía tres días, el propietario del terreno le había preguntado si seguía decidida a comprarlo. ¿Qué tenía que responder? Sin Otto, nada de aquello tenía sentido.

¿Cómo quería vivir en el futuro? ¿Y de qué? Después del verano, Ada volvería a un colegio de Buenos Aires. Sus calificaciones habían mejorado en el convento, sin embargo, se había vuelto aún más callada, como si, de una forma extraña, fuera prisionera de sí misma. Algunos días no salía de su habitación, se quedaba pegada a la ventana en silencio y con la mirada perdida. Y cuando Sala empezaba a temer que volvería a olvidarse de hablar, la niña se daba la vuelta y la sorprendía con relatos de aventuras que afirmaba haber presenciado desde su atalaya. Su mundo interior estaba lleno de criaturas mágicas, así como de gauchos orgullosos y taciturnos que se reunían alrededor de una hoguera en las noches frías para cantar sus canciones solitarias a la guitarra con voces roncas. Recordaba los grandes prados cerca del convento, cómo rielaban a la luz de la luna, el aroma dulzón que desprendían los árboles. En una ocasión, con Sala a su lado, Ada le agarró la mano con una firmeza sorprendente.

—¿Mamá? El cielo es vasto y silencioso.

Esa noche, Sala soñó con un pájaro de mal agüero posado sobre su pecho desnudo que la miraba fijamente. Ella temblaba tumbada junto a un riachuelo helado. A izquierda y derecha se elevaban las montañas, delante se abría un valle. A pesar de que era verano, el suelo estaba helado y cubierto de nieve. Un caballo blanco sin jinete se le acercó galopando, se encabritó y, con los ollares muy abiertos, el animal le enseñó los dientes y dejó ir un grito humano y terrorífico que murió con un estertor seco. Las patas delanteras del equino flaquearon y su enorme cuerpo cayó al suelo mientras una sangre rojo oscuro brotaba de sus ojos moribundos.

A primera hora de la mañana, el calor húmedo ya se encaramaba a las paredes de la casa para colarse en su dormitorio. Sala se levantó, lavó con agua fría su cuerpo empapado en sudor, preparó las cosas para la escuela y salió de la vivienda. Tras cerrar la puerta sigilosamente tras de sí, respiró tranquila. ¿Cuándo fue la última vez que recorrió la ciudad sola por la mañana? Un sentimiento de libertad y posibilidades infinitas la sobrevino cuando, con los zapatos todavía en la mano, pisó el asfalto con los pies descalzos. El suelo aún conservaba el frescor agradable de la noche. Echó a andar al encuentro del sol sin un objetivo concreto, como hacía en el Monte Verità cuando era niña y se dirigía a la cascada. La ciudad despertaba con un leve zumbido. Dos esquinas más allá, Manolo abrió su quiosco y la saludó con un gesto amistoso. ¿Por qué le supo a despedida aquel saludo? Buenos Aires se abría ante ella. La ciudad saludaba al sol con júbilo. Por primera vez, no pudo unirse a esa canción.

Al volver al apartamento, un zapato se estampó contra la pared a pocos centímetros de su cabeza.

—¡Cerdo! Me estás dejando seca —gritó Isabella. Medio desnuda, vestida solo con un sujetador, corría por el apartamento con el pelo mojado suelto a su espalda. Sala la vio golpearse la cabeza contra la pared y dejarse caer al suelo. Isabella puso los ojos en blanco como si estuviera a punto de desmayarse.

—Me ha engañado —susurró en un tono melodramático. Parecía estar al borde de su último aliento.

—No es verdad, maldita zorra, tú solo quieres desentenderte de todo —gritó Antonio desde la habitación de al lado. El joven fiscal salió al pasillo completamente desnudo con un enorme cuchillo de cocina en la mano.

—¿Qué haces, desgraciada? Estás arruinándome la reputación, la carrera, ¡todo!

—¿La carrera? ¿De qué carrera me hablas, fracasado? ¡Vivimos del dinero de mi padre mientras tú te dedicas a procesar a ladronzuelos!

—A los criminales como tu padre no se los puede pillar, tienen al país entero en el bolsillo.

—¡Al menos tiene algo en el bolsillo, no como tú, que no tienes nada! —replicó Isabella en tono triunfal.

Desde la puerta abierta de la habitación de Sala, Ada presenciaba la escena atónita. Agachando la mirada, Sala pasó junto a sus patrones desnudos y se encerró en su habitación. Ada la miró desesperada. Fuera, Isabella respiraba tan ruidosamente que Sala se temió que fuera a morirse. Siguió un grito agudo. Y entonces quedó todo en silencio. Poco después oyeron pasos, murmullos, la puerta de la habitación de matrimonio que se abría y volvía a cerrarse. A juzgar por los gemidos, había empezado la reconciliación.

—Mamá, quiero irme de aquí —dijo Ada.

47

Era un día de marzo fresco y soleado. El Juan de Garay atracó en el puerto de Hamburgo. Desde la cubierta, Ada observaba a la muchedumbre del muelle. Mientras ponían la pasarela, los pasajeros, alegres y agotados, se asomaron a la barandilla. Excitada, Ada echó a correr. Ansiosa por ser la primera en abandonar el barco, zigzagueó entre los adultos, preparada para la salida. Antes de que la pasarela hubiera tocado el suelo del todo, una mano extraña agarró a Ada y la hizo caer al suelo de un tirón. Una bofetada y un par de sonidos ásperos que no comprendió bastaron para intimidarla. Unos ojillos grises la miraban desde una cabeza torcida con rasgos del norte de Alemania. Su primer paso en suelo alemán fue un paso en territorio enemigo. Allí incluso el sol parecía brillar sin alegría. Quería volver al barco, a casa, a Buenos Aires. No quería esas miradas vacías, esas risotadas. Aquel era un país de adultos, y ella era un náufrago.

—Aquí la gente se porta mejor con los perros que con los niños —le dijo a su madre tras su primer paseo. A lo lejos se oían canciones populares entonadas por borrachos. Pasaron una primera noche intranquila. El sueño no llegó hasta la madrugada. Después del desayuno se sintieron algo mejor. Montaron en el tren que las llevaría a Berlín. Sala se alegraba de estar de vuelta, a la vez que sentía miedo de su país. El tren traqueteaba sobre las vías. Gurs y las imágenes de su niñez se recortaban contra el fugaz presente. Tenía a Ada sentada delante. Había futuro.

Subieron lentamente por la escalera. Mopp Heinecke les abrió la puerta. Mientras se abrazaban, Sala trató de recordar qué había pasado en Leipzig años atrás, qué había sentido, qué había visto. Los recuerdos le llegaron en torrente, como viejos conocidos a los que llevaba tiempo evitando. Se preguntaron y se contaron de todo, como si estuvieran hojeando revistas en la peluquería. A veces se quedaban calladas de repente, como si quisieran reflexionar sobre lo que acababan de decirse, para después seguir con lo que estaban diciendo, aún más apresuradamente, como si su mano buscara el asidero de un tren que pasaba para subirse en el último momento y dejarse llevar a un tiempo perdido. Por las noches se acomodaban en el balconcito de Mopp mientras voces masculinas gruñían en la calle.

> Somos los indígenas de Trizonesia.
> ¡Hey, chiminí, chiminá, chiminí, chiminá bum!
> No somos antropófagos, pero besamos bien,
> Somos los indígenas de Trizonesia.
> ¡Hey, chiminí, chiminá, chiminí, chiminá bum![*]

—¿Dónde está Trizonesia, mamá?

Sala reflexionó un instante y luego prorrumpió en risas.

---

* «Trizonesia» hace referencia a la división de Alemania tras la Segunda Guerra Mundial en sectores administrativos a cargo de EE. UU., Reino Unido y Francia. Esta canción fue una composición carnavalesca bastante popular. (N. de la T.).

—Aquí… se refieren a Berlín… ¡Esto es para troncharse, Trizonesia!

Temblaba y lloraba de risa.

—¿Lloras? —preguntó Ada, tomándola de la mano.

—No, no… Creo que estoy riendo.

Esa noche, antes de dormirse, Sala se preguntó si Otto aún viviría en la Scharperstraße.

—¿Has vuelto por él? —preguntó Mopp a la mañana siguiente. Sala dio un respingo. Su amiga seguía siendo igual de directa que antes. Un par de arrugas le surcaban la cara y su peluca era algo más elegante, pero sus ojos seguían irradiando una energía desbordante y tremendas ganas de vivir. «A pesar de todo —pensó Sala—. A pesar de todo».

—No lo sé… A decir verdad, ya no sé por qué me fui. Ni entonces… Ni ahora… —Se frotó la cara con la mano, como si así pudiera quitarse las dudas—. ¿Sabes? Anoche me dio por pensar que empecé a correr para salvar la vida hace dieciséis años… —titubeó—. Y creo que ya he corrido suficiente.

Mopp la rodeó con los brazos.

—¿Os habéis escrito?

Sala asintió. Constató sorprendida lo fácil que le salía el gesto. Sí, le había escrito. Cientos de cartas, cada día, cada noche, durmiendo o despierta, por fin podía admitirlo, por fin podía decírselo a alguien por primera vez, a alguien en quien confiaba, que no la traicionaría como había hecho Mercedes. Por fin podía hablar y, sin embargo, concentró todo lo que tenía que decir en un gesto mudo de asentimiento.

—¿Y ahora qué? —Mopp no aflojaba. Sala la miró sin comprender—. Bueno, ¿piensas quedarte aquí sentada hasta echar raíces?

Mopp se acercó de un salto al chifonier para agarrar el listín telefónico. A Sala le dio por fijarse en la ligereza con la que el cuerpo voluptuoso de su amiga se movía. Seguro que bailaba muy bien. ¿Seguiría gustándole bailar a Otto tanto como antes? Nadie bailaba tan bien como él, ni siquiera Hannes, y mira que Hannes era buen bailarín. Mopp arrojó el listín sobre la mesa de la cocina.

—Echa un vistazo, igual encuentras su número.

Fue al pasillo en busca del teléfono y empezó a hacerle señas con el auricular.

—Anda, ven —le dijo entre risas—. Es inútil resistirse.

Nerviosa, Sala empezó a pasar páginas febrilmente. Nombres, muchos nombres. Toda esa gente había sobrevivido, pensó Sala. Y detrás de cada uno de esos nombres se ocultaba una historia, bella o terrible, eso daba igual. La mayoría de ellos no eran héroes, pero ¿acaso era ella una heroína? Qué palabra más atroz. Héroe. Aquello había acabado para siempre. Patria. Honor. Decencia. Lealtad. Se acabó. Se le escapó una risotada. Acababa de encontrar a alguien llamado Himmler. ¿De verdad que aún existía ese nombre? ¿Habría también un Hitler? Lo buscó. No. ¿Cómo había llegado hasta la H? Pasó páginas hacia atrás. El corazón le latía cada vez más deprisa. ¿Cuántos latidos por minuto podía soportar un corazón? ¿Cuántos por segundo? Baermann, Balser, Berhenke… Ahí estaba. Su nombre. Dr. Otto Berkel, médico otorrinolaringólogo. Se había trasladado, ahora vivía en el número once de la Rankenstraße. ¿Así de fácil? Giró el dial para marcar el número. 80 31 90. El tono de llamada se le hizo eterno. Miró a Mopp y meneó la cabeza.

Entonces cogieron el teléfono.

—¿Sí?

Aquella voz sonaba desconocida.

—¿Quién es?

Sonaba enojado. Sala se echó a temblar. ¿Y si colgaba? Mopp la amenazó meneando el índice.

—Buenas tardes, doctor, ¿qué tal está?

Silencio. Sala oyó pasos de fondo. Un crepitar en la línea.

—¿Con quién hablo?

—Tiene tres oportunidades para adivinarlo. —Otto guardó

silencio. Ella estuvo a punto de echarse a reír—. ¿Le ha comido la lengua el gato?

¿Qué estaría haciendo? ¿Estaría sentado? ¿De pie? ¿Mirando por la ventana? ¿Por qué no decía nada?

—¿De qué nos conocemos?

Llamar había sido un error. Sería mejor que colgara.

—¿No me conoce la voz? —preguntó.

¿Si le conocía la voz? La reconocería entre mil voces. No podía ser. Tenía que saber con seguridad que era ella.

—¿Quién es usted?

Sala no respondió. ¿Quién era? ¿Y quién era él? ¿Y por qué había vuelto?

—¿De qué nos conocemos?

No, así no se había imaginado la conversación. ¡Qué tontería!

—De Berlín, de hace tiempo.

Hablaba con voz monótona. Se apoyó en el chifonier donde estaba el teléfono. Buscó una silla con la mirada. Había una algo más allá, pero el cable no alcanzaría.

—¿Tenemos algo en común?

¿Qué era aquello que percibía en su voz? ¿Calidez? ¿Acaso oía solo lo que deseaba oír? Sala se quedó mirando a la pared. ¿Si tenían algo en común? Nunca se había hecho esa pregunta con tanta franqueza. Se había fijado siempre en lo que los separaba.

—Creo que sí.

Por primera vez, dudó. ¿Hubiera sido mejor llamar a Hannes?

—¿Qué?

—¿Qué de qué?

—¿Qué es lo que tenemos en común?

La pregunta estaba justificada. ¿Podía decirse que la unión de un espermatozoide y un óvulo era algo en común?

—Una hija.

—¿Dónde estás?

Se dio cuenta de que le temblaban las rodillas.

—En casa de Mopp.

—¿Está la niña contigo?

Sala no respondió. La niña. ¿Dónde iba a estar? Aquella pregunta puso de manifiesto la diferencia entre los dos. Ella nunca la hubiera hecho.

—¿Podemos vernos?

¿Podían? ¿Debían? Cuando una mujer dice que no, quiere decir «quizá». Cuando dice «quizá», quiere decir que sí, y si dice que sí, es una fulana. ¿Por qué tenía que pensar en Hannes justo en ese momento?

—Tal vez.

—¿En el Kranzler?

Ella asintió en silencio.

—Llego en diez minutos —dijo Otto.

Diez minutos. Sala temblaba al colgar el teléfono. ¿Qué hubiera respondido si alguien le hubiera pedido que describiera su vida dentro de diez minutos? ¿Qué haría si le dijeran que su vida cambiaría en diez minutos? Notaba el cuerpo en tensión, como si en ese momento tuviera que ocuparse de todo lo que tenía pendiente, ponerse una sonrisa en la cara para ocultar el vacío que había detrás.

Mopp miraba a su amiga en silencio.

—¿Qué haces?

—Hace un momento lo tenía muy claro.

—¿Y ahora?

—Voy a ir.

Empezó a dar vueltas por la habitación sin parar de reír.

—¿Tienes un vestido bonito que prestarme? Creo que mi ropa de Argentina aquí no pega nada. Os vestís todas mucho más recatadas.

—He adelgazado, pero…

—No pasa nada, iré así tal cual. —Miró a Mopp algo perdida—. ¿Cuánto tardo en llegar al Kranzler desde aquí?

—Llegarás en un santiamén, las calles están vacías.

—¿Y eso?

—Es la final, nena.

«¿Qué final?», pensó Sala, aunque estaba demasiado nerviosa para preguntar. Dio a Ada un beso fugaz. No quiso decirle con quién iba a encontrarse. Esa vez quería ir con cuidado. Ada la miró con tristeza. En su habitación, Sala se probó toda su ropa, y con cada pieza de ropa desechaba un retazo de su pasado o lo guardaba con mimo en el armario. Finalmente eligió una falda negra sencilla con una blusa blanca. «Casi como cuando nos vimos por primera vez», recordó.

Con su familia de nuevo en casa, Otto se dijo que la siguiente compra que haría sería un televisor. Por el altavoz de la radio salía la voz excitada de Zimmermann, el locutor deportivo.

—Griffiths, el linier galés, levanta el banderín de nuestro lado, y Ling ha reaccionado rápido, tres a dos, pero ha sido una jugada arriesgada, aquí en el estadio Wankdorf de Berna quedan aún cuatro minutos de la final de la copa del mundo de fútbol, y el equipo alemán, comprensiblemente algo nervioso en estas circunstancias, esto... Ha echado a perder una ocasión de gol y ha perdido el balón...

Otto estaba sentado junto a la ventana en una mesa para dos del piso de arriba. Nervioso, se manoseaba los puños de la camisa. A sus pies, el Kurfürstendamm se encontraba inusualmente vacío y silencioso y a su derecha, en el centro de la estancia, la escalera. Parecía disfrazado con su traje cruzado azul marino de raya diplomática, como un James Cagney caído en desgracia antes de desplomarse en una cuneta cosido a balazos. Llevaba una corbata roja, un pañuelo blanco y zapatos negros sin lustrar. Había hecho caso omiso de Waltraud, de su voz estridente y sus preguntas a gritos. En cinco minutos estuvo listo para salir. Al mirarse al espejo, su mirada se detuvo por primera vez en su cicatriz. Evidentemente, ya la había visto antes, cuando estaba roja y reciente, pero, con el tiempo, se había enterrado en su piel, le pertenecía igual que las preguntas sin respuesta que le rondaban por la cabeza. En su momento no le había dado ninguna importancia, pero al verla le resultó incómoda. El sombrero lo había dejado en el guardarropa.

—Si viene una señora joven y elegante preguntando por mí, dígale que estoy arriba.

La chica del guardarropa asintió, acostumbrada a ese tipo de peticiones. Otto no sabía por qué lo había dicho. Las primeras dudas no tardaron en llegar. Sala tenía motivos de sobra para cambiar de opinión.

Trató de recordar qué le había escrito a Sala desde el campo de prisioneros. Nada bueno. Solo palabras desagradables. Le vino a la mente su primer encuentro con Jean en el jardín zoológico. Trató de recordar su ropa. Llevaba una camiseta interior roja. ¿Y qué más? Los primeros versos de un poema de Pushkin escaparon entre sus labios. Recordó el robo como a cámara lenta, sintió el tacto de *Historia de Roma* de Mommsen, aquella edición especial con una exquisita encuadernación de cuero, el único objeto robado que había conservado en su vida. Erna, su hermana mayor, que por la noche se le pegaba en su camastro y le decía con voz ronca: «Anda, fóllame». El entierro de su padre. Retazos de la guerra. París. *Boulangerie*. Bebés cubiertos de sangre. Roland, alcanzado por las balas, desplomándose en la entrada de la casa. Su vida con su familia de acogida. El hambre. El vómito que casi lo asfixiaba. Los refugios antiaéreos. Los ataques aéreos. Los añicos de cristal que le cortaban la cara. Los pómulos de Mascha. Su sonrisa. Waltraud. Pushkin de nuevo. El tapete de fieltro verde de una mesa de juego, la bolita de la ruleta, los números que daban vueltas. El estruendo de los árboles al caer sobre la nieve rusa. Trató de imaginarse a Sala, su cara, sus manos, sus hombros, su pelo, su quietud, su cuerpo, su risa. Trató de imaginarse a la niña. ¿Una niña? Ahora era padre. Sintió náuseas. La frente se le cubrió de sudor. Su padrastro murió junto a la estufa de carbón. Su ruidosa familia. La cara de su madre. Valiente y firme. Jean. Paisajes vacíos, abedules muertos. Una fotografía de su padre biológico, Otto, con un bigote ligeramente curvado. El llanto de un bebé, un gemido que acababa convirtiéndose en un lamento. Un tiovivo. Una caja de música. Una mano se posó en su brazo. Sala se había sentado en la silla de enfrente y lo miraba sin decir nada. No la había visto llegar. Su belleza lo sacudió. Buscó asidero en el borde de la mesa. Dejó de pensar. Se sentía ligero. Y entonces llegó el dolor. La debilidad. La vergüenza. Le acarició la mano.

—¡Se acabó! ¡Fin del partido! ¡Alemania campeona del mundo! —exclamaba la voz de Zimmerman por el altavoz de la radio.

La gente se precipitó al Kurfürstendamm desde las calles laterales. Otto condujo a Sala escaleras abajo. Decidió que iba a divorciarse. Al salir, le ofreció cautelosamente el brazo.

48

—¿*Monsieur* Berkel?

Tenía quince años. A mi espalda estaba *monsieur* Weinberg, mi profesor de francés. Venía de Alsacia, su nombre se pronunciaba «Vimbert» y sus posibles orígenes judíos solo eran visibles al ver el apellido por escrito. En Francia, la pronunciación ocultaba el origen desde siempre.

—Espere.

Había hecho pellas de su asignatura durante las últimas semanas, aunque su clase de Literatura era lo único que me interesaba. Yo quería ir a mi clase de Teatro igual que todos los viernes, pero habían avanzado la hora. Le había pedido permiso para ausentarme esperando, mejor dicho, dando por supuesto, que me diría que sí en vista de que yo le caía bien. «Decídase», me había dicho escuetamente antes de desaparecer sin decir nada más. Y decidirme no me había sido nada fácil.

—Berkel. —Se me acercó.

En Alemania, los profesores no mostraban mucho interés en sus alumnos, al menos, no en mi época. Eran funcionarios. Con un interés moderado, una formación moderada, una convicción moderada. Se los podía tutear. A mí eso no me gustaba. ¿Por qué iba a tutear a alguien que nunca sería mi amigo, alguien en quien no tenía ningún interés y que no tenía ningún interés en mí, que infligía al mundo un castigo y tormento perpetuos en forma de aburrimiento y que además se atrevía a llamarme por el nombre de pila, como si nos conociéramos, como si tuviéramos algo en común? Nos separaba todo un mundo en el que yo no quería entrar. En Francia las cosas eran diferentes. Allí nadie se tuteaba, al menos no de entrada y, desde luego, no sin pedir permiso. Los profesores eran estrictos. Mostraban interés en sus alumnos y les apasionaba su materia.

Monsieur Weinberg me dedicó una mirada inquisitiva. Inspiró aire pensativamente entre los labios entreabiertos antes de apretar la boca y expirar por la nariz. Ya había terminado de formular su idea:

—Viene usted de un país dividido. —Su voz sonaba distante—. De una ciudad dividida. —Hizo nuevamente una pausa—. Se crio entre dos idiomas, entre dos culturas distintas. —Ahora venían los dos puntos, la conclusión, la espera me estaba matando, tal vez fuera por fin a responder a mi pregunta—: Hay mucha división en usted. Tenga cuidado. En algún momento se tendrá que decidir.

Y con eso, me dejó plantado. Lo seguí con la mirada hasta el final del pasillo de aquel edificio oscuro en el número 72 de la *rue* Raynouard. Recordaría durante años el eco de sus pasos. ¿Qué habría dicho de conocer mis raíces judías?

Monsieur Weinberg.

¿Tenía que decidirme? ¿Por qué y, a la vez, contra qué? Tenía que decidir si quería ser alemán o convertirme en francés, hombre y no mujer, como decía Lacan, actor y no director o dramaturgo, padre y no madre, marido y no amante. ¿Judío o cristiano?

—¿*Monsieur* Weinberg?

A veces pienso en llamarlo por teléfono. Seguramente ha fallecido. Nunca tuve su número. Me gustaría decirle que, después de mucho tiempo, he empezado a llevarle la contraria y le estoy agradecido por ello. No me decidí entre las dos posibilidades que él me planteaba. Cuando la platea está llena, con todas las localidades ocupadas, uno siempre puede buscar algún rincón donde meterse, seguir la representación apoyado en un lateral, en las escaleras, al borde del proscenio o detrás de la última fila. O convertirse en parte de ella. No hay solo dos opciones. Hay más. Muchas más.

Tres semanas antes de su muerte, mi padre convaleciente me llamó desde España. Tenía la voz tan débil como potente había sido en el pasado. En ese momento no podía irme de Berlín de inmediato, le pedí que esperara. Y esperó. Tres semanas. Al abrir la puerta de su habitación, los dos supimos que no nos quedaba mucho tiempo. Yo llevaba dos libros conmigo: uno para leerle en voz alta y otro para leer yo mientras él dormía. *En busca del tiempo perdido* de Marcel Proust y *Partículas elementales* de Michel Houellebecq. Estuve yendo a visitarlo una semana entera. Llegaba por la mañana y me quedaba hasta la noche. ¿Cuántas veces habíamos hablado antes sobre la muerte? Él era ateo, no creía que hubiera nada después de la muerte. ¿Miedo? ¿De qué? Lo pasado, pasado está. Yo no le creía. Ni una palabra. Todo el mundo teme a la muerte porque no queda más remedio que temer aquello que no podemos entender. Lo tenía muy claro. Su penúltimo día lo pasó en silencio. ¿Estaba poniendo sus pensamientos en orden, o reflexionando? Me pareció entender que estaba sopesando sus posibilidades. ¿Qué ganaría, en el mejor de los casos, con todo el esfuerzo que estaba haciendo? ¿Un par de semanas? ¿Un par de meses? ¿Un año? ¿Y de qué manera? Apenas podía respirar, se vería condenado a arrastrar una máquina de oxígeno en una silla de ruedas. En España no podía quedarse; su casa no estaba adaptada y mi madre no podría hacer aquel esfuerzo. ¿Tendría que volverse a Alemania, donde no le gustaba vivir? No. Ya había tenido bastante. Y no había estado mal. Algunas partes incluso habían estado muy bien. Dejó su casa en orden.

Acompañaba a mi madre al hospital todos los días y veía a mis padres darse una despedida que no era la definitiva. Vivían igual que antes, riendo, discutiendo, siempre en desacuerdo. Cuando entró una enfermera a preguntar si quería que le cambiara el gotero o prefería que lo hiciera mi madre, él le pidió con una sonrisa de disculpa que sería mejor que lo hiciera ella, la enfermera. La miró a la cara. Era muy guapa. Le sonrió. Mi madre se puso como un basilisco. Apenas se hubo marchado la enfermera, salió de la habitación sin decir palabra con la cabeza muy alta y sin que él hiciera ningún intento de retenerla. Él siempre iba y venía a placer y dejaba que los demás hicieran lo mismo. Se encogió de hombros y me sonrió, como diciendo «Ella es así, qué le vamos a hacer». Salí detrás de mi madre. La alcancé frente al ascensor. Tal vez la agarré del brazo con demasiada fuerza. Ella se zafó.

—No puedes irte ahora —dije. Intentaba hablar con tanta calma como era capaz, aunque hubiera querido agarrarla y zarandearla—. Se está muriendo. No sabes si vas a volver a verlo.

—Eso ya lo veremos. Y si es que no, es que no. ¿Qué se ha creído, dejarme mal delante de una enfermera de esta manera? Era yo quien le buscaba y formaba a sus ayudantes, una detrás de otra, conseguí que aprobaran todas la formación profesional, por tontas que fueran, yo insistía hasta que incluso la más dura de mollera se sacaba el título, yo era siempre la mala mientras que a él lo miraban con admiración, ¡vaya con la solidaridad femenina! ¡Harían cualquier cosa para que el jefe se fijara en ellas! Yo le llevaba la contabilidad; de no ser por mí, nos hubiéramos arruinado, y además, aguantaba sus cambios de humor, sus silencios, sus peculiaridades. Si no fuera por mi padre, aprobar el bachillerato le hubiera costado Dios y ayuda. —Después de soltar aquel torrente, inspiró profundamente—. ¿Y ahora va y le pone ojitos a la enfermera? —Furiosa, meneó la cabeza—. ¿Y va y dice «Hágalo usted, por favor, mi mujer es demasiado tonta, demasiado torpe, demasiado yo qué sé»? No voy a tolerar esa impertinencia.

—No sabe lo que dice.

—Sabe perfectamente lo que dice.

Se calmó. Con cautela, volví a intentarlo y, esta vez, se dejó llevar. Volvimos a la habitación. Desde la puerta, vi cómo se acercaba a la cama. Cuando se inclinó sobre él para darle un beso en la frente, él la tomó de la mano.

No pronunciamos palabra en el camino de vuelta. Al llegar a casa, se metió en la cama. Mi padre falleció esa noche. Me faltaban veinte páginas para terminar *Partículas elementales*. Nunca las leí. Se fue sin miedo. Ese fue su regalo de despedida.

Mi madre se preparó para morir poco antes de mi boda. Traté de hacerle entender que era un mal momento. Yo ya me había equivocado dos veces, y cuando por fin había encontrado a la mujer adecuada, mi madre no podía irse sin más. Yo quería que ella estuviera presente. Algo gruñona, apartó un poco la colcha para airearse un poco.

—Si Dios quiere —dijo sin dar a entender hasta qué punto estaba dispuesta a rogarle a Dios que quisiera. De pie junto a su cama, le dije tras un largo silencio que la agitación de su vida me había causado una profunda impresión. Ella volvió a taparse.

—Un poco menos de agitación me hubiera venido muy bien.

Me llamó el día que iba a morirse, era un sábado por la noche. Su voz sonaba nerviosa.

—Dime, muchacho, ¿tú aún vas al restaurante aquel donde va la gente del cine y de la política? ¿Cómo se llamaba?

—¿Te refieres al Borchardt?

—Borchardt, eso, qué gracia, cuando yo era niña ya existía.

¿Estaba haciendo una pausa, o no sabía cómo continuar?

—¿Sí? —dije yo.

—¿Qué?

—Me has preguntado por el Borchardt.

—El Borchardt, sí. ¿Dónde está?

—¿Por qué lo preguntas?

—Pues porque tengo una cita allí, ¿sabes?

—Ah, qué bien. ¿Con quién? —pregunté con pies de plomo. Cuando me llamaba «muchacho» no se podía esperar nada bueno.

Siguió un silencio.

—Con el general Putin.

—¿Con quién? —Creí haber oído mal.

—El general Putin y su gente me están esperando allí.

—¿Estás segura?

—¿A qué viene esa pregunta tan tonta? Claro que estoy segura. ¿Y bien?

—Y bien ¿qué?

—La dirección —dijo ella.

—¿Por qué tienes una cita con el general Putin? No sabía que fuera general.

—Pues claro que es general. Es el general supremo, ¿sabes? El general absoluto. Y vamos a casarnos. Ahora ya lo sabes.

—Pues… La dirección… A ver, espera.

Me puse a pensar. ¿Qué tenía que hacer? Ella no cejaría en su empeño. Pensé en seguir dándole conversación con la esperanza de que pronto olvidara el motivo de su llamada. Pero no se me ocurría nada apropiado.

—El Borchardt. —Empezaba a impacientarse.

—Sí, claro, el Borchardt, perdona, espera. El Borchardt está en la Französischen Straße, en el centro, en la plaza Gendarmenmarkt, donde está el salón de conciertos, el teatro que antes era de Max Reinhardt, ¿sabes?

—Claro que sé, ¿qué te has creído? Con la de veces que fui con mi padre, estaría bueno… No nací ayer.

—No.

—El número.

—El número… A ver que piense, es el… Oye, tengo que buscarlo, te vuelvo a llamar enseguida, ¿vale?

—No, ya me espero.

—Ah, entonces… voy a mirar en la agenda.

—¿No lo tienes apuntado en ese móvil tan raro que tienes?

Había días en los que era imposible despistarla. Se olvidaba de todo hasta que dejaba de hacerlo. La noche que se cernía sobre ella no tenía reglas.

—Vuelvo enseguida.

Dejé el auricular a un lado y di unas cuantas vueltas a la habitación antes de volver al teléfono.

—Tengo solo el número de teléfono, el número de la calle no me lo sé. Voy a llamar a preguntar, ¿vale? Hasta ahora. —Tenía ganas de colgar.

—Llama desde tu móvil. Yo me espero.

—Vale.

Cualquiera que me estuviera observando se hubiera llevado las manos a la cabeza. En mitad de mi salón, saqué el teléfono móvil y fingí marcar un número. Esperé.

—Hola, ¿el restaurante Borchardt? Sí, disculpe la molestia, por favor, mi madre tiene una cita con el general Putin y va a retrasarse un poco, sería tan amable de... ¿Cómo? Ah, sí... Vaya... ¿Y qué le digo a mi madre? Sí... Sí... Claro. ¿Y dice que él ya la llamará? Bien, muchas gracias. Adiós.

Hice ver que colgaba. Entonces volví a coger el auricular para hablar con ella.

—Fíjate, el general Putin dice que lo siente mucho, que tendrás que perdonarlo pero que ha tenido que irse al aeropuerto con su gente. Ha surgido algo urgente que no podía esperar. Ya sabes cómo es. Lo siente muchísimo, dice que ya te llamará.

—¿Han ido a Tegel o a Tempelhof?

—A Tegel, ya sabes que el aeropuerto de Tempelhof está cerrado.

—Sí, pero para el general Putin no. Entonces, dices que se ha ido al aeropuerto de Tegel, ¿no?

—Sí.

—¿Y yo no tengo que ir al Borchardt?

—No.

—Ay. Pues mira, la verdad es que es un alivio. Me alegro, de verdad te lo digo.

—¿Ah, sí?

—Sí, la verdad es que no me gusta nada estar con él con toda su gente alrededor. El trato ya no es tan íntimo, no sé si me entiendes...

—Perfectamente.

—Él se vuelve muy formal, ¿sabes? Es que no sé si lo sabías, pero es algo más joven que yo. Y a la gente le gusta mucho hablar a sus espaldas.

—¿Como con tu madre y Tomás, quieres decir?

—Aquello era totalmente diferente. Totalmente. Pero bueno, me alegro de no tener que ir. Llevo toda la tarde pensando qué vestido ponerme. Y ahora ya se acabó. Cuídate, mi niño, y pórtate bien.

Murió al día siguiente. Un domingo.

Los domingos de mi niñez, el tiempo se detenía. Solo mis padres determinaban a qué ritmo debían transcurrir. Un juego de las sillas de principio a fin. Sonaba música, todas las sillas estaban ocupadas y yo era el único que corría dando vueltas sin parar a su alrededor. La música paró. Rodeado de Jean, Iza, Tomás, Lola, Robert, Hannes, Mimi, Mopp, Cesja, Max, Erich, Kläre, Walter y Ada, mis padres se adentraron en el silencio. Ya no quedaban sillas vacías. Salté entre ellas y empecé a subir. A subirme al manzano.

AGRADECIMIENTOS

Cada persona que se cruza en nuestro camino nos regala algo. Estas personas me hicieron regalos que hicieron posible esta novela:

Mi abuelo me dio la libertad.
Mi madre me dio las palabras.
Mi padre me dio las ideas.
Mi mujer me dio las emociones.
Mi hijo me dio la diversión.

Mi editor, Gunnar Cynybulk, me dio la fe.
Mi editora, Maria Barankow, me dio la inspiración.
Ernst Lürßen me dio el lazo espiritual.

CPSIA information can be obtained
at www.ICGtesting.com
Printed in the USA
JSHW021953080523
41442JS00001B/2

9 788491 396468